KB014196

출신

이 도서의 국립중앙도서관 출판예정도서목록(CIP)은 서지정보유통지원시스템
홈페이지(http://seoji.nl.go.kr)와 국가자료공동목록시스템(http://www.nl.go.kr/kolisnet)에서
이용하실 수 있습니다. (CIP제어번호: CIP2020006567)

HERKUNFT

by Saša Stanišić

The translation of this work was supported by a grant from the Goethe-Institut.
이 책은 괴테-인스티투트 지원금의 도움으로 번역됐습니다.

출신

사샤 스타니시치 장편소설

권상회 옮김

은행나무

차례

일러두기
1 원문의 이탤릭체는 고딕체로 표기했습니다.
2 본문의 각주는 옮긴이의 것입니다.

할머니와 소녀

할머니는 거리에 서 있는 한 소녀를 보았다. 발코니에 서서 소녀를 향해 겁먹지 말고 거기 꼼짝 않고 있으면 데리러 가겠다고 외친다.

할머니는 양말발로 3층에서 내려간다. 하지만 내려가는 데 시간이 꽤 걸린다. 무릎이 아프고, 숨이 가빠지고, 엉덩이에 통증이 온다. 마침내 소녀가 서 있던 곳에 다다르니 소녀는 사라지고 없다. 할머니는 소녀를 연신 불러댄다.

자동차들이 브레이크를 밟으며 얇은 검은색 양말발로 차도에 서 있는 할머니를 피해 커브를 튼다. 한때 요시프 브로즈 티토* 거리로 불렸던 이 거리에서 지금은 사라져버린 소녀의 이름이 메아리쳐 울린다. 크리스티나! 할머니는 자신의 이름을 연신 불러댄다.

때는 2018년 3월 7일, 장소는 보스니아헤르체고비나의 비셰그라드다. 할머니의 나이는 여든일곱 살이면서 동시에 열한 살이다.

---

* 유고슬라비아 연방 대통령을 역임한 정치인.

9

외국인청에 보내는 편지

나는 1978년 3월 7일에 드리나강이 흐르는 비셰그라드에서 태어났다. 내가 태어나기 며칠 전부터 내내 비가 내렸다. 비셰그라드의 3월은 아주 끔찍한, 감정이 북받쳐 목이 메는 위험한 달이다. 산위에 쌓인 눈이 녹아내리고 강물도 머리 위까지 차오른다. 내가 살고 있는 도시에 흐르는 드리나강도 위태로워 보인다. 도시 절반이 드리나강 물속에 잠겨 있다.

1978년 3월도 별반 다르지 않았다. 어머니가 진통을 느끼기 시작한 순간 거친 폭풍이 도시를 뒤덮고 분만실 창문이 덜컹대면서 흔들리자 마음이 심란해졌다. 진통이 한창 진행될 때는 번개도 내리쳤다. 그 순간 모두가 '아, 그러니까, 지금 악마가 세상에 나오고 있는 거군' 하고 생각했다. 나는 그 같은 생각이 부당하다고 여기지 않았다. 태어나기도 전에 사람들이 당신을 좀 두려워하는 것도 꽤 괜찮다.

어머니는 분만 과정에서 일어난 이 모든 일을 꼭 긍정적으로만 보진 않았다. 산파도 합병증이 발생하자 어머니의 상태가 걱정스러워 그날 당직 의사에게 어머니를 보냈다. 지금의 나처럼 그 의사도 불필요하게 그 일을 끌고 싶어 하지 않았다. 진공 흡입 분만기의 도움으로 합병증을 낮췄다고 말하는 것으로 충분했으니까.

그로부터 30년이 지난 2008년 3월, 나는 독일 국적을 획득하려고 자필 이력서를 외국인청에 제출해야 했다. 엄청난 스트레스였다. 처음엔 1978년 3월 7일에 태어났다는 것 말고는 쓸 게 아무것도 없었다. 출생 후에 아무 일도 일어나지 않은 듯, 드리나강이 내 이력을 휩쓸어 가버린 듯한 느낌이 들었다.

독일 사람들은 표를 좋아한다. 그래서 나는 표를 만들어 거기에 날짜와 이력 사항 몇 가지를, 그러니까 비셰그라드에서의 초등학교 졸업, 하이델베르크 대학에서의 슬라브학 전공을 적어 넣었다. 그런데 이런 이력이 나와는 아무 상관이 없는 일처럼 느껴졌다. 기재한 이력이 사실이라는 걸 알면서도 도저히 그대로 놔둘 수 없었다. 이러한 삶이 어색했다.

나는 표를 새로 그렸다. 생년월일을 다시 써넣고 태어난 날에 내린 비와 친할머니 크리스티나가 내 이름을 지어준 일을 적었다. 당시 어머니는 대학에서 공부하고 아버지는 직장에 다녀야 해서 생후 첫 몇 년간은 할머니가 나를 많이 돌봐주었다. 그래서 평일엔 할머니, 할아버지와 살고 주말엔 부모님과 지냈다. 나는 외국인청에 제출할 이 이력서에 마피아에서 일한 할머니의 이력은 물론이고, 마피아에서 일하는 사람은 아이와 많은 시간을 보낼 수 있다는 점도 써넣었다.

외국인청에 제출할 이력서에 공산당원인 마음씨 좋은 친할아버지 페로가 동지들과 산책 갈 때 나를 데리고 간 일도 적었다. 그들이 정치 이야기를 늘어놓으면—실제로 늘 그랬다—나는 곧장 잠에 빠져들었다. 네 살이 되자 대화에 낄 수 있었다.

다시, 마피아에 대한 이야기는 지웠다. 이제 그 이야기는 아무도 모를 것이다.

마피아 이야기 대신 할머니가 국수방망이로 때리겠다고 늘 협박한 일을 썼다. 실제로 맞은 적은 없지만 지금도 난 국수방망이를 멀리하고 밀가루 음식도 좋아하지 않는다.

할머니의 금니에 대한 이야기도 썼다.

할머니처럼 금니를 갖고 싶어 노란 사인펜으로 내 앞니 하나를 노랗게 칠한 이야기도 썼다.

외국인청에 제출할 이력서에 내가 무교이고, 다신교도들 틈에서 성장했고, 교회가 죄악을 만들어낸 이래 페로 할아버지가 교회를 인류의 원죄라고 부른 이야기도 썼다.

할아버지는 용을 퇴치한 전설 속 용사 성 게오르기우스를 숭배하는 마을 출신이었다. 그런데 오히려 당시 내 눈엔 선한 용들이 더 많이 숭배받는 듯 보였다. 일찍부터 나는 용을 접했다. 친척들이 목에 용 모양의 펜던트를 대롱대롱 걸고 다녔으니까. 당시 용 모티브 자수는 인기 있는 선물이었다. 할아버지는 삼촌이 하나 있었는데, 그는 밀랍으로 작은 용 모양의 양초를 깎아 만들어 시장에 내다 팔았다. 이 양초 심지에 불을 붙이면 불놀이를 하는 동물 모양이 나타났는데, 그 모습이 장관이었다.

어느 정도 나이가 들자 할아버지는 내게 그림책 한 권을 보여주었다. 책 속에 담긴 동아시아 지역에 사는 용이 가장 마음에 들었다. 무시무시하지만, 알록달록하고 익살스러워 보이기도 했다. 슬라브 지역의 용은 무시무시해 보였다. 그런데 세상을 파괴하거나 처녀를 납치하는 일에 관심도 없는, 상냥하다는 용들의 모습도 무시무시하기는 마찬가지였다. 들쭉날쭉한 날카로운 이빨을 가진, 머리가 세 개 달린 그런 용들 말이다.

외국인청에 제출할 이력서에 내가 태어난 병원이 지금은 존재하지 않으며 거기서—어휴, 라는 말이 나올 정도로—얼마나 많은 페니실린 주사가 내 볼기짝을 푹푹 찔러댔는지를 썼다가 다시 지웠다. 볼기짝 같은 단어를 사용해서 깐깐할지 모르는 외국인청 담당 여직원을 당황스럽게 만들고 싶진 않았다. 그래서 볼기짝 대신 엉덩이로 다시 고쳐 썼으나 왠지 적절하지 않은 것 같아 문장 전체를 지워버렸다.

열 살이 되던 날, 내 생일 선물로 르자브강*이 우리 마을 마할라에 있는 다리를 붕괴시켰다. 나는 강가에 서서, 봄의 햇살에 산 위에 쌓인 눈이 녹아 드리나강 지류로 흘러들어, 다리가 '알았어, 그럼 날 데려가'라고 말할 때까지 강물이 불어나고, 그로 인해 다리가 무너져가는 모습을 지켜보았다.

나는 유년기 때 즐겁게 놀았던 시절에 대한 이야기를 빼놓고는 이력을 말할 수 없다고 적었다. 그러고는 종이 한가운데에 대문자로 썰매타기라고 썼다.

---

* 보스니아헤르체고비나에 있는 강으로, 드리나강의 오른쪽 지류.

썰매타기

썰매를 타는 마스터 구간은—중세 시대에 탑 하나가 그 골짜기를 감시했던—그라드산* 꼭대기 아래서 시작되어 좁은 커브 길을 지나 절벽 앞에서 끝이 났다. 나는 후소를 기억하고 있다. 후소는 낡은 썰매를 타고 그라드산을 내려가면서 숨이 차 헐떡거리며 웃었다. 어린 우리도 웃음을 터뜨리며 그를 놀려댔다. 그는 비쩍 마른 데다 신고 있는 장화에 구멍이 숭숭 나 있고 이가 빠진 자리도 많았다. 당시엔 미친 녀석이라 생각했지만 지금은 남들과 조금 다를 뿐이라는 생각이 든다. 어디서 잠을 자고 어떤 방식으로 옷을 입고 얼마나 정확한 발음으로 단어를 말하고 치아 상태가 어때야 하는지 등 사회적 허용 범위에서 벗어나 살고 있다고 생각한다. 그는 대부분의 아이들과 다른 방식으로 썰매를 타고 내려갔다. 정확히 말하자면, 술주정뱅이에 백수인 후소는 절벽 앞에서 멈추지 않았다. 어쩌면 우리가 그에게 마지막 커브 길에 대해 경고하지 않아서 혹은 과음한 탓에 반사작용이 제대로 작동하지 않아서 그랬을지 모른다. 후소는 소리를 질렀고, 그 소리에 우리는 달려갔다. 그러나 그것은 환희의 고함 소리였다. 그는 썰매를 탄 채로 관목나무로 뒤덮인 비탈길 한중간에 매달려 있었다.

"후소, 계속 가!" 우리는 소리쳤다. "포기하지 마!" 우리의 고함 소리에, 그리고 지금 있는 위치에서 위로 올라가는 것보다 아래로 내려가는 게 훨씬 쉽다는 사실에 힘입어, 후소는 덤불숲에서 빠져

---

* 비셰그라드 근방에 있는 산.

나와 남아 있는 비탈길을 살금살금 내려갔다. 도저히 믿어지지 않는 광경에 우리는 눈앞이 아찔했다. 그 후소가 1992년에 드리나강가에 있는 창고에서 총을 맞았다. 판지와 판자로 지은 그의 집은 옛 영웅들을 노래하는 서사시가 흘러나오는 감시탑에서 멀지 않은 곳에 있었다. 질문받는 사람이 누구냐에 따라, 이 서사시의 대상은 세르비아 영웅이거나 혹은 과거 오스만제국 사람들이 보는 앞에서 피신처를 찾던 왕의 아들 마르코일 수 있다. 아니면 날개 달린 아라비아산 암말을 타고 드리나강을 뛰어넘은 보스니아인 알리야 제르젤레즈*일 수도 있다. 총상을 입고도 기적적으로 살아남은 후소는 마을에서 사라진 뒤 다시 돌아오지 않았다. 그 이후 후소처럼 마스터 구간을 마스터한 사람은 아무도 없었다.

나는 이야기의 도입부를 다음과 같이 썼다. 누군가 내게 고향이 어떤 의미인지 묻는다면, 내게 처음으로 아말감 충전을 시술한 하이마트 박사 이야기를 해줄 것이다.

외국인청에 제출할 이력서에 나는 유고 사람이며, 독일에서 도둑질을 한 적이 없다고 썼다. 프랑크푸르트 도서전에서 책 몇 권을 훔친 걸 제외하고는. 하이델베르크에 있는 야외 수영장에서 카누를 타본 적이 있다고도 썼다. 하지만 이 두 가지 일은 범죄가 되고 공소시효가 소멸되지 않았을 가능성이 있어 모두 지워버렸다.

나는 여기 내가 가진 많은 것들이 있다고 썼다.

* 보스니아헤르체고비나, 코소보 남쪽과 알바니아 북동쪽에 걸쳐 있는 고라, 알바니아 북쪽의 서사시와 문학에 등장하는 유명한 전설적인 영웅.

1991년, 축구 경기, 나 그리고 전쟁

여기 내가 가진 많은 것들이 있다.

어머니와 아버지.

친할머니 크리스티나. 할머니는 내게 부족한 것이 무엇인지 항상 알고 있었다. 직접 손으로 짠 쇼트 재킷을 주었을 때 나는 몹시 추위를 느꼈지만 선뜻 인정하고 싶지 않았다. 할머니의 생각이 늘 옳다는 것을 어떤 아이가 인정하고 싶어 할까?

외할머니 네나 메즈레마는 콩알로 내 미래를 봐주었다. 양탄자에 콩알을 집어 던지면, 그 위에 미래의 장면들이 펼쳐졌다. 한번은 할머니가 어떤 노부인이 내게 반할 거라고 혹은 내 이가 몽땅 빠질 거라고 예언했다. 당시 양탄자 위에 흩어진 콩알이 암시하는 내 미래는 다소 불확실했다.

그래서 콩알에 대한 두려움이 생겼다.

나는 면도를 깔끔하게 하는 외할아버지도 있었다. 낚시광인 외할아버지는 모든 사람에게 친절했다.

유고슬라비아, 이 나라는 오래가지 못했다. 사회주의는 무기력해지고, 민족주의가 깨어났다. 이 나라 사람들은 각자 고유한 국기가 있고, 그 국기들이 바람에 휘날리는 가운데, 너는 무엇인가, 라는 물음을 각자 머릿속에 떠올렸다.

우리 학교 영어 선생님에게 품은 묘한 감정.

한번은 선생님이 나를 자기 집으로 초대했는데, 지금도 나는 초대된 이유를 모른다. 봄이 시작될 때처럼 떨리는 마음으로 선생님 집에 갔다. 선생님이 직접 구운 특별한 케이크를 먹고 홍차도 마셨다. 그날 생전 처음 홍차를 마셔본 나는 나 자신이 완전히 어른처럼 느껴졌다. 하지만 오래전부터 홍차를 마셔온 사람처럼 굴며 전문가들이 사용하는 말을 내뱉었다. "홍차 색깔이 너무 까맣지만 않으면 좋겠어요."

나는 코모도어 64 컴퓨터가 있었다. 하계 올림픽 대회, 국제 가라테 플러스, 국제 축구 대회 같은 스포츠 게임이 내가 좋아하는 장르이다.

수북이 쌓인 책 더미. 1991년, 새로운 장르의 책《당신 자신의 모험을 선택해보라(Choose your own adventure)》*를 발견했다. 이 책은 독자인 당신이 이야기의 흐름을 결정하고 바꿀 수 있다.

당신이 외친다. "비켜, 지옥의 악마 새끼야, 안 그러면 네 동맥을 끊어버릴 거야!" — 316쪽으로 갈 것.

나는 베오그라드를 연고로 하는, '붉은 별'이라는 의미의 츠르베나 즈베즈다 세르비아 축구 클럽을 응원했다. 1980년대 말, 우리 팀

* 한국어판 제목은 '끝없는 게임'이다.

은 5년간 세 번 우승했다. 1991년에는 유러피언 챔피언스 클럽컵*
8강에서 뒤나모 드레스덴 독일 축구팀과 맞붙었다. 중요한 경기가
열리는 날에는 베오그라드 마라카나 경기장에 10만 명의 관중이
몰려들었다. 그중 최소 5만 명은 축구 광팬이었다. 늘 그렇듯, 경기
장 분위기는 후끈 달아올랐고, 모든 관중은 응원가를 불러댔다.

여름에도 학교 갈 때 흰색과 빨간색 줄무늬의 축구 머플러를 자
주 매고 다니던 나는 이다음에 커서 '붉은 별' 축구팀에 들어갈 계
획을 세웠다. 하지만 내가 직접 축구 선수가 되어 100조 디나르**나
되는 몸값으로 '붉은 별' 팀에 영입될 가능성은 거의 없었다. 그래
서 나는 물리치료사나 볼보이가 되고 싶었다. 내 입장에서는 축구
공이 돼도 괜찮았다. 중요한 건 '붉은 별' 팀의 일원이 되는 것이었
으니까.

'붉은 별' 팀의 경기는 라디오 중계와 텔레비전 하이라이트 방송
으로 한 번도 빼놓지 않고 챙겨 보던 나는 열세 살이 되자 생일 선
물로 정기 관람권을 받고 싶어졌다.

네나 할머니가 콩알로 내 운세를 보고는 "자전거를 받을 거야"라
고 말했다.

"콩알이 그걸 어떻게 알죠?" 나는 물었다.

할머니는 재차 콩알 한 줌을 바닥에 던지며 진지하게 덧붙였다.
"생일날 집 밖에 나가지 말아라." 그런 후, 일어서서 콩알을 창문
밖으로 내던지고는 손을 씻고 잠자리에 들었다.

---

* 1992-1993 시즌부터는 지금의 명칭 'UEFA 챔피언스리그'로 바뀌었다.
** 유고슬라비아에서 사용된 화폐 단위. 인플레이션 때문에 단위가 컸다.

현실적으로 내 소원이 이루어질 가능성은 없었다. 베오그라드 축구팀은 내가 사는 곳에서 250킬로미터 정도 떨어져 있었으니 말이다. 그래도 외동아들인 나를 위해 부모님이 수도 베오그라드로 이사 갈 결심을 하지 않을까, 하고 내심 생각해본 적도 있었다.

1991년 3월 6일, '붉은 별' 팀은 8강전 1차전에서 뒤나모 드레스덴을 3:0으로 격파했다. 중계방송으로 경기를 지켜본 아버지와 나는 첫 골이 터진 후 목이 쉬어 있었다. 경기 종료 호각 소리가 나자 아버지는 나를 자기 쪽으로 끌어당기며 '붉은 별' 팀이 준결승에 진출하면 입장권을 구입해보겠다고 했다. 아버지는 어머니도 우리와 함께 가자는 의미로 말했으나, 어머니는 집게손가락으로 관자놀이를 툭툭 두드리기만 했다.

드레스덴에서 열린 2차전은 1:2 상황에서 폭력 사태가 발생하여 경기가 중단되는 일이 있었고, 우리 팀이 3:0 판정으로 승리했다. 준결승전 상대로 바이에른 팀이 올라왔다. 당시 바이에른 팀은 이기기 어려운 무적 팀이었다. 아버지와 나는 준결승 1차전 중계방송도 함께 지켜보았다. 전반전이 끝난 휴식 시간에 슬로베니아와 크로아티아에서 발생한 소요 사태가 보도되었다. 그날 많은 골이 터졌다. '붉은 별' 팀은 두 골을 넣고, 바이에른 팀은 한 골을 넣었다.

사실을 말하자면, 현재 내가 태어난 나라는 이 지구상에 존재하지 않는다. 그 나라가 존재할 때만 해도 나는 내가 유고슬라비아 사람이라고 생각했다. 세르비아 출신인 아버지와 보스니아-무슬림 가정에서 태어난 어머니처럼 말이다. 다민족국가에서 태어난 나는, 서로에게 사랑을 느낀 부모님이 만들어낸 결실이고 고백이었다. 서로 다른 출신과 종교의 억압으로부터 유고슬라비아의 '용광로(melting pot)'*가 이 두 사람을 해방했던 것이다.

사람들이 꼭 알아둬야 할 것이 있다. 아버지가 폴란드계이고 어머니가 마케도니아계인 사람도 유고슬라비아 사람이라는 것이었다. 타율과 혈통보다 자율과 혈액형을 더 중요하게 생각한다면 말이다.

1991년 4월 24일, 아버지와 나는 준결승 2차전을 관람하러 베오그라드로 갔다. 나는 흰색과 빨간색 줄무늬 머플러를 차창 밖에 걸어두었다. 진짜 팬이라면 그렇게 한다는 것을 텔레비전에서 봤기 때문이다. 경기장에 도착해서 살펴보니 머플러는 엄청 더러워져 있었다. 하지만 이런 짓을 하지 말라고 주의를 주는 사람은 아무도 없었다.

1991년 6월 27일, 슬로베니아에서 첫 번째 적대행위가 일어났다. 이 과정에서 슬로베니아는 유고슬로비아로부터의 독립을 선언했다. 이어 크로아티아에서도 소규모 전투가 벌어지고, 온 나라가 공포에 휩싸였다. 이후 크로아티아도 독립을 선언했다.

1991년 4월 24일, 세르비아 수비수 시니샤 미하일로비치가 프리킥 골을 성공시켜 '붉은 별' 팀이 앞서나가고 있었다. 이 골에 앞서 몬테네그로 출신의, 기술이 뛰어난 데얀 사비체비치가 반칙을 당했다. 8만 관중의 입에서 터진 환호 소리는 귀를 먹먹하게 할 정도로 엄청났다. 이제 와서 생각해보면, 그때 그 환호 소리와 함께 분노, 억압된 공격성, 생존에 대한 불안감이 터져 나왔던 것 같다.

---

* 다양한 민족이 섞여 살고 있는 도시나 그 상태를 나타낸다.

그러나 내 생각은 틀렸다. 그 모든 것은 이후 총구에서 뿜어져 나왔다. 여기 이 경기장에서 관중들이 쏟아낸 감정은 중요한 골이 들어가서 터져 나온 환호 소리였을 뿐이다.

횃불이 밝혀지고 붉은 연기가 관중석 위로 피어 올라와서 나는 머플러를 얼굴 위로 끌어 올렸다. 우리 주변의 사람들이 환호성을 질러댔다. 거의 대부분 젊은 남자들로, 짧은 앞머리에 긴 뒷머리를 하고 담배를 피우며 주먹을 쥐고 있었다.

미드필드에서 로베르트 프로시네치키가 바이에른 팀 선수들을 교란시키고 있었고, 그의 연한 블론드색 머리칼이 잔디에서 오르락내리락하는 모습이 작은 태양을 떠올리게 했다. 세르비아계 어머니, 크로아티아계 아버지를 둔, 나와 같은 유고슬라비아 사람. 치켜올려 입은 짧은 반바지. 그 아래로 드러난 깡마른 하얀 다리.

후방에서는 레피크 샤바나조비치가 밀집수비를 하고 있었다. 상대하기 힘든 보스니아 출신의 그는 건장한 체격에 빠른 스피드를 가진 선수였다. 코브라로 불리는, 내가 가장 좋아하는 다르코 판체브 선수는 상대팀 페널티 에어리어 근처를 느릿느릿하게 왔다 갔다 하고 있었다. 1차전 원정경기에서 골을 넣은 마케도니아 출신의 공격수인 그는 어깨를 치켜올린 채 항상 등을 약간 구부리고 경기장을 뛰어다녔는데, 하필 오늘 컨디션이 그다지 좋아 보이지 않았다. 우주에서 가장 많이 휜 다리, 나도 그런 다리를 갖고 싶었다.

이 얼마나 대단한 축구팀인가! 발칸반도에 이런 팀은 두 번 다시 나타나지 않을 것이다. 유고슬라비아가 붕괴되고 난 후 각 신생 국가에는 약체 팀들이 뛰는 새로운 리그들이 생겨났고, 최고의 선수들은 현재 해외로 진출하여 왕성한 활동을 펼치고 있다.

후반전 중반에 들어서서 바이에른 팀이 동점을 만들었다. 클라우스 아우겐탈러 선수가 찬 프리킥이 스토야노비치의 손 밑으로 흘러 들어갔다. (세르비아계 소수민족인) 루마니아 수비수 벨로데디치가 바닥에 누워 있는 캡틴을 위로했다.

평소에 큰 소리를 잘 내지 않는 아버지가 고함을 치고 불만을 쏟아내고 욕설을 퍼부어댔다. 나도 아버지가 취하는 행동과 쏟아내는 분노를 똑같이 따라 했다. 화를 내는 것이 왜 나쁜지 도통 알 수가 없었다. 어쩌면 화를 내는 것이 필요했는지 몰랐다. 내 주변 사람들 모두가 화를 냈기 때문이다. 또 나는 모든 일이 잘될 거라는 것을 알고 있었다. 아버지에게 '모든 게 잘될 거'라고 말하려던 바로 그때, 독일이 골을 넣고 앞서나가기 시작했다.

아버지는 가슴이 무너져 내리는 걸 느꼈다.

꼭 1년쯤 후, 아버지는 긴 여행을 갈 때 꼭 가져가야 할 물건이 무엇인지 조심스럽게 물었다. 아버지가 말한 그 긴 여행은 우리 고향을 탈출하는 것이었다. 어떤 팀 사기를 북돋아주려고 응원가를 불러대는, 술 취한 군인들이 점령한 우리 고향을 말이다. 흰색과 빨간색 줄무늬 머플러가 가장 먼저 떠올랐다. 머플러보다 더 중요한 것이 있는 걸 알고 있었지만, 그래도 나는 머플러를 가져가겠다고 했다.

아버지가 "걱정 말아라. 모든 게 잘될 거다"라고 말했다.

후반전이 1:2 상태로 끝났으면, 연장전에 들어갔을 것이다.* 어

---

* 1차전을 2:1로 이긴 상태였으므로, 이번 2차전을 1:2로 졌다면 연장전에 들어갔을 것이라는 의미다.

쩌면 바이에른 팀이 더 튼튼한 다리와 더 나은 전술을 갖고 있어서 결승전에 진출했을지 모른다. 혹 전쟁이 보스니아를 덮치지 않았고 내가 이 글을 쓰지 않았으면, 어쩌면 모든 것이 달라졌을지 모른다.

나는 2:2 상황을 보지 못했다. 90분이 경과한 시점에서 관중 모두가, 경기장 전체가, 더 나아가 나라 전체가 마지막 한 가지를 응원하고 있었다. 아우겐탈러 선수가 엉뚱한 방향으로 공을 차버릴 때까지 계속된 결정적인 공격 찬스에서 나는 눈을 떼지 못했다. 잠시 후, 남자 관중들이 우리 앞과 옆으로 지나갔고 전 관중이 오른쪽 위로 움직였다. 나는 사람들에 떠밀려 잠시 균형을 잃고 공을 시야에서 놓치고 말았다.

이 골 장면을 얼마나 자주 반복해서 보았던가? 분명 백 번은 보았을 것이다. 내 생애 최고의 사랑이나 혹은 최악의 불행과 관련된 것처럼, 세세한 부분 하나하나가 내 기억 속에 각인될 때까지 보았다. 둥근 축구공은 측면수비를 하려는 아우겐탈러 선수 몸에 맞고 아치를 그리며 운 나쁘게 바이에른 팀 골대 안으로 들어간다.

여기 내가 가진 것이 많이 있다.

드리나강 가에 위치한 작은 도시에서 보낸 유년 시절.

묘안석 수집, 자동차 번호판 떼어내기. 이 일로 나는 부모님에게 딱 한 번 매를 맞은 적이 있었다.

콩알 점괘로 미래를 예측하는 할머니가 입 밖으로 뱉은 말은 평생 꼭 지키라고 내게 당부했다. 그런다고 모든 일이 잘 풀리는 것은 아니지만 몇 가지 일은 참고 넘기기가 더 수월할 것이라고 했다. 또 금 같은 귀금속에 투자해야 한다고도 했다.

나는 (담청색의) 크렐레와 (어떤 색깔이었는지 지금은 기억이 나지 않는) 피피카라는 이름의 앵무새 두 마리가 있었다.

인디아나 존스라는 이름의 햄스터 한 마리도 있었다. 아주 짧게 살다 간 햄스터의 마지막 남은 며칠 동안 나는 두통약 안돌을 잘게 부수어 가루로 만든 다음 작은 숟가락으로 떠먹여주고(나도 두통약으로 이 가루를 먹어본 적이 있다) 이보 안드리치*의 소설도 읽어주었다.

나는 두통을 자주 앓았다.

베오그라드에서 다음 라운드에 진출하여 유러피언 챔피언스 클럽컵 대회를 우승한 이후에 두 번 다시 나타나지 않을 엄청난 팀의 엄청난 경기를 보러 아버지와 떠난 환상적인 여행.

상상할 수 없는 전쟁.

작별 인사 한마디 남기지 못하고 떠나온 나, 두 번 다시 볼 수 없는 영어 선생님.

베오그라드에서 경기를 관람하고 난 이후, 두 번 다시 빨지 않으려고 한 흰색과 빨간색 줄무늬 머플러는 언젠가 세탁기 안으로 들어가고 말았다. 오늘날 베오그라드 '붉은 별' 팀은 공격적인 극우주의 성향의 팬이 많다. 독일에 올 당시에 나는 '붉은 별' 팀의 머플러를 갖고 왔는데, 지금은 그 머플러가 어디에 있는지도 모른다.

---

* 크로아티아 소설가로, 1961년에 노벨문학상을 받았다. 작품에 《드리나강의 다리》《트라브니크 연대기》《아가씨》등이 있다.

24

2009년, 오스코루샤

비셰그라드에서 멀지 않은 동쪽에 산악지대가 있다. 이곳으로 들어가는 일은 보통 때도 힘들지만 비 오는 쌀쌀한 날씨에는 아예 불가능하다. 이곳에 주민 열세 명밖에 살고 있지 않는 마을이 있다. 주민들은 마을에서 자신들을 이방인이라고 느낀 적이 없었을 거라는 생각이 드는 게, 이 마을 출신으로서 삶의 가장 많은 시간을 그곳에서 보냈기 때문이리라.

또 다른 확실한 점은 이 열세 명의 주민들이 이 마을 이외의 다른 곳으로는 가지 않는다는 것이다. 이곳 산속에서 (혹은 산골짜기에 있는 병원에서) 그들은 생을 마감한다. 그들과 함께 그들의 농장도 문을 닫고—그들의 아이들이 농장을 이어받지 않으므로—그들의 운도 다하고 삐걱거리는 엉덩이 관절의 수명도 다한다. 그들이 마시는 독주는 정상적인 사람을 눈먼 사람으로 만들고, 또 눈먼 사람을 정상적인 사람으로도 만드는데, 이 독주를 다 마셔 없애버리거나 그렇게 하지 않거나 둘 중 하나를 한다. 그리고 이 마을에서 더는 화형당하는 사람도 생겨나지 않을 것이다(이 술병

25

안에는 나무 십자가가 들어 있다). 어디 그뿐인가. 이 마을에 쳐진 울타리는 의미를 지닌 그 어떤 것도 경계를 짓지 않고, 논밭은 놀리고 있고, 키우는 돼지들은 내다 팔거나 도축한다. 농사도 파속식물, 옥수수, 나무딸기 재배를 마지막으로 끝이 난다. 그러나 나무딸기는 다시 저절로 자라날 것이다.

나는 2009년에 처음으로 이곳에 왔다. 내 기억으로, 그때 난 전봇대를 바라보면서 전기에 대해, 이 마을 마지막 주민이 세상을 떠나고 난 후 전기가 끊길 가능성에 대해 멍청하게 혼잣말을 했다. 이후 얼마나 오랫동안 이 전봇대 사이에서 찌르륵찌르륵 전기 흐르는 소리가 날까?

그때 이 마을 최연장자 중 한 사람인 가브릴로 노인이 파릇파릇한 잔디에 침을 퉤퉤 뱉으며 외쳤다. "왜 그러냐? 오자마자 죽는 얘기부터 꺼내고. 내 뭐 하나 알려주마. 우린 이곳에서 살아남았어. 죽음은 사소한 문제지. 너희가 우리 무덤을 살피고 무덤에 꽃을 갖다 놓고 우리와 얘기하는 한, 이곳은 지속될 거야. 전기가 있든 없든 상관없이. 한데 내 무덤엔 꽃을 갖다 놓지 않아도 된다. 죽은 내가 꽃으로 뭘 하겠냐? 자, 이제 눈을 감아봐라. 몇 가지 보여주마. 보아하니 넌 정말 아무것도 모르는구나."

이 마을 이름은 오스코루샤다.

다행히 찰흙으로 만들어 구운 것 같은 손을 가진 가브릴로 노인이 도로변에 서 있는 우리를 구해냈다. 우리를 말이다. 난 혼자가 아니었다. 크리스티나 할머니도 함께였다. 여기 오자고 한 건 할머니 생각이었으니까.

자동차로 우리를 이곳에 데려다준 스테보 아저씨도 함께였다. 새파란 눈동자의 진지한 그 아저씨는 두 딸을 둔 아버지로, 금전적인 문제를 안고 있었다.

그날 할머니는 내리쬐는 햇볕에도 아랑곳하지 않고 검은색 옷을 입고 있었다. 얘기도 많이 하고, 많은 것을 기억해냈다. 할머니는 시간이 지날수록 과거의 기억에서 벗어날 날이 얼마 남아 있지 않다는 것을 알고 있는 듯했다. 그래서 할머니 본인도 오스코루샤를 한 번 더 볼 겸 나에게도 이 마을을 처음으로 보여주고 싶었던 모양이다.

할머니는 2009년에 생애 마지막으로 좋은 해를 보냈다. 아직 기억력도 떨어지지 않고 몸도 원하는 대로 움직였다. 50년 전 젊은 시절에 오스코루샤에서 남편과 함께 거닐었던 길을 할머니는 한 걸음 한 걸음 걸었다. 페로 할아버지는 이 마을에서 태어나 이곳 산속에서 유년 시절을 보냈다. 이후 1986년에 비셰그라드 집 텔레비전 앞에 앉은 채로 세상을 떠났다. 그 시각에 나는 옆방 침실에서 플라스틱 인디언 피규어로 플라스틱 카우보이 피규어를 맞혀 넘어뜨리고 있었다.

내 나이 다섯 살, 일곱 살 혹은 열 살 때쯤 할머니가 말했다. 내가 남을 속이거나 거짓말은 절대 하지 않을 거지만 항상 과장하고 꾸며대는 일을 할 거라고 말이다. 당시 나는 그 차이점을 알지 못했다(지금도 난 그 차이점을 알고 싶지 않다). 하지만 할머니가 날 믿고 있었던 것 같아서 기분은 좋았다.

오스코루샤로 출발하는 날 아침에 할머니는 "꾸며대고 과장하는 일을 해서 지금 돈도 벌고 있구나"라며 늘 그럴 줄 알고 있었다고 재차 강조했다.

조금 전 비셰그라드에 도착한 나는 이곳에서 내 첫 소설 낭독회 참석차 갔던 긴 여행으로 쌓인 여독을 풀 생각이었다. 할머니에게 선물하려고 책을 한 권 갖고 왔지만 독일어로 쓰여 있어 별 쓸모가 없었다.

할머니가 우리 이야기를 쓴 책이냐고 물었다.

나는 곧장 책 내용을 이야기했다―내가 본 듯한 허구의 세계는 우리의 세계가 아니라 하나의 독특한 세계를 그리고 있다고 설명했다. 그리고 여기 이 책에서는―책 겉표지를 툭툭 두드리며―강들이 말을 하고 증조부모님이 영생하는 세상을 그린다고 덧붙였다. 내가 만들어내는 허구의 세계는 창작, 인지, 기억으로 이루어진 열린 체계로, 이 체계는 실제로 일어난 일에 맞닿아 있다고 말했다.

"맞닿아 있다고?" 말하는 중간중간 기침을 하면서 할머니는 속을 꽉 채운 피망이 가득 든 큰 냄비를 불 위에 힘겹게 올려놓았다. 할머니는 "앉아라. 배고프지"라며 선물 받은 책을 꽃병 위에 올려놓았다. 그런데 그 모습이 마치 박물관 받침돌 위에 얹혀 있는 전시품 같았다.

또다시 돈벌이 이야기가 나왔다.

속이 꽉 찬 피망은 1984년 눈이 많이 내린 어느 겨울날의 냄새가 난다. 그 겨울 사라예보에서 올림픽이 열렸다. 몸에 착 달라붙는 알록달록한 촌스러운 유니폼을 입고 산을 미끄러져 내려온 우리 슬로베니아 영웅들처럼, 나는 동계스포츠 선수라도 된 듯이 썰매를 탔다. 매 경주에서 나는 이겼다(추월할 수 있는 사람이 내 뒤에 아무도 없을 때 출발했으니까).

나는 지금 피망이 익기를 기다리면서 산비탈에 있는 쿠푸스 씨네 집을 바라보고 있다. 그 집은 전쟁이 일어난 이후 총격으로 파괴되어 비어 있었다. 당시 어린 내가 썰매를 타고 할머니 집에 도착해 집 안으로 들어가보니, 할머니는 피망을 식탁 위에 올려놓고 있었다. 나는 추위 속에서 썰매를 타느라 꽁꽁 언 손가락이 몹시 가려웠다. 그런 나를 본 할머니는 내 손을 꼭 잡고 따뜻하게 데워주었다. 텔레비전에서는 유레 프랑코*가 대회전 경기에서 은메달을 딴 모습을 보여주고 있었다. 이처럼 피망이라는 야채 하나도 이젠 비셰그라드에 남아 있는 과거의 추억과 연관 지어 생각하지 않을 수 없다.

할머니가 물을 따라주었다. 1984년의 할머니는 물을 마시는 게 중요하다고 했다. 그리고 2009년에도 그때와 똑같은 신념으로 사람은 물을 많이 마셔야 한다고 했다. 물잔도 그때와 똑같았다. 유리잔 가장자리에 나 있는 작은 금을 보고 나는 그때 그 물잔이라는 것을 알았다.

"할머니, 이런 잔은 따로 모아둬야 해요."

"눈은 어디 두고. 다른 쪽으로 마시렴."

나는 시키는 대로 했고, 할머니는 그런 내 모습을 바라보았다.

---

* 슬로베니아 출신의 유고슬라비아 알파인스키 선수로, 1984년 사라예보 동계올림픽 대회전(giant slalom) 경기에서 은메달을 땄다.

내가 밥 먹고 이것저것 캐묻는 모습도 지켜보았다. "할머니, 잘 지내세요? 하루 종일 뭐 하세요? 찾아오는 사람은 있어요?" 이런 질문은 전화할 때도 묻는 것이었다.

할머니는 무뚝뚝하고 자기 이야기 하는 걸 좋아하지 않았다―다른 사람들, 이웃 사람들 이야기를 물어보면 그제야 좀 더 자세히 대답해주었다. "네가 지난번 여기 왔다 간 이후로 죽거나 미쳐버린 사람은 없어. 라다도 조리카도 아직 살아 있어. 나다는 5층에 살고. 모두 정신이 좀 나갔을 뿐이야. 흐르는 세월과 함께 일어나는 일이지. 별거 아니야. 그들이 살아 있다는 게 좋아. 정신이 나갔어도 난 좋아. 괜찮아."

그때 초인종이 울렸다.

"안드레이군!" 할머니가 외치고 문으로 달려갔다. 남자 목소리와 함께 소녀처럼 키득거리는 할머니의 웃음소리에 이어 바스락거리는 봉지 소리와 고맙다고 말하는 할머니의 목소리가 들렸다. 할머니는 주방으로 돌아오자마자 곧바로 내 접시를 치웠다. 나는 식사를 다 끝내지 못한 상태였으나, 배는 어느 정도 불렀다.

"누구였어요?"

"아는 경찰관." 이 한마디로 모든 것이 설명된다는 듯이 할머니는 큰 소리로 말했다.

내가 설거지를 하려고 하자 할머니는 남자가 할 일이 아니라며 주방 밖으로 날 내보냈다. 청소기 돌리기, 침대 시트 갈기, 청소하기, 이런 일에 대해 할머니는 예전에도 이런 말을 했다. 할머니가 태어난 가정과 시대에 남자들은 양털을 깎고 여자들은 조끼를 떴

30

다. 또 예의범절을 실천하고, 머릿속 생각을 입 밖에 내어 말하지 않고, 사용하는 언어는 간명하고 거칠었다. 그리고 얼마 후, 사회주의가 도래했고 여성의 역할에 대한 논쟁이 일어났다. 이 논쟁이 끝나면 여자들은 집으로 돌아가서 빨래를 널었다.

할머니의 언니이자 내겐 이모할머니인 자고르카 할머니는 당시다른 시대가 오길 더는 참고 기다리지 못했다. 학교를 다니고 하늘을 날고 우주에 가고 싶어 했다. 우주비행사가 되고 싶었던 자고르카 할머니는 먼저 담력을 길렀다. 그러고는 곱사등이 쌍둥이 토도르와 투도르의 도움을 받아 읽기와 산수를 독학했다. 2차 세계대전이 끝나고 얼마 지나지 않아 열다섯 살이 됐을 때, 자고르카 할머니는 어린 시절을 보낸 바위 마을을 등지고 떠났다. 마을에서 가장 편한 대화 상대가 돼주었던 염소 한 마리만 데리고서. 바나트*로 간자고르카 할머니는 그곳에서 헝가리 출신의 비행조종사로부터 비행을 배우고, 그 남자와 판노니아 평원 활주로에서 온화한 밤을 보내면서도 사랑에 빠지지 않았다. 오스트리아 빈에서는 3년간 군영에서 화장실 청소를 하고 도나우강 강변에 주둔할 때는 수의사로복무하는, 소비에트 출신의 창백한 알렉산드르 니콜라예비치 상사로부터 러시아어를 배웠다. 알렉산드르는 노래 부르고 기타 연주 하는 걸 좋아했지만, 둘 다 잘하지 못했다. 볼가강 가에 있는 고르키에서 온 이 러시아 병사는 도나우강 가에서, 르자브강이 흐르는 스타니셰바츠 출신의 자고르카 할머니를 위해 노래를 불렀다. 아름다운 강과 도시들, 아름다운 눈동자에 관한 노래를. 갈색, 아니

* 루마니아 동부, 세르비아 서부, 헝가리 북부 지역을 일컫는다.

31

푸른색 눈동자였나. 눈동자가 정확히 어떤 색이었는지 이젠 전혀 중요하지 않다. 자고르카 할머니와 노래를 불러준 그 러시아 병사가 원한 것은 서로 달랐다. 머리를 짧게 자른 자고르카 할머니는 약간의 돈과 어느 러시아 상사의 신분증을 들고 빈을 떠났다. 이번에도 충성스러운 염소를 데리고서. 열아홉 살이 되는 날, 자고르카 할머니는 모스크바에 도착했다. 거기서 전투기 조종사 교육 과정을 우수한 성적으로 졸업하고, 1959년에 소비에트연방의 첫 우주비행사 확대 그룹에 선발되었다. 그러나 높이 날아오르는 꿈을 이루기에 너무 늦은 감이 있었다. 그리고 얼마 후, 미국인이 달 이곳저곳을 뛰어다녔고, 러시아인은 어떤 분야에서도 2인자가 되고 싶은 마음이 없었다. 1962년 2월 어느 온화한 날, 자고르카 할머니는 바실리 파블로비치 미신* 사무실로 가서 늙었지만 여전히 건강한 염소 한 마리와 좋은 아이디어가 하나 있다고 말했다. 반년 후, 보스니아 동쪽에 위치한 스타니셰바츠 마을에서 온 자고르카 할머니 소유의 이 염소는 달 궤도로 진입했다. 이름 없는 이 염소는 아마 대기권에 재진입할 때 소각되었을 것이다.

2006년에 자고르카 할머니는 세상을 떠났다. 삶의 끝자락에서 자고르카 할머니는 그다지 지치지도 슬퍼 보이지도 않았다. 귀가 먹고 이가 다 빠진, 귀염둥이라는 애칭으로 불린 자고르카 할머니는 마지막 숨을 거두는 순간까지 크리스티나 할머니가 돌봐주었다. 내가 다시 식탁에 앉으려는데, 할머니가 "거기서 뭐 하냐. 이리 와 설거지해라! 왜 그러냐?"라고 말했다.

* 소비에트연방의 우주 개발을 이끈 인물.

싱크대 아래에 내 나이쯤 돼 보이는 행주가 걸려 있었다. 흰색 빨간색 줄무늬가 있는 행주는 세탁기로 수천 번 돌려서 너덜너덜 해어진 상태였다. 나는 접시, 포크, 나이프, 작은 금이 난 유리잔에 묻은 물기를 차례로 닦아냈다.

그러고 있는 내 뒤에 옷을 갈아입은 할머니가 서 있었다. 검은색 블라우스와 직물 바지를 입고 있었는데, 고무장화만 노란색이었다. 나는 순식간에 변신을 하는 슈퍼걸이 생각났다. 다만 할머니는 긴 금발이 아니라 연보라색의 파마머리에 검은색 옷을 입고 있었다.

"어디 가시게요?"

"오스코루샤에 갈 거다."

"저 방금 왔어요."

"여긴 좀 기다리라고 하렴. 오스코루샤는 충분히 기다렸어." 그때 자동차 경적 소리가 났다. "기사도 왔구나." 할머니는 검은색 두건을 쓰고 끈을 턱 밑에서 묶은 다음 거울에 자기 모습을 비춰 보더니 다시 벗었다.

"잘 들어." 할머니가 말했다. "아직 한 번도 올라가보지 않은 건 부끄러운 짓이야." 내가 미동도 하지 않자 할머니가 덧붙였다. "미뤄서 좋을 거 없다."

어디서 그런 말을 들었는지 모르지만 나쁘게 들리지 않았다.

"얼마나 오래 머물 건데요?"

"한번 올라가면 영원히 눌러앉고 싶을 거다."

현관에 식료품이 가득 든 봉투가 놓여 있었다. 할머니가 "아는 경찰관"이 가져다 놓고 간 게 틀림없었다. 할머니가 나를 보고 미소 지으며 말했다. "집에 온 걸 환영한다. 내 당나귀*."

비셰그라드에 마피아가 있었으면 할머니는 대부가 되었을 것이다. 어렸을 때 나는 온 시내에 알려진 좀도둑 세 명을 알고 있었다. 그들은 할머니가 무서워 심부름도 마다하지 않았다. 혹여 할머니가 미용실에서 연보라색으로 염색을 하고 있으면 대개 셋 중 하나가 우연처럼 호박씨를 까며 그 앞에 서 있었다. 그러면 새로 파마를 하고 거리로 나온 할머니가 그에게 다가가 뭔가 귓속말을 했다. 그러면 그가 할머니로부터 어떤 임무라도 명 받았는지 황급히 골목길로 사라졌다.

할머니는 학교를 다닌 적이 없었다. 할머니가 말하길, 학교에 가야 하는 남자아이들은 밖에서 뛰어놀고 싶어 하고, 집에 있어야 하는 여자아이들은 학교에 가고 싶어 했다는 것이다. 학교에 가지 못한 할머니는 집에서 증조모님에게서 바느질, 뜨개질, 집안일을 배우고, 이모할머니인 자고르카 할머니에게선 읽고 쓰기를 배웠다고 했다.

할머니가 뭐든 될 수 있고 뭐든 할 수 있을 것 같은 느낌과 할머니가 삶을 이겨내고 나이 먹는 것을 두려워하지 않을 거라는 나의 확신은 할머니가 앓고 있는 병이 악화되자 사라져버렸다. 증세가 나타나기 시작한 것은 2016년 봄이었다. 할머니는 물건을 둔 장소를 잊어버리고 그 물건이 없어졌는지도 몰랐다. 또 적당한 단어가 생각이 안 나 단어를 찾다가 하려던 말을 잊어버리고, 리모컨이 뭔지 까먹고 해체해놓기도 했다. 미용실도 누군가 데려다주어야만

---

* 유고슬라비아에서 어린 자녀나 손주를 귀엽게 이르는 말.

갈 수 있었다. 어느 날은 한 외판원의 설득에 넘어가 베개 하나를 200유로나 주고 사기도 했다. 예전 같았으면 외판원을 때리려 달려들고 되레 낡은 자기 베개를 팔았을 것이다.

2009년, 할머니의 몸 상태는 좋았다. 그해 봄에 할머니는 거뜬히 3층에서 마당으로 내려갈 정도로 정정했다. 그때 파란색 유고 자동차 엔진 돌아가는 소리가 들렸다. 자동차 밖에 서 있던, 청바지와 티셔츠를 입은 운전기사가 서둘러 차에 올라타는 할머니를 도왔다. 내게 자신을 스테보라고 소개한 그는 할머니를 향해 고개를 끄덕이며 "운전기사"라고 덧붙였다.

울퉁불퉁한 거친 길은 유고 자동차가 달리기에 좋지 않았다. 도로 군데군데 움푹 파인 자국 때문에 차축이 파손되지 않도록 작은 자동차는 안간힘을 썼다. 하지만 얼마 못 가 스테보 아저씨가 넌더리를 내며 미안하다고 했다.

우리가 차에서 내려 걸어가려는데 어디선가 한 남자가 할머니의 이름을 불렀다. 산속에 울려 퍼지는 메아리가 흥얼거리는 봄 공기에 상냥하고 엄숙하게 아로새겨졌다.

할머니가 미소를 지었다.

소리친 사람의 모습은 보이지 않았다. 잠시 후, 한 젊은 남자가 도로 위 숲에서 튀어나와 비탈길을 훌쩍 뛰어넘는데, 숫염소처럼 어리석으면서도 용의주도했다. 가까이 다가올수록 젊어 보이던 남자의 모습이 점점 나이 들어 보이고, 수염엔 전나무 잎이 붙어 있었다.

우리에게서 단 몇 발짝 떨어진 곳에서 그는 할머니 이름을 재차 불렀다. 그러고는 쓰고 있던 세르비아 스타일의 전통 모자 샤이카차를 벗었다. 할머니와 그 남자는 다정하게 오래도록 쳐다보았다.

그는 스테보 아저씨와 악수를 한 후 제스처를 크게 취하며 나를 돌아보더니 내 이름을 큰 소리로 불렀다. 돌아보는 모습도 요란스럽고 눈동자도 아주 짙은 갈색으로, 모든 것이 너무 과하다는 느낌이 들었다. 게다가 손톱 밑엔 흙이 잔뜩 껴 있었다.

"자네가 크리스티나 손자군. 가브릴로라고 하네. 우린 친척이지. 왜 그런지 알려주지. 아니, 보여주는 게 낫겠군."

그 시작은 공동묘지였다―할머니는 증조부모님의 묘지에 가고 싶어 했다. 가브릴로 노인이 빠른 발걸음으로 우리를 가파른 풀밭으로 데리고 갔다. 풀밭가에 굽은 나무들이 나란히 서 있고, 풀밭 서쪽은 훤히 드러나 있었다. 완만한 언덕 위로 우뚝 솟은 산이 있는 그곳엔 몇몇 농가와 농장이 군데군데 흩어져 있고, 짙푸른 숲들이 거의 산꼭대기까지 뒤덮여 있고, 벌거벗은 바위 꼭대기가 태양 아래서 붉게 빛나고 있었다. 망자들을 위한 오스코루샤의 멋진 전망이다.

우리는 한낮의 더위 속에서 높게 자란 풀잎을 헤치며 무덤 사이를 걸어 다녔다. 나는 가브릴로 노인과 보조를 맞추려 애쓰면서 산꼭대기를 흘끔흘끔 쳐다보았다. 그때 가브릴로 노인이 손바닥으로 내 가슴을 쳤다. "조심해라. 무슨 생각을 그렇게 해!"

세상에! 뱀 한 마리가 길을 가로막고 있는 게 아닌가.

"포스코크군." 가브릴로 노인이 중얼거렸다.

나는 한 발짝 뒤로 물러났다. 오늘처럼 뜨거운 햇볕이 쨍쨍 내리죄는 여러 해 전의 비셰그라드의 어느 날로 돌아간 듯이.

포스코크는 어린아이—나를 말하는가?—, 닭장 속 뱀을 의미한다.

포스코크는 먼지 가득한 공기를 뚫고 널빤지 사이로 비치는 햇빛을 의미한다.

포스코크는 뱀을 때려 죽이려고 아버지가 높이 치켜든 돌을 의미한다.

포스코크에는 점프의 의미인 스코크가 포함되어 있다. 한 아이가 뱀의 모습을 자세히 묘사한다. 점프하여 목을 덮치고 눈에 독을 뿜는 그 모습을.

아버지가 포스코크를 소리 내어 말한다. 나는 닭장 속 뱀보다 이 단어가 더 무섭다.

나는 오스코루샤 공동묘지에서 난생처음 듣는 단어로 인해 떠오른 장면을 그려보다 화들짝 놀랐다. 포스코크는 어린아이가 '경건한 두려움'을 느끼는 데 필요한 모든 것을 담고 있었다. 독. 살생을 하려는 아버지. 마치 포스코크가 어린아이인 내 마음속에 불러일으킨 것이 아버지와 관련 있는 것 같았다. 나는 포스코크라는 이 단어가 무섭고 뱀이라는 동물이 두려워 아버지와 함께 불안에 떤다. 아버지 뒤에 비스듬히 서서 나는 아버지와 함께 뱀을 자세히 살핀다. 아버지가 돌로 뱀을 맞히지 못할 것 같은 예감이 든다. 실제로 아버지는 뱀을 맞히지 못하고, 포스코크는 주둥이가 쩍 벌어진다는 의미의 스코크로 바뀌어버린다. 공포와 호기심으로 나는 제정신이 아니다. 아버지가 뱀을 죽이는 게 아니라 뱀이 아버지를 죽이면 어쩌지? 나는 아버지 목에서 뱀 이빨의 촉감을 느낀다. 포스코크.

아버지가 돈을 던진다.

포스코크를 번역한 뿔뱀이라는 단어가 나를 오싹하게 한다.

오스코루샤 공동묘지에 나타난 갈색 뿔뱀은 태연하게 과일나무
의 녹색 나뭇잎 사이로 몸을 칭칭 감고 나무 꼭대기로 올라갔다.
침입자들을 더 잘 관찰할 요량으로. 햇볕이 내리쬐는 나뭇가지 속
뿔뱀은 똬리를 틀어 둥지 모양을 하고 증조부모님의 무덤 위에 걸
려 있었다.

그곳에는 먹을 것과 마실 것이 있고, 어떤 한 부인도 우리를 기
다리고 있었다. 불과 몇 미터 떨어져 있지 않은 흰 나무줄기를 뿔
뱀이 칭칭 감고 올라갈 때에도, 부인은 냉담한 모습으로 서서 큰
칼로 훈제 고기를 얇게 썰고 있었다.

가브릴로 노인이 내 가슴에서 손을 떼고 성큼성큼 걸어갔다. 할
머니와 스테보 아저씨도 나를 앞질러 가서 부인에게 인사를 했다.
그러고는 가져온 음식과 플라스틱병에 든 음료수를 탁자 위에 올
려놓는데, 제사상으로 사용되는 무덤 앞 돌판에는 이미 고기와 빵
이 차려져 있었다. 이제 뱀을 신경 쓰는 사람은 아무도 없었다. 오
직 상상 속에만 등장하고 언어로만 존재하는 것처럼 말이다. 제사
상이 다 차려지자 할머니가 양초에 불을 붙였다.

그들을 등지고 돌아선 나는 묘비 사이를 걸어 다니며 묘비명을
하나하나 읽어나갔다. 여기도 스타니시치, 저기도 스타니시치였다.
거의 모든 묘비와 묘비 판에 내 성 스타니시치가 쓰여 있고, 묘비
판에 붙은 작은 사진 속 사람들이 날 자랑스럽게 혹은 당혹스럽게
쳐다보고 있었다. 마치 자랑스러움과 당혹스러움만이 남아 있는

것처럼 느껴졌다. 묘비 판 속 몇몇 이름은 이끼에 뒤덮여 있고, 또 몇몇 이름은 오랜 세월을 거치면서 풍화되어 바래져 있었다. 잠시 후, 증조부모님 무덤 앞에서 가브릴로 노인이 "잊힌 사람은 없어"라며 확신에 찬 어조로 말했다. 이어 판독하기 어려운 묘비를 가리키며 덧붙였다. "여기도 스타니시치, 저기도 스타니시치." 잠시 말을 멈췄다가 다시 "저 여잔 누구였더라, 아, 까먹었네"라고 했다.

먼저 와 우리를 기다리고 있던 키 큰 부인이 먼저 내게 악수를 청했다. 그러고는 술 한 잔을 들이켜고 나서 "난 마리야라고 하네"라고 자신을 소개했다. 그러고는 계속 말을 이어갔다. "가브릴로는 내 남편이고. 아, 근데 과일은 가져왔나?"

나무 아래 서 있던 키 큰 부인이 바로 마리야 부인이다. 대장장이 앞치마 같은 빳빳한 갈색 원피스 차림의 마리야 부인은 이곳에서 서너 골짜기 떨어진 곳에 있는 마을 출신이다. 그 마을 이름은 잊어버렸다. 요시프 브로즈 티토가 세상을 떠난 날, 그 마을에 빨간 머리 여자아이가 태어났다. 흔치 않은 경사였다. 두 살이 되자, 그 아이는 라틴어로 말하기 시작했다고 한다. 흔치 않은 재능이었지만 실용적이지도 않고 쓸모도 없었다. 그 일은 본초학에 기록되어 전해져 내려왔다. 시간이 흘러 소녀는 매주 화요일 미래에 대한 예측을 내놓았는데, 적중률이 꽤 높았다. 일부 사람들은 예언이 들어맞는다고 하고, 다른 사람들은 틀렸다고 했다. 1994년에 소녀는 서양톱풀을 찾으러 다니다 그만 지뢰를 밟고 말았다. 그 일이 일어나기 며칠 전부터 그 동네 사람 하나가 코피가 멈추지 않는다고 호소한 일이 있었다.

나는 마리야 부인에게 오렌지와 파인애플이 든 봉지를 건넸다. 마리야 부인은 그 과일들을 무덤 앞 돌판에 놓았다.

나는 "과일을 좋아하셨나 봐요?"라고 물었다.

"모르겠는데." 그렇게 말하고 마리야 부인은 파인애플 윗부분을 잘라냈다. "난 좋아해. 자네는?"

내 옆에 선 마리야 부인의 턱 밑 가느다란 실핏줄이 보일 정도로 부인은 키가 엄청 컸다. 손끝도 여물고 움직임도 민첩했다. 파인애플을 자르는 모습이, 뭔가 집으려고 무덤에서 뛰어내렸다 올라갔다 하는 모습이 마치 펜싱 선수를 떠올리게 했다.

우리 머리 위 마가목 나무 꼭대기에 뿔뱀이 잠복해 있었다. 오늘은 2017년 9월 25일이다. 나는 함부르크 고속전철 안에 앉아 있다. 내 옆에 앉은 사십대 중반으로 보이는 두 사람이 포켓몬에 대해 얘기하고 있다. 내 머리 위로 떠다니는 단어들이 나를 불안하게도, 기쁘게도 했다. 나는 그 단어들 가운데 이 이야기에 사용할 수 있는 적당한 단어들을 찾아내야 한다.

이 이야기는 기억이 소멸되는 시점에서, 짧은 시간에 사라져버린 한 마을에서, 망자들의 현존에서 시작되었다. 나는 증조부모님의 무덤가에서 술을 마시고 파인애플을 먹었다. 주변 공기는 때에 따라 지렁이 냄새, 사자 이빨에서 풍기는 젖내, 소똥 냄새가 났다. 그리고 곳곳에, 근처 언덕에서 캔 석회암과 숲속에서 벤 너도밤나무로 지은 집들이 흩어져 있었다. 아름답다. 이 마을의 아름다움에 대해 나는 돼지사육사이자 사냥꾼인 가브릴로 노인에게 물어보았다. 오스코루샤를 아름답다고 생각해본 적이 있느냐고.

가브릴로 노인은 아내의 미모 이외의 아름다움엔 별 관심이 없다며 마리야 부인의 어깨에 입을 맞추었다. 나는 그가 끝도 없이 단조롭고 힘든 농사일, 땅, 수확과 관련된 속담 같은 뭔가 현실적인 말을 덧붙일 거라고 확신했다. 그러나 가브릴로 노인은 콜라병에 든 술을 자기 잔에 따라서 무덤 위에 놓을 뿐이었다.

오스코루샤, 아름다운 마을 이름이다. 아니, 아름답지 않다. 오스코루샤, 발음이 거칠고 퉁명스럽게 들린다. 입에 착 달라붙는 음절도 없고 리듬감도 제로고 음도 이상하게 배열되어 있다. 그래, 시작부터 그렇다. 오스코 —무슨 뜻일까? 누가 이런 단어를 구사할까?—, 뒤따라 나오는 마지막 소리 루샤는 억양이 뚝 떨어지는 느낌이다. 발칸반도 최후의 모습처럼 가혹하고 슬라브식이라고 하지 않을 수 없다.

누군가 아무것도 아닌 내게서 발칸반도를 앗아 간다 하더라도, 나는 그저 두고 볼 것이다. 슬라브 민족의 가혹한 최후인가? 그렇다. 유고인들이 전쟁을 꾀하고 나쁜 짓을 하고 있으니까.

이와 관련하여 떠오르는 이미지는 아무 의미가 없다. 슬라브 민족의 가혹한 최후에서 사람들은 무엇을 상상할까? 슬라브인의 민족성은 '신사용 모자' 같은 게 아니다. 신사와 모자가 어떤 의미인지 안다는 걸 전제로 하더라도 명확하게 묘사할 수 있는 그런 게 아니다.

아이러니하게도 편견과 인습이 다양하게 존재하는 것에서 기쁨을 느끼지 못하겠지만, 오스코루샤가 무슨 뜻인지, 오스코루샤가 뭔지 아는 사람은 이 글을 읽을 것이다. 오스코루샤는 귀한 대접을 받는 과일의 한 품종으로, 정확히 말하자면 높은 수확량을 자랑하는 사과 이름이다. 농부들이 풍년을 확신하는 농작물이다. 또 오스코루샤는 마가목을 뜻하는 소르부스 도메스티카(Sorbus Domestica)에 대한 세르보크로아트어 명칭이기도 하다.

저항성이 있는 마가목 열매가 완숙하면 햇빛을 받은 부분은 선홍빛을 띠고, 나머지 부분은 노란색을 띤다. 햇빛을 받은 부분은 달콤하고 햇빛을 받지 못한 부분은 쓴맛이 난다. 해충 방지를 위해 해충 방지제를 뿌릴 필요도 물을 줄 필요도 없다. 이와 반대로 줄기와 잎은 야생동물의 먹잇감이 된다.

끊임없이 비극적인 일이 일어나는 나라의 동쪽 맨 끝, 보스니아 산속에 얼마 후면 없어질 마을 오스코루샤가 있다. 80년대, 이곳에 주민 백 명이 살았다. 그중 한 주민은 구슬레*를 연주하고, 또 다른 주민은 도미노 저녁 모임을 가졌다. 그리고 밀랍으로 용을 조각하는 주민도 있었다. 이 마을 주민들은 겨울엔 털가죽을 입고 추위를 이겨내고, 도미노게임을 할 때는 정답게 티격태격했다. 여름이면 몸에 오일을 고루고루 발랐다. 어느 날, 아이슬란드에서 온 배낭족이 이 마을에 들어온 적이 있었다. 웃음이 많은 그 배낭족은 마을에서 열린 도미노 대회에서 4위를 차지하는 영예를 안았다.

전쟁 기간에 세상을 피해 숨어 지내는 건 목숨을 구하는 일일지도 몰랐다. 다행히 오스코루샤는 전쟁의 피해를 입지 않았다. 자진해서 전쟁터로 나가 닥치는 대로 사람들을 쏴대다 전쟁에서 패배한 남자들을 제외하고는. 그러나 전쟁터에 나가지 않고 남은 사람

* 슬라브 현악기.

은 다른 이유로 목숨을 잃었다.

나는 오스코루샤 공동묘지에 앉아 죽은 조상들과 함께 내 성인 '스타니시치'와 빵을 나누었다. 우리가 조상의 무덤 앞에 앉아 훈제 고기를 먹고 있을 때, 가브릴로 노인이 말했다.

"여기가"—무덤에 술을 조금 뿌리고 말을 계속 이어갔다—"네 증조부님 묘다. 네 증조모님은 술을 몰래 마시곤 했단다." 그러면서 증조모님의 무덤 앞에도 술잔을 놓고는 시선을 돌렸다. 망자가 되어서도 증조모님이 술을 몰래 마실 수 있도록 말이다. 우리는 술잔을 맞부딪치며 건배했다.

할머니는 증조부모님 묘 앞에서 너무 지나치게 유난 떨지는 않았다. 할머니는 검은 묘비에 달라붙은 새똥을 긁어내고 잡초를 뽑고 덤불을 베고는 돌덩어리 두 개를 무덤가로 끌고 왔다. 할머니가 뭘 하려는지 알 수 없었지만 나는 돌 옮기는 일을 도왔다. 묘 가장자리에 그 돌들을 갖다 놓으려는 모양이었다.

요즘 들어 증조부모님의 묘 때문에 난리법석을 피우는 걸 보면 할머니의 기억이 돌아오고 있는 게 확실하다. 할머니는 이 묘를 직접 썼다. "아무도 그 일을 하려고 하지 않았어." 할머니는 반복해서 말했다. "거기 공동묘지에서 영원한 안식을 취하고 있는 이들이 없었으면 이 세상에 존재하지도 않았을 이들도 그 일을 하려 들지 않았지."

공동묘지를 뒤덮은 더위는 소금 냄새가 나고 매미 우는 소리처럼 들렸다. 가브릴로 노인은 내게 동의의 눈길을 구했다. 나는 고개를 끄덕이다 공동묘지에서 이런 행동은 적합하지 않다는 것을 깨달았다.

"저걸 찾느냐?" 가브릴로 노인이 주변 풍경을 가리키며 말했다. "저기 집이 있었어."

"증조부모님 집이요?"

"그래."

"저기요?"

"아니, 저쪽."

"울타리가 보이는 곳요?"

"아니, 아무것도 없는 곳 말이다."

나는 웃었으나, 가브릴로 노인은 별로 웃기지 않는 모양이었다. 그때 가브릴로 노인이 내 출신이 어디냐고 물었다.

나는 '늘 그렇듯 역시나 출신이군' 하고 생각하며 열변을 토하기 시작했다. "복잡한 문제군요! 어디서 왔냐는 말이 암시하는 바가 뭔지부터 정확히 따져봐야 해요. 분만실이 위치한 언덕의 지리적인 위치를 암시하는지, 마지막 진통이 시작되는 순간에 머물고 있는 나라의 국경을 암시하는지? 부모님 혈통인지? 유전자, 조상, 방언인지? 어떤 관점에서 보더라도, 출신이 창조물이라는 건 변함이 없어요! 한번 입으면 영원히 입고 있어야 하는 옷 같은 거죠. 그건 저주예요! 아니면 약간의 운이 들어 있는 능력이랄 수 있어요. 재능에서 기인한 것이 아니라 장점과 특권을 만들어내는 능력 말이죠."

나는 내 생각을 거침없이 쏟아냈다. 가브릴로 노인은 내 말을 끊지 않고 끝까지 들어주었다. 그는 빵을 손으로 찢어서 가장자리 부분을 내게 건네며 말했다. "이곳, 넌 이곳에서 왔다."

나는 빵을 한 입 베어 물고 그의 설명을 기다렸다. 이곳이라뇨? 뭐가 이곳이라는 거죠? 증조부모님 때문에요?

가브릴로 노인이 소매로 오이를 닦아 입으로 가져갔다. 오이를 우물우물 씹으면서 오이 이야기며, 유전자 조작 채소가 밀려드는 이야기를 길게 늘어놓았다. 대체 뭔 말인지 맥락을 이해하지 못하고 있을 때 그가 내 팔을 잡았다. 마치 팔 근육을 평가하려는 듯이. 그러고는 "여기서, 넌 여기서 왔어. 알게 될 거야. 따라와보겠냐?"라고 큰 소리로 말했다.

"선택권이 있나요?" 나는 유머를 잃지 않고 조금이라도 익살스럽게 말하고 싶었다.

"아니." 가브릴로 노인이 단호하게 대답했다. 이어 할머니가 속삭였다. "배은망덕하게 굴지 마라."

나는 뱀을 올려다보았다. 뱀 또한 당장이라도 무슨 말을 할 거라는 확신이 들었다. 어찌 됐건 이 뱀은 이곳 토박이고, 여기 이 산의 언어를 이해하고, 여기서 무슨 일이 일어났는지 나보다 훨씬 더 잘 알고 있었을 것이다. 더 나아가 내가 무엇에 대해 감사해야 하는지에 대해서도 더 잘 알고 있었을 것이다.

우리는 짐을 챙겼다. 봉지를 들고 스테보 아저씨와 마리야 부인이 앞장서 걸었다. 나는 할머니와 가브릴로 노인을 뒤따랐다. 두 사람은 나를 우물의 원형이랄 수 있는 한 우물가로 데려갔다—돌로 만들어진 우물 가장자리에 비스듬히 기울어진 나무 지붕, 손잡이, 밧줄이 있었다. 가브릴로 노인이 우물에 얽힌 이야기를 했다.

"네 증조부님이 물줄기를 발견하고 우물을 팠지. 죽기 전 네 증조부님의 마지막 소원은 증조모님이 이 우물에서 퍼다 주는 물 한 모금을 마시는 거였어. 그 말을 들은 증조모님이 '직접 가서 퍼마시구려' 하고 대꾸했지."

갈증이 나지 않지만 나는 우물물을 마셔야 했다. 물에 병원균이 들어 있을까 봐 불안했지만 증조부님은 물론 가브릴로 노인도 할머니도 그 누구도 실망시키고 싶지 않았다. 그래서 물을 마셨는데 지금껏 마셔본 물 중 최고였다. 이어 물통에 우물물을 가득 채우고 있는 나를 보고 할머니가 말했다. "네 할아버지는 오스코루샤에서 태어났단다. 이 우물물을 마시고 이 숲에서 버섯을 찾아다니다 난생처음 마주한 곰을 때려눕혔지. 그때 나이가 여덟 살이 채 안 됐어."

"이보게, 자네 어디 출신인가?" 가브릴로 노인이 재차 물었다. 소속감을 갖게 하는 감성팔이 질문이군! 나는 생각했다. 그렇다고 방금 마신 물 한 모금 때문에 약해지진 않을 테다.

내가 대답하지 않아도 어차피 할머니가 끼어들어 다시 말을 이어나갈 테고, 실제로 그렇게 했다. "네 할아버지는 오스코루샤에서 태어났단다. 이 모든 게 그의 땅이었어. 저기 위를 보렴. 저곳에 네 할아버지는 집을 지었단다."

"이리 와봐." 가브릴로 노인이 말했다. 그 말에 우리는 다시 움직였다. "우리 마을엔 여기보다 골짜기를 한층 더 잘 내려다보고, 비야라츠산을 한층 더 잘 올려다볼 수 있는 곳이 없어."

잠시 후 우리 눈앞에 펼쳐진 그곳에는 거칠게 다듬어진 돌덩이 몇 개와 건물 외벽의 잔재물밖에 없었다. 그것들은 거미줄에 얽혀 뿌옇게 보였다. 나는 그 모습에서 집 형체를 그려보려 애썼다. 그러고는 쐐기풀을 헤치고 황폐해진 폐허 속에 남아 있는 가구 잔해 더미 쪽으로 올라가서, 이제 아무것도 올려놓을 수 없을 성도로 망가진 장식장 앞에 섰다. 뼈대만 남은 철제 침대 위엔 도마뱀 한 마리가 떡하니 버티고 있었다. 예전엔 창문이었던 벽 속의 구멍 사이로 작은 나뭇가지들이 어린 시절 할아버지의 꿈을 향해 뻗어 있었다. 근데 이 모든 것이 내게 무슨 의미가 있단 말인가?

증조부님의 우물물을 마셔본 나는 독일어로 그 우물물에 대해 다음과 같이 묘사했다. 우물물은 내가 짊어질 필요 없는, 이 산이 떠안고 있는 '짐' 같은 맛이 났다. 또 어떤 것이 어떤 사람의 소유라는 주장의 참을 수 없는 '가벼움' 같은 맛도 났다. 아니, 그렇지 않다. 차가운 우물물은 물맛이 났을 뿐이다. 마침내 나는 결심한다.

"이보게, 자네 어디 출신인가?"

이제 난 이곳 오스코루샤 출신이기도 한 걸까? 오스코루샤.

47

낯선 곳에서 길을 잃다,
어둑한 불빛 속의 시간 동굴

나는 함부르크에 살고 독일 여권을 소지하고 있다. 내가 태어난 곳은 낯선 산 너머에 있다. 친숙한 엘베강 가에서 달린 거리를 계산하는 앱을 켜놓고 일주일에 두 번 조깅을 하는 나는 길을 잃는다는 게 어떤 것인지 상상이 가지 않는다.

나는 함부르크 스포츠클럽(HSV) 팬이다. 경주용 자전거를 한 대 갖고 있는데 도난당할까 불안해서 자전거를 타고 나간 적이 거의 없다. 얼마 전, 사방에 활짝 핀 꽃들이 가득한 식물원에 산책하러 간 적이 있었다. 거기 있는 마가목 나무를 본 나는 직원에게 국내산인지 물었다. 그런데 그 직원은 선인장에 대해선 속속들이 알고 있다는 엉뚱한 대답을 했다.

가끔 사람들은 독일이 내 고향인지 아닌지 알고 싶어 한다. 어떨 땐 그렇다고 하고, 또 어떨 땐 아니라고 대답한다. 사람들이 배척하려고 이런 질문을 한다고는 좀처럼 생각하지 않는다. 그러나 이런 질문을 하면서 그들은 일종의 안전장치를 해둔다. "오해하지 마세요. 내 사촌은 체코 남자와 결혼했어요"라고 하면서.

친애하는 외국인청 담당자께, 어느 비 내리는 밤 3월 7일에 저는 유고슬라비아에서 태어났습니다. 그리고 비 내리는 1992년 8월 24일에 독일에 도착해 그때부터 이곳에 살고 있습니다. 저는 예의 바른 사람입니다. 제가 체코 사람이 아니라는 이유로 누군가의 마음이 불편해지는 걸 원하지 않습니다. 제 출신과 그 외 인적 사항들에 대해 말씀드리겠습니다. 그다음에 저는 "저기 뒤에 있는 사람이 건스앤로지스의 액슬 로즈입니까?"라고 말할 겁니다. 그 말에 저와 이야기를 나누고 있는 상대가 뒤돌아보는 순간, 독일산 나비로 변신한 저는 팔랑팔랑 날갯짓을 하며 저 멀리 날아갑니다.

세 살 된 아들이 우리 셋집 근처 한 정원에서 놀곤 한다. 이웃 사람들 말로는 정원 주인이 아이들이 거기서 노는 걸 좋아하지 않는다고 한다. 그 정원에서 쑥쑥 자라고 있는 벚나무에는 벚꽃이 활짝 피어 있다. 아들과 나는 함께 벚꽃을 딴다. 아들은 함부르크에서 태어났다. 아이는 벚꽃에 씨가 들어 있는 것을 알고 있다. 유고슬라비아어로 씨는 코스피카, 벚꽃은 트레스냐라고 한다.

누군가 내게 오스코루샤에 있는 벚꽃나무들을 보여준 적이 있었다. 어떤 남자는 곰 가죽을, 또 어떤 남자는 훈제실을 보여주기도 했다. 심지어 어떤 여자는 오스트리아에 있는 손자와 전화를 하고 난 후 내게 휴대폰을 팔려고도 했다. 가브릴로 노인은 거대한 아가리에 할퀸 것처럼 보이는 상처 자국을 보여주기도 했다. 나는 많은 것을 보고 들으려 했고, 대부분은 그리 나쁘지 않은 그저 그런 것들이었다.

커다란 상처 자국이 왜 생겼는지 묻는 내게 나무딸기를 내밀던 가브릴로 노인은 선물로 새끼 돼지 한 마리를 주고 싶어 했다. 그때 문득 아득히 먼 높은 산속에서 어떤 이야기가 중얼중얼 흘러나왔다.

그 이야기의 시작은 다음과 같았다.

아득히 먼 높은 산속에서……

이 이야기는 가브릴로라는 이름을 가진 농부와 함께 시작한다. 아니, 비셰그라드의 비 내리는 밤과 함께 시작한다. 아니, 그것도 아니다. 치매에 걸린 할머니와 함께 시작한다. 아니, 이것도 아니다. 이 이야기는 다른 여러 이야기를 보태어 세상을 뜨겁게 달구는 것으로 시작한다.

한 번 더! 한 번 더!

나는 새로 시작하기를 수차례 반복하며 여러 다양한 결말을 찾을 것이다. 나는 나 자신을 잘 안다. 산만하지 않은 나의 이야기는 내 이야기가 아닐 것이다. 산만함은 곧 내 문체다. 나 자신의 모험(My own adventure).

너는 기묘하고 음울한 시간의 동굴에 있다. 길 하나는 아래쪽으로 나 있고, 다른 하나는 위쪽으로 이어져 있다. 네 위치에서 아래로 내려가는 길은 너를 과거로, 위로 올라가는 길은 미래로 이끌 것이다. 자, 어떤 길을 가기로 결정할 것인가?

도저히 집중할 수가 없다. 나는 에펜도르프 대학병원* 도서관에

---

* 함부르크 소재 대학병원으로, 지금은 함부르크 도시명이 추가로 들어가 '함부르크-

앉아 치매와 뱀독에 관한 책을 읽고 있다. 맞은편에 의대 여학생이 앉아 색인 카드를 들여다보고 있다. 그 여학생은 내장 기관들이 잔뜩 그려진 색인 카드에 파묻혀 간(肝)과 많은 시간을 보내고 있는 것 같다.

가브릴로 노인이 내게 술을 한 잔 더 권한다.

나는 맞은편 의대 여학생에게 하누타* 한 봉지를 내밀어보지만 거절당한다. 사람은 미세한 충격만으로도 집중해야 할 본질적인 것을 잃어버릴 수 있다. 그것은 바로 여기선 기억이고, 저기선 전설이고, 저 너머에선 기억 속에 남아 있는 유일한 단어다.

포스코크.

사소한 것이 의미를 가지면서 이내 없어서는 안 될 중요한 것으로 생각된다. 나무 위에서 나를 내려다보고 있는 뿔뱀이 기억 속 단어와 의미론적 불안감을 품고 있는, 어린 시절의 내 마음을 들여다본다. 나는 아래로 가는 길을 택한다. 그 순간 나는 30년 어려진 소년의 모습으로 변해 비셰그라드에 있다. 전쟁이 일어나기 전, 불안한 꿈 같은 80년대의 어느 여름날에 아버지와 어머니가 춤을 추고 있다.

에펜도르프 대학병원'으로 부르고 있다.
* 독일 초콜릿 과자.

축제!

정원의 벚꽃나무 아래에서 아버지와 어머니를 위한 축제가 열린다. 베란다에 음악이 퍼져나가고, 어머니가 아버지 팔 밑에서 몸을 빙글빙글 돌린다. 라디오에서 어머니를 위한 연주가 흘러나온다. 그곳엔 나도 함께였지만 그날 축제는 나를 위한 것이 아니다. 나를 위한 건 아무것도 없다. 나는 음악에 귀 기울여보지만 부모님이 이해하는 걸 깨닫지 못한다. 그래서 베란다 청소를 한다.

나는 어린이용 빗자루로 베란다를 청소한다. 빗자루가 잘 쓸리지 않는다. 빗자루에 결정적으로 중요한 것이, 빗자루를 빗자루로 만드는 것이 빠져 있다. 뻣뻣한 플라스틱 빗자루는 털이 많이 벌어져 있다. 버찌보다 작은 건 모두 이 빗자루 털 사이로 빠져나간다. 나는 내가 아닌 어머니를 위해 연주되는 음악의 리듬에 맞춰 베란다 바닥을 벅벅 문지른다.

개 한 마리가 부모님을 향해 짖으며 그들의 발 위로 뛰어오른다. 우리 집 개가 아니다. 우리는 반려동물로 일찍 죽는 햄스터들과 우울한 새들만 키우고 있다. 이 개는 전날부터 여기 와 있는데도 부모님은 개의 존재를 알아차리지 못하거나 진지하게 여기지 않고 있다. 이윽고 개는 부모님 관심을 끄는 걸 포기하고 잔디밭을 껑충 껑충 뛰어다닌다.

부모님의 춤동작과 몸놀림 때문에 곁에 계속 있을 수 없게 되자, 나는 일부러 빗자루를 바닥에 툭 하고 떨어뜨리며 요란한 소리를 낸다—그 와중에도 부모님은 계속 춤을 춘다.

나는 개를 뒤쫓아 간다. 집시들이 보금자리를 짓고 스쿠터를 세워놓고 회전목마를 설치한 풀밭을 개가 이리저리 돌아다니다 수풀에 코를 박고 끙끙거린다. 나는 그런 행동에 지루함을 느낀다.

부모님이 나를 대하듯, 우리가 서로를 다정하게 대하는 때가 그리 흔치 않았다. 우리 세 가족 모두가 함께 있을 때, 부모님은 목소리를 변조하고 자음을 약하게 발음하며 말했다. 애정을 느끼게 하는, 진지함과는 거리가 먼 사랑의 언어를 자주 구사했다.

어머니와 춤추기 전에 아버지는 내게 하수도시설이 어떻게 작용하는지 설명해줄 생각으로, 하수도에 빨간 나무 구슬 하나를 떨어뜨리면 구슬이 제방으로 흘러가 그 입구를 통해 다시 나온다고 했다. 그래서 우리는 그 장면을 놓치지 않으려고 제방 입구가 있는 하천으로 잽싸게 달려갔다.

하천 근처 제방에서 한 남자가 낚시를 하고 있었다. 그의 모자에 갈고리와 낚시찌가 달려 있었다. 그를 본 아버지의 발걸음이 느려지더니 멈춰 서서 숨을 헐떡이며 낚시꾼과 언쟁을 벌이기 시작했다. 그때 무슨 생각이 들었는지 지금도 또렷이 기억한다. '말도 안 돼! 여기 왜 왔는지 어쩜 그리 새까맣게 잊어버릴 수 있지? 아버지

가 숨을 헐떡이고 있는 걸 말해서 그 사실을 생각나게 해야겠어!'

나는 하천 쪽을 가리키며 말했다. "아버지…… 구슬이!" 내 말을 가로막듯 아버지가 팔을 들어 올렸다.

나는 쪼그리고 앉았다. 잠시 후, 아버지와 낚시꾼의 목소리가 높아졌다. 그 낚시꾼의 이름은 코스타였다. 두 사람은 말다툼을 하다 큰 소리로 웃었다. 어쩌면 아버지가 가르치고 싶었던 것은 어느 토요일 날 강가에서 다정하게 농담하고 심하게 욕하는 거였는지 모른다. 그런데 난 이미 아버지의 의도를 꿰뚫고 있었다. 아버지가 강물에 상대방을 밀어 넣을 정도로 싸워 이기고 싶은 마음이 컸더라면 신선했을 것이다.

'아버지, 밀어버려요!' 나는 생각했다. 내가 직접 밀어버리고 싶은 마음도 굴뚝같았다. 낚싯바늘에 달린 짜증 나는 작은 방울이 딸랑거렸다. 그러자 낚시꾼은 낚싯대를 고정하고 뭔가 낚아 올렸다.

우리는 빨간 구슬을 찾지 못할 것이다. 난 하수도에 두 번째 구슬을 떨어뜨리고 싶었다. 그런 마음을 눈치챘는지 아버지가 내 머리를 쓰다듬었다.

집으로 돌아온 아버지는 정원에서 팔굽혀펴기를 서른세 번 하고는 꾸벅꾸벅 졸다 깨어나 셔츠를 벗고 잔디를 깎았다. 그런 다음 내게 신문을 가져오게 해서 그것을 읽었다. 신문을 읽는 아버지는 땀을 흘렸는데, 그 때문에 목덜미 털이 끈적거렸다.

아버지가 나를 불러 앉히고 신문기사 하나를 읽어주었다. 아버지는 또다시 화가 나 있었는데, 조금 전에 낚시꾼과 그랬듯이 그 화를 누군가와 함께 나누고 싶었던 모양이다. 신문 기사는 세르비아의 어느 아카데미에서 일하는 사람들이 쓴 글이었다. 나는 그 글을 완전히 이해하지 못했다. 가령 의정서가 무슨 뜻인지 몰랐다. 대위기라는 말은 알아들었지만, 위기가 무슨 뜻인지는 몰랐다. 학교에서 대량 학살이라는 단어는 배워 알고 있었지만, 이와 관련해선 크로아티아 지방자치제가 아니라 코소보가 문제였다. 항거, 시위라는 말은 절반 정도만 이해했고, 집회 금지라는 말에서는 상상이 가는 것이 있었다. 또 선언과 집회가 왜 금지되었는지, 아버지가 그런 것을 좋게 혹은 나쁘게 생각하는지, 나는 그걸 이해하지 못했다. 하지만 폭동이란 말은 이해했다.

나는 궁금한 게 있었다. 하지만 평소 조용한 성격의 아버지가 신문을 구기며 "믿을 수가 없군!" 하고 소리치는 바람에 물어볼 수가 없었다.

아버지가 벚꽃나무를 기어 올라갔다가 다시 내려왔다. 그러고는 땅을 파더니 판 구멍을 다시 메웠다. 이어 라디오를 켜고 음악방송에 채널을 맞췄다.

문 앞의 하늘거리는 커튼이 펄럭였다. 음악 속에서 나타난 것처럼 어머니가 집 밖으로 불쑥 튀어나왔다. 부모님은 서로 마주 보며 포옹했다. 두 사람이 마치 약속이라도 한 것처럼 어머니가 자연스럽게 아버지 품에 안겼다. 어머니를 안고 춤을 추는 아버지는 이제 화가 나 있지 않았다. 춤을 추며 화를 내는 건 어울리지 않으니까. 이런 상황이 아니면, 화를 내는 것으로 모든 게 해결된다. 하지만 포옹 하나로 모든 문제가 해결되진 않는다.

나는 큰 장이 서는 광장에서 개를 부른다. 개를 쓰다듬으며 "넌 누구 집 개니?"하고 묻는다. 날름거리는 개 혀 색깔이 주황색이다. 갑자기 개가 수풀 속으로 들어가더니 국기처럼 보이는 파랗고 하얗고 빨간 천 조각 하나를 찾아낸다. 나는 감탄하며 "대단하군" 하고 속삭인다. 이어 개가 방금 깎은 잔디 냄새를 맡는다. 나 때문에 지루한 모양이다.

그때 한 소년이 휘파람을 분다. 그 소리에 개가 나를 내버려두고 그쪽으로 쏜살같이 달려간다. 내 나이 또래로 보이는 소년이 내가 할 수 없는 많은 것을 할 수 있다는 걸 난 금방 알아차린다. 그 아이가 내게 가까이 오라고 손짓하지만 난 미동도 하지 않는다. 그러자 소년이 내 쪽으로 다가온다. 땅에 손을 짚고 달려온다. 나는 돌아선다. 뭘 하는지 충분히 봤다. 그 아이가 뭘 더 보여줄지 상상이 간다는 비겁한 생각을 하면서 나 자신을 스스로 위로한다.

나는 천천히 집으로 향한다. 아버지와 어머니는 이제 정원에서 사라지고 없다. 과거 강가에서 서로 싸우다 큰 소리로 웃어대던 아버지와 낚시꾼처럼, 라디오에서 남자 두 명이 진지하게 이야기를 주고받다가 웃음을 터뜨렸다. 갑자기 모든 사람이 진지하면서도 웃고, 화를 내면서도 춤을 출 수 있는 것처럼 행동했다.

닭들은 뭘 하고 있을까? 여름이면 닭들은 사방을 돌아다닌다. 나는 나무판자 사이로 닭장 안을 들여다본다. 햇빛이 쏟아져 내리는 게 보인다. 나는 안으로 살금살금 들어가 달걀을 찾다가 받침대 위에 몸을 길게 늘이고 있는 뱀을 발견한다.

뱀에게 뭐라고 하지?

나는 "집회 금지" 하고 속삭인다. 받침대 위의 뱀이 머리를 치켜든다. 닭장에서는 항상 나는 냄새가 난다. 라디오에서 일기예보가 흘러나온다. 고기압의 영향으로 기온이 35℃나 올라간다.

뱀이 받침대에서 모습을 감춰버린다.

이번엔 "시위" 하고 외치고는 이어 "포스코크!" 하고 덧붙인다.

아버지가 나를 닭장에서 끌어낸다. 나쁜 의도로 그런다고 생각한 나는 저항한다. 잦은 세탁으로 해진 아버지의 푸른 청바지가 눈에 들어온다. 갑자기 어머니가 나를 자기 쪽으로 돌려세우고 어깨에 손을 얹으며 내 시선을 붙잡고 놓아주지 않는다. 그리고 이제 나와 춤을 추고 있다. 하지만 내가 꼭 다시 보고 싶은 장면은 뱀에 맞서 싸우는 아버지 모습이다.

무서워할 필요 없다고 어머니가 말한다.

난 뱀을 무서워하지 않는다고요!

아버지가 채소밭에서 돌을 들고 나와 닭장 문지방에 멈춰 선다. 그러고는 돌을 머리 위로 들어 올린다. 이어 닭장 안으로 들어가 뱀을 향해 발걸음을 옮기려는 순간, 뱀이 닭장 밖으로 나가려는 듯한 자세를 취한다. 우리가 닭장에 도착하기도 전에 뱀은 이미 받침대에서 사라지고 없었다.

뱀이 문을 향해, 문지방에 서 있는 아버지를 향해 스르륵 기어간다. 곧바로 점프라도 하려는 걸까? 아버지가 한 발 뒤로 물러난다. 그때 라디오에서 댄스음악이 다시 흘러나온다.

아버지가 내게 죽은 뱀을 가리킨다.

나는 죽은 뱀을 만져봐도 되냐고 묻는다.

뱀을 손에 들고 나는 생각한다. '이건 이제 뱀이 아냐. 하지만 아버지는 여전히 그대로야. 온통 먼지를 뒤집어쓰고 있지만. 갑자기 하수구에 빠뜨린 빨간 나무 구슬을 너무 찾고 싶다.'

내 상상 속에서 뱀 몸이 점점 무겁고 따뜻해진다. 이렇게 죽은 뱀을 들고 있자니 무슨 말을 해야 할지 모를 때의 느낌이 든다.

"무서웠니?" 아버지가 묻는다.

왜 모든 사람은 늘 무서움에 대해 얘기하는 걸까?

"아버진요?" 나는 되묻는다.

아버지가 "그저 그래"라고 대답하면서, 먼지와 땀을 뒤집어쓴 채 손등으로 이마와 입을 문지른다. 난 메스꺼운 생각이 든다.

아버지가 말한다. "포스코크. 그게 네 목을 덮치고 눈에 독을 뿜을 거야." 아버지가 내 볼을 살짝 꼬집고는 어머니 손을 잡는다.

그날 부모님이 춘 춤은 전쟁 전에 혹은 나와 함께 있을 때 췄던 마지막 춤이었다. 난 독일에 있을 때도 부모님이 춤추는 모습을 보지 못했다.

아버지는 정원용 호스로 샤워를 했고, 나는 뱀을 묻어주려고 무덤을 팠다. 포스코크, 뱀은 아직도 거기 무덤 속에 있다. 놀랍지 않은가.

시골집 거실 바닥에서 나는 삐걱거리는 소리

훈제 고기를 먹고 난 후 우리는 폐허로 변해버린 증조부모님의 집을 향해 산책을 나갔다. 도중에 가브릴로 노인과 할머니는 갈증이 난다면서도 엄청 수다를 떨었다. 돌아오는 길엔 옛 우물에서 물도 퍼서 마시고, 기억나?라는 말로 이야기꽃도 피우기 시작했다. 그사이에 마가목 나무 꼭대기에 올라가 있는 뱀은 일광욕을 즐기고 있었다.

"처음 우리 집에 왔을 때 당신 모습이 어땠는지 기억나? 옷, 머리, 모든 게 갈색이었지. 근데 볼은 어찌나 빨갛던지!"

할머니가 고개를 끄덕였다. 당연히 그 일을 기억하고 있었다. 할머니가 고개를 끄덕인 것은 기억에서 기인한 게 아니라 지각에서 나온 행동이었다. 이곳에서 과거에 젖어 있는 사람은 할머니 혼자만이 아니었다. 어쨌든 50년대에는 그런 스타일이 유행이던 모양이고, 당시 가브릴로는 아직 청소년이었다.

"페로와 함께 이곳으로 왔지. 아버님은 그날 늦게 들판에서 돌아오셨고."

"그때만 해도 보고사브 아저씨는 당신 시아버지가 아니었어."

"난 내가 뭘 원하는지 알고 있었어! 페로와 내가 어떻게 될지 알고 있었다고." 할머니가 웃었다. "페로는 침실에서 독서를 하고, 난 저녁 식사를 준비하는 어머님을 도와드리고 있었지. 근데 아버님이 어머님을 부르셔서 어머님 대신 내가 갔지. 내 소개를 하자 아버님은 내가 누군지 알고 있다고 하시지 않겠어? 좋더라고. 풍습대로 내가 아버님 장화를 벗겨드리려고 하는데 거절하시지 뭐야. 아버님이 '나 혼자 할 수 있는 한, 아무도 날 도와주려고 할 필요 없다'라고 말씀하시더라고. 그래도 계속 고집을 부리자 아버님은 내가 하는 대로 내버려두셨지. 아버님은 장화 속에 두꺼운 털양말을 신고 계셨어.

장화를 벗겨드리고 부엌으로 돌아가려는데 아버님이, 좀 더 있어라. 넌 누구 집 딸이냐?라고 물으셨어.

'페로가 아무 얘기도 안 드렸어요?' 그때, 부르기라도 한 것처럼 페로가 들어와 아버님을 껴안고 키스를 하고는 내 손을 잡더군. 근데 아버님은 나랑 단둘이서만 좀 더 많은 얘길 하고 싶어 하시는 거야.

'네게서 듣고 싶구나.' 아버님이 말씀하시지 뭐야. 그러자 페로가 자신이 듣고 싶은 말만 늘어놓는 게 아니겠어. '넌 집에서 뭘 배웠냐?'

아버님이 문제 있는 페로를 두고 하신 말씀인 걸 난 알고 있었어. 당시 페로는 비셰그라드에 살면서 상급학교를 다니고 있었지. 독서에 빠져 있던 페로는 농장과 논밭에는 아무 관심도 없었어. 맏

아들이었는데도 말이야!

난 부모님이 어떤 분들이셨는지 아버님에게 말씀드렸지. 아버님과 마찬가지로 농부라고 했어. 밀과 옥수수. 양 여러 마리, 암소 네 마리, 말 두 마리 이야기며, 어머니가 털실로 손뜨개질한 물건이 그리 많지 않고, 난 뜨개질은 못한다고도 했어. 또 내가 읽고 쓰는 걸 배운 것도 말씀드렸지. '어머니는 맛있는 옥수수죽 끓이는 것도 가르쳐주셨어요!' 그렇게 말하고 나는 부엌으로 가서 옥수수죽을 만들었어. 죽을 끓이는 동안 아버님을 잠시 방에 두고 온 걸 아버님이 좋게 여기셨다고 생각해.

아버님 기분은 전혀 나쁘지 않았어.

옥수수죽 끓일 때 아주 멍청한 짓을 하는 바람에 죽을 제대로 끓이지 못한 걸 아버님은 잘 모르셨지."

가브릴로 노인은 한참 얼굴에 미소를 머금고 있었다. 마지막에 이르러 옥수수죽이 또다시 언급될 걸 알고 있었기 때문이다. 가브릴로 노인은 그 이야기를 이미 알고 있었다. 그런데 그 이야기의 어떤 내용이 또다시 바뀌었던 걸까? 지금도 할머니의 기억은 그리 믿을 게 못 되는 것 같다—옥수수죽은 여전히 거기 그 자리에 놓여 있다.

가브릴로 노인이 이 모든 이야기를 이미 알고 있다면 할머니는 또 누구에게 그 이야길 들려줬을까? 내게? 증조부님에게도? 돌아가신 조상을 기리겠다고 할머니가 거짓말을 하진 않겠지?

이제 살아 있는 사람들 차례였다. 할머니가 가브릴로 노인에게 가족사를 물었다. 대학에서 공부하고 있는 딸아이에 대해, 욕쟁이 어머니에 대해, 형제에 대해. 다른 누구보다 형제 얘기를 할 때 가브릴로 노인은 진지한 표정을 지으며 산 쪽을 가리켰다. "스레토예는 용들을 키우고 있고……."

할머니가 고개를 끄덕여 보였다. "라덴코에 대해 전해 들은 거 있어?"

"골짜기에 있을 거야." 어떤 의미건 상관없이, 대답한 사람은 물론, 그 대답을 들은 할머니도 땅바닥을 내려다보았다.

가브릴로 노인의 집 앞 농장에는 마리야 부인이 커피를 준비해놓고 스테보 아저씨와 함께 기다리고 있었다. 테라스에는 세탁기가 돌아가고 있고, 그 세탁기 위에 고양이 한 마리가 꾸벅꾸벅 졸고 있었다. 지하 차고에는 종이 상자에 덮인 노란 중고 자동차 라다* 한 대가 서 있었다.

"저 차 굴러가긴 해요?"

"이제 굴러가지 않아도 돼." 가브릴로 노인이 내 목덜미를 살짝 꼬집었다. "왜 그리 서 있어? 벌써 피곤해? 여기, 커피 마셔."

탄 맛이 나는 커피는 훌륭했다. 이어 옛 지인들에 대한 이야기가 계속되었다. 그중 한 지인은 여름에만 오스코루샤에 올 테고, 다른 지인은 이제 두 번 다시 오지 않을 것이다. 라도예라는 이름의 지인은 죽을 때까지 먹고살 돈이 충분하다는 판단이 서자 기르던 가축을 모두 팔아버렸다. 그런데 지금 그는 생각보다 훨씬 더 오래 살고 있어서 근근이 생활을 꾸려나가고 있다. 게다가 이젠 팔아버릴 가축도 없다.

* 러시아 자동차 제조사인 아브토바즈의 브랜드로, 대중적인 소형차.

라트코라는 이름의 남자는 비야라츠산 위 불바위에서 다리 골절상을 당했다. 부러진 부위는 나을 기미가 없어 보였으나, 한 약초상 여자의 치료를 받고선 회복되었다. 그 대가로 그 여자가 뭘 원했는지 라트코는 털어놓으려 하지 않았다. 지금도 그는 알파벳 E 혹은 I를 말할 때면 매번 통증에 얼굴을 찡그린다. 상상력이 풍부한 사람이 돼버린 그는 이제 섬세한 신사처럼 보인다. 말할 때, 말 대신 준마, 끼니 대신 식사라는 단어를 사용하고, 또 공중화장실에 똥을 누러 가지 않고 자기 집 화장실에서 일을 보기 때문이리라.

뭐니 뭐니 해도 몸이 제일이다. 몸이 완전 고장 났거나 아파 보이는 사람은 누굴까? 뼈, 궤양, 피부, 혈액으로 이루어진 인간의 몸은 지구와 똑 닮았다. 땅은 어떤 상태고, 수확은 어떻고, 비는 무슨 일을 할까? "나무딸기!" 가브릴로 노인이 외친다. "모두가 나무딸기를 재배한다고! 몇 년 전에 산골짜기 사람 하나가 나무딸기로 떼돈을 벌어서 꼭 그런 것만은 아니야!"

드라굴로비치 씨네 집도 나무딸기 재배를 시작했을 것이다. 이 마을에서 가장 젊은 드라굴로비치 부부는 어린 딸이 하나 있는데, 이 마을의 유일한 아이였다. 도시에서 일자리를 구하지 못하고 이곳 오스코루샤에 내려와 지금은 나무딸기 농사를 짓고 있다.

할머니와 가브릴로 노인이 과거와 현재의 일로 이야기꽃을 피우고 나자 케이크 먹을 시간이 되었다. 마리야 부인이 나무딸기 타르트를 권했다. 우리는 직접 타르트를 한 조각씩 덜어 먹으면서 칭찬을 아끼지 않았다.

햇볕 아래서 몸을 뒤로 젖히는 가브릴로 노인을 할머니가 자세히 살폈다. '당신은 아직 살아 있잖아.' 할머니가 눈으로 말했다. '지금 여기 건강한 모습으로 있잖아.' 나이 든 할머니와 가브릴로 노인은 과거 이 산속에서 이루어진 만남으로, 또 한쪽이 다른 한쪽을 똑바로 쳐다보지 않고 시선을 외면할 때마다 늘 서로를 바라보곤 하던 수줍은 호감으로 연결되어 있었다.

현재 할머니는 가브릴로 노인을 기억할 때가 있는가 하면 그 이름을 듣고도 아무것도 떠올리지 못할 때도 있다. 그 당시 장막이 할머니의 현재를 드리우고 있었다. 그러나 상상이 만들어낸 허구는 탄탄하게 짜여 있어서, 그 허구를 재료 삼아 나는 뭔가 시작할 수 있다. 이를테면, 할머니는 절대로 죽지 않을 작은 여인이라는 것.

"당신들은 날 형편없이 대접한 적이 단 한 번도 없었어." 할머니가 가브릴로 노인에게 말했다.

"늘 솔직해서 별로 힘들지 않았지."

"늘 솔직하진 않았어. 난 페로를 원했어. 간혹 당신들을 좀 속이기도 했어."

할머니에 대해 감탄하는 가브릴로 노인의 모습이 내 눈엔 할머니보다 훨씬 젊어 보였다. 지금까지는 두 사람이 연습이라도 하듯이 대화를 나누었다. 그러다 일순간 태도를 바꾼 할머니가 지금 갑자기 즉흥적으로 말을 꾸며대며 동일한 공동의 기억에 대한 의식을 깨부쉈다.

"크리스티나, 뭘 속였지?" 가브릴로 노인이 말하며 몸을 앞으로 내밀었다.

"숙녀에게 그런 질문 하는 거 아니야." 할머니가 화를 냈다. 하지만 할머니는 숙녀가 아니었다.

가브릴로 노인이 고개를 끄덕였는데, 자신의 질문에 대한 할머니의 대답 같지 않은 대답에 만족한 듯 보였다.

"당신들뿐 아니라 이 마을도, 시부모님도 날 힘들게 하지 않았어." 할머니가 말했다. 누군가를 힘들게 하는 바로 그것이 대개 늘 문제라는 생각이 들었다. "내가 10년만 젊었어도 페로가"—아니면 내가—"거기에 작은 집을 지어줬을 거야."

"아주 늦은 건 아니지." 가브릴로 노인이 말했다.

"그래, 그에겐 그렇겠지."

"저에겐 너무 멀어요." 내가 끼어들었다.

"어디서 멀다는 거야?" 가브릴로 노인이 물었다.

"독일서요."

"독일도 멀지, 그치?"

나는 거기서 사는 건 상상이 안 된다는 말을 하고 싶지 않았다. 어쩌면 가브릴로 노인은 오히려 진실을 듣고 싶어 했을지 모른다. 아니면 난 또다시 그 상황을 투영해보면서 한 번도 받아본 적 없는 질문을 스스로 던졌는지 모른다.

술이 나를 구했다. 자세한 설명을 하지 않으려고 술을 마셨다. 마리야 부인이 그릇을 치우기 시작하자 난 그릇을 들고 뒤따라 집 안으로 들어갔다—다른 사람들은 바깥에 그대로 앉아 있었다.

시골집 거실 바닥에서 나는 삐걱거리는 소리.

무늬목이 붙은 벽.

집 안에 걸린 장식품이라곤 말 탄 기사가 창으로 용을 겨누고 있

65

는 조각상과 금빛 후광이 뿜어져 나오는, 파충류처럼 푸르고 피처럼 붉은 목각품 두 점이 유일하다. 망토를 입은 곱슬머리의 기사, 이글거리는 눈을 가진 준마, 처음에 봤을 땐 활활 타는 양초가 눈 안에 들어 있는 게 아닌가 싶었다.

창을 피하려고 용은 방어 차원에서 몸을 구부린 채 비비 꼬고 있고, 기사가 탄 말 꼬리는 피로 물들어 있다.

눈앞에 여러 장면들이 어른거렸다. 형형색색의 불빛을 가득 담고 있는 전등 때문에, 나는 눈을 깜빡거리며 창을 든 기사와 용이 진짜 싸우는 것처럼 몸을 움찔거렸다. 조금 전에 마신 술에 취한 나는 주방 쪽으로 돌아섰다.

방수포를 씌운 육중한 식탁이 보였다. 주방에서 마리야 부인이 고기, 치즈, 빵이 담긴 쟁반을 들고 나왔다. 방금 케이크를 먹지 않았나! 식탁에 여섯 사람의 식기가 놓였다. 또 누가 오느냐고 내가 물었다.

"몇 명이나 올지 모르지." 마리야 부인이 대꾸했다.

선반에 놓인 작은 텔레비전 한 대, 그 화면 위로 파리 한 마리가 내려앉았다. 텔레비전 위에 코바늘로 뜬 덮개가 덮여 있고, 그 덮개 위엔 사진 액자 두 개가 놓여 있었다. 사진 속 주인공은 전쟁 범죄자 라도반 카라지치*와 군복 차림의 라트코 플라디치**였다.

케이크를 먹어 배가 부른데도 식탁에 앉았다.

---

* 스릅스카 공화국의 대통령으로, 보스니아 내전을 주도하고 '인종청소'를 자행한 주범 가운데 하나.
** 카라지치와 함께 보스니아 내전 당시 '인종청소'를 자행한 주범 가운데 하나.

"더?" 마리야 부인이 물었다. 설마 음식을 더 먹고 싶냐고 진심으로 물은 건 아니었겠지? 눈앞에 회색빛이 감도는 고기가 수북이 쌓여 있었다. 나는 한 입도 못 넘길 거 같다고 했다. 그게 아니면, 곧 끝날 시골 생활과 함께 고기가 수북이 담긴 접시가 놓여 있는 이 식탁 장면을 좀 더 연장하고 싶냐고 물어본 걸까? 그것도 아니면, 내가 살을 덧붙여 만들어낼지 모르는 감상적인 출신 이야기를 더 하고 싶냐는 뜻이었을까?

어쩌면 마리야 부인은 선반 위 범죄자들 사진 옆에 서 있는, 달마티아* 사람들을 본떠 만든 도자기 인형을 두고 한 말이었을지 모른다. 그렇다면 충격을 더 많이 받고 싶냐는 뜻이었을까?

어쩌면 마리야 부인은 남편 가브릴로를 두고 한 말이었을지 모른다. 내가 그에 대해 더 많은 걸 알고 싶은지 아닌지, 그걸 물어본 걸까?

그것도 아니면 마리야 부인은 자기 자신을 두고 한 말이었을까? 그러니까 유고슬라비아라는 나라의 땅에 자리한 학교에서 8학년을 보내고 '소년 소녀 개척단' 인사를 하고 기차를 타고—인생에서 가장 먼 여행이었던—사라예보의 민속박물관에 견학을 가본 여성이라면 더 많은 이력을 쌓아야 한다는 뜻으로 말이다.

아니면 혹 기사와 용을 두고 한 말이었을까? 요컨대—내가 원했으면—형용사 같은 것을 포함하여 피상적으로 드러난 외형적인 것보다 훨씬 더 많은 것을 볼 수 있었다는 뜻으로. 정말이지 난 그러고 싶었다. 험준한 비야라츠산 꼭대기 건너편의 흐릿한 불빛 속

* 아드리아해 동부 연안에 있는 크로아티아 지역.

67

에서, 숨 막히는 방 안에서.

기사가 던진 창을 맞은 용의 목에서 피가 꽐꽐 흘러내렸다. 맹세컨대 난 여태껏 한 번도 이처럼 많은 피를 본 적이 없었다. 신성한 기사의 눈은 이 마을 사람들과 마찬가지로 갈색이었다. 나와 같은 갈색 눈이었다.

기사가 야수라는 생각이 들었다.

그때 마리야 부인이 내 귀에 대고 "용을 죽인 자"라고 속삭였다. 부인이 내쉬는 숨에서 구운 양고기 냄새가 났다. 그러고는 자기 집 바닥에 침을 세 번 뱉더니 내 손을 잡고 말했다. "남편 손보다 내 손이 더 커."

마리야 부인의 손, 이 집, 오스코루샤. 살아 있는 사람들과 죽은 사람들, 활기찬 뱀이나 혹은 오스코루샤를 상징하는 용과 보낸 달콤쌉쌀한 하루. 내 증조부모님의 무덤가에서 할머니, 가브릴로 노인, 마리야 부인과 함께한 나들이. 이 모든 것은 조상들의 영혼이 깃든 내 자화상을 위한 일종의 '원시 풍경'이 되고, 또 이 자화상은 내게 부담감을 느끼게도 한다.

다른 사람들도 집 안으로 들어와 손을 씻고 거실에 앉았다. 각자 나름 피곤해 보였다. 갑자기 가브릴로 노인이 내게 여행을 좋아하는지 물었다. '마침내 내가 잘할 수 있는 일이군' 하는 생각이 들었다. 내가 가본 나라를 하나하나 열거하고 행복해하는 외국인 장학생들에게 괴테-인스티튜트, 대학, 출판사에 대해 설명한 일이며 미국, 멕시코, 인도, 오스트레일리아에 체류한 일도 이야기했다. 그런데 오스코루샤에서 멀리 떨어진 이런 나라를 하나하나 열거하다보니 한층 더 황당하게 여겨지기도 했다. 이어 과달라하라*에서 내 생애 최고의 테킬라를 마셔봤다고 말하는 내 목소리가 들려왔다. 추측하건대, 가브릴로 노인은 좋은 술을 마시는 사람은 성공한 삶을 산다고 생각하는 것 같았다. 난 가브릴로 노인 마음에 들고 싶었지만, 가브릴로 노인은 내 이야기에 조금의 감동도 보이지 않았다. 장식장 속 전쟁 범죄자들도 마찬가지였다.

가브릴로 노인은 자신의 여행 이야기를 늘어놓기 시작했다. 어느날, 언어학자들이 마을에 나타나 가브릴로 노인 코앞에 마이크를 들이대고 "여기에 대고 말씀해주세요. 어떻게 들리는지 들어보고 싶어요"라고 했다는 것이다.

가브릴로 노인은 그 사람들을 마을에서 쫓아내려고 했다. 사람이 말을 하면 입을 쳐다볼 게 아니라 그 입으로 무슨 말을 하는지 봐야 하는 게 아닌가, 라며 언성을 높이다 갑자기 말을 멈추고 언어학자라는 그 사람들에게도 뭔 할 말이 있느냐고 물어봤다고 했다.

그 말에 그들이 "그럼요"라고 대답하더니 특정 방언에 대해 설명했다고 했다. 이 특이한 방언에는, 대개 몬테네그로에서 수백 킬로미터 떨어진 곳에서만 나타나는 몇 가지 표현이 들어 있었다.

가브릴로 노인은 전혀 다른 장소의 누군가가 이곳에 있는 자기처럼 말을 한다는 점이 마음에 들어서 그 마을 이름을 메모한 다음 언어학자들을 쫓아냈다고 했다. 같은 날, 그는 말에 짐을 싣고 길을 떠나 여행길에 올랐는데 처음 며칠은 자칭 '늙은 바보'라는 별명의 자신과 자신이 탄 말 외에 아무것도 보이지 않았다고 했다.

* 멕시코 중서부 할리스코주의 주도로, 멕시코 제2의 도시이자 문화의 중심지.

그러나 결국 자신이 찾고 싶었던 것을 찾아냈다고 했다. 그러고는 집을 나서기 전에 장식장에서 꺼내 온, 가죽으로 장정한 공책을 펼쳐 들고 "이 모든 이야기는 이렇게 시작되었어"라고 말했다.

공책은 합성지를 사용해 오랜 시간 공들여 제작한 것으로, 그 속에 사진 한 장이 붙어 있었다. 아주 선명해 보이진 않지만 텍스트가 쓰여 있는 양피지가 찍혀 있는 걸 알 수 있었다. 두 학기간 슬라브학을 공부하면 거기 쓰여 있는 언어가 교회슬라브어라는 건 충분히 알 수 있으나, 그 글을 이해하기는 역부족이었다.

"이 모든 게 이렇게 시작되었어!"라고 재차 외치고는 가브릴로 노인이 이야기를 이어갔다. 옛날에 몬테네그로 출신의 삼 형제가 있었는데, 그들은 오스만제국 총독의 말이나 장식품 혹은 아내를 빼앗는 방식으로 저항했다고 했다—그러면서 또 삼 형제가 빼앗은 것이 정확히 뭔지 확실하지 않지만 그게 뭐가 됐든 상관없다고 했다. 그러다 더는 머물러 있을 수 없었던 삼 형제는 그곳에서 도망쳤고, 그들에게 적잖은 현상금이 내걸렸다고 했다. 형제 중 첫째와 둘째는 도보로 도주하고, 막내는 용처럼 하늘로 승천해서 위험하지만 새 출발을 하는 데 적당한 지대를 살폈다는 것이다—여기까지 듣다 보니 이야기 전체가 이상하게 흘러갔다. 근데 이야기 속 이상한 점을 가려내야 하는 나는 누구인가?

"용처럼요?" 내가 물었다.

"말은 잘 날지 못해." 할머니가 대답했다.

"스타니시치 하나, 스타니시치 둘, 스타니시치 셋." 가브릴로 노인이 쾌재를 불렀다. 그러다 호흡이 가빠져 숨을 쉬려고 몸을 꼿꼿이 세웠다. 엄습하는 예감과 조상들 때문에 공기가 무겁게 내려앉았다. "삼 형제는 적당한 장소를 찾았지." 가브릴로 노인이 외쳤다. "그곳이 바로 여기야! 오스코루샤! 그들은 여기에 뿌리를 내렸지! 스타니시치 하나, 스타니시치 둘, 스타니시치 셋. 그리고 이제, 이제 네가 왔어!"

그 이야기를 쓰려고? 조상과 후손에 얽힌 이야기를. 무덤과 상차리기, 망령의 이야기를. 살아 있는 사람들의 이야기를. 그리고 이제 용의 이야기도.

나는 하늘로 승천한 용이 이후 어떻게 됐는지 물었다. 그러자 가브릴로 노인은 내 이마를 툭툭 치더니 모든 말을 곧이곧대로 받아들여선 안 된다며, 어쩌면 삼 형제 중 셋째가 그저 그 둘보다 좀 더 재빨랐을지 모른다고 했다.

저녁이 되자, 스테보 아저씨가 우리를 비셰그라드로 데려다주었다. 집에 도착하자 할머니는 내가 잘 침대에 시트를 깔아야 한다고 고집을 부렸다. 나는 할머니가 오늘 오스코루샤로 데려가준 데 대해 감사 인사를 했다.

잠자리에 들었으나 쉽게 잠이 오지 않았다. 불을 켜고 인터넷에서 자료를 검색했다. 용의 형제 스타니시치는 그 어디에도 나오지 않았다. 마음이 놓였다.

할머니가 문을 노크하고 들어왔다. 방에 불이 켜져 있는 걸 보고 잘 자라는 인사를 하고 싶었다고 했다. 할머니는 이불을 덮어주고는 어릴 적 눈밭에서 놀다 들어오면 내 손을 꼭 잡고 따뜻하게 데워주던, 어린아이였던 그때처럼 침대 옆에 서 있었다.

내 입에서 어떤 말이 나오길 할머니가 기대했는지 난 알지 못했다. 마찬가지로 할머니가 무슨 말을 하길 내가 기대했는지, 할머니도 알지 못했다. 그래서 우리는 아무 말도 하지 않았다.

할머니 집에서 며칠 머무는 동안 난 가끔 홀로 도시 곳곳을 돌아다녔다. 한번은 산책에서 돌아오는 길에 할머니가 단정한 머리의 젊은 남자와 얘기하는 모습을 보았다. 청바지와 흰 티셔츠가 잘 어울리는 잘생긴 남자였다. 그 남자는 소파에 할머니와 나란히 앉아 있었다.

할머니는 자랑스럽게 그를 "나의 안드레이"라고 소개했다. 할머니의 안드레이는 나와 악수를 했는데, 내 방식과는 달리 금방 손을 놓지 않고 2초쯤 잡고 있었다. 손을 잡은 채 그는 "당신이 그 작가군요"라고 말했다.

나는 꽃병을 보았다. 그 위에 놓여 있던 내 책이 보이지 않았다.

"그럼 당신이 그 경찰관이군요." 나는 응수했다.

이제 꽃병엔 해바라기 한 송이가 꽂혀 있었다.

할머니와 군인

할머니가 정육점에 간다. 늘 이리저리 흔들리던 문이 있던 그곳에 자리한 정육점이 없어진 지 10년이 지났다. 할머니는 잠시 후 일터에서 돌아올 할아버지를 위해 콩을 넣은 아인토프*를 끓이고 있다. 할아버지가 좋아하는 음식이므로.

할머니의 거동이 불편해진 이후부터 이웃 사람들이 장을 봐준다. 그중에 건너편에 사는 머리를 단정히 빗은 경찰관 안드레이가 장 봐주는 걸 가장 좋아한다. 할머니 말에 의하면, 안드레이는 다른 경찰관들처럼 부패하지 않았다는 것이다. 언젠가 안드레이가 에미르 쿠스투리차**의 차를 세운 적이 있는데, 차를 멈춘 쿠스투리차가 내가 누군지 아느냐고 물었다고 했다. 이에 안드레이는 "운전면허증과 자동차등록증을 주시죠"라고 대답하며 덧붙였다지. "거기 당신이 누군지 나와 있지요."

---

*   모든 재료를 냄비에 넣고 끓인 음식으로, 우리나라의 찌개와 비슷하다.
**   유고슬라비아 출신의 영화감독. 1998년 〈검은 고양이 흰 고양이〉로 베니스영화제 은 사자상을, 1995년 〈언더그라운드〉로 칸영화제 황금종려상을 수상했다.

73

할머니는 건너편 건물 5층에 사는 퇴직 고위 경찰관에게 한 번도 부탁한 적이 없지만 그는 항상 돕겠다고 나선다. 할머니는 수염난 전직 군인을 좋아하지 않는다. 그런데 그 경찰관은 늘 뭔가 작은 선물을 가져오고 커피를 꼭 마시고 돌아간다.

가끔 할머니는 그 많은 군인들이 전부 한꺼번에 어디로 사라졌는지 궁금해한다. 할머니는 고향 땅에서 전쟁을 두 차례 겪었다. 어린 시절에 살았던 스타니셰바츠 마을에선 2차 세계대전을, 비셰그라드에선 보스니아 전쟁을.

2000년 초, 미국에 있는 아들과 며느리를—그러니까 내 부모님을—보러 할머니는 평생 단 한 번 긴 여행을 떠났다. 부모님은 독일에 체류할 수 없게 되자 미국으로 옮겨 갔던 것이다.

저녁 8시 도착 비행기로 오기로 한 할머니가 오후 5시 도착 비행기를 타고 와버렸다. "뭘 그리 오래 기다릴 필요가 있겠냐?" 할머니는 미리 연락도 없이 너무 일찍 도착해 문 앞에 서 있는 자기 모습을 보고 당황해하는 부모님에게 해명하듯 말했다. 창백한 모습의 한 슬로바키아 남자가 할머니 가방을 들고 옆에 서 있었다. 남자와 할머니는 슬라브어 뿌리를 가진 각자의 언어로 대화를 나누었다. 할머니는 안에 들어가 커피 한잔하자고 했으나, 슬로바키아 남자는 아쉽게도 시간이 없다며 서둘러 작별 인사를 하고 자리를 떴다.

1944년, 할머니가 열두 살이 되던 해에 나치 독일군이 스타니셰바츠에 들어왔다.

"할머니, 독일군이 쳐들어온 걸 기억하세요?"

"몰래 숨어들어 왔다고 해야 맞아. 의기소침한 모습으로 사방에서 몰래 숨어들었지."

"무서웠어요?"

"모두가 무서워했어. 독일 군인들도 무서워서 사람들 눈을 피해 몰래 숨어 다녔지. 우리도 무서웠어. 군인들이 몰래 숨어 다녔으니까. 사람들은 군인들 이야기를 들어 알고 있었어. 모두가 서로를 무서워했는데, 난 그게 무서웠어.

우리는 머리에 손을 얹은 채 집 밖으로 나왔어. 그러자 독일 군인들이 총을 들고 집 안으로 들어갔지. 근데 집 안에는 총을 쏠 사람도, 총으로 쏠 만한 것도 없었어. 그들은 일단 총을 다시 내려놓았지. 더운 날씨에 군복을 입고 돼지처럼 땀을 뻘뻘 흘리고 있더구나. 우린 물을 권했어. 하지만 우리가 준 물보다 자신들이 갖고 있는 군용 수통의 물을 마시고 싶어 했지."

물에 대해 나눈 얘기 외에도, 할머니와 군인들은 땅거미가 지기 전에 다시 대화를 했다고 한다. 어디서라도 잠을 자야 하는 군인들의 처지를 누구나 쉽게 이해할 수 있었다. 어떤 일을 쉽게 이해한다고 느끼는 순간 모든 사람들의 무서움이 좀 사라졌다. 그런데 축사에 있는 가축들은 다른 축사로 옮길 수 있었지만, 냄새는 그대로 남아서 어쩔 수 없었다고 했다.

첫날 밤에 마음 편히 잠을 잔 사람은 아무도 없었다. 두 번째 밤도 마찬가지였다. 바로 옆에서 자던 사람이 나무에 걸려 있거나 찔려 죽는 일 없이, 매일 아침 무사히 일어나 세수하고 씻을 수 있는 상황이 되자 비로소 군인들은 철모도 벗어놓고 좀 더 편히 잠들 수 있었다.

어느 날, 군인들이 어느 집 난로 앞에서 웃통을 벗고 웅크리고 앉아 이를 잡고 있는 걸 알고 있던 자고르카 할머니는, 함께 가겠다는 할머니를 데리고 그 집을 찾아가 조종사가 있는지 물었다. 조종사가 있으면, 군인들이 다른 곳으로 이동할 때 그 조종사를 따라갈 생각이었다. 하지만 조종사는 없었다. 자고르카 할머니는 실망하며 약간 화를 냈다. 군인들도 왠지 실망한 모습이었다. 그들 모두 조종사가 되고 싶었던 모양이다.

할머니는 자기 집에 묵게 된 장교 이야기를 했다. 이름이 게오르크였다. 아이처럼 가냘픈 손과 여린 피부를 가진 그 장교는 엄청 작은 안경을 쓰고 있었다. 아침저녁으로 몸을 씻고 잠자러 가기 전엔 우유가 있는지 정중하게 물어보며 우유와 교환할 물건을 주었는데, 누군가 사용할 수 있는 물건은 아니었다. 비록 할머니가 그 분필을 받고 싶어 했다 해도 증조부님이 허락하지 않았을 것이다.

우유 한 사발을 얻은 장교는 침실에 들어가 틀어박혔다. 다시 나왔을 땐 사발이 비어 있었다. 며칠 동안 그가 독일어로 감사 표시를 하고 잘 자라는 인사를 하면, 누군가 크로아티아어로 라쿠 노치*, 믈리예코, 몰림**이라는 말을 가르쳐주었다. 당시 열두 살인 할머니는 독일 군인이 우유를 마시면 어떻게 되는지, 어떤 모습인지 한 번쯤 보고 싶었던 모양이다.

그래서 할머니는 장롱 속에 숨어서 문틈으로 몰래 훔쳐보았다. 방으로 들어온 그가 방바닥에 우유 사발을 놓고 쓰고 있던 안경을

---

* '안녕히 주무세요'라는 뜻.
** '우유 주세요'라는 뜻.

76

벗어 그 옆에 놓았다. 그런 다음 무릎을 꿇고 손을 깍지 끼더니 중얼거리기 시작했다. 아주 조용히, 그러나 그리 오래 속삭이진 않았다.

이어 그는 성호를 긋고 두 손으로 사발을 들고 입으로 가져가 우유를 마셨다.

지금도 가끔 그는 할머니를, 거리에 서 있던 소녀 같은 할머니를 찾아왔다. 오래된 철둑에서 할머니의 그 독일 장교가 무릎을 꿇는다. 그 모습을, 그의 안경을, 그의 모든 것을 할머니는 창가에 서서 바라본다.

소녀와 달리 도움이 필요 없는 그를 위해 할머니는 밖으로 달려나가지 않는다. 할머니는 그가 방해받고 싶어 하지 않을 거라고 생각한다.

키우는 양들에게 달리는 법을 가르치는
미로슬라브 스타니시치

세상을 떠난 고인이 있는 자리에서 그에 대해 좋지 않은 이야기를 하는 것은 예의에 어긋난다. 이보다 더 나쁜 것은 그를 언급조차 하지 않는 것이다. 하늘 아래 이 땅은 말 없는 침묵의 동행자가 아니다. 그렇다. 그런데 이 땅엔 인간의 온화한 목소리와, 이탈하고 싶은 우리의 마음이 결여되어 있지 않다. 땅은 겸손하고, 땅은 공정하다. 그리고 세상을 떠난 고인은 과장하는 걸 좋아한다.

오스코루샤에서 가장 최근에 죽은 사람은 2009년 봄에 세상을 떠난 미로슬라브 스타니시치였다. 가브릴로 노인이 그의 무덤이 어디 있는지 우리에게 알려주었다.

"그의 영혼에 안식이 있기를." 할머니가 애도를 표했다.

"미키는 자신의 죽음을 예언했지." 가브릴로 노인이 말했다.

"뿔 세 개 달린 새가 그의 독선을 용서해주기를."

"어디까지 예언했나요?" 내가 물었다. 사실 뿔 세 개 달린 새에 관심이 더 있었으면서.

"그는 늘 '두고 보라고'라고 했어. '조금만 더 조금만 더'라고 하곤 했지. 그리고 그 일이 일어났어. 바로 그날이 온 거지."

"어떻게 그렇게 할 수 있었죠?" 내가 물었다.

"시간개념이 철저한 사람이니까."

"도미노게임 최고 기록 보유자지." 마리야 부인이 덧붙였다.

"넌 그와 친척이야." 가브릴로 노인은 그 이후에 일어날 일이 더 중요하다는 듯이 말했다. "죽기 몇 달 전, 미키는 기르는 양들을 훈련시켰어. 처음에 우리는 병이 나서 변덕을 부린다고 생각했지.

'이보게, 미키, 뭐 하는 건가?' 우리가 물었지.

'달리는 방법을 알려주고 있어.' 미키가 대답했어.

'미키, 달리는 방법이라고? 자네, 벼락 좀 맞아야겠군.'

'나 없이 달리는 법을 알려주고 있어.' 미키는 양들 앞에 무릎을 꿇고 앉아 그들을 타이르고 있었어. 그들에게 먼저 시범을 보이고는 투덜대며 풀밭에서 훈련을 시켰지."

"정신 나간 거 아니에요?" 나는 조심성 없이 내뱉고 말았다. 내 말에 모든 사람이—심지어 스테보 아저씨도—풀밭에 납작 엎드려 기어가며 투덜대는 사람이 나인 것처럼 힐끗 쳐다보았다.

"사샤, 내 당나귀." 할머니가 동정적인 어조로 말했다.

"미쳤으면 양들이 아무것도 못 배웠겠지." 가브릴로 노인이 덧붙였다. "근데 양들은 미키가 바라고 가장 중요하게 생각하는 모든 걸 다 맞춰줬어."

"양 한 마리가 문을 열었지." 마리야 부인이 말했다.

"또 한 마리는 위험을 알려줬어." 가브릴로 노인이 맞장구쳤다.

"세 마리는 우물에서 물 긷는 걸 배웠지."

"언젠가 양 한 마리가 동생 스레토예가 기르는 개 치고와 맞닥뜨린 적이 있었어. 개는 예민한 동물이야. 근데 양이 짖어대는 개 주둥이를 핥아주면서 화난 개를 진정시키더군. 그런 건 처음 봤어."

"처음 봤지." 마리야 부인이 수긍하며 고개를 끄덕였다.

"지금도 양들은 아직 거기 있어. 물론 나이가 들어 대부분은 죽고 없지만 그 양들, 그 양들은 아직 거기 있다고! 우리 미키가 살아남는 법을 양들에게 가르쳤지. 근데 어느 날 아침 미키가 양들을 풀어줬어. 바로 그날 저녁 그의 심장박동이 멈춰버렸지. 그리고 풀려난 양들은 군인이나 개미나 혹은 내가 아는 무리 지어 사는 동물들처럼 떼 지어 비야라크산 숲으로 올라갔어." 가브릴로 노인이 모자를 벗었다. "그리고 미키는 침대에 누워 우리 곁을 떠났고."

"그의 관에 아무것도 침입하지 않기를." 할머니가 말했다.

"공동묘지가 침식되지 않기를." 마리야 부인도 가세했다.

"양들은,"—가브릴로 노인이 큰 소리로 덧붙였다—"숲속을 자유롭게 누비고 다녀. 그 수가 늘어나고 있어! 사샤, 양들이 번성하고 있어! 번성하고 있다고! 미키의 양들은 우리보다 오래 살 거야. 그만큼 잘 조직돼 있어. 범죄자 무리보다 이런 양들이 사는 세상이 낫다고들 하지! 농담이 아냐. 그게 다 미키가 양들의 언어를 구사했기 때문이지."

"그의 영혼에 안식이 있기를." 나는 애도했다.

"상실감을 느끼지 않고 보낸 넉 달이었지." 마리야 부인이 한숨을 쉬며 비야라츠산을 향해 성호를 그었다.

나는 산꼭대기를 바라보았다. 눈부시도록 하얗게 빛나는 바위에 반사된 태양 빛이 뜨겁게 작열하고, 그 아래 바다 위 언덕에 등대가 서 있었다.

"그런 미키와 내가 친척이군요." 나는 이 시간 이후에 일어날 일이 더 중요하다는 듯이 말했다.

악센트 부호가 등장하는 이름

우리 이름에는 악센트 부호*가 등장한다. 나를 좋아한 사람은 내 이름에 등장하는 이 악센트 부호를 "장식물"이라고 불렀다. 그러나 난 독일에서 이 악센트 부호가 되레 장해물이 된다는 생각을 했다. 독일 공무원과 집주인에게 불신을 심어주고, 국경에서 여권 검사를 받을 때는 내 앞에 선 페트라와 뒤에 선 잉고보다 훨씬 더 오래 걸렸기 때문이다.

더욱이 내 여권에는 12학기로 제한된 독일 체류가 학업을 목적으로만 허용된다고 쓰여 있었다. 그 때문에 아주 끈질긴 국경수비대원들은 내 전공을 꼬치꼬치 캐묻기 일쑤였다. 전공이 함께 쓰여 있는데도 물었다. 그러니까 테스트인 셈이었다. 자기 전공을 몰라서 잘못된 대답을 하면 위조된 비자일 가능성이 컸으니까.

미국에서 독일어 보조교사로 일할 수 있게 된 나는 프랑크푸르트 공항 출국 심사대에 서 있었다. 그런데 여권 심사 직원이 흥미로운 표정으로 내 여권을 한참 들여다보고 있자, 내 뒤에 서 있는

---

* š, é처럼 알파벳에 붙는 ˇ, ´ 등의 표시.

사람들이 비상구 위치를 확인해두는 모습이 보였다. 잠시 후, 지금 막 흥미로운 비자를 발견하기라도 한 듯이 직원이 큰 소리로 외쳤다. "당신, 대학에서 공부를 하는군. 무슨! 공부를 하는 거지?" 어찌된 일인지 그 직원은 단어 하나하나를 큰 소리로 말했다. 마치 그렇게 하는 게 대단히 중요한 것처럼.

"슬라브학!" 마찬가지로 나도 큰 소리로 대답했다.

내 대답에 그는 알겠다는 듯 고개를 끄덕였다.

"수학이 많겠군." 그렇게 외치고 계속해서 여권을 한 장 한 장 넘기다가 또다시 물었다. "튀니지에선! 뭐! 했소!"

"나를! 포함해! 모두! 특히나! 뷔페에 대해! 화가 났어!"

나는 내 이국적인 이름을 신경 쓰지 않을 수 없었다. 어쨌든 나도 독일식 이름을 편견 없이 보는 게 힘들 때가 가끔 있었다. 내가 모르는 부부 이야기가 나왔을 때, 하우케와 지그리트 중 누가 여자인지 물어보기도 했으니까. 그런데 그 두 사람 다 여자였다! 그 사실을 알고 나는 미안한 마음이 들었다.

집을 스무 번이나 보러 다녀도 최종 세입자 후보 명단에 들어가지 못하자, 원래 내 이름인 Saša(사샤)를 독일식 Sascha(사샤)로 바꿔 말하는 건 어쩌면 당연한 일이었는지 모른다. 처음 얼마 동안은 이 방법도 통하지 않았다. 그런데 지금은 이름이 아니라 직업이 문제였다. ("우리 집에는 원래 의사, 변호사, 건축가들만 살아요. 하지만 고대어문학자는 우리가 이해를 못해요.") 그 이후 나는 문학상을 받고 반년간 돈도 꽤 많이 버는 것처럼 보였다. 그때부터 갑자기 내 이름도 직업도 장해물이 되지 않았다.

오스코루샤 공동묘지를 찾아가기 전에 나는 혈통의 의미로 이해되는 출신을 대수롭지 않게 여겼다. 내 조부모님은 그저 거기 있었다. 두 조부님 중 한 분은 아직 살아 계시지만, 다른 한 분은 세상을 떠났다. 한 분은 상냥한 낚시꾼이고, 다른 한 분은 생전에 상상력이 풍부한 공산주의자였다. 두 조모님의 과거는 내가 잘 모르는 영역이다. 하지만 내게 잘해주며 인생을 맘껏 즐기고 있는 그들은 지금의 내게 없어서는 안 될 존재였다. 그래도 가끔 콩알로 점을 봐서 좀 섬뜩하기는 했다. 나는 우리가 서로를 제대로 알 수 있는 시간이 남아 있기를 바랐다.

이야기 속에 등장하는 여러 장소에도 소속감은 배어 있지 않았다. 비셰그라드는 빗속에 서 있는 병원에 대해 어머니가 들려주는 장소고, 술래잡기를 하듯 온 거리를 부산하게 뛰어다는 곳이고, 손가락 사이에 꽂힌 연약한 솔잎이고, 심한 냄새가 나는 할머니 집 계단실이고, 썰매타기고, 학교고, 전쟁이고, 지나간 과거였다,

반대로 독일의 하이델베르크는 도피처고 새 출발을 위한 장소였다. 거긴 불확실한 시절과 사춘기를 보내고 경찰의 검문을 받고 첫사랑을 하고 남이 쓰다 버린 가구를 주워 오고 대학을 다니고, 또 언제부턴가 반항적 자의식에 빠져 "난 할 수 있어!"라고 외쳐대던 곳이었다.

그러다 오스코루샤 공동묘지에서 묘비 두 곳 중 하나에 내 성 스타니시치가 새겨져 있는 걸 보았다. 거기서 영감을 얻은 나는 출신과 관련된 것, 내가 모르는 친척과 내가 아는 장소, 표면적으로 친숙해 보이는 비셰그라드에서 일어난 과거의 일, 이주 초반에 낯설

게 다가온 하이델베르크에서 경험한 일을 소재로 삼아 한층 더 풍성한 이야기를 그려냈다.

오스코루샤에서 나는 그저 짧은 바지를 입은 관광객에 지나지 않았다. 조상들이 심어놓은 작은 과일나무 아래서 술을 마시고, 그곳 풍경이 형언할 수 없을 정도로 아름답다고 하면서도 오랜 시간 방치된 폐허를 보고 믿기지 않는 듯한 표정을 짓는 관광객 말이다. 관광객의 한 사람인 나는 오스코루샤가 내 조상들에게 어떤 곳이었을까, 또 아직 살아 있는 사람들과 연보라색 파마머리를 하고 내 옆에 서 있는 할머니에겐 어떤 곳이었을까 하고 자문해보았다. 그때 할머니가 "오스코루샤의 봄밖에 못 보는구나"라고 말했다.

할머니는 왜 그런 말을 한 걸까? 나는 많은 시간이 지난 후에야 할머니가 항상 봄에만 할아버지와 함께 이 산에 온 것을 알게 된다. 우리가 이곳에 온 것도 4월의 한중간이었다.

공동묘지를 방문하고 난 이후, 사실 난 내가 스타니시치 집안에 남은 마지막 남자라는 둥, 막다른 골목 같은 존재라 자식이 없을 거라는 둥 별 시답잖은 이상한 생각을 했다. 그럼에도 내 출신에 몰두하기 시작한 사실을 오랫동안 인정하지 않았다. 혈통과 출생지가 분류 기준의 특징으로 이용되고 국경선이 새로 정해지고 여러 개의 소국으로 분립된 나라의 메마른 늪에서 국익이 등장한 시대에, 그리고 타민족 배척이 정책 프로그램으로 다시 채택될 가능성이 높은 시대에, 나와 우리 가족의 출신 이야기를 꺼내는 것이 내겐 진부하고, 참으로 파괴적인 것처럼 생각되었다.

오스코루샤 이야기 다음에 등장하는 이 글 대부분에서, 나는 인간과 장소에 대해, 오스코루샤 같은 특정한 장소에서 태어난 것이 사람들에게 어떤 의미가 있는지에 대해, 또 어째서 거기 오스코루샤에서 더 이상 살 수 없고 혹은 살고 싶어 하지 않는지에 대해 어떤 식으로든 자세히 다루었다. 혈통이나 출생과 관련하여 한 인간에게 주어지고 허락되는 건 무엇일까? 이와 마찬가지로 혈통과 관련하여 한 인간에게 주어지지 않는 건 무엇일까? 나는 이에 대한 이야기는 물론이고 브란덴부르크, 보스니아에 대한 이야기도 썼다. 여기서 지리적 위치는 전혀 중요하지 않으며, 정체성에 대한 스트레스도 위도와는 아무런 관련이 없다. 또 인종차별, 폭력, 탈출에 대해서도 썼다. 내가 아는 사람 중 남아 있는 사람이 거의 없다. 떠나기로 마음먹었을 때 원래 가려던 곳에 도착한 사람은 몇 안 된다. 어느 한 곳에 정착해서 행복해하는 사람도 드물다. 그 사람들은 쉴 새 없이 도망치는데, 때론 그 어떤 무엇으로부터, 때론 실존적 존재로부터 도망친다. 이처럼 세상을 떠돌아다니는 건 때론 무거운 짐 같고, 때론 선물 같기도 하다.

그들은 고향 얘기를 거의 하지 않는다. 혹 얘기를 하더라도 어떤 특정 장소를 언급하진 않는다. 세상을 떠돌아다니는 방랑자 모는 "사람들이 계획을 가장 적게 세우는 곳이 고향이지"라고 말한다.

거기에 더해 고향은 지금 내가 쓰고 있는 이야기의 소재죠, 라고 나는 덧붙인다. 할머니, 우리 할머니 크리스티나가 기억을 잃어가기 시작할 때 나는 기억을 수집하기 시작했다.

내게 크리스티나 할머니 외에 또 한 분의 할머니가 있었다. 이름이 메즈레마지만, 나는 네나라고 불렀다. 외할머니 네나가 남기고 간 기억은 무엇이 있을까? 열성적인 영화광이었다는 건 어머니가 얘기해주었다. 1970~80년대에 할머니는 '문화의 집'에서 상영하는 모든 영화를, 〈람보 2〉 같은 영화를 포함하여, 말 그대로 모든 영화를 보았다. 나는 할머니를 따라가 생전 처음 공포영화를 본 적 있었는데, 드라큘라 영화인 것 같았다―그 영화를 보기엔 난 너무 어렸고, 처참한 장면도 너무 많아서 우리는 영화가 끝나기 전에 밖으로 나왔다. 세월이 흐르면서 다행히 그 처참한 장면들을 잊어버렸지만, 박쥐들에게 느낀 뭔지 모를 두려움을 간직하고 있다.

나는 네나 할머니가 담배를 많이 피우는 걸 직접 보았다. 미안하지만 재떨이 좀 주겠니, 하고 청하곤 했다. 또 가부좌 자세로 앉는 걸 좋아하고, 담배를 덜 피우려고 바느질을 많이 하는 것도, 손님이 오거나 어디서 누군가 돌아오는 걸 알면 창가에 서서 기다리는 것도 내 눈으로 보았다. 콩알로 점을 보고 손님들의 도착 시간을 대충 짐작했던 것이다. 게다가 흥분할 때와 마찬가지로 조용할 때나 피곤할 때면, 상체를 살짝 흔드는 것도 직접 보았다.

그러면 네나 할머니의 아버지인 외증조부님 술리오가 남기고 간 기억은 무엇일까? 외증조부님 술리오는 드리나강을 일터로 삼은 뗏목꾼이었다. 외증조부님에 대해 내가 들은 첫 번째 이야기는 뗏목꾼들 중 최고였다는 것이다.

두 번째 이야기는 수영을 못한다는 거였다.

미완성 작품

지난해 사촌이 둘째 아이를 낳았다. 여자아이로, 이름이 아다이다. 그들은 프랑스 몽펠리에 살고 있다. 사촌의 남편은 콧수염을 기른 의사이다. 그의 부모님은 튀니지 출신 이민자이고 그는 프랑스인이다. 그가 자신의 어머니에게 내가 쓴 책들을 선물하면서 "이 책들은 이방인에 대해 얘기하고 있어요"라고 설명했다. 그의 어머니는 프랑스에서 오랫동안 살았어도 이방인에 관심이 있다고 했다. 2018년 4월에 아다가 돌을 맞이했다. 그날 나는 또다시 보스니아 산속 무덤 사이를 헤매고 다닌다.

나의 가족은 세계 곳곳에 흩어져 살고 있다. 유고슬라비아와 함께 나의 가족도 갈기갈기 찢겨져 이제 하나가 될 수 없다. 내가 출신에 관해 이야기하고 싶은 것은 이러한 이질적인 것과도 관련이 있다. 현재 내가 살고 있는 장소를 결정하는 데에도, 가족이 있는 곳에 결코 함께 살지 못하는 데에도 이 이질성이 오랜 세월 영향을 끼쳤다.

나의 할머니가, 그리고 할머니만 볼 수 있는 거리의 소녀가 바로

'출신'이다.

헤어질 때 자기가 키우는 새끼 돼지 한 마리를 독일로 데려가라고 우기는 가브릴로 노인이 곧 출신이다.

함부르크에 사는, 내 성을 가진 사내아이가 곧 출신이다. 아이는 비행기를 가지고 놀고 있다. 나는 묻는다. "어디 가려고?"—"나나 할머니가 있는 스플리트*요"라고 대답하며 아이가 비행기 날개를 돌린다. 나는 재차 묻는다. "어디 가려고?"—"공룡이 있는 아프리카요."

나나 할머니가 곧 출신이다. 나의 어머니이자 아이의 할머니인 나나. 독일과 미국에 살다 몇 년 전에 고향인 크로아티아로 돌아간 어머니는 지금 어느 한 고층 건물의 발코니에 서서 아드리아해를 바라보고 있다.

우리를 이곳저곳으로 이끈 달콤쌉쌀한 우연들이 곧 출신이다. 사람들과 아무 상관 없는 소속감이 곧 출신이다. 오스코루샤의 산성화된 땅에 살고 있는 낯선 가족, 프랑스 몽펠리에 사는 낯선 아이가 곧 출신이다.

전쟁도 곧 출신이다. 그 전쟁의 불똥이 우리에게 튀었다. 어머니와 나는 세르비아, 헝가리, 크로아티아를 넘어 독일로 도망쳐서, 1992년 8월 24일에 하이델베르크에 도착했다. 아버지는 세르비아 국경 너머로 우리를 데려다주고 비셰그라드로 돌아가 할머니 곁을 지켰다. 그렇게 반년이 지나고 아버지가 독일로 뒤따라왔다. 갈색 트렁크를 들고 불면증과 허벅지에 생긴 흉터와 함께. 지금껏 나는

---

* 달마티아의 중부에 위치한, 크로아티아 제2의 항구도시.

그 흉터가 어떻게 생겼는지 물어보지 않았다.

발칸에서 도망쳐 이곳에 온 당신은 독일어를 하지 못한다. 여기 당신이 딴 자격증과 당신을 위한 추천서가 있다. 정치학자인 어머니는 큰 세탁 공장에 떨어졌다. 5년 반 동안 어머니는 뜨거운 수건에 파묻혀 살았고, 경영학자인 아버지는 공사판에 들어가서 일했다.

어머니와 아버지는 독일에서 행복했을까? 그럼, 가끔씩. 그래, 아주 가끔 행복했다.

1998년, 어머니와 아버지는 또다시 독일을 떠나야 할 처지에 놓였다. 인종 청소를 자행하고 있는 비셰그라드로 추방되기 전에 부모님은 플로리다로 이주했다. 그곳에서 독일에선 꿈도 꾸지 못한 일자리를 얻고 미국 친구들과 포커 게임도 하고 보스니아 친구들과 바비큐 파티도 열었다. 또 저축도 좀 하고 악어 한 마리를 사서 정원 연못에 풀어놓기도 했다.

지금 부모님은 미국 연금생활자 신분으로 연금을 받으며 크로아티아에 살고 있다. 하지만 그곳에선 늘 1년씩밖에 체류할 수 없는데, 이것도 크로아티아에 입국하기 전에 비(非)셴겐* 국가로 가서 3개월을 머물러야 가능한 일이었다. 2017년에 약 4만 7천 명이 크로아티아를 떠나 다른 곳으로 이주했다. 크로아티아는 이민 문제와 관련하여 사각지대에 놓여 있는 또 하나의 유럽 국가다.

독일에 도착해 우리가 살았던 첫 번째 집은 비슬로흐 시와 발도

---

* 1985년에 서명된 셴겐 조약이 적용되는 유럽 26개 국가. 공동 출입국 관리 정책을 쓴다.

르프 시* 사이에 위치한, 국도 바로 옆 공장지대 안에 있었다. 기차역 근처에 있어 쉽게 떠날 수 있다는 점이 유일한 장점인 곳이었다. 우리 집이 그 일대에서 유일한 살림집으로, 우리는 공장 굴뚝, 작업장, 자동차 대리점에 둘러싸여 있었다. 지금 구글 맵으로 검색해보니 이곳에 하이델베르크 인쇄소, 페니** 중앙점, 자동차 세차장 SB 세차 & 진공청소 가게들이 있다. 당시에도 이 가게들이 있었는지는 모르겠다.

그 집에는 우리 가족 이외에도 난민 세 가족이 더 살았다. 그들 모두는 관청에, 물가에, 전기레인지 열판을 두 개밖에 켤 수 없다는 데에, 더 나아가 자기 자신에게 끊임없이 실망감을 느끼곤 했다. 모두가 좋은 소식과 더 나은 삶을 애타게 기다렸지만, 단 한 번도 좋은 일은 생기지 않았다. 아직 살아 있는 게 다행이었다.

우리 아이들은 원하는 만큼 텔레비전을 볼 수 있었다. 레슬링과 에로틱 영화를 보고 마당에 버려진 낡은 매트리스 위에 올라가 싸움질도 했다. 매트리스에서 나는 냄새가 좋지 않았다. 매트리스에는 거기서 잠을 잔 옛 주인의 꿈과 함께 피부 각질이 묻어 있었다. 그 위에서 우리는 보디슬램, 파일드라이버, 넥브레이커 같은 화려한 프로레슬링 기술을 펼치며 놀았다.

재활용 대형 쓰레기는 우리 모두에게 엄청난 인기가 있었다. 사람들은 필요 없는 물건이 있으면 그저 집 밖에 내다 두면 되었다! 나는 그런 물건을 주워 오는 게 아주 싫었다. 그러나 우리는 가구

---

* 독일 바덴뷔르템베르크주에 있는 도시들.
** 독일, 오스트리아에 있는 슈퍼마켓 체인점.

도 돈도 없어서 선택의 여지가 없었다. 그런데도 나는 자존심이 아주 세서 싫다는 항의 표시로 한동안 바닥에서 잤다. 그 시절 내가 가장 좋아하는 레슬링 선수가 있었는데, 언더테이커*였다(지금도 여전히 그를 좋아한다).

어머니와 나는 기차역에 있는 공중전화 박스에서 많은 시간을 보냈다. 누군가 전화를 이용하려 하면 우리는 박스에서 나왔고, 그 사이 어머니는 담배 한 대를 피웠다. 대부분 헛수고로 돌아갔지만 우리는—남편이든, 아버지든, 형제든, 할머니든—누군가와 통화를 하려고 애를 썼다. 몇 주가 지나도 우리는 통화를 못 했고, 또 몇 주가 지나도 우리는 통화하고 싶은 사람이 통화라도 할 수 있는지조차 알 수 없었다.

지금도 어머니는 가장자리가 닳아 너덜너덜해진 전화번호부, 땀 냄새, 창문에 그려놓은 검은 심장 모양의 그림 낙서를 기억하고 있다. 그런데 우리는 심장 모양의 그림 속 알파벳 두 글자를 해독할 수 없었다.

하이델베르크로 이사하면서 몇 가지 일이 한층 편해졌다. 우리는 어머니의 자매인 룰라 이모네 가족과 함께 방갈로에 살았다. 전쟁이 터지고 바로 이모와 이모부는 외국인 노동자 신분으로 독일로 왔던 것이다. 독일로 들어오는 과정에서 뮌헨 공항에 붙들려 추방당할 위기에 처한 어머니와 나에게 두 분이 신원보증서를 써주며 긴급한 상황이 발생하면 우리 생활비를 책임지겠다고 약속했다. 그러고 나서야 우리는 입국이 허락되었다. 하지만 다른 사람들

---

* 미국의 전 프로레슬링 선수.

대부분은 우리와 달리 보증인이 없었다.

우리는 한 지붕 아래서 4년을 함께 살았다.

전쟁이 끝나고 이모네 가족은 보스니아 자비도비치로 돌아갔다. 그 도시는 새로 탄생한 연방국가에 속하는 보스니아 영역에 위치해 있었고, 이모네 가족은 전쟁 전과 다름없이 지금도 같은 집에 살고 있다. 그 집은 전쟁 통에도 거의 훼손되지 않고 남아 있었다. 벽에 새 페인트칠을 하고 정원을 새로 가꾼 다음 이모는 닭을, 이모부는 전서 비둘기를 각각 키웠다. 그 당시 비셰그라드에 있는 우리 집에는 낯선 사람들이 살고 있었고, 그들에게 월세를 받아내려고 할머니는 기나긴 싸움을 했다.

현재 이모가 무슨 일을 하고 사는지는 모른다. 아무것도 모른다는 생각이 든다. 왠지 그런 질문은 하고 싶지 않다. 이모를 기쁘게 하는 일이 뭔지 나는 알고 있다. 이모는 60년 전부터 전해 내려오는 전통 민속춤을 추고 여름엔 아드리아해에서 며칠간 휴가를 보내는 걸 좋아한다. 또 키우는 닭들도 이모의 기쁨이 될 것이다. 이모는 닭들에 대한 이야기를 쓰고 사진을 찍어 인스타그램에 올린다. 이모 계정에는 사회민주당의 지역 분파 당원들이 야외로 소풍가는 사진도 올라와 있다(사진 속 당원들은 숲속의 이상한 바위에 앉아 진지한 표정으로 카메라를 바라보고 있다). 심지어 그 지역 분파 후보로 시의회에 진출할 뻔한 적도 있다. 그뿐인가. 아주 맛있는 피타*를 굽고 비둘기처럼 구구 우는 소리를 내서 나를 즐겁게 해주기도 한다. 한 번도 내게 무례하게 행동한 적이 없었다.

* 이스트로 밀가루를 발효시켜 만든 둥글넓적한 빵.

나와 사촌 관계인 이모의 두 아들은 삼십대 초반의 청년들이다. 독일에서 스포츠 선수 매니지먼트 회사에서 일하는 넓은 어깨를 가진 첫째 사촌은 작지만 민첩한 아들이 있다. 사촌은 함부르크 스포츠클럽(HSV)이 몰락하기 훨씬 전부터 그렇게 될 것을 알고 있었고, 또 그 클럽이 다시 부활할 것도 알고 있었다. 비슬로흐에 살 때 그가 가장 좋아한 레슬링 선수는 '마초맨' 랜디 새비지*였다.

대학에서 독문학을 전공한 둘째 사촌은 보스니아에 있는 독일계 콜센터에서 일하다 지금은 콜센터를 직접 차려서 운영하고 있다. 최근에는 프로스포츠 선수들이 자신들의 훈련 방법을 일반인들에게 알려주는 피트니스 앱을 개발하고 있다. 시장에 정식으로 출시되면, 나는 이 앱을 마리오 괴체**처럼 팔굽혀펴기를 하려는 모든 사람에게 추천할 것이다. 나와 마찬가지로 그도 비슬로흐에 살 때 언더테이커를 가장 좋아했다.

1992년 8월, 세르비아 의용군들이 내 외삼촌을 화장실로 끌고 가서 옷을 벗겨 할례를 받았는지 확인하려 했다. 외삼촌은 이야기를 늘어놓으며 시간을 끌려고 애를 썼다. 외삼촌이 들려주는 훌륭한 이야기에 박수갈채가 쏟아졌다. 1분간 박수갈채를 받음으로써 1분의 시간을 벌 수 있었다. 그때 마침 외삼촌을 알아본 어떤 사람이 지나가며 의용군들에게 뭘 하냐면서 외삼촌은 한낱 배우일 뿐이라고 했다. 그 말에 그들은 외삼촌을 놓아주었다. 그날 이후 외삼촌은 매일 경찰서를 찾아가 보고를 해야 했다. 매일 경찰서를 찾아

---

* 미국의 전 프로레슬링 선수.
** 독일의 축구선수.

가 보고를 하던 사람들은 대여섯 번째 갔을 즈음 감쪽같이 사라져 버렸다. 이 일을 두고 비셰그라드 사람들은 "어둠이 그들을 삼켜버렸어"라고 말했다. 외삼촌과 외삼촌 가족은 그 어둠을 피해 달아났다. 그들은 몇 달을 떠돌아다니다 잘츠부르크에 새롭게 정착했다.

외삼촌은 낯선 땅에서 그 나라 언어도 모르는 서른넷의 배우가 어떤 공연을 할 수 있을까, 하고 곰곰이 생각해보았다. 그곳 연극계는 그에게 아무 관심도 없고 매니지먼트 회사들도 아무 희망을 걸지 않았다. 그래서 그는 언어가 필요 없는 역할을 생각해낼 때까지 1년간 신문 배달부 역할을 했다. 유고슬라비아 사람들은 어릿광대를 인정하지 않지만 유치원이나 오스트리아 부동산 업계 사람들은 어릿광대를 사랑한다. 공연 파트너를 찾은 외삼촌은 그때부터 생일 파티 행사장에선 빨간 코 분장을 하고 비틀거리며 걸어 다니고, 회사 행사장에선 외발자전거를 탔다. 최근에는 아주 작은 담을 타는 한 시간짜리 공연 프로그램을 가지고 미국으로 소규모 투어를 갔다.

공연 파트너와 싸우고 난 후, 외삼촌은 벽에 못을 박아 거대한 신발을 걸어놓고 포커테이블을 만들어 아이들 방에서 두 딸과 함께 포커 판을 벌였다. 처음엔 이웃집 사람들이 찾아와 그들과 함께 포커를 하다가 나중엔 온 도시에서 몰려온 사람들과도 포커를 했다.

잘츠부르크에 있을 때 주말이면 외삼촌은 잘차흐강*으로 나가 낚시를 하곤 했다. 요즘에는 드리나강에서 다시 낚시를 한다. 은퇴 이후 연금을 받으며 여생을 보내기 위해 외삼촌은 비셰그라드 근

---

*   오스트리아 잘츠부르크주와 독일 바이에른주를 흐르는 강.

교에 작은 집을 지었다. 반년은 프랑스에 있는 딸들과 손주들 곁에서, 또 반년은 드리나강에 앉아 커다란 메기가 미끼를 물길 기다리며 살아가는 삶을 상상하면서 말이다.

외삼촌의 아이들, 그러니까 사촌들은 지금 프랑스에 살고 있다. 예전에 비셰그라드에 살 때 우리는 자주 함께 놀곤 했다. 가게 놀이를 할 땐 내가 돈을 관리하고, 인형 놀이를 할 땐 인형을 마구 두들겨 패는 나를 보고 두 사촌이 눈물을 약간 흘리기도 했다. 이 외에 다른 놀이도 했다.

전쟁이 발발하기 2년 전에 나와 사촌들이 함께 찍은 사진 한 장이 있다. 사진 속 우리는 계단에 앉아 있다. 나는 팔로 둘째 사촌을 감싸고 있고 둘째 사촌은 내 어깨에 머리를 기대고 있는 모습이다. 체육복 차림의 우리는 눈을 가늘게 뜨고 해를 보며 포즈를 취한 채 웃고 있다. 처음으로 나는 형제가 있다는 느낌이 들었다.

요즘은 만나면 함께 관심을 불러일으키는 일을 하고, 현재 겪고 있는 일을 이야기한다. 그러나 과거에 대해 이야기하고 궁금한 점을 물어보는 데는 침착함과 배려, 용기가 필요할 것이다. 비셰그라드를 떠난 이후 우리는 그곳 이야기를 더 이상 하지 않는다.

어린 시절의 우리에게는 그때 그 시간만으로도 충분했다. 하늘에 떠 있는 태양, 다음 놀이가 시작되기 전에 찾아든 평온함. 지금은 아이를 둔 부모가 된 우리는 아이들이 하는 놀이, 화난 모습 등 아이들 이야기를 한다. 또 식사할 때 소스를 되는대로 곧장 면 위에 쏟아붓는지 아니면 추가 접시에 담는지를 두고 이야기꽃을 피운다. 우리 아이들이 더 자주 만나면 좋을 거라는 말도 한다. 두 사촌과 나는 햇볕이 내리쬐는 계단에 앉아 찍은 우리 셋의 사진을 아직도 가지고 있다.

뗏목꾼은 수영할 줄 알아야 하는가?

나보다 어린 사촌의 남편 이름은 외할아버지와 같은 무하메드다. 외할아버지는 파란색 철도원 유니폼과 그 위에 덧입는 겨울 코트 한 벌을 갖고 있다. 기차 안에서 일할 때 엄청 두껍고 무거운 이 코트를 입고 있으면 추위에 떨지 않아도 되었다. 외할아버지 무하메드는 열차 제동수였다. 여름엔 제동실 안에서 땀을 뻘뻘 흘리고 겨울에는 추위에 오들오들 떨었다. 어렸을 때부터 할아버지는 기차를 사랑했다. 원래 기관사가 되고 싶었지만, 제동수로 일하는 것도 나쁘지 않았다.

1978년, 사라예보와 비셰그라드를 오가는 열차 운행이 중지되는 바람에 무하메드 할아버지는 조기 퇴직했다. 퇴직 첫날 외할아버지는 무거운 코트를 개켜 끈으로 묶은 후 유니폼과 차양이 달린 모자를 얹고는 그걸 들고 철도 사무소로 갔다.

철도 사무소에서 일하는 직원은 담배를 피우며 서류를 읽고 있었다. 인기척을 느끼고 고개를 들어 할아버지를 힐끗 보더니 잠시 기다리라는 눈짓을 보냈다. 사무소 복도엔 창문도 없고 사무실 앞엔 의자도 없었다. 할아버지는 급할 게 없었다. 문득 고개를 들어 천장을 올려다보니 곰팡이가 슬어 있었다. 그래서 다른 곳으로 옮겨 섰다. 엄청난 적막감이 감도는 작은 사무소 내부에서 들려오는 건 서류 넘기는 소리뿐이었다.

잠시 후, 할아버지는 사무실로 들어갈 수 있었다. 좁고 어질러진 사무실 안은 담배 연기가 자욱했다. 방문객용 의자 위는 물론이고 여기저기 서류들이 널려 있었다. 할아버지는 멈춰 선 자리에 그대로 서서 재차 인사를 하고 이름, 근무 연수, 근무 번호를 차례로 댔다. 그사이 철도 사무소 직원은 또다시 담배에 불을 붙였다.

처음 보는 여자였다. 젊지도 늙지도 않아 보이는 그 직원은 창백한 얼굴로 무슨 일이냐고 물었다. 할아버지가 유니폼을 반환하고 감사 인사를 하고 싶다며 미소를 짓는데, 여자가 기침을 해댔다. 할아버지는 유니폼을 어떻게 해야 할지 몰라 주변을 둘러보고는 바닥에 유니폼 꾸러미를 내려놓았다. 얼굴은 여전히 미소를 띠고 있었다. 그 상황에서 무엇에 대해 감사하고 싶었는지 정확히 알수가 없어서 그랬을까. 아니면 1975년 겨울에 코트 덕분에 목숨을 구한 일이 생각나서였을까. 그것도 아니면 코트에다 감사해야 하는 건 아닌가 하고 잠시나마 생각해서 그랬을까.

여자가 담배를 피우며 읽고 있는 서류철에는 여러 장의 사진이 붙어 있었다. 할아버지는 재차 미소를 보이고 괜찮다며 코트를 다시 집어 들고 사무실을 나갔다.

태양이 내리쬐고 있었다. 집에 돌아온 할아버지는 옷걸이에 코트를 걸고 셔츠와 멋진 신발을 벗어놓고는 작업복을 입고 고무장화를 신었다. 이어 낚시용품을 챙겨 등받이 없는 의자를 어깨에 메고 드리나강으로 나가 낚싯대를 드리웠다. 이 순간 할아버지는 미소를 머금고 있었을 것이다. 당시 할아버지는 쉰일곱이었다.

무하메드 할아버지는 아주 상냥한 사람이었다. 모든 사람이 그렇게 생각했고 그런 점이 모든 사람의 이목을 끌었다. 가끔 외할머니 네나 메즈레마도 "네 할아버지가 어찌나 상냥하던지"라고 말했다. 그렇게 말하는 할머니는 남을 잘 도와주는 모르는 사람 이야기를 하듯 했다. 할머니 입에서 무심코 튀어나온 이 말은 솔직히 좀 의심쩍게 들렸다. 마치 남편의 온화한 성품이 놀라움의 연속이라도 되는 것처럼 말이다.

할아버지는 도움이 필요한지 물어보려고 우리 집에 매일같이 들렀다. 방금 잡은 물고기를 가져다주고 장도 봐주고 내 연필도 깎아주었다. 또 고장 난 물건이 있으면 고쳐주려고 애를 썼다. 다행히 고치다 더 망가뜨리는 일은 거의 없었다.

한동안 나는 지렁이를 질색하며 무서워한 적이 있었다. 그런 내게 어느 날 무하메드 할아버지가 땅속에서 지렁이 세 마리를 캐내어 손바닥 위에 올려놓고 보여주었다. 지렁이 세 마리가 할아버지 손바닥 생명선 위를 느릿느릿 기어 다녔다. 원하면 내 손을 자기 손 옆에 갖다 놓으라고, 그러면 지렁이가 옮겨 갈 거라고 할아버지가 말했다. 나는 할아버지 말대로 했다. 하지만 지렁이는 할아버지 손바닥을 벗어나지 않았다. 할아버지가 선한 사람이라는 걸 지렁이도 알아챈 모양이다(나중에 할아버지는 이 지렁이들을 낚싯바늘에 꿰어 미끼로 사용했다). 그땐 지렁이를 무서워하는 마음을 이

100

겨내지 못했지만 이후 극복해냈다.

어머니는 어렸을 때 할아버지에게서 석탄 냄새가 났다고 했다. 비누로 씻어도 그 냄새는 없어지지 않았다고. 그러나 우리가 지렁이를 가지고 낚시하러 간 날에 할아버지는 면도액과 흙 냄새가 났다.

할아버지의 존재를 가장 잘 묘사한 모습은 전쟁 때였을 것이다. 할아버지는 구조 호송대와 함께 비셰그라드를 떠났다. 비셰그라드 시를 벗어났을 때쯤 호송대가 갑자기 멈춰 서더니 무장한 군인들이 버스 안으로 쳐들어와 모두 내리라고 명령했다. 군인들 가운데 비셰그라드에서 온 남자 두 명이 섞여 있었는데, 할아버지가 아는 얼굴이었다. 미소 띤 얼굴로 할아버지는 그들에게 악수를 청하고 안부를 물었다.

이날 돌발 상황에서 모두 무사히 살아남았다.

1995년, 네나 할머니와 무하메드 할아버지는 우리가 있는 하이델베르크로 옮겨 오는 데 성공했다. 독일 생활을 시작한 두 분은 거의 집에만 있었다. 가끔 할아버지는 용감하게 포도밭으로 산책을 나가거나 집에서 조금 떨어진 곳에 있는 에데카에 장 보러 가곤 했다. 사나흘마다 숲속에 들어가 샘물을 한 양동이씩 떠 오기도 하고, 집안일을 조금씩 도와주면서 텔레비전에서 중계하는 '포뮬러 원'* 경주를 즐겨 보았다. 그러나 독일어를 배우진 않았다.

어느 날, 우리가 텔레비전에서 방영되는 〈X 파일〉**을 보고 있을

---

*   스포츠 자동차 경주 대회.
**   초자연적이거나 미스터리한 사건을 추적하는 FBI 요원들의 이야기를 다룬 미국 드라마.

때 할아버지가 거실로 나왔다. 임무를 수행하는 주인공인 두 요원을 한동안 지켜보더니 질문이 있다면서 방해해도 되느냐고 물었다. "방금 그게 뭐냐?"

나는 대답했다. "외계인요."

할아버지는 웃으며 말했다. "나 같구나!" 그러고는 거친 손으로 내 머리를 부드럽게 쓰다듬었다. 할아버지는 독일에서도 예전과 다름없이 세상에서 가장 상냥한 사람이었다. 이론적으로는 말이다. 그러나 그런 모습을 보여줄 수 있는 기회는 아쉽게도 많지 않았다.

네나 할머니는 할아버지를 만나기 전에 결혼을 한 번 했었다. 가족 중에 이 사실을 아는 사람은 거의 없었다. 1950~60년대에 유고슬라비아 사람들은 실패한 결혼에 대해 얘기하는 것을 꺼려 해서, 이를 화두로 삼는 것은 예의에 어긋나는 일이었다. 당시는 힘들지만 서로 참고, 함께 살고 싶지 않은 사람과도 삶을 공유하던 시대로, 더 이상 함께하기 힘들 때는 남부끄러워 몰래 헤어졌다.

네나 할머니의 첫 번째 남편에 대해 확실히 아는 것은 없었다. 할머니가 스코페*로 시집을 갔으니까 마케도니아 사람이었을 거라는 정도였다. 결혼한 지 반년 후에 할머니는 비셰그라드로 돌아왔다. 전보다 많이 수척해진 할머니는 그 당시에 담배를 피우기 시작하고 웃음도 많아졌다. 그 모든 것이 뭘 위한 신호였는지 말하기는 힘들다. 할머니가 짧게 끝난 첫 번째 결혼 이야기를 꺼내면 사람들은 잠자코 듣기만 했다.

* 북마케도니아의 수도.

당시 무하메드 할아버지는 시 외곽에 설치된 임시 수용소에 살며 일자리를 찾고 있었다. 시간은 많았다. 하지만 정당에 가입돼 있지 않아서 정당 가입도 해야 했다. 할아버지는 시간이 날 때마다 증조부님 집 근처 강가에 있는 수양버들 숲에서 시간을 보냈다. 거기서는 열차도 잘 보이고 낚시도 잘되었다. 게다가 젊은 무하메드 할아버지는 이 두 가지 좋아하는 일을 하면서 우연히 네나 할머니를 만날 수도 있었다. 수양버들 숲에선 집 한 채가 보였다. 그 집 정원 뽕나무 아래서 네나 할머니가 바느질도 하고—부모님이 안 계시면—담배도 피웠다. 거기서도 버드나무 아래에 있는 사람이 보였다.

언젠가 네나 할머니가 무하메드 할아버지가 있는 곳으로 내려왔다. 느릿느릿 다가오는 할머니를 기다리며 할아버지는 벌떡 일어나 손에 쥔 모자를 만지작거리며 인사할 준비를 했다.

할머니는 인사도 없이, 항상 여기서 뭘 그리 찾고 있는지 물었다.

그 질문에 할아버지는 좀 당황스러웠다. 할아버지도 인사 없이 낚시를 좋아하느냐고 되물었다. 어른이 되고 그가 그런 행동을 한 건 아마 처음이었을 것이다.

그러자 할머니가 낚시를 좋아할 것처럼 보이냐고 되물으며 좋아하지 않는다고 했다.

그 말에 뭐라고 대꾸할 수 있을까? 할머니처럼 예쁜 아이는 물론, 누구나 낚시를 좋아할 수 있지 않은가! 물속 물고기들은 외모가 어떻든 신경 쓰지 않는다. 외모보단 뭔가 다른 것에 마음이 끌린다. 그러나 무하메드 할아버지 머릿속엔 또다시 낚시밖에 떠오르지 않았다. 그래서 매듭 묶는 걸 배워보고 싶지 않느냐고 물었다.

할머니는 매듭에 관한 것이라면 자신이 더 많이 알고 있으며, 뜨개질에는 눈에 보이지 않는 매듭도 있다고 대꾸했다.

무하메드 할아버지는 기관사가 되고 싶다고 응수했다.

뭔 말이야?

낚시와 매듭 이야기로는 별 진전이 없을 거라고 무하메드 할아버지가 말했다. 그러자 네나 할머니가 대뜸 함께 영화 보러 가겠냐고 물었다.

여섯 살 많은 무하메드 할아버지가 네나 할머니에게 평생 한결같이 상냥한 인사를 건네던 모습이 눈앞에 그려진다.

내겐 증조부님인 네나 할머니 아버지 이름은 술리오로, 뗏목꾼이었다. 드리나강에서 행하는 거친 손노동, 굳은살, 베인 상처 자국. 두건을 쓰고 담배를 피우며 방향타를 잡고 있는 증조부 술리오.

그 시절 장면이 떠오른다. 소녀 시절의 어머니가 증조부 술리오의 흔들리는 뗏목 선체에 걸터앉아 있다. 드리나강의 여선장, 그런 어머니를 증조부는 "아기 고양이"라고 부른다. 잔잔히 흐르는 강물에 뗏목이 흔들리면 협곡에서 "할아버지!" 하는 어머니의 밝고 경쾌한 목소리가 들려온다.

그러나 증조부님이 조용히 하라며 엄하게 꾸짖었다. 원래 어머니를 데리고 뗏목을 타면 안 되었다. 하지만 이리 기분 좋게 흔들리는 뗏목을 타고 어떻게 침묵하며 가만히 있을 수 있을까?

저 멀리 강 위로 솟아 있는 바위를 향해 증조부님이 능숙하게 뗏목을 돌렸다. 손녀가 너무 자랑스러워 다른 뗏목꾼들에게 손녀를 보여주고 목소리도 들려주고 싶었던 모양이다.

제파강 어귀 아래쪽에 다다르니, 드리나강 강물이 가파른 계곡 두 곳을 따라 세차게 흐르고 있다. 급류를 타고 내려가는 것은 너무 위험하므로 그 전에 '아기 고양이' 어머니는 뗏목에서 내려야 했다. 강가에 내린 어머니는 급류를 타고 내려가는 증조부를 놓치지 않으려고 뗏목을 뒤쫓아 달린다. 조금 전보다 더 좁고 거친 급류 계곡을 눈앞에 두고, 뗏목의 운명을 잠시 운에 내맡기며 많은 뗏목꾼들이 강물로 뛰어들어 강가로 헤엄쳐 간다.

증조부는 수영을 못한다. 아니, 수영할 필요가 없다. 동료 뗏목꾼와 함께 뗏목 뒤쪽에 있는 방향타를 잡고 서 있으니까. 겨우 붙잡고 있는 뗏목은 한쪽 방향으로 기울고, 뗏목 버팀대 위로 강물이 넘쳐흐르며, 누군가—아마 드리나강이—뭔가를 손짓하며 부르고 있는 듯하다. 잠시 후 그들은 뗏목과 함께 급류에 밀려 떠내려가고, 그 모습을 본 어머니는 손뼉을 쳐댄다.

증조부님이 세상을 떠났을 때 나는 아직 태어나지도 않았다. 그는 드리나강 때문이 아니라 신장이 고장 나서 돌아가셨다. 제방 세개가 건설된 1963년 이후로 뗏목꾼들이 더는 필요 없었다. 드리나강의 물살이 더 이상 사납고 거칠지 않았으니까.

술리오 증조부님은 수영할 줄 알았을까? 수영에 얽힌 일화가 있는데, 일화의 어느 부분이 사실이고 거짓인지 나는 모른다.

이름이 룸사인 증조모님은 빨래를 하러 드리나강으로 가곤 했다. 문맹인 증조모는 옛 노래를 즐겨 불렀다. 일화에 따르면, 증조부 술리오가 뗏목을 타고 강 한가운데에 이르렀을 때 증조모의 목소리를 처음으로 들었다고 했다. 주민들의 반대에도 비셰그라드의 드리나강에 다리가 놓이고 난 이후부터 강에 악령이 출몰한다는 소문이 퍼졌다. 그래서 악령이 내는 소리라고 생각했다. 깜짝 놀란 증조부님은 강가로 가서 목숨을 구하든지 익사하든지 둘 중 하나를 선택해야 한다는 생각에 물속으로 뛰어들었다. 그리하면 악령을 영원히 섬기는 저주를 받지 않아도 되었고, 그게 가장 중요했다.

물속으로 가라앉으면서 증조부님은 방금 들은 노랫소리가 어디서 흘러나오는지 보았고, 그곳으로 가고 싶었다. 그래서 룸사 증조모님이 빨래 통을 들고 버드나무 사이에 웅크리고 앉아 노래 부르는 강가로 헤엄쳐 갔다.

"어머나, 웬 못생긴 물고기를 낚았네." 증조모가 증조부를 보고 내뱉은 최초의 말이었다.

증조부님은 그 일화를 얘기할 때, 돌이켜보니 악령의 저주 혹은 미래 아내가 될 여자의 거친 입, 이 둘 중 뭐가 더 난감했는지 확실히 알 수 없었다고 했다.

증조모님은 그 일화를 얘기할 때, 두건을 쓰고 흰 셔츠를 입은 뗏목꾼 혹은—더 좋은 건—가끔 셔츠를 입지 않고 한 주에도 몇 번씩이나 드리나강을 내려가던 뗏목꾼을 떠올렸다. 증조모님이 멀리서도 알아볼 수 있는 단 한 사람은 증조부님이라며, 머리에 두른 두건과 힘찬 팔 동작만 보고도 증조부님이라는 걸 알아봤다고 했다. 늘 홀로 증조부를 먼발치에서만 지켜보던 증조모님은 더는 그러고 싶지 않아서 언제부턴가 노래를 부르기 시작했다고도 했다.

"노랫소리로 술리오를 유인했지. 그때까지도 술리오는 자기가 내 거라는 걸 몰랐지!" 그러나 증조모는 이미 알고 있었다. "몇 푼 받고 너희에게 그때 불렀던 노래도 불러주고 다른 노래도 불러주마."

증조모님 집은 대가족이었다. 그러나 1차 세계대전을 겪으면서 가족 수가 급격히 줄어들었다. 아마 살아남은 자들이 재치 있고 익살스럽게 그리는 사람들이고, 노래를 부르며 찬미하는 사람들이 그 전쟁의 희생자였을 거다.

사람들 말로는, 증조모님이 진실의 거울처럼 맑은 목소리를 지녔다고 했다. 하지만 그 사실을 모든 사람에게 알리려고 하진 않았다. 1944년의 어느 날, 옛 축사 안에서 침상을 만드는 독일 군인들 앞에서 노래를 불러야 할 상황에 처했다. 군인들이 증조모님에게 노래를 불러달라 부탁했고, 잘 불러야 하는 건 아니었다고…….

증조부모님은 드리나강 가에 집 한 채를 지었다. 흰색 정면에 백양나무로 된 창 덧문, 지붕을 뒤덮은 이끼, 그 집에서 네 명의 아이가 태어났다. 강이 내려다보이는 발코니에서 커피를 마시며 룸사 증조모님의 노랫소리를 들을 수 있었다. 집 정원에는 탁자가 놓여 있고 호박 덩굴이 쭉쭉 뻗어 있고, 거기 서 있는 검은 뽕나무 두 그루 그늘 아래선 아이들이 뛰어놀고 있었다.

어린 시절 어머니도 뽕나무 아래서 행복한 나날을 보냈다. 증조모 룸사는 어머니의 머리를 땋아주기도 하고 혼자서도 다양한 스타일로 머리를 땋는 방법도 가르쳐주었다. 어머니와 드리나강을 위해 노래도 불러주었다. '아기 고양이' 어머니를 작은 배에 태우고 드리나강을 내려간 증조부님은 물론 증조모님도 생전에 강가로 데리고 다녔다.

그 드리나강이 그들을 찾아왔다. 1975년 3월, 2주 내내 계속 비가 쏟아지고, 산 위의 눈이 녹아 내렸다―홍수가 나서 증조부모님의 집은 사람이 살 수 없게 되었다.

발목까지 진흙이 쌓인, 물바다가 된 거실에 가족이 모였다. 자식들은 정리정돈을 하고 손녀딸들―어머니와 룰라 이모―은 울고 있었다. 바로 전날에도 그들은 모두 함께 집을 청소했었다. 룸사 증조모님은 이제 더는 몸을 구부릴 수도 펼 수도 없을 지경이었다. 얼마 후면 꼬부랑 할머니처럼 걸어 다녀야 할 것이다.

눈물바다가 된 황폐해진 거실 한복판에 서서 증조모님이 말했다. "너희들이 청소를 제대로 안 해서,"―증조모님의 말이 계속 이어졌다―"드리나강에 좀 도와달라고 했어."

1951년에 제작된 드리나강의 뗏목꾼을 다룬 다큐멘터리 영화에는 두건을 쓰고 셔츠를 입은 뗏목꾼이 등장했다.

증조모 룸사가 세상을 떠났을 때, 나는 생후 12개월 된 갓난아기였다. 돌아가시기 전날 밤에 증조모님이 큰 소리로 웃고 저주를 퍼붓는 소리가 들렸다고 했다. 그다음 날 아침 증조모는 숨을 거두었다. 우리가 함께 찍은 유일한 사진 속의 나는 증조모의 무릎에 안겨 있고, 나를 들여다보고 있는 증조모의 입이 약간 벌어져 있다. 오늘은 2018년 8월 24일이다. 나는 빛바랜 사진을 귀에 대고 귀를 쫑긋 세워본다.

할머니와 왈츠

크리스티나 할머니는 현실적인 사람이다. 오스코루샤에서 보낸 그 특별한 날, 할머니가 가브릴로 노인에게 말했다. "당신이 나보다 먼저 죽으면 당신 텔레비전을 갖고 싶어."

오후가 되자 우리 모두 가브릴로 노인 집에 앉아 텔레비전에서 방영하는 멕시코 텔레노벨라*를 보다가 잠이 들었다. 잠든 사이에 파리들이 우리 머리카락을 빨아댔다. 한 시간가량 자고 일어났을까. 낮잠을 자고 일어난 할머니가 가브릴로 노인과 팔짱을 끼고 집을 나섰다. 나간다고 말할 필요가 없었다. 말하지 않아도 이미 내가 그 뒤를 따르고 있었으니까.

두 사람은 앞서 걸으며 조용히 이야기를 나누었다. 추억과 돈세탁을 화제로 삼아 번갈아가며 얘기하는 거라고 짐작했다. 대화 중에 할머니가 소녀처럼 깔깔 웃기도 했다.

한 무리 양 떼가 숲에서 나와 우리 쪽으로 느릿느릿 걸어오고 있

---

* 텔레비전(televisión)과 소설(novela)의 합성어로, 중남미 국가들에서 가장 인기 있는 텔레비전 프로그램 장르.

었다. 그런데 양 목에 달린 방울 소리가 내내 슬프게 울렸다. 할머니와 가브릴로 노인이 울타리 앞에서 멈춰 섰다. 말할 필요도 없이 부식 상태가 심각한 울타리는 널빤지 세 개, 울타리 기둥 한 개가 두 번 연속으로 연결되어 있었다. 가브릴로 노인과 주변을 둘러보고 얘기를 하던 할머니가 갑자기 내게 사진을 찍어도 되냐고 물었다. 깜짝 놀란 나는 셋이 같이 찍자고 제안했다.

그러나 할머니는 내 독사진을 찍겠다고 고집을 부렸다. "울타리 위에 앉아봐."

나는 할머니에게 스마트폰을 건네며 카메라를 어떻게 작동하는지 아느냐고 물었다. 당나귀 녀석, 당연히 모르지. 나는 할머니에게 카메라 작동법을 알려주고 울타리 위로 올라갔다. 여기 누르라고?

"아니, 좀 더 왼쪽으로. 좀 더. 거기 서. 가만히 좀 있어!"

할머니 말대로 나는 가만히 있었다.

내 눈앞엔 초원이 펼쳐져 있고, 내 뒤로는 양들이 떼 지어 있고 비야라츠산 봉우리가 솟아 있었다. 할머니의 말이 끝난 후에도 찰칵하는 소리가 들리지 않았다.

"할머니? 지금 뭐 하세요?"

"그대로 앉아 있어."

"빨리 찍어요!"

"움직이지 말라니까."

"할머니, 거기 빨간 거 누르기만 해요."

"가만있어."

완전히 멍청한 짓이었다. 3분이면 끝날 거야. 아니, 이젠 더 못

앉아 있겠어. 나는 울타리를 기어 내려왔다. 그때 할머니와 가브릴로 노인이 동시에 외쳤다. "잠깐! 다시 올라가!" 그들은 진지했다.

나는 엄청 미안해하며 다시 울타리를 기어 올라갔다.

"좀 더 왼쪽으로." 할머니가 말했다.

그때 뻣뻣한 걸음걸이로 양들이 우리 앞을 지나갔다. 그중 한 마리가 인근 초원 지대로 나 있는 문을 열자 다른 양들이 문밖으로 빠져나갔다. 난 이제 그 어떤 것에도 놀라지 않았다. 거의 다 빠져나가고 마지막 남은 양 한 마리가 내 뒤로 펼쳐진 풀밭에 벌러덩 드러누웠고, 그 모습을 본 가브릴로 노인도 털썩 주저앉았다. 그때 어디선가 새 한 마리가 큰 소리로 울었다. "여기! 여기!" 할머니가 외쳤다. 나는 주변을 둘러보았다. 하지만 산과 양, 눈부신 하늘 말고는 아무것도 없었다. 나는 의기소침해져 다시 전방과 할머니를 바라보다가 오스코루샤에 있는 내 모습을 남기기 위해 셀카를 찍었다.

언덕 위에 서 있는 젊은 남자의 모습을 담은, 별 특별할 거 없는 셀카 사진이다. 땀에 젖은 머리카락이 이마에 찰싹 달라붙어 있다. 어깨 너머로 산이 우뚝 솟아 있고, 큰 새들이 산봉우리 주위를 날아다닌다. 그리고 푸른 풀밭에 양 한 마리가 누워 있고, 풀밭 위 하늘은 새파랗다.

오늘은 2018년 2월 7일이다. 이 사진을 찍은 지 거의 9년이 다 됐다. 거기 산골짜기에 사람이 아직 살고 있을까? 살고 있는 사람이 왜 없겠는가? 라이프치히 출신의 한 화가가 오스코루샤를 방문하여 뱀이 휘감고 있는 과일나무를 담은 유화 열두 작품을 그릴 수도 있다. 과일나무에 올라가 있는 뱀에 관심을 가진, 코메르츠 은행*의 문화 분야 여성 매니저가 30만 유로를 주고 그 뱀 그림 시리즈 작품을 사들인다. 그리고 요가 강사인 당신 아내가 유화 속에 등장하는 마을에 매료되어 그곳을 찾아간다. 그림에서 볼 때보다 실제 눈앞에 펼쳐진 광경이 훨씬 더 아름답다. 그녀는 비어 있는 농가를 사들여 보수공사를 한 다음, 여름엔 대도시 라이프치히에서 온요가 애호가를 위해 요가 워크숍을 연다. 그 마을에 세상사에 지친한 기업자문가도 들어와 정착한다. 베이스 솔로 연주자인 그의 여자 친구가 고요한 밤에 분위기를 자아낸다. 유화 화가는 오스코루샤를 다시 찾아와 가브릴로 노인과 마리야 부인, 스레토예 노인의초상화와 미로슬라브 씨네 양들의 그림을 그린다. 어느 한 헛간에선 민간요법 치료사 두 사람이 사과주에 들어갈 사과즙을 짠다. 지금은 그곳이 지역공동체가 되어 있다. 주민들은 다양한 여러 상황속에서 서로 싸우기도 하고 서로 사랑하기도 한다. 또 지역공동체에 관심을 가진 관광객들도 그곳을 찾고, 손재주가 있는 히피족들도 와서 가브릴로 노인의 세탁기를 고쳐준 다음 명상하는 방법도알려준다. 그뿐인가. 다른 사람들 집도 수리하고 소셜미디어 계정도 삭제하고 과일 잼도 만든다. 공예가들은 공방도 연다. 할레**에서온 피부과 여의사는 보스니아 산악지대에서 긴 휴가를 보내며 '장기 휴가 부문'에서 발생하는 관광 시장 공백을 메우기도 한다. 세상사에 지친 기업자문가는 비야라츠산에서 거대한 파충류의 비늘

---

* 독일 제1의 민간은행이며 코메르츠 그룹의 모기업.
** 독일 작센안할트주에 있는 상공업도시.

을 찾아내어 그것을 베개 밑에 넣고 잔 뒤부터 다시 잠을 잘 잔다. 또 모든 사람들이 파티를 위해 마리야 부인이 짠 우유와 가브릴로 노인이 키운 새끼 돼지 다섯 마리를 산다. 그로부터 1년이 지난 후, 그 마을에 태어난 첫 번째 아기의 울음소리가 산골짜기에 울려 퍼진다. 또 그곳에서 열었던 요가 수업을 마친 한 러시아 여자는 주인 없는 모든 것을 사들이기로 결심한다. 이 러시아 여자를 좀 더 잘 알고 아주 괜찮은 사람이라고 생각할 때까지 마을엔 긴장감이 약간 감돈다. 그 여자의 남편이 가세해 즉각 비셰그라드를 공동구매한다. 이 러시아 부부가 비셰그라드에 산업을 활성화시킨 덕분에 스테보 아저씨는 일자리를 얻는다. 그러나 가브릴로 노인에겐 유리 진열장에 들어 있는 사진 속 전쟁 범죄자들이 경고장이 되어 날아온다. 옛 유고슬라비아 공화국들이 철두철미하게 전쟁 준비를 하고 있다.

나는 할머니에게 전화를 걸어 잘 지내냐고 묻는다.

"잘 지내지 못하는구나." 할머니는 지금껏 한 번도 이런 말을 한 적이 없었다. 나는 음악을 들을 때 멜로디를 흥얼거리며 눈을 감고 있는 할머니의 모습을 그려본다. 그러다 기침이 나면 할머니는 흥얼거림을 멈춘다.

나는 어디 아픈 데는 없냐고 묻는다. 멍청한 질문이라는 걸 알고 재빨리 다음 질문을 던진다. "편찮으세요?"

"그래." 그렇게 대답하고 할머니가 흥얼거린다. "네 할아버지를 어떻게 알게 됐는지 얘기한 적 있냐?"

얘기한 적이 있다. 일주일에만 두세 번을.

113

"아뇨, 할머니. 없어요."

"왈츠를 추면서 알게 됐지. 오스코루샤에서 말이다. 음악이 연주되기도 전에 내 팔짱을 끼더니 발을 밟더구나. 춤이 시작되고 또 발을 밟았지. 그래서 두 번째 춤은 함께 추지 않으려고 자리를 옮겼어. 근데 내 뒤를 쫓아와 또다시 발을 밟는 게 아니겠니. 난 발을 밟지 않는 사람과 춤추고 싶었어. 결국 세 번째 춤은 추지 않았지. 당연히 네 할아버지도 추지 않았고."

할머니가 미소 짓는 모습이 눈앞에 그려진다. 전화기 너머로 기침 소리가 난다. 네 번째 왈츠를 출 때 할아버지가 또다시 발을 밟자, 할머니는 그대로 멈춰 섰다. 용수철이 튀어 오르기 전의 모습처럼 왈츠를 추는 주변 사람들은 잡아당겼다 살짝 밀고, 멀어졌다 다시 가까워지더니 빙글빙글 돌았다. 조부모님을 홀로 내버려둔 채.

할머니가 앉자고 제안했다—이 제안을 할아버지는 할머니가 자신에게 호감을 갖고 있다는 표시로 이해했지만, 할머니는 장화발로 자꾸 밟는 행동을 끝내려는 의미로 말했을 뿐이다. 할머니 입에서 흥얼거리는 소리가 흘러나온다. 내가 아는 빠르고 단순한 세르비아풍의 왈츠 멜로디다.

"그래서 어떻게 돼요?" 내 질문에 할머니는 웅얼거림으로 대답하고는 깊고 길게 숨을 내쉰다. "할머니?"

할머니가 대답한다. "넌 페로의 긴 다리를 가졌구나."

어린 시절 나는 할아버지를 좋아해서 할아버지와 비교당하는 게 좋았다. 그때 전화벨이 울린다. 중요한 건 외모가 아니라 이 이야기가 어떻게 계속 이어지느냐인데, 이에 대해 나 스스로 대답을 찾아야 하는 것처럼 말이다.

우리가 전화 통화를 한 날, 할머니는 폐렴으로 병원에 실려 갔다. 나는 병이 나 아파서가 아니라 손님을 맞이해야 한다는 핑계로 함부르크에 남아 할머니 이야기를 썼다. 나를 대신해 부모님이 비셰그라드로 갔다. 오늘은 2018년 3월 7일이다. 부모님은 그곳에 한 달째 머물러 있다. 나는, 할머니의 건강이 회복되고 있지만 치매는 이전보다 더 악화되고 있다는 소식을 부모님에게 전해 들어 알고 있다. 오로지 자기 눈에 보이는 사람들과 얘기를 하는 할머니가 지금은 이 세상에 없는 사람들을 찾기도 한다는 것이다.

오늘은 내 생일이다. 할머니가 생일을 기억하고 축하해주길 바라는 마음으로 전화를 건다. 우리의 통화 내용은 피상적으로 가볍게 흘러간다. 할머니의 목소리가 겨우 알아들을 수 있을 정도여서 굳이 건강이 어떠냐고 물어볼 필요도 없다. 나는 "다음에 또 오스코루샤에 가고 싶어요"라고 말한다. 그러나 할머니는 말이 없다. "같이 가실래요?"라고 묻는다. 또다시 침묵이 흐른다. 나는 왈츠를 흥얼거려본다. 여전히 아무 반응이 없어 멈추려는 그때 할머니 마음속에서 뭔가 꿈틀거리며 되살아나 다시 춤을 추기 시작한다. 이번엔 할머니가 "어떤 한 남자와" 왈츠를 추고 있다. 그런데 할머니는 "페로"라거나 "네 할아버지"라는 말을 하지 않는다. 그 남자가 할머니의 발을 밟는다.

나는 그때가 언제였는지 정확히 알고 싶다.

"성 게오르기우스 기념일이었지. 그리 오래된 일이 아니었어. 이곳 토끼풀밭에서 우린 춤을 췄지." 할머니는 마치 그곳에 서 있기라도 한 듯, 그곳 나무 아래에 탁자와 의자가 놓여 있기라도 한 듯, 고기 굽는 소리와 악단의 연주 소리를 듣고 있기라도 한 듯이 말한다. 이상하다. 할머니가 어떤 낯선 남자와 춤추는 게 싫다. 할아버지가 할머니 발을 밟기를 바란다. 할머니의 기억 속에 남아 있는 춤이 난생처음 추는 춤이고, 처음으로 말을 나누는 사람이 할머니의 미래의 남편이길 바란다.

"할아버지와 같이 계세요?"

"뭐라고?"

"할아버지와 왈츠를 췄어요? 오스코루샤에서요? 페로 할아버지와 함께?" 나는 또다시 왈츠 멜로디를 흥얼거린다. 그러다 갑자기 흥얼거림을 멈춘다.

"페로와 함께?" 할머니가 머뭇거리며 말한다.

오늘은 이걸로 됐다. 충분하다.

"저쪽 마가목 나무 아래서 얘기를 나눴어." 할머니가 말한다. "확실히 페로와는 춤추는 것보다 얘기하는 게 더 좋아. 이 근방에 사는 소녀들이 떡갈나무처럼 하나같이 몸집도 크고 거칠다는 건 너도 아는 바고. 난 뼈대가 약한데, 페로는 그걸 좋아하더구나."

할머니가 헛기침을 한다.

"네 할아버지는 날 위해 많은 시간을 냈어." 순간 목소리가 변한다. 할머니는 굳은 확신에 차서 계속 이어간다. "할아버지와 네가 같이 있는 모습을 보고 싶구나. 너희 두 사람은 시내를 돌아다니는 내내 서로 얘기하고 있네." 나는 날 한 대 칠 수 있는 일곱 살짜리 아이들을 모두 머리를 써서 속여 넘길 수 있고, 내가 원하는 걸 내놓게 할 수도 있다고 얘기했다. "그것도 페로를 닮았구나." 할머니가 말한다. "네 할아버지와 넌 말 많은 잔소리꾼들이야."

할아버지는 수많은 유치한 내 질문에 바로 대답하기보다는 작은 이야기에 담아 대답했다고 한다. 그래서 난 오랫동안 스스로 그 이야기를 풀어냈고, 그것은 내가 허구의 이야기를 꾸며내고 싶어 하는 좋은 이유가 되었다. 나는 할머니에게 그 이야기가 사실인지 묻는다. 사실이었으면 한다. 난 기회주의자니까.

할머니가 말한다. "무더위에도 할아버지는 재킷을 걸쳤어. 굉장한 허풍쟁이였지. 잘생긴 허풍쟁이 말이다."

할머니가 전화를 끊는다.

할아버지가 돌아가신 지 여러 해가 지났는데도 할머니 집 초인종 문패에는 여전히 할아버지 이름이 남아 있다. 페타르 스타니시치, 할아버지가 세상을 뜬 것은 1986년이었다. 그로부터 30년이 지났는데도, 사람들은 이제 더는 이 세상에 존재하지 않는 사람의 집 초인종을 눌러댔다. 할머니는 초인종 문패에서 할아버지 이름을 없애는 걸 허용하지 않았다. 초인종 문패에 더 이상 할아버지 이름이 들어가 있으면 안 되고, 가끔 불을 붙인 양초를 놓아두는 묘석에나 그 이름이 새겨져 있다는 걸 할머니는 잘 알고 있었다.

모든 이야기가 사실이 아닐 수 있다는 걸 알고 있는데도 왈츠를 추고 싶은 충동이 드는 내가 아무래도 이상하다. 사실 조부모님은 오스코루샤에서 춤추면서 알게 된 사이가 아니었다. 어느 날, 세무 공무원인 할아버지는 스타니셰바츠 마을에 와서 집집마다 돌아다니며 세무 관련 업무를 처리했다. 업무차 그 마을에서 가장 큰 집

117

에도 들르게 되었고 집주인의 요청으로 술과 음식을 들면서 좀 더 오래 머물렀다. 그 집에서 일하는 한 젊은 여자가 음식을 내왔는데, 낯선 할아버지와는 말 한마디 나누지 않고 시선조차 주지 않았다.

1년이 지난 후, 승마 중 말에서 떨어져 팔이 부러진 할머니가 비셰그라드에 있는 병원을 찾았다. 그사이 할아버지는 그곳에서 회계담당자로 일하고 있었다. 병원 복도의 네온사인 불빛 아래서 두 사람은 마주쳤다. 할아버지는 부엌에서 옥수수죽을 내오는 젊은 여자를 떠올렸고, 할머니는 의자 등받이에 재킷을 걸어놓고 앉아 있는 젊은 남자를 기억하고 있었다. 때론 어떤 일이 시작될 때, 처음에 아무 의미 없는 것처럼 보였던 순간에 대한 기억을 공유하고 있는 것만으로도 충분하다.

내가 사는 함부르크 집 초인종 문패에는 내 이름이 쓰여 있다.

어린 시절 나는 왈츠를 몇 번 춘 적이 있다.

지금은 왈츠 스텝을 다 까먹어서 기억나지 않는다.

내 아들은 날 닮아 다리가 길다.

정의, 충성, 인내

지금은 존재하지 않는 나라에서 나는 태어났다. 11월 29일은 유고슬라비아 사회주의 연방공화국이 수립된 날이다.[*] 이날, 이 세상에 더 이상 존재하지 않는 유고슬라비아인들이 유고슬라비아풍의 분위기가 가득한, 여러 상징적인 장소에 모여든다. 지금은 존재하지 않는 유고슬라비아 사회주의 연방공화국이 수립된 11월 29일에 유고슬라비아 망자들이 모여든다면 이 공화국은 여전히 존재하고 있는 것이다. 중요한 것은 자결권이다. 그렇지 않은가? 나는 11월 29일에 수많은 노부인과 노신사가 눈에 눈물이 고인 채로 노래 부르는 것을 보았다.

Širom sveta put me vodio

Za sudbom sam svojom hodio,

U srcu sam tebe nosio,

[*] 1943년 11월 29일 요시프 브로즈 티토가 보스니아헤르체고비나의 야이체에서 유고슬라비아 사회주의 연방공화국의 수립을 선언했다.

119

Uvek si mi draga bila

Domovino moja mila,

Jugoslavijo, Jugoslavijo!

나의 길은 나를 먼 세계로 이끌었고,

나는 내 운명을 쫓아갔지,

내 마음에 너를 품고서,

넌 항상 내게 소중했어,

내 사랑하는 고향이여,

유고슬로비아, 유고슬로비아여!

어떤 때는 사람들이 네레트바강*에서 만났고, 또 어떤 때는 이그 만산**에서 양고기 그릴 파티를 했다. 그다음은 류블랴나***, 베오그 라드****, 아이체*****에서 모일 차례다. 아이체에서 독일인들이 하마터면 티토를 죽일 뻔한 적이 있다. 사람들이 티토와 그의 참모진이 숨어 있던 동굴에서 셀카를 찍는다. 조명이 좋지 않아 사진도 잘 나오지 않는다. 어쩔 수 없다.

저녁 환담 행사에 참여할 합창단이 예약되어 있다. 민요와 영웅 찬미가를 부를 합창단의 행사비가 너무 비싸면 안 된다. 연설이 진 행되는 동안 합창단은 무대 뒤쪽에 말없이 서 있다. 현 유럽 관련

---

* 보스니아헤르체고비나를 흐르는 강.
** 보스니아헤르체고비나에 있는 산.
*** 슬로베니아의 수도.
**** 세르비아의 수도.
***** 보스니아헤르체고비나 중북부의 도시.

사안을 포함하여 반파시즘에 대해 연설하는 사람은 늘 있다. 한번 반파쇼주의자는 무덤에 들어갈 때까지 반파쇼주의자다.

합창단—단원 대부분이 나이가 어린—을 제외하고, 모든 참석자는 유고슬라비아에서 태어나 자랐다. 거기서 사랑에 빠져 결혼을 하는 사람도 있고 안 하는 사람도 있는데, 대부분은 결혼을 한다. 유고슬라비아에서 그들은 맹장수술을 하고 유고슬라비아 자동차를 사고, 빚을 지고 또 그것을 갚고, 위기를 극복하고 행운을 맞이한다. 그런데 여전히 많은 사람들이 맹장을 갖고 있다. 유고슬라비아에서 그들이 이제 더 이상 할 수 없는 유일한 것은 그곳에서 죽음을 맞이하는 일이다. 세상은 관심 없어 하는 그 일이 그들에겐 큰 관심사다.

그들은 이 이야기의 줄거리를 좋지 않게 끝낼 수 있다. 현실적인 사람들이니 그렇게 결말지을 수 있다. 유고슬라비아는 지나간 과거다. 그러나 아직 완전히 지나간 과거는 아니다. 1박 2일간 그들은 하루 세끼를 제공하는 호텔에서 숙식하고 축사자의 연설을 듣고 50~60년대 사진으로 만든 슬라이드 쇼나 혹은 때론 파워포인트를 사용하여 유고슬라비아를 부활시킨다. 모험적인 사람들은 80년대 사진도 보여준다. 그다음 순서로 연설자들이 단상에 올라 토론을 하고, 여기서 대참사가 일어난다. 물론 이 장면을 찍은 사진은 공개되지 않는다. 그리고 마침내 토론이 끝나고, 별이 그려진 많은 깃발 아래 앉아 있던 연설자들이 일어난다. 이어 합창단이 국가를 부른다.

Hej, Slaveni, jošte živi

riječ naših djedova,

dok za narod srce bije

njihovih sinova.

안녕, 슬라브 사람들이여,

우리 조상들의 말씀이 아직 살아 있구나,

너희 아들들의 가슴이

민족을 위해 뛰고 있는 한.

　사회주의의 아이들, 민족의 형제자매들, 모두가 가슴에 손을 얹고 함께 노래 부른다. 그들은 유물 상인들, 박학다식한 연금생활자들, 농부들, 우리의 할머니들이고, 티토-센터 협회, 민족해방투쟁의 진실을 위한 단체에 가입한 회원들이다. 그들은 의자에 빙 둘러앉아 논쟁을 벌인다. 릴레이 논쟁에 참여한 사람들만 발언 기회를 얻는다. 티토의 통치 아래서 보낸 몇 년이 그들 최고의 시간이었다. 그들처럼 다른 사람들도 최고의 시간을 보냈을 거라고 나는 생각한다. 지금은 모든 사람들에게 천국 뒤에 찾아온 지옥이다. 물론 강경파 정치인들, 비양심적인 기업인들, 착취를 자행하는 해외투자자들처럼 지옥에서 이득을 본 사람들을 제외하고는 말이다.

　같은 시간에 모스타르* 호텔에서는 산부인과 의사들의 학술대회가 열렸다. 여기서는 훨씬 더 좋은 음식이 제공되었다. 늦은 저녁 시간에 아주 작은 소년 소녀 개척단 모자를 쓴 유고슬라비아 사람

* 　보스니아헤르체고비나 남부의 도시.

122

이 인사를 하려고 주먹을 관자놀이에 갖다 댔다. 답례로 모든 사람들이 쓰고 있던 모자를 벗고 거수경례를 했다. 그들 중 첫 번째 남자가 개척단 선서를 낭독하자 다른 사람들도 한목소리로 함께 따라 했다. 이어 닫혔던 땅이 열리고, 티토가 금빛 에스컬레이터를 타고 세상으로 나와 참석자 모두에게 훈장을 수여하려고 한다. 그 순간 그의 모습은 티토가 아니라 당황한 산부인과 의사로 변했다. 의사는 개척단 단원들의 눈을 들여다보더니 뒷걸음질 쳐서 다시 도망쳐 나갔다. 정신이 나간 그의 모습이 정말 안쓰러워 보였다.

나는 그들과 비슷한 면이 좀 있다. 낡은 이상을 믿고 있는 나 또한 여전히 개척단 선서를 암송하고 있다.

나는 개척단 단원이 된 오늘, 개척단 선서를 한다.

나는 열심히 배우고 일할 것이고, 부모님과 노인을 섬기고, 선량하고 정직한 단원이 될 것이다.

나는 자치권을 가진 우리 조국, 유고슬로비아 사회주의 연방공화국을 사랑할 것이다.

나는 박애사상과 통일사상을, 티토가 싸워 획득한 이념을 지지할 것이다.

나는 자유와 평화를 추구하는 세계 모든 사람들을 존중할 것이다.

이 얼마나 아름다운가? 세계 모든 사람들을 존중하다니! 이 얼마나 단순명료하게 들리는가.

아침 식사 후 사람들은 숙취에 허덕이며 네레트바강으로 산책을 나간다. 강가에 도착하자 한 남자가 강물에 오줌을 누려다 물에 빠지고 만다. 그 모습을 본 몇몇 동지들이 물속으로 뛰어들어 연대감을 보이며 어리석은 행동을 한다. 물속에서 그들이 부르는 국제노동자연맹 노래가 울려 퍼진다. 그때 강 아래쪽을 향해 한 낚시꾼이 외친다. "주둥이 닫아, 이 멍청이들!"

(한마디씩 한다.)

"일하려는 사람은 모두 일자리를 얻었어."

"그래, 검열도 약간 있고 정치범도 몇 사람 있었지. 그래도 동맹국들보단 훨씬 적었어."

"사회적 안전장치, 교육 평등, 여행의 자유."

"그래, 근데 개인숭배에 힘써야 해."

"티토가 살아 있었으면, 전쟁은 없었을 거야."

"티토가 살아 있었으면, 지금의 유고슬라비아는 스위스처럼 좀 덜 완강했을 거야."

"티토가 살아 있었으면, 유고슬라비아는 세계 챔피언이 되었을 거야. 각 지역 대표 선수들로 구성된 축구팀을 상상해보라고."

"동지 여러분, 조용히 해주세요. 다음 강연자는 밀레 라디보예비치입니다. 라디보예비치 선생님은 별도의 소개가 필요 없는 분이시죠. '10월 사회주의 대혁명 40주년을 기념하기 위해 요시프 브로즈 티토와 그의 '요통'을 둘러싼 진실'이라는 제목으로 강연하시겠습니다. 라디보예비치 선생님, 부탁드립니다."

"우리는 유고슬라비아 사람입니다. 그것이 우리의 출신이고 우리의 미래입니다."

밤이 되어 합창단이 뿔뿔이 흩어지고 참가자들이 넥타이를 풀어

헤치면서도 거의 전원이 자리를 뜨지 않고 남아 탁자를 벽 쪽으로 옮긴다. 그러고는 춤을 추고 금연 장소인데도 담배를 피워댄다. 모스타르의 밤하늘은 맑다. 많은 별들이 희미해진 지 오래지만 여전히 반짝이는 별이 남아 있다. 호텔 직원이 와서 곧 퇴근할 거라면서 더 필요한 것이 있는지 묻는다.

아무것도 필요하지 않다.

유고슬라비아 사람들은 이튿날 새벽까지 춤을 춘다. 스플리트 출신의 동지는 의자에 앉아 꿈을 꾸고 있고, 류블랴나 출신의 동지는 자기 방으로 올라간다. 또 투즐라* 출신의 동지는 티토그라드** 에서 온 동지와 작별 인사를 나눈 다음 위층으로 올라간다. 노비사드*** 출신의 동지는 변기에 앉아 꾸벅꾸벅 졸고 있고, 스코페 출신의 동지는 자명종을 오후 1시에 맞춰놓는다.

잘 자요, 동지 여러분, 잘 자요.

---

* 보스니아헤르체고비나 북동부의 도시.
** 몬테네그로의 수도로, 현 명칭은 포드고리차.
*** 유고슬라비아 세르비아 공화국의 보이보디나주의 주도.

혼혈

24시간 내 팔굽혀펴기 세계 기록(2만 9449개) 보유자는 1986년에 기록을 세운 미오드라그 스토야노비치 기드라라는 남자로, 유고슬라비아 사람이었다.

유고슬라비아 남자 농구팀이 1989년과 1991년 두 차례 유럽 챔피언 자리에 올랐다.

1991년, 붉은 별 축구팀도 챔피언스컵을 놓고 싸웠다. 나는 밤늦게까지 자지 않고 경기를 보는 걸 허락받았다. 적수 칠레팀 문장에는 인디언 그림이 박혀 있었다. 우리 팀은 전반전에 열 명이 뛰었는데도 3:0으로 이겼다.

유고슬라비아는 최상급은 아니더라도 상급의 물건을 만들어낸다. 혹은 상급의 물건은 아니라 하더라도 값은 싸다.

유고슬라비아는 아주 웅장한 스케일의 이탈리아식 서부영화 속 자연 배경으로 등장하기에 안성맞춤이었다. 어린 나와 네나 메즈레마 할머니처럼, 카를 마이*와 권총 싸움을 아주 좋아하고, 엄청

---

* 미국 서부 시대를 배경으로 모험소설을 쓴 독일 작가.

지저분한 모습의 클린트 이스트우드의 진지해 보이는 눈빛을 사랑하는 사람들에게 유고슬라비아는 그런 곳이었다.

유고슬라비아는 우수한 나라다. 스포츠에서도 전쟁에서도 뛰어나고, 아주 평화롭다. 전쟁과 평화가 공존하는 비블록권역에 자리 잡고 있지만. 유고슬라비아 문학작품에 등장하는 사람은 모두 서로 협력하고 나이, 성별, 직업 혹은 민족에 상관없이 평등하다.

기대 때문에 모든 문제가 발생했다. 하지만 사람들은 서로 협력하면 그 문제들을 해결할 수 있다고 했다. 그 말이 사실이 아니라고 해도 낙관적으로 들렸다. 많은 문제가 해결되었지만, 해결되지 않은 문제도 많았다.

천문학 분야에서 발생한 신뢰성 문제는 수십 년이 지나도 풀리지 않아서 침체기에 들어섰다.

국가 권력을 비판하는 사람들에 대한 문제는 그들을 격리시켜 섬에 가두어두는 것으로 해결된다. 물론 이런 방식이 훌륭하게 느껴지진 않지만 말이다. 어린 시절에 이 일에 대해서는 아무것도 듣지 못했다. 다소 불편한 일에 대해 침묵하는 것도 유고슬라비아는 아주 잘한다.

유고슬라비아는 청소년을 지원했다. 그들의 손에 미래가 달려 있었으니까. 나도 그중 한명이었다. 아직 일어나지도 않은 일을 지지하고 준비해야 하는 건, 솔직히 말해 상당한 부담이었다. 흙이 잔뜩 든 무화과나무 화분을 통째로 세탁기에 넣고 돌리면 무슨 일이 벌어지는지 보고 싶어 하는 사람을 믿어야 하는 건, 정말 경솔한 짓이었다. 그렇지만 그것도 괜찮다.

개척단 동지들과 함께 나는 드리나강 가를 청소하며 '변화의 바람(Wind of change)'*을 휘파람으로 불렀다. 이 곡은 그 시절 내가 좋아하는 노래였다. 나는 시를 암송하고 직접 몇 편을 쓰기도 했는데, 여기엔 운(韻)을 맞춘 유격대원들 같은 나의 서정적 자아가 담겨 있었다.

전쟁이 발발하기 직전에 나는 헌혈 홍보 활동을 했다.

1월인가 2월의 어느 토요일, 우리는 무리 지어 집집마다 돌아다니며 주민들에게 "동지, 언제 마지막으로 헌혈을 했나요?"라고 물었다. 내가 할당받은 구역은 크리스티나 할머니 집 바로 옆 동네였다. 나는 그 동네 사람들을 알고 있었고, 그들도 나를 알고 있었다. "또 헌혈하지 않을래요?"

그 어떤 나라도 유고슬라비아처럼 헌혈을 많이 하는 나라는 분명 없을 거라고 나는 당시에 생각했다. 세르비아인, 크로아티아인, 보스니아인, 마케도니아인, 슬로베니아인, 그리고 이름이 하나하나 열거되지 않은 소수민족들의 헌혈 양은 어마어마했다. 그리고 혈액의 질도 분명 최고였다.

나는 혼혈이었다. 《비네토》**를 읽은 혼혈이었다.

1990년에 디나모 자그레브 팀***과 붉은 별 베오그라드 팀 간의 경기에서 난동이 일어났다. 관중들이 한데 뒤엉켰다. 세르비아 사람 위에 크로아티아 사람이, 크로아티아 사람 위에 세르비아 사람

---

* 독일 메탈 그룹 스콜피언스가 1991년에 발표한 곡.
** 카를 마이의 소설.
*** 크로아티아의 축구팀.

이 올라가 있고, 선수들이 그 한가운데 끼여 있었다. 그날 수백 명의 부상자가 발생했다.

1992년, 유고슬라비아 축구 국가대표팀이 해체되었다.

1992년 8월, 스릅스카 공화국 군대가 비셰그라드 근방에 있는 한 마을 주민 전체를 학살했다. 바리모. 바리모라는 마을의 주민 26명이 살해당했다.

2001년, 팔굽혀펴기 세계기록 보유자 미오드라그 스토야노비치 기드라가 자신의 차 안에서 피살됐다. 목에 한 발, 가슴에 다섯 발의 총알이 박혔다.

파시즘의 종말, 민족해방

80년대에 이르러 티토가 사망하자, 그 이후 유고슬라비아의 다관점적인 이야기에 맹점이 나타나고 연방의 기반에 균열이 생겨났다. 그런데도 연방은 통일과 박애를 구호로 내걸고 우선 경제지구의 폐쇄를 막아냈다. 그러나 연방의 부유한 공화국들은 더 이상 재화와 자본의 분배에 협조할 의향이 없다는 입장을 취했고, 이와 함께 연방 분리 운동은 민족적 반감 때문에 점점 확산되었다—민족적 반감이 공화국들이 제시할 수 있는 방안이었다고 할까. 당시 정치는 불안감을 덜어주지 못하고 오히려 적대감을 부추기는 꼴이었다.

다민족 통합 사상은 분열될 가능성이 짙은 민족주의를 더 이상 지탱하지 못했다. 유고슬라비아 통일 이야기의 줄거리를 가장 잘 설명할 수 있는 티토는 대체 불가한 인물이었다. 새로 등장한 인물들의 목소리가 거짓과 폭력으로 민족을 갈기갈기 찢어놓았다. 그들이 발표한 선언문은 민족적 증오심을 부추기는 설명서로도 읽힌다. 지식인들의 지지를 받은 이 선언문은 미디어 매체를 통해 확산

되었고, 이 선언문을 피해 도망갈 수 있게 된 80년대 중반까지 엄청 자주 반복해서 언급되었다. 아버지는 어머니, 뱀과 함께 춤을 추기 전에 이 선언문을 읽어본 적이 있었다.

새로 등장한 이야기꾼은 밀로셰비치*, 이제트베고비치**, 투지만*** 이었다. 그들은 자신들의 민족 이야기를 가지고 긴 낭독 여행을 떠났다.

장르: 호소문 성격의 격렬한 연설.

범위: 80년대의 불안정한 정치.

주제: 자국민 희생자. 명예훼손. 참을 수 없는 부당함. 패배한 전투. 타인은 적대자.

주인공: 오늘날의 저소득층과 실업자, 수백 년 전에 전사한 군인들.

기간: 약 800년.

문체: 명령문. 상징에 대한 상징. 폭력적인 장면들. 위험한 예감.

시점: 전지적 시점. 인칭대명사로 1인칭 복수가 선택적으로 사용된다. 따라서 인칭대명사 우리가 사용되고, 여기에 해당되지 않는 사람들은 제외된다. 예를 들면 "'우리'는 '그 사람들'에게 더 이상 신경 쓰지 않는다—등등."

메시지: 새로운 영웅적인 행동을 위하여! 역사는 수정 가능하다!

---

*　슬로보단 밀로셰비치는 1989년 세르비아 사회주의 공화국의 초대 대통령, 1997년 유고슬로비아 연방공화국의 대통령을 지냈다.
**　알리야 이제트베고비치는 1990년 보스니아헤르체고비나의 초대 대통령을 지냈다.
***　프라뇨 투지만은 1990년대에 유고슬라비아로부터 독립한 후 크로아티아의 초대 대통령을 지냈다.

우리의 피는 강하다! 니콜라 테슬라*는 세르비아인이고, 드라젠 페트로비치**는 크로아티아인이다.

논점: 위협받고 있는 국가적 문화적 정체성을 지켜야 한다는 어느 한 민족의 주장. 영토 야욕을 정당화하기 위한 인종적, 종교적 혹은 도덕적 우월감. 개인 증명서나 다름없는 민족 혈통. 반대편에서 나온 주장은 모두 거짓이다.

청중: 엉덩이 부분에 달린, 남성용 바지 주머니에 들어 있는 잭나이프와 데오드란트.

하필 여기라니! 아이고, 맙소사, 이 발칸반도에! 동양과 서양의 교차점에! 언젠가 모든 이들이 여기 이곳으로 행진해 들어왔다. 모두가 말이다! 그들 모두 이곳을 점령한 후 관리했다. 그러다 전투에서 패해서 (혹은 패하지 않고) 퇴각했다. 퇴각할 때 모든 군대—로마, 베네치아, 오스만제국, 오스트리아-헝가리—가 뭔가 남기고 떠났다. 그 모든 슬라브인들이. 그러나 이베리아반도에서 건너온 유대인들은 돌아가지 않고 이곳에 남아 정착했다. 이 지역 전체에 지금도 집시촌이 퍼져 있다. 독일인들은 내 조상들이 사용한 침대에서 잠을 잤고, 상황에 따라 같은 노래를 다양한 음조로 부르는 여기 이곳에 모두 모여 있었다. 터키 커피를 마시고 독일어, 아랍어 외래어를 당연한 듯이 사용하고 숲속과 결혼식에서 형

---

* 미국의 전기공학자. 에디슨사에서 수년간 발전기와 전동기를 연구하고 테슬라 연구소를 설립했다.

** 미국의 프로농구 선수.

편없기론 마찬가지인 크로아티아나 세르비아 유행가에 맞춰 옛 슬라브 악당들과 함께 춤을 추는 바로 이곳에 말이다. 붉은 별 축구 팀이 골을 넣은 그 순간에 우리는 함께 환호하지 않았던가? 아니, 그러지 않았나 보다.

오늘은 2018년 8월 29일이다. 지난 며칠간 독일 켐니츠* 시민 수천 명이 '열린 사회'를 반대하는 시위를 벌였다. 그들은 이민자들을 적대시하고 지금도 히틀러식 인사를 하는 사람들이었다.

월계관으로 둘러싸인 밀 이삭이 들어간 유고슬라비아 문장(紋章)에는 여섯 민족을 상징하는 여섯 개의 불꽃이 타오르고 있고, 그 불꽃 위에 벌겋게 달아오른 오각형 별이 들어가 있었다. 어린 시절 나는 이 문장을 최고라고 생각하면서도 왜 밀이나 별이 불타오르지 않는지 의아하게 여겼다.

1991년, 민족 소속감은 갈등의 불씨가 되었다. 출신과 관련하여 모두가 똑같은 위험을 안고 있었다. 어디 출신이든 잘못된 출신은 없었다. 그러나 출신을 둘러싸고 마침내 민족 간 불꽃이 튀기 시작했다.

1991년에 크로아티아에서 불꽃이 활활 타오른 이후, 나는 비셰그라드에서 평화 지지 활동을 했다. 평화의 이름하에 8~14세의 청소년으로 결성된 우리 단체는 쇼 프로그램을 구상했다. 적당한 무대를 찾는 우리에게 크리스티나 할머니가 도움을 주었다. 할머니는 시내에 있는 레스토랑 주인을 알고 있었다. 그 사람은 할머니에게 빚진 게 있었던 것 같다. 우리는 무료로 비어 가든에 들어가 음

* 독일 작센주에 있는 도시. 옛 명칭은 카를마르크스 거리이다.

료를 기부받았다.

우리는 붉은 별로 탁자를 장식하고 벽에 작은 깃발과 화환을 매달았다. 평화의 월계관처럼 보여야 하는 화환이, 현실에서는 당장이라도 동장군이 올 것처럼 보였다.

우리는 찬송시를 낭독했다. 유고슬로비아를 위해. 민족해방 전투를 위해. 그리고 공동체를 위해, 어린 시절을 위해, 비를 위해, (내 개인적으로) 붉은 별을 위해.

우리는 소년 소녀 개척단 노래와 미국 팝송을 불렀다. 여러 가지 주제를 하나씩 차례로 다루는 토크쇼도 열었다. 그때 다루었던 공룡 계열과 반파시즘 계승을 나는 기억하고 있다. 사흘에 한 번씩 오후에 추첨 행사를 연 당사자인 할머니가 두 번이나 당첨되기도 했다. 내 영어 선생님도 강연자로 참석했는데—주제가 뭐였는지 생각나진 않지만—강연 내내 나는 선생님의 입술을 뚫어지게 바라보았다. 우리 어머니들은 매일같이 뷔페 메뉴인 빵에 버터를 발라댔다. 2주간 진행된 행사 마지막 날, 인플레이션 때문에 빵값이 엄청 올라서 우리는 빵을 무료로 나누어주었다.

소개가 끝나자 음악이 흘러나왔다. 그 시각 나는 한 소녀를 위해 지지 활동을 했고, 그것은 성공적이었다. 소녀는 나와 춤을 췄는데, 모든 게 놀랍도록 훌륭하고 적절하게 느껴졌다. 이어 소녀는 다음 춤을 나처럼 사샤라는 이름을 가진 다른 사람과 췄는데, 불편하고 부적절하게 느껴졌다. 그들이 춤출 때는 스콜피언스의 '변화의 바람'도 씁쓸하고 냉소적으로 흘러나왔다.

우리 쇼가 열린 지 1년쯤 지났을 때, 세르비아 군인이 어머니를 찾으려고 크리스티나 할머니의 집을 수색한다. 군인은 문이라는 문은 모두 열어보고 혹여 누군가 발코니에 매달려 있지 않은지 살피기도 한다. 그는 우유 한 잔을 따르며 할머니에게 아들이 '터키 여자'와 결혼하는 걸 어떻게 허락할 수 있었느냐고 묻는다. 집을 나가면서는 충고도 한다.

"벽에 있는 티토 사진을 떼시오!"

"인종차별주의자들은 기본적으로 무례한 놈들이지." 페로 할아버지가 언젠가 이렇게 말했다. 유고슬라비아는 오랫동안 인종차별주의와 파시즘에 잘 대항해왔다. 그래서인지, 90년대에 베오그라드, 자그레브, 부코바르, 비셰그라드에 사는 인종차별주의자들이 행군을 실시하기 위해 내세운 정당성이 더더욱 있을 수 없는 일처럼 여겨진다.

유고슬라비아라는 세상이 소멸한다. 그 세상을 소멸시키려는 것들을 단호한 태도로 조기에 막아내는 사람들이 없다. 오늘은 2018년 9월 21일이다. 다음 주 일요일에 연방의회 선거가 실시되면, 독일대안당(AfD)*이 18퍼센트의 득표율을 얻게 될 거라는 설문 결과가 있다.

지금도 할머니의 거실에 티토 초상화가 걸려 있다. 2주간 비셰그라드의 아이들은 평화를 지지하며 한 장소를 점령했다. 그리고 어느 순간 노래도 불렀다.

　나의 길은 나를 먼 세계로 이끌었고,

---

* 　2013년에 창당한 극우 성향 정당.

나는 내 운명을 쫓아갔지,

내 마음에 너를 품고서,

넌 항상 내게 소중했어,

내 사랑하는 고향이여,

유고슬로비아, 유고슬로비아여!

할머니와 티토

"티토가 죽었어!" 할머니가 속삭였다. 그러고는 남은 커피를 싱크대에 쏟아붓고 행주로 입을 살짝 닦은 다음, 계단으로 이어진 문을 열고 외쳤다. "티토가 죽었어!" 나는 할머니의 팔을 잡았지만 할머니는 더 큰 소리로 계속 그 사실을 알렸다. 기뻐서? 놀라서? "티토가 죽었어!"

할머니는 정치적이었던 적이 단 한 번도 없었다. 정치는 할아버지의 전문 분야로, 티토 초상화를 벽에 건 사람도 할아버지였다. 할아버지가 좋아한 정치인이라는 그 이유 때문에 할머니는 벽에 걸린 티토 초상화를 떼내지 않았다. 할머니도 사람을 좋은 사람, 나쁜 사람으로 나누었는데, 식사를 잘하는지 잘 못하는지, 가족을 잘 돌보는지 못 돌보는지가 그 기준이 되었다. 가족에 대한 보살핌은 돌보던 가족 구성원이 죽고 난 이후에도 계속되었다. 죽은 이의 묘를 돌보고 그를 회상하면서 말이다. 이처럼 가족을 제1순위로 생각하는 사람들을 할머니는 최고로 여겼다.

사진 속 티토는 잘 먹어서인지 건강해 보였다. 그는 유고슬라비

137

아라는 가족을 돌본 인물로, 할머니는 그것으로 만족해하는 것 같았다. 그렇다 해도 지금껏 숨겨온 감정을 폭발시키는 할머니의 모습이 과장되어 보였다. 할머니가 내 손을 툭 쳐서 떼내며 말한다. "티토가 죽었어!" 그러고는 계단을 내려가 거리로 나가려고 했다.

"개척단 단원이 돼서 오늘 선서를 해요." 내가 큰 소리로 말하지 않았는데도 할머니는 멈춰 섰다. 나는 속삭였다. "티토는 지하에 누워 있어요. 그가 피신해 있던, 야이체에 있는 동굴 속에요." 나는 엄지와 집게손가락으로 입을 지퍼로 잠그는 제스처를 취했다.

할머니는 고개를 끄덕이고는 눈을 반짝이며 망설이듯 돌아섰다. 이어 티토 전기집을 집어 들고 펼치자 그림들이 나왔다. 할머니는 내게 야이체에 있는 티토의 은신처에 대한 단락을 읽어달라고 했다. 그러고는 창문과 문을 닫아달라더니 "솔직히 말해봐. 그에게 우리 도움이 필요하냐?"라고 조용히 물었다.

"혁명은 프롤레타리아 계급투쟁을 충실히 이행하려는 모든 사람들이 필요해요." 나는 그렇게 말하고 관자놀이에 주먹을 갖다 댔다.

"내가 원하는 건 권총 한 자루야, 당나귀 녀석아." 할머니가 속삭였다.

나는 어떻게 하면 될지 보자고 말했다. "안드레이에게 물어볼게요."

"어떤 안드레이?"

"할머니 이웃요. 그 경찰관?"

"여긴 경찰이 없어." 할머니가 손을 내저었다.

난 할머니가 말한 '여기'가 지금 현재가 아니라는 걸 알고 있다. 할머니는 티토가 세상을 뜬 1980년에 가 있었다.

나는 전기집을 계속 읽어나갔으나 할머니는 정신이 딴 데 팔려 있는 듯 보였다. 안드레이를 언급한 게 할머니를 불안하게 했다. 할머니는 멍하니 허공을 바라보고 있었다. 그러다 어느새 커다란 책 위에 머리를 올려놓고 잠들었다. 할머니의 뺨 아래로 티토의 초상화가 보였다.

신발 상자 속, 서랍 속, 코냑 속에 남아 있는
페로 할아버지의 흔적

할머니는 집에 있던 할아버지 물건을 엄청 많이 내다 버렸다. 하지만 할아버지가 이 세상에 살다 간 사실을 입증하는 문서와 사진들, 할아버지의 작은 서재에 쌓인, 할머니가 읽어본 적 없고 앞으로도 읽지 않을 책들, 브로치와 재킷 세 벌—그중 한 벌은 맞춤복처럼 내게 맞고, 다른 두 벌은 허름했다—은 간직했다. 할머니가 티토 전기집을 베고 자는 동안, 나는 집 안을 돌아다니며 할아버지의 흔적을 찾아보았다. 할머니가 잠들어 있는 때가 내게는 타이밍상 적절했다. 내가 뭘 하는지 할머니가 아는 걸 원하지 않았다. 왜 그랬는지는 모르겠지만.

할아버지의 존재는 내 기억 속에 빈자리로 남아 있으며, 이것은 낯선 일화와 독창적으로 꾸며낸 이야기로 메꿀 수 있었다. 이제 나는 할아버지와의 만남을 실현에 옮기고 싶었다. 할아버지 이름으로 발행된 증명서와 전기세 고지서 속 할아버지. 코냑 잔 속 할아버지. 나는 내 나이보다 더 오래된, 할아버지 코냑 잔을 출발점으로 삼았다. 그 안에 든 코냑을 작은 한 모금 들이켜는 데 용기가

필요했다. 입속으로 흘러 들어온 엄청 달달한 코냑은 공허한 맛이
났다.

'페로'라는 애칭으로 불린 페타르 스타니시치는 신발 상자 속에
도, 서랍 안에도 남아 있고 포일에도 싸여 있었다. 아픈 할머니는
시인처럼 깊은 생각에 잠겨 과거로 떠나는 시간 여행을 한 후부터
자주 할아버지 이야기를 했다. 할머니가 할아버지를 정말로 기억
하고 있는지 혹은 이야기를 꾸며내는 것인지 전혀 알 수가 없다.
확실한 것은, 할머니는 할아버지가―기억 속에서든 허구 속에서
든―찾아오기를 바란다는 것이다. 나는 한 장소에 함께 있는 할아
버지와 할머니에 대한 기억이 없다.

그런데 어느 파티 때 찍은 사진 속에서 할아버지와 할머니가 어
느 식탁에 나란히 앉아 있는 모습을 보았다. 그 식탁이 여기 이 집
에 있다. 손님들 사이로 두 분의 모습이 보인다. 더운 파티장 안 식
탁 위 접시 너머로 사람들이 웃고 있다. 그 식탁 위엔 코냑병도 놓
여 있고, 할아버지 의자 등받이엔―내게 잘 어울리는―그의 재킷
이 걸려 있다.

나는 재킷을 입었다.

할아버지는 할머니를 향해 돌아선다. 할머니는 옆에 서 있는 할
아버지 어깨에 한 손을 올려놓고 다른 손으로 손짓을 해가며 이야
기를 하고 있다. 무슨 이야기를 하는지 아는 사람은 아무도 없다.
할머니도 기억하지 못할 것이다. 그날 식탁에 앉아 있던 다른 사람
들은 모두 이제 이 세상 사람이 아니다.

할머니는 할아버지에게 기념비를 세워줄 생각은 없었다. 그저

중요하다고 생각한 물건 몇 가지를 버리지 않았을 뿐이다. 나는 장보기 목록(빵, 우유, 사과, 밀가루, 살라미 소시지)도 찾아내고 동요가 적힌 두꺼운 작은 공책도 훑어보았다. 그 공책에는 할머니의 사적인 내용이 적혀 있어 할머니 이외엔 아무도 이해할 수 없었다.

무심해 보이는 무장한 할아버지

오늘은 2018년 7월 18일이다. 할아버지에 대해 알게 된 것을 보여주려면, 레시피에 나와 있는 재료처럼 내가 찾아낸 이력 사항을 나열하는 것 이외에 다른 방법이 없다. 이렇게 찾아 하나하나 나열하여 만든, 먼지가 잔뜩 낀 목록 같은 것에서 할아버지 이야기가 펼쳐진다.

루도 공립초등학교 졸업증명서

스타니시치, 페타르, 보고사브의 아들, 1923년 10월 14일 오스코루샤 출생, 종교: 세르비아 정교, 1934/35년에 4학년 졸업.

성적표:

모든 과목에서 4점(5점에 이어 두 번째로 높은 점수)을 받음. 노래 부르기, 바른 글씨 쓰기, 일반인을 위한 수공업 과목에서도 동일. 종교와 도덕 과목에서 유일하게 5점(최고 점수)을 받음.

태도: 5점

공결: 3일

무단결석: 0일

<u>사진: 흑백사진 속 할아버지는 16세쯤으로 보인다.</u>

허리띠 속에 들어 있는 칼 한 자루. 비스듬하게 쓴 모자, 반항적인 시선, 엉덩이 옆을 짚고 있는 손. 무심해 보이는 할아버지가 무장하고 있다. 내 생각에 이게 진짜 할아버지 모습인 것 같다.

유고슬라비아 군 복무 확인서

성명: 스타니시치, 페타르

유고슬라비아 군 입대 당시 거주지: 오스코루샤

직업: 농부

키: 176cm

몸무게: 72kg

유고슬라비아 군 복무 기간: 1945년 2월 12일~1946년 1월 18일

병과: 보병

군 복무 중 획득하여 제대 후 민간인 신분으로 생활 시 사용 가능한 능력:

전투사

표창장

성명: 스타니시치, 페타르
우리 고향 지역 재건에 참여한 공을 인정하여 이 상을 수여함.
파시즘의 종말 — 민족해방!

1948년 12월 5일, 비셰그라드

당원증 BH 01 456416

스타니시치, 페타르는 1949년 9월 8일에 유고슬라비아 공산주의자 연합 회원으로 입당한 사실을 증명함.

작은 상자: 할아버지 회사 '건강의 집'에서 받은 시계가 들어 있음
1967년 10월 1일, 20년 근속 기념으로 증정함.

사진: 흑백사진 속 가족 모임 행사 장면
푸짐하게 차려진 식탁, 웃고 있는 어머니. 어머니 어깨에 팔을 두르고 있는 할아버지. 파마머리에 송곳니가 빠진 네나 할머니와 크리스티나 할머니의 모습. 온전한 치아를 드러내며 당황스러운 미소를 짓고 있는 무하메드 할아버지는 사진기를 쳐다보느니 차라리 낚시하는 게 낫다는 표정이다. 위풍당당한 모습으로 식탁에 놓여 있는 코냑병. 잔을 높게 치켜들고 건배! 네나 할머니는 술은 입도 대지 않고 무릎에

팔을 내려놓고 있다. 내가 태어난 걸 축하하려고 온 가족이 다 모인 걸까?

심혈관 질환과 류머티즘성 관절염에 대한 소견서: 바냐 브루치차* 소재 병원에서 발급, 스타니시치, 페타르, 제3605호

진단:

Calculosis renis 1. sin. (결석증)

Varices cruris bill. (정맥류)

Hypertensio arterialis osc. (고혈압성 동맥경화)

Myocardiopathia hypertensiva comp. (고혈압성 심장질환)

나는 당장 이 모든 의학 명칭을 인터넷에 검색해보았다. 신장결석, 정맥류. 고혈압 합병증 심근경색. 높아진 동맥저항력 때문에 가슴이 두근거리고, 왼쪽 심실 부피가 증가하여 시간이 지날수록 심실기능이 상실된다.

나는 가슴이 두근거리는 걸 느꼈다. 예방책(스포츠, 다이어트)을 검색해보았다. 몇 개월 전에 아버지는 혈압을 낮추는 약을 처방받은 적이 있었다.

환자는 11분/150베르스타**(이는 심한 육체노동에 해당된다)의 결과에 따라 피로와 호흡곤란 때문에 운동부하 심전도 검사를 중단했다.

* 보스니아헤르체고비나에 있는 도시.
** 1베르스타는 1.067km, 러시아의 거리 단위.

나는 내 주치의에게 전화를 걸어 운동부하 심전도 검사를 예약했다.

사진: 식탁에 앉아 있는 할머니와 할아버지, 나를 찍은 컬러사진

초가 여덟 개 꽂혀 있는 생일케이크. 빨간 원피스를 입은 할머니가 나를 바라보고 있다. 재킷 차림의 할아버지는 카메라를 보고, 조끼를 입은 아이는 케이크를 보고 있다. 우리가 함께 찍은 마지막 사진이다. 몇 달이 지난 후, 나는 아들에게 사진을 보여주고는 조끼를 입은 남자아이를 가리키며 묻는다. "누구니?" 아들이 대답한다. "저요."

1986년 7월 24일 자 지역신문에 게재된 부고 기사

페타르 페로 스타니시치, '건강의 집' 회계담당자. 민족해방 전사, 공산주의자, 사회 정치 분야에서 활동하는 훌륭한 노동자, 돌연사……. 슬픔 속에서 이 비보가 그의 가족에게, 출생지에, 비셰그라드에, 오스코루샤에 널리 전해졌다.

부고 기사에 대규모 장례 행렬의 모습을 담은 사진 한 장이 실려 있다. 관 맨 앞부분은 이미 드리나강 다리를 지나 한쪽 끝에 와 있고, 관을 따르는 행렬의 끝은 다리 반대쪽에 있다. 장례식에 가지 못한 나는 행렬 속에 없다. 부모님은 내가 이 모든 일을 감당하지 못할 거라며 걱정했다. 어느 이웃집에 맡겨진 나는 그 집 부인과 도미노게임을 했다. 지금 난 할아버지 관을 묘소로 옮긴 사람들이 부럽다. 그때 장례 행렬 속에 없었다는 사실 또한 내가 이 신발

상자에 이끌린 이유이기도 했다.

이곳은 농부의 아이, 유격 전사들, 당 간부들을 떠올릴 수 있는 유일한, 진정한 추억의 장소이다. 한 노인과 사내아이가 가로세로 낱말퀴즈 위로 몸을 구부리고 있던 모습. 아마 아이가 혼자 찾아 헤매던 낱말을 찾을 때까지, 노인은 간단한 질문으로 힌트를 주었을 것이다. 그러면 아이는 굵은 4색 볼펜으로 퍼즐 빈칸에 알파벳을 적어 넣는다.

좋아, 한 모금 더. 코냑병 뒤로 보이는 술집용 진열장에 할아버지의 마지막 유품인 사진이 눈에 잘 띄게 보관되어 있었다. 사진 속 할아버지는 산중턱을 배경으로 널빤지 세 개, 울타리 기둥 한 개가 두 번 연속으로 연결돼 있는 나무 울타리에 앉아 있다. 그 뒤로 오스코루샤의 숲과 초원, 비야라츠산 꼭대기도 보인다.

할아버지는 편안해 보인다. 보통 이런 얼굴을 각진 얼굴이라고 하지? 광대뼈가 튀어나와 있다. 할아버지는 짐짓 엄격한 표정을 짓고 있지만, 그 표정이 사라지면 바로 미소 띤 얼굴이 드러날 거라는 걸 사람들은 알고 있다.

누가 찍었을까, 할머니가 찍었을까?

갑작스럽게 터져 나온 고함처럼 할머니가 들어왔다. "페로, 거기서 뭐 해요?"

"할머니, 저예요."

할머니는 시공간 감각을 찾는 데 잠깐 시간이 필요할 거라고 나는 생각했다. 사진 한 장을 집어 들고 들여다보던 할머니가 살결을 만지듯 사진을 쓰다듬었다. "만져봐도 되냐고 물어보지도 않고선.

원하는 게 뭐냐?" 할머니가 가까이 다가왔다.

"뭘 찾는지 모르겠어요, 모르겠다고요."

"그럼 생각부터 해!"

"죄송해요."

할머니가 내 앞에 섰다. "머리를 깎아야겠구나."

"왜요?"

"지금 네 머릴 보면 페로가 싫어할 거야."

나는 할머니 마음엔 드는지 물었다.

"글쎄." 할머니는 내 어깨에 힘겹게 몸을 기댔다.

"좀 더 보여줘봐." 할머니는 더 많은 사진을 보고 싶어 했다. 나는 유니폼 차림의 할아버지 사진을 보여주었다. 과거의 할아버지 모습이었다. 모자를 쓰고 수염도 기른 모습이라 할아버지라고 말하기가 어려웠다. 나는 재차 물었다.

"이분이 할아버지죠, 그렇죠?" 이어 부상당한 거냐고 물었다. 할아버지의 군 복무 확인서에 부상당한 기록이 있었기 때문이다. 어디서, 무슨 일이 있었느냐고 나는 재차 물었다.

할머니가 사진을 오랫동안 들여다보고는 옆으로 치우며 말했다. "전쟁에 나가지 않았어. 페로는 전쟁을 경멸했지."

할아버지에 대한 내 기억이 불분명한 그리움이라면, 할머니의 기억은 불분명한 병과 같은 것이다.

할머니는 울타리에 걸터앉아 있는 할아버지 사진을 톡톡 두드렸다. 할머니 손가락 아래에 비야라츠산 꼭대기가 있다. "저기," ―할머니가 말했다―"저기 올라가고 싶어 했어. 불바위에. 이리 오래 어디 있는 걸까?" 할머니는 사진에서 손을 뗐다. 사진 속 산꼭대기 위로 벌레 모양의 희미한 형체가 어른거렸다. 렌즈 위로 나풀거리는 보푸라기일까? 날개를 활짝 펼쳤다. 날개일까? 렌즈 위로 나풀거리는 보푸라기였다.

할머니가 나를 오스코루샤에 데려갔을 때 내가 앉았던 바로 그 울타리에 할아버지가 앉아 있다.

날개일까? 보푸라기였다. 희미한 형체. 비야라츠산 꼭대기.

"할머니, 지금 어디 계세요?" 내가 물었다.

"어디 있어요?" 크리스티나 할머니가 되물었다. 설마 내게?

할머니와 결혼반지

할머니는 결혼반지를 찾지 못한다. 집 안을 샅샅이 뒤져도 온데 간데없이 사라지고 없다. 문득 할머니는 언덕 위에 서 있는 한 남자를 본다. 낯익은 남자다. 재킷을 걸친 키 큰 남자, 어딘가 낯익은 남자의 모습이라는 확신이 든다. 황급히 계단을 내려가 마당을 가로질러 언덕 가장자리에 이른 할머니는 남자의 이름을 부른다. "페로!" 할머니는 재차 외친다. "페로!"

이제 그 남자의 모습은 보이지 않는다.

지나가던 행인이 괜찮냐고 묻는다.

할머니는 괜찮지 않은데도 신경 쓰지 않아도 된다고 대꾸한다.

오늘은 2018년 4월 17일이다. 얇은 검은색 양말을 신은 할머니가 차고에서 기다린다. 비야라츠산 아래쪽에서도 기다린다. 때는 1960년쯤으로, 오스코루샤의 어느 봄날이다. 할머니 옆에 우산 하나가 있다. 하늘은 맑다. 그러다 어느새 비가 내린다.

할아버지는 산속을 돌아다닌다. 그가 그곳에서 뭘 하는지 할머니는 잘 모른다. 버섯을 찾아다니기도 하고, 사색을 하려고 산꼭대기에 올라가기도 한다. 폭우가 내리는 날씨에도 할아버지는 늘 집을 나가 산속에 들어가 있다.

끼고 있는 결혼반지를 돌리며 할머니는 뭘 해야 할지 곰곰이 생각한다. 할머니는 지금껏 계속 반지를 끼고 있었던 걸까? 상관없다. 중요한 건 반지를 다시 찾았다는 것이다.

할머니가 돌아선다. 다행히 사라진 남자를 찾으려고 어두운 숲 속으로 뒤쫓아 가진 않는다.

북극에 한 걸음 더 가까이

조키가 교실로 들어와 교탁에 종이를 놓고 외친다. "모두 써내."

이슬람교도, 세르비아인, 크로아티아인, 이 단어가 적힌 칸이 세 개 있다.

모두 교탁 주위로 모여 그 종이를 보고는 머뭇거린다.

"어휴, 애들아" 하며 조키는 세르비아인 아래 자기 이름을 써넣는다.

케난은 조키가 들고 있던 펜을 빼앗아 이슬람교도 아래 이름을 쓴다.

고란 형제는 세르비아인 아래 이름을 쓴다.

에딘은 이슬람교도 아래 이름을 쓴다.

알렌도 이슬람교도 아래 이름을 쓴다.

마리차는 세르비아인 아래 이름을 쓴다.

고차도 세르비아인 아래 이름을 쓴다.

쿨레는 뭐 하자는 거냐고 묻는다.

조키가 대답한다. "소상히 알고 있으려고."

쿨레가 욕을 한다. "빌어먹을."

조키가 말한다. "넌 이슬람교도지."

"난 씨발 놈이다." 쿨레가 대꾸한다.

엘비라는 새 칸을 하나 만들어 '모르겠음'이라고 적고는 그 아래 자기 이름을 써넣는다. 다시 펜을 집어 든 알렌은 이슬람교도 아래 적힌 자기 이름에 줄을 긋고 '모르겠음' 아래 이름을 적어 넣는다. 고차는 알렌을 똑같이 따라 한다.

마르코는 세르비아인 아래 이름을 쓴다.

아나는 '모르겠음' 아래 이름을 써넣고 잠시 생각하더니 이름에 줄을 긋고 새 칸을 만들어 '유고슬라비아인'이라고 적고는 그 아래 자기 이름을 써넣는다.

조키는 이슬람교도 아래 쿨레 이름을 적어 넣는다.

쿨레가 욕을 한다. "조키, 이 씨발 놈, 이 멍청아."

고란 형제가 쿨레 앞으로 다가와 떡하니 버티고 선다. 두 형제 중 긴 송곳니를 가진 아이가 말한다. "쿨레, 왜 그래, 미쳤어?"

쿨레가 조키 손에 들린 펜을 빼앗아 고란 형제의 이마에 뭔가 휘갈겨 쓰려고 한다. 그러자 그중 하나가 쿨레를 밀치고, 쿨레도 그를 되밀어 우리가 둘 사이에 끼어든다.

큰 소리로 외치는 아이들의 목소리가 어지럽게 뒤섞인다. 그때 쿨레가 팔을 들어 올린다. 그 몸짓이 '좋아, 날 이겼어'라고 말하는 듯하다. 이어 책상을 걷어차고는 새로 여섯 번째 칸을 만들어 '빌어먹을 새끼들'이라고 적어 넣고 펜을 발로 밟아 부러뜨리고 교실을 나가버린다.

아무도 쿨레를 뒤쫓아 나가지 않는다. 그사이 리스트가 사라져 버렸다.

몇 달 후, 대부분의 도시에서 이슬람교도들에게 팔에 하얀 천을 두르라는 명령이 떨어졌다.

한 에스키모 가족이 비셰그라드의 티토 거리에 있는 슈퍼마켓 윗집에 산 적이 있었다. 그들은 이누이트족*과는 아무 관련이 없었다. 이누이트족은 1991년 당시 민족을 열거할 때 농담처럼 하던 말일 뿐이었는데, 이 장난스러운 말이 실제로 통계에 포함되어 이후 온 시내에 퍼지게 되었다. 세르비아가 비셰그라드를 점령하던 시기에 아버지는 이 농담을 반복했지만, 더는 이 농담에 웃는 사람이 없었다. 얼마 후, 에스키모 남자는 결국 부인과 어린 딸을 데리고 도시를 떠났다. 지금 그들은 북극에 한층 더 가까운 스웨덴에 살며 스웨덴어를 아주 잘 구사한다.

---

* 캐나다 북부 및 그린란드와 알래스카 일부 지역에 사는 종족.

그레첸이 묻는다

나는 종교 수업을 들어본 적이 없었다. 내 주변 사람 중 아무도 드러내놓고 공개적으로 어떤 특정 신앙을 실천하진 않았다. 또 "난 어느 교파의 하느님도 믿지 않지만, 하느님이 존재할 순 있다고 봐, 정말이야"라고 말하는 사람조차 없었다. 그게 난 대단히 기쁘다. 한동안 나는 돼지고기를 먹지 않는 이슬람교도들은 특별한 다이어트를 하는 사람들이라고 진지하게 생각한 적이 있었다.

네나 메즈레마 할머니는 점괘를 보는 콩알과 클린트 이스트우드 배우의 재능을 믿었다. 나는 할머니가 기도하는 걸 보지 못했다. 혹여 할머니가 이슬람교를 믿었으면 매우 신중한 사람이 되었을 것이다. 이슬람교 알라신은 몇몇 관용구에 등장했다. 그리고 우리 모두의 곁에도 있었다.

무하메드 할아버지는 엄청난 박애주의자라서 신을 믿을 수 없었다. 신을 숭배하기엔 너무 착한 사람이 어떻게 깊은 신앙심을 가질 수 있겠는가? 친절, 낚시, 가족을 소중하게 여겼던 무하메드 할아버지는 내가 아는 사람들 중에서 가장 헌신적인 사람이었다.

질 좋은 면도날은 무하메드 할아버지가 아끼는 물건이다. 할아버지는 평생 전기면도기 하나로 버텨왔다. 독일 로트바르트사 모델인 이 면도기는 머리 부분에 가는 빗살이 달려 있는, 크롬으로 도금한 작은 대패 모양으로 생겼다. 손잡이에 '몬트 엑스트라(Mond Extra)'라는 문구가 새겨져 있는 이 면도기를 할아버지는 증조부님에게서 물려받았고, 증조부님은 독일 군인에게 준 물건에 대한 대가로 얻은 것이었다. 할아버지는 이 면도기를 빨간 양철통에 넣어 보관했는데, 면도기의 도금이 벗겨져 여기저기 내부 금속이 드러나 있었다. 그런데도 보물처럼 소중히 다루며, 이 면도기로 이삼일마다 아주 깔끔하게 면도를 했다.

페로 할아버지는 가족 중에서 신앙을 가진 유일한 사람으로서, 사회주의가 승리할 것이라고 믿었다. 사실, 사회주의의 패배를 경험한 적이 없었기 때문에 종교적 관점에서 보면 한 번도 실망해본 적이 없었다.

1992년 4월에 위장용 유니폼을 입은, 면도를 하지 않아 수염이 자란 한 남자가 사라예보의 자기 집 지붕 위로 올라가 탄창에 든 모든 실탄을 태양을 향해 쏘아댔다. 그날 더위를 너무 탄 탓에 이같은 행동을 했다는 것이다. 그 남자는 성호를 긋고 무릎을 꿇은 채 메카강을 향해 "평화가 함께하길"이라고 말했다. 그러고는 지붕에서 내려와 배낭을 챙겨 산속으로 들어갔다. 그로부터 얼마 후에 전쟁이 발발했다.

1992년 4월, 비셰그라드의 티토 거리에서 누군가 내 어머니 이름을 아주 큰 소리로 불렀다. 그 소리에 어머니는 흠칫했다. 시청

앞 낮은 담벼락 위에 앉아 있던 한 남자가 가까이 오라고 손짓하고 있었다. 경찰 유니폼 셔츠와 훈련용 바지를 입고 허리띠에 권총을 찬 그는 낯익은 얼굴이었다. 이름이 뭐였더라. 어머니는 그 남자 이름이 기억나지 않는다.

어머니가 다가가 앞에 서자, 남자는 걱정하는 척하며 목소리를 약간 낮추어 어머니의 이름을 반복해서 불렀다. 그러다 몇 시인지 아느냐고 물었다. 실은 그가 몇 시인지 묻는 게 아니라는 걸 알면서도 어머니는 시간을 알려주었다.

어머니는 커피를 마시며
담배 피우는 걸 좋아한다

일찍이 어머니는 시계 보는 법을 배운다. 이는 철도원 딸에게 주어진 숙명이다. 모든 열차 도착과 출발 시간은 물론 할아버지의 퇴근 시간도 훤히 꿰고 있는 어머니는 날씨에 상관없이 플랫폼으로 나가 할아버지를 기다린다. 피곤에 지쳐 가라앉은 연기처럼 무거운 몸을 이끌고 지저분한 모습으로 열차에서 내린 할아버지는 어머니를 목마 태우고 집으로 향한다. 그곳에는 따뜻한 음식이 그들을 기다리고 있다.

지금껏 여행은 어머니에게 기쁨을 주는 일이었으니, 그것은 사랑하는 사람이 어딘가 도착했다는 기쁨이다. 나와 우리 모두에 대한 어머니의 바람은 떠날 때 작별 인사를 나누는 것이다. 그러나 어머니가 단거리든 장거리든 본인이 직접 하는 여행에 열광하는 것을 들어본 적이 없다. 철도 임시 가설선에서 보낸 어머니의 어린 시절은 말 그대로 임시 가설선에서 보낸 어린 시절일 뿐이었다. 열차들이 먼 곳에 대한 동경을 실어 나르진 않았다. 가족 여행은 어머니 가족이 실행할 수 없는 것이었다.

어머니는 중요해 보이는 일을 해내는 젊은 여성이 가진 겸손한 패기로 자의식이 강한 유고슬라비아의 60년대를 지나왔다. 학교 성적도 좋고 친구들도 많았다. 고등학교 때는 마르크스와 칸트를 읽고, 할머니가 만드는 음식도 모두 곧잘 만들었다. 처녀 시절의 어머니는 예뻤다. 그땐 긴 머리를 풀고 다녔다. 우리는 어머니 이 야기든 내 이야기든 연애 경험에 대해 서로 얘기해본 적이 없었다.

사라예보 대학에 등록한 어머니는 정치학을 전공하면서 마르크스주의를 핵심 주제로 정했다. 어머니는 야망이 큰 사람은 아니고 정치학에 관심이 있었을 뿐이다. 그래서 그때부터 열차를 타고 비셰그라드와 사라예보를 자주 오갔다. 학기가 시작되고 얼마 안 된 어느 날, 학교로 가는 열차 안에서 노부인 두 명이 개척단 노래를 부르기 시작했다. 어머니는 노래를 함께 부르지 않았는데, 그 모습이 아주 멍청해 보였다. 언젠가 한번은 할아버지가 제동수로 일하는 열차를 타고 간 적이 있었는데, 도착 시간보다 늦게 목적지에 도착했다.

임시 가설선은 드리나강 계곡을 따라 이어져 있었다. 어머니는 열차 안에서 책을 읽고 공부를 하며 시간 낭비를 하지 않았다. 차창 너머로 유고슬라비아 사람들이 불분명한 혼잣말을 중얼거리며 지나갔다. 폭력은 새로운 잉태와 함께 작동하는, 낡은 모든 사회의 산파 같은 것이다.

어머니가 다니는 대학 기숙사는 겨울에 난방이 자주 끊겼다. 어머니는 눈으로 뒤덮인 꿈을 꾸기라도 할 것처럼 옷을 잔뜩 껴입고 잠을 잤다. 사라예보는 번영의 도시, 악취의 도시, 춤의 도시, 싸움의 도시였다. 얼마 후, 어머니가 임신했다. 나는 배 속에서 어머니와 함께 시험공부를 했지만 더 이상 시험 대부분을 준비할 수 없는 상태에 이르렀다.

여자들이 좋은 점수를 받는 게 점점 더 어려워졌을 거라고 어머니는 말한다. 실제로 어머니는 남자들보다 공부를 더 많이 했다. 인간은 이미 존재하는, 주어진, 물려받은 상황에서 자기 자신의 역사를 만든다.

어머니는 소액 학생 대출을 받아 한 달에 딱 한 번 학교 밖에서 따뜻한 식사를 했다. 사라예보에 정차하는 열차를 타고 제동수로 근무를 하는 날이면, 할아버지는 어머니에게 줄 음식을 비셰그라드에서 챙겨 갔다. 그러면 어머니는 플랫폼에서 할아버지를 기다렸다. 이윽고 온통 시커멓게 그을린 모습으로 미소를 지으며 열차에서 내린 할아버지에게서, 어머니에게 주려고 가져온 피타를 따뜻하게 데워주었던 기관차 안 석탄 냄새가 났다.

1980년, 어머니는 동기생들 중 거의 수석에 가까운 점수로 졸업을 하고 비셰그라드로 돌아왔다. 곧바로 고등학교에서 마르크스주의를 가르치는 강사가 되고 터무니없이 비싸면서도 질 낮은 물건을 사려고 가게 앞에 줄을 섰다. 어머니는 무능력한 정부 지도부와 사회 불평등에 격앙했다. 강력한 민족주의에는 두려움도 느꼈지만, 진짜 심각하게 받아들이진 않았다. 이런 위기 상황이 삶을 위협하기 전까지 어머니는—대부분의 사람들도—견뎌낼 수 있었다. 경찰 유니폼과 훈련용 바지 속에 도사리고 있는 위기의 친절한 경고가 위협적으로 내뱉어지기 전까진.

어머니는 낭만과는 거리가 먼 과거의 일로 괴로워한다. 어머니는 사회적 출신이라는 장애물을 극복해야 했고, 할아버지와 할머니가 부유한 사람들이 아니어서 돈을 빌려야 했다. 비지식인 계층에 속하는 가정환경에서 태어난 아이로, 세 명의 형제자매 중 유일하게 대학을 다닌 어머니는 여성의 독립이 흔치 않던 1990년에 집에서 독립해 나갔다.

물론 아랍어 이름 때문에 어머니의 민족적 출신이 끈질기게 따라다니는 소문처럼 어머니를 따라다녔다. 새로 등장한 결정권자의 눈에 어머니는 수치로 비쳤는데, 이것은 야심으로도 교육으로도 재능으로도 바로잡을 수 없었다. 종교는 영혼 없는 정신과 마찬가지로 박해받는 피조물의 탄식 같은 것이다.

서른다섯 살 때 어머니는 비셰그라드에서의 삶을 포기해야 했다. 아름다운 추억, 성공, 개인적인 행운으로 넘쳐났던 장소를 떠나 그곳을 완전히 잃어버렸다. 지금의 어머니는 나처럼 고향에 대한 그리움을 꾸며낸 이야기로 채우진 않는다. 지나간 것은 지나간 것이다. 출근 전 할아버지에게서 오드콜로뉴 향수 냄새가 나고, 퇴근해 집으로 돌아오면 석탄 냄새가 나던 걸 어머니는 지금도 기억하고 있다. 어머니는 커피를 마시며 담배 한 대를 피우고 트윅스 초콜릿바를 먹는 걸 좋아한다. 어머니에게 출신은, 고향 땅에서 누군가 자신의 이름을 부르면 움찔하는 몸짓 같은 것이다.

나는 가장 좋아하는 어머니 사진 두 장을 가지고 있다. 하나는 독사진으로, 사진 속 어머니 나이는 열여덟 살 혹은 열아홉 살이었다. 어머니는—달리 표현할 수 없을 정도로—매우 부드러운 얼굴

표정에 길고 매끄러운 검은 머리를 하고 있다. 눈빛은 깊은 생각에 잠겨 있는 듯하다. 완전히 자기만의 세계에 빠져 있다. 당시 사람들은 어린 시절의 어머니를 두고 깊은 생각에 빠져 있기보다는 다른 사람에게 관심을 기울이면 좋겠다고 한다. 그러나 지금 나는 깊은 생각에 잠겨 있는 듯한 어머니의 모습이 황홀할 정도로 아름답다고 생각한다. 무엇보다 이런 모습의 어머니를 나는 쉽게 볼 수 없었다. 거기 사진 속 어머니는 처음엔 나를 위해, 그다음엔 다른 사람을 위해, 마지막엔 자기 자신을 위해 존재했다.

두 번째 사진 속 어머니는 친구들에게 둘러싸여 있다. 나팔바지, 커틀릿, 술, 희망. 거기엔 아버지도 함께 있었지만 그때는 아직 내 아버지가 아니었다. 어머니는 미소를 짓고, 다른 사람들은 격동의 시대에 나올 법한 뻣뻣하게 굳은 몸짓으로 진지하게 이야기를 나누고 있다. 어머니는 마치 사진 바깥쪽에 서 있는 것처럼, 다른 사람들보다 더 많은 걸 알고 있기라도 하듯 미소 짓고 있다. 어쩌면 어머니는 다른 사람들보다 아는 게 많지 않았으면 좀 더 행복했을지 모른다.

1992년 4월, 경찰이 이슬람교도들의 목숨과 직결된 문제라며 어머니에게 비셰그라드를 떠나라고 종용했다. 어머니의 삶을 그리는 내 소설에서 나올 수 있는 대답은 다음과 같았다. "내가 이슬람교도라는 걸 누가 정했죠?"

그러나 현실에서 어머니는 아무런 대꾸도 하지 않았다. 그런 반응이 현명한 처사였으니까. 어머니는 알려줘서 고맙다고 인사하고는 곧장 할머니 집으로 가서 날 집으로 데려왔다. 아버지도 일을 마치고 집으로 왔다. 꼭 챙겨 가야 할 물건이 무엇일까, 라고 생각하며 우리가 짐을 싸는 사이 산속에 있는, 맨 처음 지은 이슬람교도 집들이 불길에 휩싸였다.

어머니는 어딘가 전화를 걸어 경찰관의 권고를 전하고, 아버지와 나는 '유고 자동차'에 짐을 실었다. 그러고 나서 어머니와 아버지는 정원으로 자리를 옮겨 서로 껴안고 마지막 춤을 추었다—이 일이 마치 그 전날에, 동시에 아주 오래전 어느 여름날에 일어난 듯한 느낌이 들었다. 아버지는 내게 등을 보이고, 어머니는 얼굴을 보이며 서 있었다. 눈을 동그랗게 뜬 어머니의 표정, 사진 속 모습처럼 황홀경에 빠져 있는 듯한 모습. 어머니의 몸은 아버지 곁에 있었지만, 그 외 나머지는 자기만의 세계와 공포에, 나와 우리를 둘러싸고 있는 공포에, 그리고 이후 일어날 일에, 작별 후에, 지금 현재에, 미래에 빠져 있었다.

우리는 크리스티나 할머니를 모시러 갔다. 할머니도 우리를 따라 국경까지 가서 나중에 아버지와 함께 돌아갈 계획이었다. 우리가 살아서 무사히 도시를 빠져나가는지 확인하고 싶었던 것이다. 얼마 후, 우리는 살아서 무사히 도시를 빠져나갔다. 그렇게 우리는 각자 우리의 삶에서 빠져나왔다.

하이델베르크

1992년 8월 24일, 보스니아는 총격 사건이 일어났고, 하이델베르크는 비가 내렸다. 노르웨이 오슬로에 내린 비가 하이델베르크에도 내렸는지 모른다. 우리 모두의 고향은 우연에 의해 탄생한다. 보스니아에서 태어나 이곳 하이델베르크로 쫓겨난 당신, 그런 당신이 저 너머 다른 곳에서의 연구 목적으로 장기를 기증한다. 이런 우연에 영향력을 행사할 수 있는 사람은 운이 좋다. 자기 집을 떠날 수 없어서 머물러 있는 사람은 운이 없다. 그러나 떠나고 싶지 않아서 머물러 있는 사람은 운이 좋다. 본인이 살고 싶은 곳에 살 수 있는 소원을 이루는 사람은 운이 좋다. 또 우수한 어학연수 프로그램에 참여하는 사람들도, 노후를 위해 플로리다에 집을 소유한 사람들도, 더 잘생긴 남자들을 찾아 도미니카공화국으로 가는 여성 이민자들도 운이 좋다.

하이델베르크는 내가 우연히 도착한 도시였다. 열네 살의 나는 이 도시에 대해 들은 게 없었다. 그런데 하물며 대학에 들어가 철학과 여대생과 네카어강*을 거니는 데 이곳이 좋은 장소가 될 거라고 어떻게 생각할 수 있었겠는가.

지금 고향에서 발발한, 비현실적으로 보이는 진짜 전쟁을 피해 잠시 이곳에 머물고 있다고 우리는 생각했다. 혹여 지금 도망을 가야 하는 상황이라면—1992년 당시 국경은 오늘날의 유럽연합 외부 국경과 마찬가지로 통제가 엄격했다—우리는 하이델베르크에 다다르지 못했을 거다. 우리의 길은 헝가리 가시철조망 앞에서 끝났을지 모른다.

1992년 8월 24일, 하이델베르크는 비 온 뒤 하늘이 맑게 개었다. 어머니는 긴 여행으로 불안해진 나를 어떻게든 기쁘게 해주고 싶어 했다. 어머니 자신도 불안하긴 마찬가지였으나 최대한 드러내지 않고 잘 숨겼다. 나는 어머니와 함께 버스를 탔던 일, 가면을 씌워놓은 듯 빗물로 뿌옇게 된 창들, 그 뒤로 보이는 비밀의 도시를 기억하고 있다.

어머니는 아이스크림 가게에서 초콜릿 아이스크림을 샀다. 아이스크림 콘을 손에 든 우리는 긴 거리를 걷다 방향을 바꿔 강변을 따라갔다. 목적지도 없이, 아직 거리 이름도 강 이름도 모르는 세상을, 우리 이름조차 존재하지 않는 세상을 이리저리 걸어 다녔다.

이곳엔 우리를 이해하는 사람도, 우리가 이해하는 사람도 없었다. 당시 내가 독일어로 말할 수 있는 유일한 단어는 로타어 마테우스**였다. 이후 여기에 '내 이름은', '난민', '하이델베르크', '초콜

---

* 라인강의 지류로, 바덴뷔르템베르크주 남부의 슈바르츠발트와 슈바벤 알프스 지역에서 생겨나 북쪽으로 흐른다.
** 독일 축구 선수이자 축구 감독.

릿' 같은 단어가 추가되었다. 무엇보다 마지막 두 단어는 익히기 매우 쉬웠다.

이어 하이델베르크성도 추가되었다. 운명적인 이야기를 속속들이 알고 있는 거대한 성이 계곡 바닥에 닿을 정도로 무겁게 매달려 있었다. 비바람에 닳고 갈라진 채로. 그리고 영원한 태양의 어린 햇살은 커다란 옛 그림 위로 쏟아져 내렸다. 그 주변엔 생명력이 강한 담쟁이덩굴이 무성하게 우거졌다.

설령, 삶에 지친 어머니와 내가 프리드리히 휠덜린*을 알고 있다 해도 그의 시들이 우리에게 햇살 같은 존재가 되진 못했을 거다. 하이델베르크에 도착한 첫날, 나는 역사나 문학에 대한 사전 지식은 물론 아는 것이 도통 없었다. 지붕, 건물 외관, 건축 재료, 그 어떤 것에 대해서도 말이다. 맑은 공기에서 비 냄새가 났다. 총격 사건에 대한 기억, 내가 가진 건 그것뿐이었다.

별안간 눈앞의 전망이 확 트이고 산과 숲 한가운데에 영면한, 폐허가 된 성 위로 영원한 태양의 어린 햇살이 쏟아지는 그곳으로 시선이 비스듬히 기울었다. 마음에 든 집보다 훼손이 심한 집이 더 자주 보였다―여기 이 하이델베르크성은 처음으로 내 마음에 든 훼손된 집이었다. 완전히 훼손은 됐으나 환상적이고 위풍당당해 보였다―이런 모습조차 왠지 다시 온전해진 듯 보였다. 엷은 붉은 빛을 띤, 폐허가 된 이 성이 산속을 헤집고 들어와 있는 인상을 주었다. 또 이곳의 온화한 강에, 지금은 가면을 벗어 던져버린 민낯의 구시가지 근처 쾌적한 장소에 자리 잡고 있는 듯 보였다.

* 독일 시인. 대표작으로 《엠페도클레스의 죽음》 《디오티마》 등이 있다.

문득 우리도 여기 이곳에 존재하는 게 당연한 듯 느껴졌다. 어머니와 내가 독일의 어느 한 작은 장소에, 이제 곧 이름 없는 곳이 되어버릴 카를 광장에 존재하는 것이 말이다. 다른 장소의 다른 어머니와 아들처럼, 초콜릿 아이스크림의 초콜릿 맛처럼, 처음 보는 웅장한 성 아래 멈춰서 생각에 잠기는 것처럼 자연스럽다.

하이델베르크성을 바라보고 있노라면 늘 초콜릿을 먹는 듯한 느낌이 든다. 독일에서 처음으로 사귄 친구들은 인기 있는 관광 상품 같은 존재였다. 이후 알게 된 사실이지만, 각자 도망쳐 나온 이후 우리는 이곳에서 처음으로 안도감을 느꼈고, 그런 안도감에 기뻐했다. 우리는 이곳이 낯설었지만 이 낯섦이 위협적이지 않았다. 이곳에 내리는 비는 그저 비에 지나지 않았고, 내리쬐는 태양은 그저 태양일 뿐이었다. 이 기묘한 곳에서, 거대한 폐허 같은 우리는 그저 어슬렁거릴 수 있었다. 또 사방에서 우리에게 달라붙는 일본 사람들이 있고, 그로 인해 우리는 좀 거만하고 이상해지며, 약간의 소유욕도 갖게 된다—하이델베르크는 우리에게 아무런 위협도 가하지 않는 곳이었다. 폐허가 된 이곳 성처럼 우리도 오래도록 살아남을 것이다.

비 온 뒤의 하이델베르크처럼 아주 아름다운 모습으로 물기가 빠져나가는 곳은 올리브나무가 자라는 몇몇 도시밖에 없다. 이 풍경도 1992년 늦여름의 잔해다.

어머니는 전쟁이 곧 끝나서 고향 집으로 돌아갈 수 있을 거라고 생각했다. 우리는 독일에서 얻은 첫 번째 보금자리에서 처지가 같은 다른 피난민들과 욕실과 텔레비전을 비롯하여 모든 방의 문고리를 공유했다. 또 낯선 곳에서 낯선 이방인들과 낯선 삶을 공유했다. 우리가 가진 것이라곤 여행용 갈색 가방 세 개뿐이었다. 그것으로 충분했다. 그것으로 만족해야 했으니까. 그리고 우리는 자두씨처럼 딱딱한 씨를 가진 언어를 배웠다.

제2의 우리 집은 하이델베르크 남쪽 에메르츠그룬트 동네에 있었다. 도시 건축 프로젝트에 포함된 이 동네는 콘크리트로 지은 집들이 들어서 있었다. 그곳엔 라인평야와, 네카르탈오덴발트 국립자연공원 외곽에 펼쳐진 포도밭이 내려다보이는 비탈이 있었다.

독일에 온 지 2년이 되던 어느 온화한 여름날 밤, 나는 빨간 머리 소녀에게 마음을 빼앗겼다. 그 소녀는 독일어 관계문에서 동사가 항상 문장 끝에 온다는 사실을 가르쳐주려고 애를 썼다. 나는 오래전부터 이 사실을 알고 있어 설명이 필요 없었지만 그냥 내버려두었다.

에메르츠그룬트 동네는 엄청 많은 이주민들이 살았는데, 이와 똑같은 현상이 독일 곳곳에서 관찰되었다. 보통 이주민들은 어떤 특정 장소에 유난히 많이 거주한다.

독일을 찾는 관광객들은 제일 먼저 브란덴부르크 문을 방문한다. 그런 다음 노이쾰른*으로 가서 커피를 마시고 아랍인들을 구경한다. 이러한 경향은 그리 빨리 바뀌지 않을 것이다. 이를 토대로 우리는 모레까지 끝내야 할 다문화를 다룬 연극 대본을 쓸 수 있다.

에메르츠그룬트를 찾는 관광객들은 드물었다. 바로크 양식은 이

*　독일 베를린의 자치구.

곳이 아닌 다른 곳에서도 구경할 수 있었다. 그런데 그들이 놓친 것이 몇 가지 있었다. 하이델베르크에는 가녀린 목(가냘픈 네카어 강 계곡)과 가느다란 팔(구도시의 골목들)이 있다는 사실이다. 사암으로 지은 이 도시의 외곽은 늘 희미한 붉은빛을 띠었다—하이델베르크는 마치 자신의 미모에 항상 당황하는 듯한 모습이다. 이 가냘프고 우아한 몸에 달린 크고 두껍고 거친, 때론 주먹을 불끈 쥔 오른손 같은 존재가 에메르츠그룬트다.

에메르츠그룬트에서는 보스니아인과 터키인이, 그리스인과 이탈리아인이, 독일 태생의 러시아인이, 독일 태생의 폴란드인이, 독일에 사는 독일인이 서로 악수를 한다. 이 사람들보다 더 큰 무리의 흑인들도 가끔 예고 없이 출현했다. 충혈된 눈에 몸이 비쩍 마르고 과묵한 타입의 흑인 무리. 이들의 등장에 사람들은 아프리카 어딘가에서 또다시 전쟁이 일어났다는 걸 금방 알아차렸다. 어쨌든 이곳에 사는 우리는 이웃이고 학우이고 동료였다. 우리 동네 슈퍼마켓 계산대에 줄 서 있는 사람들이 구사하는 언어는 무려 일곱 개나 되었다.

우리가 이곳에 통합할 수 있도록 가장 적극적으로 지원한 사회 시설은 록 분위기의 아랄 주유소였다. 우리는 이곳을 청소년 센터, 음료 제공소, 댄스 플로어, 화장실로 사용했다. 네온사인 불빛 아래 휘발유 냄새가 가득한 이곳에서 여러 다양한 문화가 융합되었다. 주유소 주차장에서 우리는 잘못된 독일어와 자동차 라디오 재조립 방법을 서로 가르쳐주고 배웠다. 이곳에서 지켜야 할 단 하나의 규칙은 주유소 급유 펌프 근처에서 담배를 피우지 않는 것뿐이었다.

매주 일요일은 유난히 분위기가 좋았다. 예배가 끝난 정오쯤에 폴란드인들도 우리와 함께 어울려 오후 내내 얼큰하게 취해 있었다. 예수 그리스도의 보혈에 아직도 약간 넋이 나간 인심 좋은 금발의 폴란드 남자들은 가느다란 콧수염에 늘 약간 큰 듯한 재킷 차림이었다. 그들이 나누는 대화 주제는 교육, 휴경지, 분데스리가, 연방군, 간 기능 검사 수치, 그리고 언제나 번식에 관한 것이었다. 매춘부, 매춘부, 매춘부. 잊을 수 없는 기억이었다.

아랄 주유소는 하이델베르크 내에 존재하는 스위스 같은 곳이었다. 출신이 갈등의 불씨가 되는 경우가 드문 중립의 땅 스위스. 다문화 배경을 가진 사람들이 나누는 주먹의 대화도 거의 일어나지 않았다. 가끔 기습을 당하기는 했어도. 이런 기습 상황이 발생해도 서로 타협을 통해 독일 사람과 독일 태생의 러시아 사람이 같은 날 저녁에 가스총을 들고 쳐들어오는 일은 절대 일어나지 않았다.

에메르츠그룬트에 사는 우리 중 누구도 일하는 걸 좋아하지 않았다. 키르히하임*에서 온, 20년간 대학에서 예술사를 공부하는 어떤 히피들이 불쌍한 우리를 떠맡았다. 기본적으로 그들은 우리 마음을 상하게 할 의도는 없었다. 하지만 엄청 많은 히피들이 아랄 주유소에 교대로 나타나는 바람에 우리는 크게 동요했다.

아랄 주유소에서 내려다보이는 전망은 아주 환상적이었다. 날씨가 좋은 날엔 저 멀리 프랑스까지 볼 수 있었고, 그렇지 않은 날엔 총알이 날아다니는 걸 보았다.

* 바덴뷔르템베르크주에 있는 도시.

아랄 주유소 아래쪽에 라이멘*이라는 도시가 있었다. 라이멘은 보리스 베커**가 태어난 곳으로, 가끔 베커는 고향인 그곳을 방문했다. 우리는 아랄 주유소 아래 포도밭에 앉아 라이메너 베르크브로이 맥주를 마시며 보리스 베커가 언제 어떤 식으로 은퇴해야 할지 얘기했다. 물론 슈테피 그라프*** 이야기도 나왔다. 그런데 우리 중에 테니스를 잘 아는 전문가는 없었다.

오늘에 이르러 과거를 기념하는 신성한 도시, 그 근교에 현재를 사는 사람들을 집계한 통계가 바로 우리였다. 우리는 범죄에, 청소년 실업에, 외국인 비율에 속하는 존재였다. 미국산 후추 과자 숭배자들, 대학생들의 입맞춤, 반려견 학교들, 쇼핑 중독에 빠진 매주 일요일, 공공 영화관들, 이러한 것으로 가득한 구시가지는 동화 속 세상 같았다. 학교에서 아랄 주유소의 아이들을 억지로 민족학박물관으로 견학 보내 어쩔 수 없이 발을 들여놓게 하는 그런 세상 말이다.

대학 다닐 때, 나는 '아랫동네' 베스트슈타트로 이사를 갔다. 내가 사는 주거 공동체는 에메르츠그룬트에 있는 우리 방갈로 길이보다 훨씬 더 높은 천장이 있었다. 그 맞은편엔 공동묘지가 있고, 또 그 묘지 옆에는 〈슈테른〉****을 구독하는 이웃들이 꽃양배추 농사를 짓는 밭들이 있었다.

부모님이 독일 에메르츠그룬트에서 강제 추방된 이후, 그곳엔 나를 매료하는 것이 거의 없었다. 비탈진 그 동네에 사는 옛 친구들

---

*   바덴뷔르템베르크주에 있는 도시.
**   전 세계 랭킹 1위에 올랐던 독일 테니스 선수.
*** 전 세계 랭킹 1위에 올랐던 독일 테니스 선수.
**** '별(Stern)'이라는 뜻의 독일 잡지로, 정치·사회 문제를 다룬다.

과의 교류도 거의 끊겼다. 다른 곳으로 이사 갈 형편이 되는 사람은 그 동네를 떠났다. 그렇게 아랄 주유소는 다음 세대가 차지했다.

세련되지 않은 분위기의 에메르츠그룬트를 떠난 이후, 나는 얼마 지나지 않아 보석 상자 같은 구시가지를 내 동네라고 불렀다. 가장 좋은 곳에 위치한 구시가지에선 이주자들을 볼 수 없었다. 그곳엔 부르셴샤프트*에 가입한 사람들이 살았다. 구시가지가 가진 위상은 사람들의 자랑거리였다. 사실 이 동네는 오래되었으나 오래된 것처럼 보이지 않았다. 쇠퇴는 멈추고 쇠퇴한 모습은 감추어져 있었다. 또 대학 순위 평가에서 거둔 우수한 성적도, 미국 폭격기로부터 피해를 입지 않은 점도 자랑거리였다. 그뿐인가. 에메르츠그룬트에 사는 외국인들도 자랑거리였다. 단, 그들이 쓸데없는 짓을 하지 않는 한에서.

보스니아 출신의 난민인 나는 에메르츠그룬트 동네의 이방인으로 지냈다. 그러나 대학에 들어가서는 종종 관심의 대상이 되었다. 그래서 나는 이야깃거리로 전쟁 일화 두서너 개를 준비하고 다녔다. 이보다 더 많은 고통을 이야기하기엔 사람들이 보이는 관심이 대체로 크지 않았다.

인문대학 도서관은 늦은 시간까지 열려 있었다. 3학기를 맞이한 나는 자주 도서관을 찾아 테오도어 아도르노**를 읽는 체했다. 여

---

* 1815년 예나 대학에서 창립된 학생 조직으로, 이후 열네 개 대학이 가입했고, 출신지별 학생 단체를 대신했다.
** 독일의 철학자이자 미학자. 프랑크푸르트학파의 중심인물로, 체계성을 거부하고 근대문명에 대해 독자적인 비판을 제시했다. 주요 저서로 《계몽의 변증법》 《부정 변증법》 등이 있다.

름이 시작되는 6월에도 나는 터틀넥 칼라 스웨터를 입는 타입이
었다.

당시 내 삶에서 감사한 일이라면 마음에 드는 한 여학생과 네카
어강으로 서너 번 산책 나간 거였다. 나는 그 여학생에게 어디서
왔으며 어떤 일을 겪었는지 자발적으로 털어놓았다. 마음속으로
'이것이 난민의 운명인가?' 하는 생각을 하면서. 어쩌면 이 일로 점
수를 딸지도 모르지.

그 여학생은 가끔 철학자를 인용했다. 누구의 어떤 말을 인용했
는지 지금은 더 이상 생각나지 않는다. 그러나 첫 키스의 맛이 어
땠는지는 아직도 기억하고 있다. 키스 전에 코프타*를 먹은 것도.

나는 프리드리히 에베르트 추모지 거리에 있는 부르카르트 카페
에서 아르바이트를 했다. 아랄 주유소가 에메르츠그룬트 동네 청
소년을 위한 장소라면 부르카르트 카페는 구시가지에 모여든 사람
들을 위한 것으로, 판자벽으로 만들어진 '호두껍질 속의 우주'** 같
은 공간이었다. 모든 사람들이 이곳에 왔다. 그라우부르군더***에서
또다시 치른 선거에 패해 이를 잊고 싶어 하는 사민당 지구당 사람
들, 슈바르츠벨더 키르슈 케이크**** 두 조각을 먹고는 서로 부채질해
주는 당뇨병을 앓는 할머니들, 아랍어로 이야기하며 제멜크뇌델*****
을 먹어대는 동양학 전공 학생들, 이 모든 사람들이 카페에 모여들

---

*   다진 고기나 채소 등을 둥글게 빚어 만든 음식.
**   스티븐 호킹의 《호두껍질 속의 우주》에서 인용한 것으로 보인다.
*** 바덴 지역의 도시.
**** 독일식 초콜릿 케이크.
*****독일 남부 바이에른 지역 향토 음식으로, 채소를 넣은 고기 경단.

었다.

그러나 윗동네 에메르츠그룬트에서 오는 사람은 드물었다. 그사이 직장을 얻고 가정을 꾸렸으나 그곳 사람들은 지나간 과거, 아랄 주유소, 어린 시절에 대해 이야기하는 걸 좋아했다. 언젠가 경찰 검문이 있었을 때 "이곳 토박이?"라는 질문에 "네"라고 대답한, 우리가 아는 유일한 네덜란드 사람 미헬에 대한 이야기도 빠뜨리지 않았다.

2018년 8월, 세 살짜리 아들을 데리고 하이델베르크에 들렀을 때—하이델베르크에 오면 늘 그러듯이—에메르츠그룬트에도 갔다. 아랄 주차장은 텅 비었고 주유소는 말끔히 보수공사가 끝나 있었다. 예전처럼 복권을 하나 샀으나 예전과 달리 당첨되진 않았다.

어머니와 내가 4년간 살았던 방갈로로 가는 길에 아랄 주유소 시절 친구 마르테크의 어머니를 만났다. 날씨가 무더웠다. 아직 정오가 되지 않았는데도 벌써 30도 가까이 치솟았다. 쾨니히 부인은 베란다에 앉아 레모네이드를 마시고 있었다. 부인은 앉은 채로 인사했다. "안녕, 사샤. 잘 지내니?" 우리가 20년 전이 아니라 그 전날 만나 이야기를 나눈 듯한 말투였다. "네 아들이니?"

"네, 그렇습니다." 나는 말했다. "제 아들이에요."

"마르테크는 애가 벌써 셋이다." 쾨니히 부인이 말했다. "얼마 전까지 뉴욕에 있는 그 애 집에 있다 왔어. 거기 석 달 있었지. 이제 석 달은 쉬어야 해." 부인이 웃었다.

베짱이 울음소리가 들렸다. 20년 전의 내가 나타나 마르테크가 집에 있는지 묻고 있다.

"그래." 쾨니히 부인이 말한다. "올라가보렴." 부인은 'ㄹ' 발음을 아름답게 굴린다. 올라가보렴. 기억 속에 남아 있는 말이다.

마르테크는 만화책을 읽고 있다.

"안녕?"

"가자."

"아랄?"

마르테크가 머리를 쓸어 올린다. "거기 말고 어디?"

쾨니히 부인에게 작별 인사를 한 후 우리는 오래된 방갈로 쪽으로 나 있는 계단을 올라갔다. 방갈로 초인종 문패에 터키 이름이 쓰여 있었다. 그 집의 작은 정원에서 나는 단어를 배웠고, 좀 더 커서는 기타 연주도 했다. 욕실 거울 앞에서 '혀로' 하는 키스도 연습해봤다. 코프타를 먹고 키스하면, 안 좋아. 별로야.

우리는 포도밭 쪽으로 내려갔다. 한낮의 무더위 속에서 도시가 나직이 쿨렁쿨렁거렸다. 어디선가 희미하게 들려오던 소리가 점점 뚜렷해졌다. 한 소녀가 한 소년에게 독일어를 가르치고 있었다. 소녀가 한 말을 소년은 그대로 반복했는데, 다소 어색하게 들렸다. 그러자 소녀가 웃었고, 소년도 따라 웃으며 보스니아어로 욕을 했다.

"모든 도시는 성별과 나이가 있는데, 이는 인구통계와 상관이 없다." 영국 작가 존 버거가 썼다. "로마는 여성이고, 파리는 나이가 더 많은 부인을 연모하는 이십대 남성이다."

하이델베르크는 보스니아에서 온 소년 같은 곳이고, 보스니아에서 온 소년은 하이델베르크 같은 존재다. 에메르츠그룬트의 포도밭에서 그 소년은 한 소녀에게 독일어를 배운다. 이 우연한 일이 일어나고 한참 후에야 소년은 다름 아닌 바로 자신이 하이델베르크의 소년이 된 걸 깨닫는다. 소년은 이 우연을 행운이라 여기며 이 도시를 '나의 하이델베르크'라고 부른다.

독일어를 구사하는 브루스 윌리스

문 앞에 선 당신은 손잡이에 당기세요(Ziehen)라고 쓰인 단어를 읽는다. 이것은 문이고, 독일어 알파벳이다. 알파벳 Z. 알파벳 I. 알파벳 E. 알파벳 H. 알파벳 E. 알파벳 N. Ziehen. 문손잡이에 쓰인 독일어 세계에 온 걸 환영한다. 그러나 그 단어를 읽고도 당신은 문을 민다.

오늘은 1992년 9월 20일로, 독일에 온 지 한 달이 되는 날이다. 방금 열어젖힌 문은 학교에 있는 문이다. 오늘은 당신이 학교에 간 첫날이다. 당신은 새로 산 청바지를 입고 있다. 찢어진 청바지를 입혀 독일 학교에 보내는 게 싫었던 어머니는 당신에게 새 청바지를 사주었다. 청바지가 너무 비싸다고 생각하면서도 말이다. 이곳 독일에서 어머니는 일자리를 구할 수 없었고, 갖고 있는 돈도 많지 않았다. 그러나 이 청바지 아니면 다른 청바지는 싫다고 당신은 말했다. 그런 말을 하는 건 이기적이었고, 당신도 어머니도 그 사실을 알고 있었다. 그런데도 어머니는 당신에게 그 청바지를 사주었던 것이다.

당신 왼쪽에 앉은 짝꿍은 핀란드에서 온 페카라는 이름의 아이다. 페카는 공책에 그림을 그려 플립 북을 만들고 있었다. 엄청 잘생긴 외모의 그 아이는 사실 당장 집으로 돌아가 두 번 다시 학교에 오지 않고 평생 플립 북만 그리고도 살 수 있었을 것이다.

당신 오른쪽에는 데도라는 아이가 앉아 있다. 데도는 당신과 별반 다르지 않은 아이다. 선생님이 교실로 들어오기 전에 데도는 조심스럽게 소리를 지른다. 그렇게 한동안 계속 소리를 지르거나 혹은 침묵한다. 그렇게 소리를 지르고 나면 그 아이의 상태가 나아질 것이다.

반 아이들 중 이곳 출신은 아무도 없다. 독일어로 이야기하는 아이도 없다. 정말 환상적이다. 설명할 수 있는 게 아무것도 없다. 그래서 아이들 모두 서로를 거의 이해하지 못할뿐더러 그 누구도 뭔가 설명할 필요가 없다.

지리 선생님이 지도를 보여주며 강, 산, 숲, 도시를 가리키고 당신은 라인강, 산맥, 오덴발트를 필기한다. 이어 선생님이 묻는다. "난 만하임에서 태어났어. 페카, 넌 어디서 태어났니?" 페카가 대답한다. "오덴발트요."

독일에서 새 학교에 가려면 새 청바지가 필요하다. 학교와 청바지뿐 아니라 규칙도 새롭다. 새 규칙에 따라 언어 놀이를 비롯해 많은 놀이가 실시된다. 그리고 아버지가 함께 있지 않는 것도 새롭다. 아버지는 아직 비셰그라드에 있다. 어머니와 당신은 전화박스 안에서 끝없이 울리는 통화중 신호음을 들으며 하염없이 시간을 보낸다. 가까스로 연결이 되어도 헛기침 소리와 통화중 멈춤 현상으로 아버지 목소리가 뚝뚝 끊겼다. 언제 올 거죠, 라는 가장 중요한 질문에 아버지는 대답이 없다.

당신은 전화번호부에 이름과 날짜를 또박또박 새겨 넣는다. 사샤 스타니시치, 1992년 10월 1일.

그로부터 반년이 지난 지금에야 아버지는 우리 곁에 와 있다.

당신이 묻는다. "어떻게 지내셨어요?"

아버지가 당신을 한참을 껴안고 있다. 머리가 좀 긴 것 말고 아버지는 여느 때와 다름없어 보인다. 비셰그라드가 조용하다는 얘기 외에 별다른 설명도 없다. 마지막으로, 지금 같은 상황에서도 할머니는 잘 지내신다는 소식도 듣는다. 그러나 구체적으로 어떤 상황인지에 대해선 침묵하고, 아버지의 침묵도 그 상황을 전혀 나아지게 하진 못한다. 아버지는 허벅지에 흉터가 생긴 일에 대해서도 아무 말이 없다. 총알이 뚫고 들어간 자리가 아문 것처럼 보이는 흉터라고 말하기엔 무슨 일이 있었는지 잘 모른다. 그래서 당신은 자세히 캐묻지 않는다. 이곳으로 올 때 아버지도 우리처럼 갈색 트렁크를 들고 왔다. 우리가 들고 온 갈색 트렁크를 챙겨 셋이 함께한 마지막 여행은 1990년 여름에 아드리아해를 향한 여정이었다.

나는 새로 배우는 언어를 알아듣는 건 잘하지만 옮기지는 못한다. 듣고 이해하는 것이 말하는 것보다 좀 더 쉬운 법이다. 당신은 어미변화가 일어나는 부분에서 어근에 붙는 어미를 깜빡하고 빼먹는다. 독일어 단어는 너무 어렵고, 명사의 격변화는 혼란스럽고, 발음은 늘 샌다. 어떤 방식으로 문장을 만들든 상관없이 말이다.

당신은 수주일, 수개월을 잘 버텨왔다. 물론 친구를 사귀기까진 시간이 좀 걸리지만, 서투른 독일어를 사용하는 친구들을 찾는 건 그보다 좀 더 쉽다. 당신은 그들이 좋아하는 축구 클럽을 알게 된다. 에펠하임*에서 온 올리는 함부르크 축구팀을 좋아한다. 한번은 올리의 아버지가 당신들을 카를스루에**에서 열리는 축구 경기에 데리고 간다. 그리하여 독일에서 처음으로 초대받아 경기를 보러 가게 된다. 올리의 아버지는 심판에게 고함을 질러댄다. 그날 당신은 '너, 이 새끼'라는 말을 배운다. 전반전 경기가 끝나고 그는 우리에게 브라트부르스트***를 사준다. 당신은 다른 관중들과 함께 응원가도 부른다. "함부르크의 젊은이여, 함부르크의 젊은이여, 우리는 모두 함부르크의 젊은이다." 경기가 벌어지는 90분 동안 당신은 함부르크의 젊은이다. HSV라 불리는, 당신이 응원하는 축구팀은 그날 경기에서 진다. 그런 일에 당신은 익숙해질 것이다.

지리 선생님은 지도를 펼쳐 연방주와 주도를 세어본다. 그러고는 페카가 태어난 나라의 수도가 어디냐고 묻는다. 페카는 "슈투트가르트"라고 대답한다.

지리 선생님이 "아주 재밌군"이라고 말한다.

모두가 웃는다. 트라우마가 있는 아이들도 함께 웃는다.

지리 선생님이 이번엔 내가 태어난 나라의 수도가 어디냐고 묻는다. 나는 "베오그라드, 사라예보, 베를린이에요"라고 대답한다.

---

* 바덴뷔르템베르크주에 있는 도시.
** 바덴뷔르템베르크주에 있는 도시.
*** 소시지의 한 종류로, 보통 돼지고기로 만든다.

축구를 하기 위해 말을 많이 할 필요는 없다. 그보다 더 중요한 건, 팀의 마지막 선수로 선택받지 못하는 일이다. 축구를 하는 중에 뛰다 넘어져 새 청바지 무릎 부분이 찢어지기라도 하면, 어머니가 화를 낸다. 그러다 결국 울음을 터뜨린다. 하지만 이내 울음을 멈추고 찢어진 부분을 꿰맨다. 그사이 당신은 대형 쓰레기 더미에서 주워 온 소파에 앉아 손으로 파리를 잡는다. 손안에 든 파리가 공포에 휩싸여 버둥거리자 손이 간질거린다. 그러면 당신은 일단 버둥거리는 파리를 놓아준다.

어느 날 갑자기 당신은 사랑의 감정을 좀 느낀다. 단정한 긴 금발에 빨간 나비 모양의 가벼운 머리핀을 꽂고 있는 주자네는 세르보크로아트어도 영어도 못한다. 진심으로 사랑의 감정을 표현하기엔 당신의 독일어는 아직 많이 서툴다. 어떻게 설명해야 할까? 친구들이 그녀가 질문을 하면 어깨를 으쓱하고 손을 잡으라고 조언을 해준다.

"무슨 음악 들어?"

"응, 음악 좋지!"

하루가 지나고 주자네가 말한다. "끝이야."

"뭐가 끝이야?" 당신이 묻는다.

"우리 말이야. 너와 더는 데이트하러 가고 싶지 않아."

"어디 간다고?" 당신이 묻는다. "나간다고?"

"아니, 말귀를 못 알아듣네. 헤어질 거라고."

"성에 간다고?*"

* '헤어지다'라는 뜻의 독일어 Schluss를 '성'이라는 뜻의 Schloss로 알아듣고 되물은 것.

당신은 '손을 잡다'와 '작별 키스'라는 말을 배운다.

독일어 전철 동사도 배운다 — 당신은 신문을 배달한다(austrägst)*. 이 일을 하면서 이웃 사람들을 알게 되고 '팁'이라는 단어를 배운다. 6개월이 지난 후에도 동사를 분리할 때 늘 같은 실수를 반복한다. 그렇게 모은 돈은 어머니에게 선물할 메이드 인 타이완 독일 스카프를 살 만큼 충분하다. 스카프를 받은 어머니는 눈물을 흘린다.

간접화법도 배운다 — 어머니는 자주 눈물을 흘린다. 기뻐서, 슬퍼서 혹은 무서워서 눈물을 흘리는 건지 당신은 잘 모른다. 큰 세탁소에서 일하는 어머니는 그곳이 찜통 같아 심장이 용광로처럼 부글부글 끓는다고 말한다.

독일어로 당신은 생전 처음 웃긴 이야기를 한다. 당신 이야기에 페카 말고는 웃는 사람이 없다. 사람들이 웃지 않는 이유가 언어 때문이 아니라 당신이 웃긴 이야기를 잘 못해서라는 게 시간이 지나면서 명백히 드러난다.

관계대명사도 배운다 — 한 나라의 언어를 이해한다고 그 나라가 꼭 당신의 나라가 되는 것은 아니다. 나라와 언어의 관계는 덜 상대적이다.

당신 집에 작은 텔레비전이 있다. 저녁에는 당신 나라에서 벌어지고 있는 전쟁 장면도 잠깐 나온다. 그러면 당신은 채널을 돌려 브루스 윌리스가 나오는 〈다이 하드〉라는 영화를 본다. 영화 속 주

---

* austragen은 비분리 전철 동사로, '배달하다'라는 뜻이다. 전철 aus의 유무에 따라 동사의 뜻이 달라진다.

인공인 브루스 윌리스가 독일어를 한다. 그가 구사하는 독일어는 당신 귀에 쏙쏙 들어온다. 몸을 다친 그가 "잘 가라, 이 망할 자식아"라고 내뱉으며 자기 가족을 위해 싸운다.

과거완료형도 배운다. 게브하르트 선생님 수업에서 국가사회주의(나치즘)를 주제로 이야기를 한다. 독일에서는 발언을 하고 싶을 때 일어날 필요가 없다. 그런데 당신은 벌떡 일어나더니 큰 소리로 말할 필요가 없는데도 "파시즘의 종말, 민족해방!"이라고 큰 소리로 말한다.

마지막으로, 미래형도 배운다. 정치 수업 시간이다. 당신은 "자본주의는 스스로를 갉아먹을 것이다"라고 말한다.

당신은 또다시 문 앞에 서 있다. 손잡이에 '당기세요'라는 문구가 쓰여 있는 걸 이제 더는 깨닫지 못한다. 뭔가 할 수 있다는 건 최고다. 이전보다 짐이 더 많이 들어 있는, 언어로 만들어진 가방이 한층 더 가벼워졌다. 수많은 단어, 규칙, 지식 덕분에 당신은 새로운 여행길에 오른다. 그 여행길이라는 건, 삶의 이야기를 써 내려가기 시작한다는 의미다.

숲속 나무 위 오두막에서, 에메르츠그룬트의 포도밭에서, 대형 쓰레기 더미에서 주워 온 소파에서 있었던 일. 그리고 무릎에 놓여 있는 종이들. 첫 번째 이야기에서는 아버지가 뱀을 죽인 일, 두 번째 이야기에서는 할머니가 썰매를 타고 집에 돌아온 당신 손을 잡고 따뜻하게 데워준 일, 이어진 세 번째 이야기에서는 할아버지가 총상을 입고, 크리스티나 할머니가 홀로 비셰그라드에 있는 일이 그려질 것이다. 당신 이야기는 오랜 세월이 지난 후에 다루어질 테고.

31번 버스가 당신을 에메르츠그룬트에서 로어바흐 남부로 데려다준다. 환승하려고 로어바흐 남부에서 내려 3번 트램으로 갈아타고 오르테나우어 거리까지 간다. 거기서 내려 학교까지 걸어간다. 학교로 이어진 길은 특별히 재미있거나 예쁘거나 위험하지 않다. 그 길이 학교로 가는 가장 빠른 지름길로, 당신은 4년을 그 길로 다닌다. 오르테나우어 거리 양쪽 길가엔 비슷한 모양의 집들이 늘어서 있다. 몇몇 집은 앞쪽에 정원이 있고, 몇몇 집은 뒤쪽에 정원이 있다. 또 몇몇 집은 정원에 나무가 있고, 몇몇 집은 정원에 나무가 없다. 집과 집 사이 경계에는 울타리가 세워져 있고 창문에는 하얀 커튼이 달려 있다. 모든 지붕은 갈색이고, 우편함은 흰색이거나 갈색이다.

오르테나우어 거리를 지나갈 때, 당신은 단 한 번도 무례한 행동을 한 적도, 심한 허기를 느낀 적도 없었다. 하지만 수많은 시험을 앞두고 불안에 떨고 백일몽을 꾸기는 했다. 한여름과 한겨울엔 더위와 추위를 탔지만 단 한 번도 심한 불쾌감을 느낀 적은 없었다. 또 거기서 단 한 번도 울타리에 오줌을 누거나 유리창을 깬 적도 없었다. 그럴 이유가 뭐 있었겠나. 그러다—보스니아 전쟁이 끝났을 때쯤인—11학년 때 딱 한 번 방과 후에 어느 집 담을 타고 올라가 정원으로 들어간 적이 있었다. 아무 이유 없이 그냥 그랬다. 그곳 정원에는 작은 미끄럼대가 하나 놓여 있고, 장난감이 사방에 널려 있었으며, 사과나무 아래 놓인 탁자엔 사과가 놓인 접시가 있었다. 그리고 현관 앞에는 '즐거운 우리 집(Home Sweet Home)'이라는 글자가 박힌 발 매트가 있고, 집 초인종 문패엔 여자, 남자, 소녀의 이름이 각각 쓰여 있는데, 소녀의 이름은 어린아이 글씨체로 덧쓰여 있었다.

　문득 당신은 신고 있는 운동화를 바라보았다. 어머니가 다이히만*에서 사준, 소박한 스타일의 검은색 신발인데 괜찮아 보였다. 다시 고개를 들어 정원을 보니, 짧은 잔디와 화단의 노란 꽃들이 눈에 들어왔다. 또 정원 한쪽 구석에 있는 작은 공구 보관실도 보였다. 발걸음을 옮겨 보관실로 간 당신은 문을 열고 쏟아져 나오는 희미한 불빛 속에서 숨을 들이마셨다. 공기에서 윤활유와 시멘트 냄새가 물씬 났다. 잠시 후, 당신은 탁자 위 접시에서 사과를 하나 집어 들고 오르테나우어 거리로 다시 나왔다.

* 　독일의 중저가 신발 브랜드.

결박된 양손

지금도 내가 언어를 매개로 일을 하고 문학작품을 쓸 수 있다는 것은 하나의 특권이다. 아직도 나는 어떤 일에 대해 말로 표현하지 못하는 느낌이 어떤 것인지 잘 알고 있다. 내 생각을 전달하는 데 많은 시간이 필요했으므로, 나와 얘기하는 상대방이 참을성이 부족해 보이면 바로 대화를 중단해버리고 싶은 마음이 얼마나 크게 들었던가. 독일에서 지낸 지 3~4년이 지났는데도 독일어 실력이 기껏해야 보통 수준인 부모님을 내가 얼마나 부끄러워했는지. 사실 중간 정도의 실력이면 최선이었다. 독일어를 접할 수 있는 배움의 길이나 기회가 없는 사람은 물론, 어떻게든 배우겠다는 의지가 없는 사람도 적지 않았다.

처음에 아버지는 지원할 수 있는 모든 일자리에 지원했다—자격 요건에 맞는 일자리뿐 아니라 "빨리 배울 수 있습니다"라며 고용주를 설득해야 하는 일자리도 가리지 않았다. 요리와 관련된 일만 아니면 아버지는 정원 가꾸기, 가르치는 일, 신발 파는 일 등 무슨 일이든 할 수 있다고 생각했다. 공사장에서 할 수 있는 일도 마

187

다하지 않았다. 그러나 면접을 보러 간 적이 거의 없었다. 혹 면접에 가더라도 알아듣지 못하는 질문이 있으면 통역을 시킬 생각으로 나를 데리고 갔다.

어떤 지원자가 자신을 지원해줄 사람을 데려간다는 것은 든든한 느낌을 갖게 하고, 일자리에 대한 높은 의지의 표시로도 보일 수 있었다. 하지만 그 반대로 보일 수도 있었다. 아버지의 면접 자리에 동행한 이유를 설명할 때, 나는 운송회사 여성 임원이 쳐다보던 눈빛을 기억한다. 그건 친절한 독일 사람들이 아무런 의도 없이 날 바라보던 바로 그 동정 어린 눈빛이었다.

면접을 해봤자 아무 소용 없는 헛수고라는 걸 여성 임원도 나도, 아마 아버지도 알고 있었다. 그럼에도 어쨌든 그 임원은 면접을 진행했다. 면접을 마치고 작별 인사를 하면서 "솔직하게 말할게요. 제가 보기에 당신은 호감이 가는 분이시지만 양손이 결박돼 있으시군요"라고 말했다.

결박된 양손, 그런 표현은 새롭고 흥미로웠다. 그 여성 임원의 양손은 주먹을 쥔 채 책상 위에 올려져 있었다. 그 옆에 운송회사 로고와 함께 세계는 작다라는 문구가 찍힌 찻잔이 놓여 있었다.

아버지는 감사 인사를 했다. 이 말은 아버지가 독일에 살면서 빠른 시간에 잘 배워 익혀둔 표현이었다. "고맙습니다!" 대학에서 물류업을 전공한 서른여덟 살의 경영학자인 아버지가 선명하게 들리는 악센트로 '작은 세계'를 향해 아주 우렁찬 소리로 말했다.

매달아라!

1992년 8월 24일, 신나치주의자들이 로스토크*에 있는 베트남 계약노동자들이 거주하는 숙소에 화염병을 투척한다. 이를 지켜보는 구경꾼들이 있다. 로스토크 시민들, 외부에서 유입된, 외국인에 대한 증오로 가득한 사람들, 경찰들이 바로 그들이다.

"훈제 구이로 만들어버리자!"

"매달아라!"

"만세(Sieg Heil)**!"

화염병이 숙소 아래층에 떨어지고, 군중의 노랫소리가 흘러나온다. 오늘같이 아주 아름다운 날. 군중들 사이로 노점도 보인다. 거기서 맥주와 소시지를 사 들고 사람들은 높이 솟아오르는 불길을 바라본다. 이윽고 소방차가 달려온다. 그러나 진입로는 이미 매년 개최되는 '소수민족 박해의 해'를 맞이하여 광장에 모여든 군중들이

---

* 독일 북동부 메클렌부르크포어포메른주에 있는 도시로, 1990년 독일 통일 전 구동독 최대 항구도시로 유명했다.

** 나치스의 인사말.

막고 있었다.

나는 그런 일이 있었는지도 모르고 있었다. 당시 독일에 도착한 지 얼마 되지 않은 우리는 우리 일로 정신없이 바빴다. 침대보는 어디서 사고 계산은 어떻게 하는지? 버스 노선이 어떻게 되는지, 차표는 운전기사에게 살 수 있는지, 또 차푯값은 어떻게 계산하는지? 이 같은 일로 말이다.

석 달쯤 지난 11월의 어느 월요일, 선생님이 수업시간에 리히텐하겐*에서 일어난 사건을 다룬 신문 기사 스크랩을 가져왔다. 어휘 학습을 위한 자료였다. 신문 기사를 본 학생들 사이에 냉소적인 분위기가 감돌았지만, 선생님은 외국인인 우리와 함께 외국인 혐오에 대해 이야기하고 싶어 했다.

우리는 말없이 기사를 읽었다. 평소엔 읽기가 끝나면 늘 누군가 이해하지 못한 부분에 대해 질문을 하곤 했는데, 그날은 읽기가 끝난 뒤에도 무거운 침묵을 지키고 있었다. 이번엔 모두가 내용의 핵심이 뭔지 이해했던 것이다. 우리 자신에 대한 이야기라는 것을 말이다.

1992년 11월 19일, 나는 단어장에 스무 개의 새 단어를 적는다.

해바라기(여성 명사)

분개했다

시민군(여성 명사)

기생충 같은 존재(남성 명사)

* 로스토크 시 외곽 주거지역으로, 난민 주택에 방화 테러가 일어난 곳이다.

190

대응(남성 명사) / 대응하다(대응했다(과거형))

폭동(중성 명사)

해고하다(해고했다(과거완료))

공작하다(공작했다(과거형))

폭약 장전(남성 명사)

질식하다(질식했다(과거형))

소방 작업(여성 명사, (불을) 끄다(현재형), (불을) 껐다(과거형))

물러나다(물러났다(과거형))

누구에게 길을 내어주다

누구를 엄호하다

실패했다

출격(남성 명사)

쇄도(남성 명사)

남용하다(남용했다(과거형))

제한(여성 명사)

기본권(중성 명사)

우리는 지도에서 로스토크, 호이에르스베르다*, 베트남의 위치를 찾아보았다. 잠시 후 페카가 말했다. "난 로스토크 출신이 아니야."

그날 방과 후 오르테나우어 거리를 지나 집으로 돌아가는 하굣길이 다른 날보다 훨씬 더 길게 느껴졌다. 어느 집 발코니에 독일

---

* 독일 작센주에 있는 도시.

191

국기(여성 명사)가 내걸려 있었다. 예전에도 그 국기를 본 적 있지만, 지금에야 나는 누가 왜 거기에 독일 국기를 달아놨는지(달다(원형동사), 달았다(과거완료)) 스스로에게 물었다.

집에 돌아와서도 나는 계속 자문해보았다. 우리 유고슬라비아 사람들과 베트남 사람들의 공통점은 무엇일까? 나는 베트남에 대한 얄팍한 지식으로(내가 읽은 베트남 전쟁에 관한 이야기, 우리 음식보다 두 배나 맛있는 음식, 학교에서 알게 된 베트남 출신의 남학생), 그 나라와 그 나라 사람들이 미움받는 이유를 찾는 데 열중했다. 그 과정에서 든 진짜 무서운 생각은, 유고슬라비아 사람인 나는 그들과 다를뿐더러 우리 선량한 유고슬라비아 사람들에겐 그런 일이 일어나지 않을 거라고 어느 정도 확신하는데, 그 이유가 내가 그들보다 더 나은 사람이라고 진지하게 생각한다는 데 있다는 것이다.

학교 도서관에 신문이 여러 종 배치되어 있었다. 나는 점심시간에 그 신문들을 훑어보는 습관을 들였다. 먼저 제목을 본 다음, 기사 하나하나를 다 읽었다. 단어장 이외에 신문 기사 내용이나 내 생각을 적어두는 공책도 가지고 다녔다. 거기에 다음과 같은 문장을 메모했다. '보리스 베커가 짐 쿠리어*를 꺾고 승리한다.' '세르비아에 대한 해상봉쇄가 이루어진다.' '묄른**에서 열 살, 열네 살 소녀와 그 두 소녀의 할머니가 방화 사건으로 목숨을 잃는다.' '빈 호프부르크 왕궁에서 일어난 대규모 화재의 위험에서 리피차너 백마와

---

* 미국의 테니스 선수.
** 독일 슐레스비히홀슈타인주에 있는 도시.

수천 권의 책을 구해낸다.'

1993년 5월 29일, 졸링겐*에서 극우주의자들이 저지른 방화 사건으로 다섯 명이 목숨을 잃었다. 범행(남성 명사), 경과(남성 명사), 사건 경과(남성 명사). 살아님은 모든 사람은 변함없이 그 자리에 있는데, 죽은 사람만이 사라지고 없다. 뒤처리(여성 명사).

2017년에 집계된 자료에 의하면, 난민 수용소를 공격한 사건이 264~1387번에 달했다(이 수치는 자료의 출처에 따라 차이가 있다). 오늘은 2018년 8월 28일이다. 독일 자유민주당(FDP) 소속 정치인 제바스티안 차자가 트위터에 "파시스트도 반파시스트다"라는 글을 남긴다.

---

* 독일 노르트라인베스트팔렌주에 있는 도시.

1993년, 슈바르츠하이데

1993년 여름, 아버지가 일자리를 얻었다. 그래서 이제 주중엔 슈바르츠하이데*로 가서 지내야 했다. 왠지 신비롭고 위험한 일처럼 들렸다. 그러나 그곳이 한때 구동독 지역이었고, 지금은 바스프(BASF) 화학 회사도 있다는 아버지의 설명을 듣고 이내 처음에 느꼈던 신비로움이 사라졌다.

바스프사는 슈바르츠하이데에 생산 공장을 지었다. 아버지는 모든 사람이 해리라고 부르는 하리스라는 이름의 유고슬라비아 사람을 위해 일했다. 어쩌면 그 남자는 유고인이기보다는 차라리 미국인이고 싶었거나 혹은 자기 이름이 거지 같다고 생각해서 해리라고 불리고 싶어 했는지 모른다.

독일로 건너와 아버지가 처음으로 얻은 일자리는 파이프 관 안으로 기어 들어가 부여된 임무를 수행하는 것이었다. 다행히 파이프 관이 엄청 큰 덕분에 아버지는 그 안에서 허리를 펴고 서 있을 수 있었다. 하루가 끝날 때쯤 아버지는 동료들과 함께 파이프 관

---

* 독일 브란덴부르크주에 있는 도시.

194

안으로 수 킬로미터 들어와 있기 일쑤였다. 지나온 길을 되돌아가고 싶지 않으면 자신들이 서 있는 바닥에 누워 잠을 잤다. 그러면 다음 날 아침에 오전 근무조가 빵과 얇게 썬 햄 조각을 가져다주었다. 그러면 유고 노동자들은 바스프사가 라우지츠*에 설치한 파이프 관 안에서 아침 식사를 했다.

아버지는 지금 와 생각해보니 그건 '미친 짓'이었다고 털어놓는다. 사실 슈바르츠하이데에 설치된 파이프 관은 내 상상과 완전히 달랐다. 그리 크지도 않고 그 안에서 잠을 잘 수도 없었다. 아버지가 파이프 관 내부를 상상하는 내게 "그냥 물어봐, 그럼 헛소리를 지어낼 필요 없잖아"라고 말한다.

사실 나는 라우지츠에서 아버지가 보낸 시절에 대해 아는 게 별로 없었다. 아버지가 스스로 그때 이야기를 꺼낸 적도 거의 없었다. 당시 나는 부모님과 대화하기를 꺼리는, 한창 사춘기 소년이었다. 잘못 생각한 부분을 아버지가 바로잡아주고 난 후 지금 나는 그 시절에 대해 더 많은 것을 알고 싶어졌다. 아버지는 메일을 쓰겠다고 말했고, 얼마 후 실제로 그렇게 했다. 메일 제목은 '슈바르츠하이데에서의 삶'이었다.

메일은 매우 이상했다. 옛 군 임시 막사에서 나는 동료 두 명과 같이 방을 사용하고 있어, 라고 아버지는 현재형으로 메일을 썼다. 내가 1993년에 보낸 아버지의 메일을 받는 것처럼, 혹은 아버지가 여전히 거기 슈바르츠하이데에 있는 것처럼 말이다. 임시 막사 근처에 전화박스가 있어서 저녁이 되면 나는 네 엄마와 네가 잘 지내는지, 네가

* 브란덴부르크주에 있는 도시로, 대규모 갈탄 채굴지.

195

어디서 뭘 하고 있는지 궁금해서 전화를 건다.

나는 아버지의 전화를 기억한다. 저녁 식사가 끝나면 전화기가 울렸고, 조금 전부터 전화가 오길 기다리던 어머니는 재빨리 수화기를 들었다. 그런데 혹 아버지와 통화를 하게 되더라도 우리의 통화는 아주 짧았다. 내용은 늘 학교와 나에 관한 이야기였다.

아버지의 글이 계속 이어졌다. 이곳에 주점, 케밥집, 슈퍼마켓이 각각 하나씩 있는데, 우리가 자유 시간에 운영하는 가게들이야. 더욱이 슈바르츠하이데에서 먹는 케밥은 아버지가 먹어본 것 중에 최고라고 했다.

나는 아버지의 모습을 눈앞에 그려보았다. 독일에 온 후 아버지는 살이 빠지고 뺨은 핼쑥해지고 청바지는 엄청 헐렁해졌다. 아버지는 슈바르츠하이데에서 케밥을 먹고 산다. 네온사인 불빛 아래서 아버지의 관자놀이 쪽 머리카락이 하얗게 센 것처럼 보인다.

여기 일은 재미있어. 퇴근 후에도 그렇고. 늘 어떤 일이 생기는데, 하루도 똑같은 날이 없어. 베코와 보스니아 출신의 다른 한 남자가 감옥에 들어갔어. 근데 하마터면 아주 오래 갇혀 있을 뻔했지 뭐니.

케밥집 앞 입석 탁자에 서 있는 아버지가 그 지역 출신의 동료들을 위해 건배를 한다. 아버지는 그들에게 유고슬라비아 이야기를, 그들은 아버지에게 구동독 이야기를 들려준다. 슈바르츠하이데 네온사인 불빛 아래서 그들은 몰락한 나라들에 뒤이어 등장한 것들이 거지 같다는 데 의견을 같이한다.

파이프 관은 등거리 도법에 따라 정확히 설치해야 해. 어떤 실수도 하면 안 돼. 파이프 관을 놓을 땐 미리 정해둔 자리에 정확히 넣어야 해. 우린 늘 독일 사람들보다 일을 더 빨리 끝내버리지. 그러자 그들이 우릴 빤히 쳐다보더구나. 대체 뭘 하려는 꿍꿍이인지?

아버지는 베코와 다른 한 남자가 왜 감옥에 들어갔는지, 그 이유에 대해서는 언급하지 않았다.

과거 산림 감시인이던 올랴는 크라이나*에서 온 세르비아인이다. 그는 아버지와 같은 조에서 일을 한다. 전쟁을 피해 루트비히스하펜**에 온 그는 슈바르츠하이데에서 일주일 중 닷새를 보낸다. 슈바르츠하이데에 도착한 첫날부터 올랴는 똑같은 농담을 했는데, 여러 번 되풀이하는 것을 좋아했다. 그러다 어떨 땐 침묵하고, 또 어떨 땐 아주 정상적인 대화를 나누기도 했다.

그가 즐기는 유머 내용은 다음과 같다. 어느 숲속에서 유격대원과 독일인이 전투를 벌이고 있을 때 산림 감시인이 와서 그 두 사람을 내쫓아버린다.

처음 들었을 때는 웃겼지만 이내 의미도 없고 지루했다. "됐어, 이제 그만해, 올랴, 왜 그래?" 하지만 올랴는 그만두지 않았다. 한밤중에 소스라치게 놀라 잠에서 깬 올랴는 임시 막사에 깔린 어둠 속에서 그 유머를 주절주절 늘어놓으며 자고 있는 다른 사람들을 모두 깨웠다. 근데 이런 올랴에게 아무도 화를 내지 않았다. 뭘 할 수 있을까?

한번은 올랴의 유머를 진지하게 받아들인 사람이 있었다. 올랴처럼 루트비히스하펜에 사는 알바니아 남자로, 루트비히스하펜에

---

* 크로아티아 영토지만 세르비아의 통치를 받는 지역.

** 독일 라인란트팔츠주에 있는 도시로, 라인강 연안에 위치하고 있다.

있는 집과 슈바르츠하이데를 오갈 때 올랴를 자동차에 태워준 사람이었다. 그 남자는 파이프 집게를 손에 들고 올랴에게 다가가 냉정한 어조로 말했다. "이봐, 올랴, 더는 참을 수가 없어. 너의 그 유머, 그것 말이야. 우린 널 도와줄 수 없어. 제발 좀 정신 차려."

파이프 집게를 든 그 알바니아 남자도 슬펐을지 모른다. 그 마음을 누가 알겠는가? 그는 거기 서서 올랴가 정신 차리길 기다렸다. 말귀를 알아들었는지 올랴가 고개를 끄덕이는가 싶더니 또다시 그 유머를 늘어놓았다.

몇 주일이 지난 후에도 올랴는 슈바르츠하이데로 출퇴근을 했다. 자동차가 아닌 기차를 타고서 말이다. 그 알바니아 남자가 자기 차에 더 이상 그를 태워주려고 하지 않았기 때문이다.

어느 월요일, 올랴가 출근하지 않았다. 그다음 주 월요일엔 새로 온 다른 사람이 올랴의 일을 떠맡았다.

그 이후 올랴에게 무슨 일이 생겼는지 아버지는 모른다.

어느 숲속에서 유격대원과 독일인이 전투를 벌이고 있을 때 산림 감시인이 와서 그 두 사람을 내쫓아버린다.

어느 숲속에서 유격대원과 독일인이 전투를 벌이고 있을 때 산림 감시인이 와서 그 두 사람을 내쫓아버린다.

어느 숲속에서 유격대원과 독일인이 전투를 벌이고 있을 때 산림 감시인이 와서 그 두 사람을 내쫓아버린다.

어느 숲속에서 유격대원과 독일인이 전투를 벌이고 있을 때 산림 감시인이 와서 그 두 사람을 내쫓아버린다.

어느 숲속에서 유격대원과 독일인이 전투를 벌이고 있을 때 산림 감시인이 와서 그 두 사람을 내쫓아버린다.

어느 숲속에서 유격대원과 독일인이 전투를 벌이고 있을 때 산림 감시인이 와서 그 두 사람을 내쫓아버린다.

어느 숲속에서 유격대원과 독일인이 전투를 벌이고 있을 때 산림 감시인이 와서 그 두 사람을 내쫓아버린다.

어느 숲속에서 유격대원과 독일인이 전투를 벌이고 있을 때 산림 감시인이 와서 그 두 사람을 내쫓아버린다.

어느 숲속에서 유격대원과 독일인이 전투를 벌이고 있을 때 산림 감시인이 와서 그 두 사람을 내쫓아버린다.

어느 숲속에서 유격대원과 독일인이 전투를 벌이고 있을 때 산림 감시인이 와서 그 두 사람을 내쫓아버린다.

어느 숲속에서 유격대원과 독일인이 전투를 벌이고 있을 때 산림 감시인이 와서 그 두 사람을 내쫓아버린다.

극사실적 그림

학교에서 프로젝트가 개최되는 주간이다. 나는 예술 수업, 특히 극사실적으로 그림을 그리는 수업에 등록했다—내 선택에 오해가 없기를. 극사실주의에 관심이 있거나 그림을 잘 그리거나 그림 그리는 걸 좋아해서가 아니라, 리케가 올 거라서 그 수업을 듣기로 결정했던 것이다. 10학년 B2반인 리케, 빨간 머리 리케, 녹색 눈의 리케. 나는 그런 리케를 바라보는 걸 좋아했다. 그래서 오히려 딴 곳을 계속 쳐다볼 수밖에 없었다. 어떻게든 리케에게 강한 인상을 남기고 싶은 마음에 극사실주의로 결정했다. 그러나 아직은 강한 인상을 남길 방법을 알지 못했다. 처음부터 강한 인상을 주지 못하면, 최소한 같은 공간에 닷새간 함께 있는 것으로 내 존재를 알려야 한다. 그 전에 시도한 모든 대화는 내 머릿속 상상일 뿐, 현실에서 일어난 일은 아니었다. 나는 머릿속으로 백번쯤 리케와 아주 유익한 대화를 나누는 상상을 했다. 그래서인지 동물 사육, 너바나, 인도 이야기를 비롯하여 리케가 관심을 기울이는 것들에 대해 얘기한 느낌이 들었다.

프로젝트 주간 첫날에 나는 떨리면서도 결연한 모습으로 예술실로 들어갔다. 우리 각자 사진 한 장씩 골라 사진과 똑같거나 사진보다 더 사실적으로, 초사실적으로 그림을 그려야 한다고 선생님이 말했다. 선생님의 이 말에 교실에 있는 모든 학생이 나처럼 사진과 똑같은 그림을 그려야 하는 목표가 완전 비현실적이라고 확신하진 않았을 것이다.

나는 벽에 세워져 있는 자전거 사진을 골랐다. 가장 그리기 쉬운 모티브 같았다. 어딘지 모르게 평평해 보이고 색상 수도 가장 적었다. 검은색 자전거와 주황색 벽만 있었으니까.

마침내 사진을 선택하는 시간이 끝나고 주변을 둘러보던 나는 그제서야 리케가 없다는 사실을 알았다. 좀 늦는 모양이라고 생각했지만, 리케는 아예 오지 않았다. 다음 날도 마찬가지였다.

나는 리케 없이 견뎌야 했다. 이제 안드레아스와 연방군 이야기를 할 수밖에 없었다. 안드레아스의 관심을 끄는 건 그 이야기뿐이었으니까. 안드레아스는 연방군에 입대하여 장군이 되거나 장군이 못 되더라도 적어도 언젠가 전쟁을 지휘해보고 싶어 했다. 사실 그는 나보다 그림을 더 못 그렸다. 생각지도 못한 일이었다. 그 역시 그림 그리기는 멍청한 짓이라며 투덜거렸다. 그림 그리기는 "꼬맹이들을 위한" 거라고도 했다. 그래서 내가 그리 싫은 걸 왜 하냐고 물었다. 연방군에 들어가면 싫고 감당하기 힘든 괴로운 상황도 참고 견뎌야 하기 때문이라고 그가 대답했다.

안드레아스는 과일나무를 그렸다. 그림 속 과일나무는 과일나무처럼 보이지 않고, 골프 GTI 자동차처럼 보였다. 내가 그린, 집 담벼락에 세워져 있는 자전거에서 극사실적으로 표현된 부분은 자전거 벨이 유일했다. 그 벨 부분은 "어떻게 그리면 되는지" 선생님이 직접 시범을 보여주려고 그린 부분이었다.

난 내 그림에 실망했다. 교실에 앉아 있는 학생 중 내가 유일한 외국인이었다. 어쩌면 외국인들이 대체로 그림 그리는 걸 좋아하지 않고, 그림에 무지한 게 우연일 수도 있었다. 수업 첫날엔 자전거 핸들을 엄청 구부러지게 그렸고, 둘째 날엔 바큇살 부분에서 끙끙댔다. 그래도 전투기에 빠져 한층 낮은 목소리로 전투기 소리를 흉내 내는 안드레아스 옆에서 계속 그림을 그렸다. 셋째 날은 컨디션이 좋았다. 왠지 모르게 긴장도 풀렸다. 난 사흘째 연속으로 그림을 그리고 있었다. 눈을 가늘게 뜨고 보면, 내가 그린 자전거가 그리 형편없어 보이진 않았다.

안드레아스에게 분명한 꿈이 있다는 게 난 기뻤다. 결승선을 몇 미터 남겨놓은 마지막 순간에 노력하는 그의 모습을 보는 것도 기뻤다. 그래도 여전히 안드레아스의 그림은 완전히 형편없어 보였지만, 그는 캔버스 앞에 웅크리고 앉아서 무의식적으로 작은 혀를 입술 사이로 내밀고 그림을 그리고 있었다. 집중하는 사람의 모습이 얼마나 아름다운가!

금요일 오후에 우리 모두 그림을 완성했다. 직접 학생 식당 벽에 걸어놓은 그 그림들을 우리는 한 달 내내 볼 수 있을 것이다. 포르투갈로 추정되는 곳 어느 담벼락에 세워져 있는, 극사실적으로 보이는 벨이 달린 낡은 자전거를 그린 내 그림도 당연히 다른 그림들 사이에 걸려 있을 것이다.

몇 주가 지난 후, 리케와 나는 포도밭에서 열린 축제에서 우연히 마주쳤다. 상상 속에서 이미 여덟 번이나 대화를 나눠본 리케가 갑자기 내 눈앞에 나타나 말을 걸어왔다(아무도 내 말을 믿지 않을지 모르나 그래도 이 이야기를 하겠다).

"안녕. 너 자전거 그림 그렸다면서?"

"응!" 너무 놀란 나머지 나는 매우 큰 소리로 대답했다.

"멋진 그림이야." 그렇게 말하며 리케가 살며시 미소 지었다. "벨이 정말 멋지더라."

"응!" 나는 또다시 외쳤다.

"전부 다 극사실적으로 그리지 않은 게 좋아. 핵심 부분인 벨만 그렇게 그린 게."

"응!"

"난 아파서 못 갔어. 내 이름은 리케야." 그녀가 덧붙였다.

"알고 있어. 난 사샤야."

그러자 리케가 "장식품(Schmuck) 할 때 S, 알고 있어"라고 말했다.

실제로 리케는 동물 대량 사육 상황에 관심이 있었다. 또 너바나를 매우 좋아하고, 인도 관광 여행을 "영리한 방법으로 아시아 대륙을 착취하는 것"에 불과하다고 생각하고 있었다.

나는 나에 대해 이야기를 해야 했다. 그러나 생각나는 건 멍청한 전쟁뿐이었다. 그 얘기는 하기 싫었다. 그때 문득 안드레아스를 떠올린 나는 리케에게 전투기를 좋아하고, 공수 낙하병을 멋있다고 생각하고, 질 좋은 독일 무기를 보면 감탄한다고 했다. 내 말에 리케가 "아, 그래? 흥미롭군"이라고 말했다.

나는 그림을 그렸다. 조형예술에 대한 재능도 전혀 없고 열정도 없이, 약간의 시간과 여유를 갖고, 리케 없이 안드레아스와 함께, 내게 제공된 미술 재료를 사용하여 그림을 그렸을 뿐이다. 리케와의 두 번째 만남에서 나는 전투 이야기는 모두 꾸며낸 거짓말이라고 털어놓았다. 그러자 리케가 담담하게 말했다. "괜찮아. 네가 그림 그리는 걸 좋아하는 한, 다 괜찮아."

나는 슬로베니아인

독일로 들어와 지내는 초기에 나는 유고 사람도 피난민도 아니고 싶었다. 어떨 땐 여드름을 감추고 싶었고 어떨 땐 커트 코베인처럼 보이고 싶어서 머리를 길게 기르기도 했다. 또 기타 연주도 배우고 커트 코베인처럼 노래를 부르고도 싶었다. 남성적인 매력을 지닌 재니스 조플린처럼 옷을 입고 싶었던 나는 바틱* 티셔츠가 멋지다고 생각하기도 했다. 그리고 독일어 실력도 향상하고 싶었다. 그러면 독일 사람들이 내 면전에서 날 한심한 멍청이로 생각하는 속마음을 숨기려고 애쓰지 않아도 되니 말이다.

가끔 나는 새로 알게 된 사람들에게 슬로베니아 출신이라고 말했다. 슬로베니아는 신문 헤드라인 정도에는 등장하는 나라였으니까. 그렇게 나는 전쟁의 희생자가 아닌 스키를 타는 사람으로 비치길 바랐다.

왜 독일에 사느냐는 사람들의 질문에도 나는 "아버지가 바스프 사에서 엄청난 제안을 받아서 우리 가족이 거절할 수 없었다"라고

---

* 왁스를 이용한 염색 기법.

의미심장하게 대답했다.

그러고는 한숨을 쉬며 "알프스가 그리워"라고 덧붙였다.

알프스에 대한 그리움은 독일에서 엄청 잘 먹히는 말이다.

그러나 슬로베니아 출신이라고 말하겠다는 내 발상은 학교에선 진부했다. 내가 다니는, 국제적 개방성을 표방하며 설립된 하이델 베르크 국제종합학교는 다양한 학생들을 유치하는 데 주력했다. 그래서 학급 사진을 찍을 때, 이제 더는 외국인 학생들이 더 잘 보이게 한가운데 서야 하는 이국적인 존재가 아니었다. 또 많은 외국인 학생 비율도 대수롭지 않게 여길 수 없는 부분이었다.

나는 유고 사람 중 한 명이었다. 더 정확히 말해 많은 유고 사람 중 한 명에 지나지 않았다. 유고 사람이 아닌 학우들에게 내가 유고에서 어떤 종족에 속했는지는 중요하지 않았다. 그러나 유고 사람들 대부분은 출신 때문에 많은 어려움을 겪었다. 이 일이 별거 아니라는 사람은 문제가 있다. 차별은 결코 감당할 수 있는 게 아니었으니까.

하이델베르크 국제종합학교에 다니는 거의 모든 학생들은 욕구와 행동에 적절히 대응해나가는 법을 알고 있었다. 대부분의 학생들은 일부 다른 학생들보다 좀 더 잘 대응했고, 이것이 그들 간의 큰 차이였다. 새로 온 학생들이 느끼는 갈망도 기존 학생들의 갈망과 비슷하거나 공감할 만한 것이었다. 독일어를 배우고 친구를 사귀며 일상생활을 해나가는 것, 어딘가 두고 온 집이 있으면 그곳으로 돌아가는 것 말이다.

가끔 독일 학생들이 외국인 학생들보다 수적으로 적을 때가 있었다. 평소 다수를 이루는 사람들이 어떤 곳에서 소수에 속해보는 것은 아주 값진 경험이다. 물론 독일 학생들은 학교 생활에 잘 적응했다. 그들은 우리가 커닝하게 내버려두기도 하고 우리 것을 커닝하기도 했다. 우리는 학교 내표 팀으로 대회에 출전하여 학교를 위해 싸워 이기기도 하고 패하기도 했으며, 학교 정원을 조성할 목적으로 육식식물 구입을 민주적으로 결정하기도 했다. 하이델베르크에 있는 다른 학교들은 우리를 무질서한 미개한 군중으로 치부했는데, 14~18세의 나이라면 이런 취급을 받는 것이 그리 나쁘지만은 않다.

독일어를 모국어로 사용하는 사람이 아닌 나는 먼저 언어 습득과 통합 문제를 집중적으로 가르치는 특별반에 들어갔다. 거기서는 커리큘럼 내용도 함께 배웠고, 그 덕분에 나중에 정규반으로 옮겨 가는 것이 한층 수월했다. 또 대부분의 가정에서는 흔히 접할 수 없는, 숙제를 지도하는 교사와 여가 시간도 제공되었다.

전공 분야 외에 추가로 외국어로서의 독일어 분야의 자격증을 소지한 선생님들은 자신들이 할 일을 대충 알고 있었다. 아니, 실제론 모르고 있었다. 그들이 뭘 해야 할지 알든 모르든 어쨌든 의욕만은 넘쳤다. 그리고 학교에 신입생이 들어오면 재학생들은 대부분 그들을 조심스럽게 대했다. 혹 아주 중요한 질문을 하게 되더라도 너무 많은 질문을 하진 않았다. 얼마 전까지 어떤 트라우마를 겪었는지 혹은 집에 어떤 나쁜 일이 있는지 전혀 알 수 없었으니까.

또 우리가 쓴 문장을 대신 완성해준 선생님들도 있었다. 사립학교의 바이에른 가톨릭 청소년 신자들을 대상으로 수업할 때처럼,

대부분의 선생님은 수업 시간을 꽉 채웠다. 그것도 괜찮았다. 우리도 수업 진도가 느리게 나가는 데 대해 계속 자책감을 느끼고 싶지 않았으니까.

그 밖에 몰래 술을 마시는 선생님도 있고, 다혈질의 여자 선생님도 꼭 있었다. 수업 시간에 한두 명의 학생은 엄청 지루해했고, 그런 상황에서 당신이 오베르팔츠*에서 왔는지 혹은 중동에서 왔는지는 별로 중요하지 않았다—지루한 수업은 대개 단조롭다.

하이델베르크 국제종합학교는 피난소 같은 곳이고 독일어를 배우는 곳이며 평범한 일상을 보내는 곳이었다. 또 완전 물렁물렁한 급식용 감자튀김이 늘 올라오는 플라스틱 식판 같은 곳이기도 했다. 나는 담배도 피우지 않으면서 흡연 구역 구석에 서서 그런지(grunge) 음악 이야기를 하고 농구를 하고 다른 아이들과 어울려 줄곧 시시덕거리며 시간을 보냈다. 이제 그곳은 이따금 이주 청소년이 완전 정상적인 시대에 완전 정상적인 도시에서 완전 정상적인 청소년처럼 지낼 수 있는 공간이 되었다. 그 덕분에 내 자신감도 한층 높아지고 성적도 좋아졌다. 학교의 재정적 지원으로 1년간 기타 수업도 들었다. 사실 너바나 곡을 연주하는 걸 배우고 싶었다. 하지만 바흐의 미뉴에트곡이 연습곡으로 정해졌다. 11학년에 올라가서는 책임감을 키우고 싶은 마음에 반장 선거에도 나갔다. 그러나 우리 반 아이들은 아직 현실사회주의를 실현할 만큼 성숙하진 않았다.

그러나 학교 밖에선 난 여전히 이주자 신분이고 공격 대상이라

* 독일 바이에른주에 있는 지역.

고만 생각하고 있었다. 나를 괴롭히는 것이 마치 원활하지 않은 언어 소통과 힘든 사정인 것처럼 생각했는데, 이는 실제로 나의 불안한 모습, 억양, 옷차림에서 드러났을 것이다. 한번은 아이들과 농구를 하는 중에 내가 세르보크로아트어로 욕을 했고, 이어진 다음 공격에서 한 아이가 멍청한 말을 퍼부으며 나를 가차 없이 난폭하게 때려눕혔다. 이 반칙으로 나는 자유투 두 개를 얻어 모두 성공시켰다.

언젠가 나는 할아버지와 함께 에데카에 장 보러 간 적이 있었다. 장바구니에 물건을 담고 계산대에 줄 서서 우리는 살라미 소시지에 대해 얘기했다. 할아버지가 비닐 랩에 포장된 살라미 소시지가 이상하다며 크게 외쳤다. "살라미 소시지가 하나 더 들었구나!" 그러고는 데얀 사비체비치가 유러피언 챔피언스 클럽컵 우승 트로피를 들어 올리듯이, 머리 위로 살라미 소시지를 들어 올리며 웃었다. 그 모습에 나도 함께 웃다가 계산대 줄이 계속 줄어드는 걸 모르고 뒤처져 있었다.

"이봐, 애야, 오늘 안에 되겠니?"

나는 그 말을 할아버지에게 통역해주지 않았다. 그저 돌아서서 죄송하다고 사과했다.

내가 학교라는 길로 인도된 것과 달리, 부모님은 노동과 함께 사회적, 육체적 고통을 참고 견뎌내야 하는 삶의 벼랑으로 내몰렸다. 아버지는 루트비히스하펜과 브란덴부르크주에 있는 공사장에서 인생을 보내며 육체노동으로 결국 등이 고장 나고, 주말에만 집으로 돌아와 지냈다.

세탁실에서 일한 어머니는 죽을 것만 같은 극심한 공포에 시달렸다. 독일이 아닌 발칸반도 출신인 어머니는 노동 계층 사다리에서 가장 아래 단계에 있었는데, 사람들은 어머니가 그 사실을 실감하게끔 행동했다.

우리는 독일 사람들이 '규칙'을 엄수한다는 점을 자주 떠올렸다. 마치 규칙이라는 것이 다른 곳에서는 아주 낯설게 느껴지기라도 하듯이. "여기선 독일어로 얘기합시다." 트램을 타고 가는 내 사촌과 나를 겨냥한 이 말은 우리가 진지하게 받아들이는 규칙은 아니었지만 명심해야 할 경구이긴 했다. 부모님은 공공장소에서 세르보크로아트어로 조심스럽게 조용히 얘기했다. 규칙뿐 아니라 규칙이 아닌 것도 지키는 사람은—우리가 받은 인상으로는—이민자라도 용납이 되었다. 사람들은 우리에게 모든 규칙을 상기시킬 뿐 아니라 '이곳에서 너희는 이방인이야'라는 느낌도 갖게 했다.

시간이 흐르면서 우리는 편견이 무엇인지 알게 되었다. 또 공격적이고 야만스럽고 불법적이지 않은 태도로 사람들을 대하는 법을 배웠다. 알뿌리와 싹, 다른 식물에 붙어사는 식물. 엄밀히 말하자면, 본의 아니게 살고 싶은 곳에서 살 수 없는 우리는 어디에 있든 늘 하던 대로 행동하면서 계몽 의식을 고쳐시키고 있었다.

오늘은 2018년 12월 1일이다. 사촌이 내게 사진 한 장을 보냈다. 사진 속에, 에메르츠그룬트에 있을 때 우리가 축구를 하던 차고 지붕이 보인다. 텅 빈 평지, 평평한 콘크리트 바닥 사이에 난 잡초, 골대 역할을 하는 책가방들, 줄이 그어진 공과 '공놀이 금지'라는 문구가 쓰인 팻말도 보인다. 사진에 사촌의 필체로 '사진 속 어린 시절'이라고 적혀 있다.

공놀이 금지 구역인데도 거기서 우리는 축구를 했다. 그렇다고 주의를 주는 사람도 별로 없었다. 글 읽을 줄 몰라? 간혹 이렇게 말하는 사람이 있으면 잠시 도망쳤다가 나중에 다시 돌아왔다.

오크들이 몰려오기 이전의 성에서

열일곱 살이 되던 해에, 나는 수없이 많은 주말에 주문을 외고, 콜라를 마시고, 활과 화살을 갖고 놀며 지냈다. 우리의 놀이터는 연필과 종이, 그리고 흔히 말하는 엄청난 상상력의 세계였다. 그리고 우리의 운명은 20각형 주사위가 결정했다.

거친 에메르츠그룬트에서 내가 사회성을 기르는 데 도움이 된 아랄 주유소는, 지금 내가 영감을 얻어 글쓰기를 시작하는 데 필요한 판타지 롤플레잉게임 같은 곳이었다―정말 그랬을까? 어쨌든 악마에 대항해 싸우는 전투에서는 그랬다. 열일곱 살짜리 다른 아이들은 자신들의 몸에 혹은 서로 상대방에게 열중하고, 인지 확장에 도움이 되는 물질을 실험하고, 자신들을 둘러싸고 있는 세계를 자기 것으로 만들었다. 그러나 우선 나와 내 친구들은 롤플레잉게임을 함께 하며 스펠트란트*에 있는 진격의 오크 군대에 몰두했다.

에펠하임에서 온 올리는 마녀 역할을 했는데, 마녀는 노른자위가 없는 알에서 나왔다. 내가 처음으로 들어간 독일 정규반에 있던

* 롤플레잉게임에 등장하는 세계.

그는 확실히 알아보고 연락할게라고 말하는 조용한 타입의 학생이
었다. 어느 날, 올리가 토요일마다 친구들과 판타지 롤플레잉게임
검은 눈동자*를 한다고 했다.

컴퓨터로?

아니, 머릿속으로.

나는 곧바로 게임에 빠져들었다. 머릿속으로 하는 게임이라면
나도 할 수 있었다. 어느새 난 게임에 초대되어 있었다. 어느 토요
일, 올리 집으로 갔다. 그의 방에는 이미 조, 페터, 제브가 카펫에
앉아 있었다. 셋 모두 파프리카 맛 감자칩 봉지에 팔꿈치가 닿을
정도로 손을 깊이 집어넣고서.

각자 앞에 숫자와, 서툴게 그린 무장한 사람 그림이 들어 있는
종이가 놓여 있었다. 숫자는 게임 참여자들이 적어 넣은 캐릭터들
의 능력치이고 그림은 캐릭터들의 초상화였다. 나는 아우엔란트에
서 온 요정 역할을 했다. 오크의 습격 때 내 부모님은 목숨을 잃었
고, 고아가 된 나는 혼자 힘으로 꿋꿋이 역경을 이겨냈다. 마법을
부릴 수 있고 주사위 운이 좋았으므로.

주먹을 쥐며 나는 풀미닉투스 도네르카일, 화살처럼 명중시켜 죽인
다라고 외쳤다.

이어, 반발라딘, 내가 너의 적이다라고 외치고는 맞은편에 있는 사
람의 눈을 응시했다.

조는 카리스마 있는 마녀 역할을 했다. 몇 달 후, 우리는 요정이
가득한 산 숲속 공터에서 결혼을 했다.

* 1984년 독일에서 출시된 롤플레잉게임.

213

나는 크리스티나 할머니에게 전화를 걸어 롤플레잉게임 때 일어
난 일을 이야기하며 연극 같은 거라고 설명했다. 덩굴로 뒤덮인 악
령들이 존재하는 마법의 세계에는 각자 스스로 만들어낸 역할이
있다고. 그곳엔 사랑스러운 거인도 엄청나게 큰 용들도 있다고. 이
모든 것이 무대도 대본도 감독도 없이 진행된다고.

"관객도 없이." 할머니는 내 말을 제대로 이해했다.

"네, 상상 속에선 관객이 방해만 될 뿐이죠." 나는 말했다. "우리
가 어떤 공간으로 들어간다 하더라도 실제로 그 공간으로 들어가
는 건 아니에요—정확히 말하자면 그 공간으로 들어가는 건 맞지
만, 게임 리더가 우리에게 내부 모습 등을 알려주는 현실 세계에
존재하는 공간으로 들어가는 거예요."

할머니는 말이 없었다.

"엄청 재밌어요."

"전혀 재밌지 않구나." 할머니는 그렇게 말하곤 돈벌이가 되는
일이냐고 물었다. 그 말에 나는 할머니 이야기나 비셰그라드 이야
기로 화제를 돌리려고 애썼다.

3년간 나는 할머니를 못 만나고 가끔 전화 통화만 했다. 전쟁으
로 인해 도시는 파괴되지 않았다. 보통의 전쟁 상황에서는 피해가
심각했을 것이다. 이후 이슬람교도들에 가한 폭력의 수준이 차츰
알려지게 되었다. 나는 그 일에 대해 할머니의 의견을 물어보지 않
았다. 그저 외로우시냐고 물었고, 그 질문에 내가 찾아오면 기쁠
거라고 할머니는 대답했다. "근데 요정으로 날 찾아오진 마라, 알
겠니?" 그러고는 물었다. "언제 올 거니?"

나중에 무슨 일을 할 생각이야?

95년과 96년 여름, 나는 올리와 함께 그의 부모님 집에 있는 엄청 큰 텔레비전으로 투르 드 프랑스* 평지 구간 경기를 시청했다.

올리는 비둘기를 치고 난 다음부터 자전거를 타지 않았다. 올리가 자전거 타는 걸 워낙 좋아했기 때문에 비극적인 일이 아닐 수 없었다. 올리는 자전거 타이어에 비둘기 뼈가 으스러지는 소리를 도저히 잊을 수 없었던 모양이다. 나는 자전거가 없어서 에펠하임으로 버스와 열차를 타고 다녔다. 솔직히 말하자면, 왜 내가 갑자기 사이클 경기를 좋아하게 됐는지 설명할 수 없다. 어쩌면 올리를 좋아하고, 등에 난 여드름 때문에 여름에 호숫가에서 티셔츠 벗는 걸 좋아하지 않아서였을 것이다.

올리 어머니는 대개 집에 있었지만, 나는 자주 보지 못했다. 올리 어머니는 잠을 많이 잤으므로 우리는 조용히 해야 했다. 롤플레잉게임을 하려고 주말에 올리 집에 모일 때면 올리 아버지가 우리에게 버터 바른 빵을 내주었다.

---

* 매년 7월 프랑스에서 개최되는 세계 최고 권위의 일주 사이클 대회.

에펠하임까지 거리가 얼마 남아 있지 않았을 때 문득 생각난 이야기가 있는데, 에펠하임 주민들이 별난 우체통에 집착한다는 것이었다. 에펠하임에서 무슨 일이 있었는지 나는 모른다. 예나 지금이나 마찬가지로 나는 아무것도 모른다. 그곳에 오래 있지 않았으니까. 근데 사실 당시 사람들은 에펠하임 주민들이 우체통을 위해 시간과 아이디어를 엄청나게—나는 이렇게 말하고 싶지 않지만—낭비한다는 사실을 어느 거리에서나 볼 수 있었다.

이런 우체통을 만드는 데 아주 다양한 재료가 사용되었다. 가장 중요한 건 비바람에 잘 견디고(그렇다고 꼭 그래야 하는 것은 아니었다) 눈에 잘 띄어야 했다. 톱니바퀴, 쇠사슬, 파이프 관, 성냥, 동전, 이끼. 그리고 얀 울리히*가 프로사이클 경기에서 최고의 성적을 거둔 수년 동안, 나는 에펠하임 외 다른 어디에서도 그렇게 많은 이상한 우체통을 본 적이 없었다.

나는 우체통 제작 전문가가 아니다. 하지만 추측하건대 이 일의 내막은 다음과 같을 것이다. 전부 똑같아 보이는 집들이 늘어선 어느 거리에 세워두려고 당신은 난생처음으로 독특한 우체통을 제작한다. 가령 갈대 줄기를 재료로, 우편물 투입구로 사용될 부리가 달린 거대한 새 모양의 우체통을 만든다고 하자. 이때 거대한 새가, 이를테면 당신만의 독특한 스타일을 대표적으로 보여주는 에뮤**가 거기 당신 눈앞에 있다. 에뮤는 내가 에펠하임 주민 전체에 직간접적으로 보내는 신호 같은 존재다. 어느 정도까지만 대세에

---

* 독일의 사이클 선수.
** 타조와 비슷한 새.

순응할 거라고, 그 이상을 넘어서진 않을 거라는 신호 말이다. 그리고 우체통에다 그런 신호의 있고 없고의 차이를 나타낸다.

그런데 혹 당신의 에뮤가 이웃들에게 영감을 준다 해도 놀라선 안 된다―모방하는 사람은 선두에 선 기수의 운명과 같은 법이다. 이를테면 자신들의 사회적 운명과 지위에 대해 스스로 숙고하고, 그에 맞게 에펠하임의 재밌는 우체통을 독창적으로 만드는 데 주는 영감 말이다. 이런 것이 정체성을 만들어내고, 이는 또 평등, 특히 다음과 같은 평등의 의미에서 나타난다. 예컨대 편지 봉투 모양의 재밌는 우체통이 있다고 치자. 이 우체통이 어떤 축구선수가 머리 위에 들고 있는 다른 우체통에게 우리가 누군지 말해준다. 그러면 당신은 굳이 물어보지 않더라도 그 우체통 주인이 어느 축구팀 팬인지 알 수 있다.

하필 1997년에 올리와 나는 투르 드 프랑스를 함께 보지 못했다. 강제 추방 위기 때문에 내게 많은 일이 있었으므로, 알프스산에 있는 결승선에 신경 쓸 여유가 없었다. 그리고 올리 어머니의 건강 상태도 좋지 않았다. 정확히 어디가 안 좋은지는 나중에야 알게 되었다.

졸업반이 되자 올리와 나는 대학입학 자격시험을 보았다. 졸업 사진 속 우리는 나란히 앉아 웃고 있었다. 두 아이의 아빠가 된 올리는 현재 힐데스하임* 근교에 있는 어느 시골 마을에 살고 있다. 오늘은 2018년 9월 26일이다. 오늘 자 석간신문에 얀 울리히가 정말로 함부르크 공항 직원의 목을 졸랐을까?라는 헤드라인이 실려 있다.

* 독일 니더작센주에 있는 도시.

맙소사, 얀.

나와 같은 학년의 다른 반 학생인 마르테크는 만화책 읽는 걸 좋아했다. 1993년 겨울, 그는 어떤 이유를 대며 임간학교*에 가지 않았다. 나도 거기 갈 만큼 돈이 충분하지 않아서 하이델베르크에 남아 마르테크와, 같은 학년의 보스니아, 알바니아에서 온 아이들 서너 명과 함께 수업을 들어야 했다. 뭔가 엄청난 걸 놓쳤다는 똑같은 처지가 우리를 이어주어서인지 우리는 친하게 지냈다.

우리처럼 마르테크도 에메르츠그룬트에 살았다. 그는 그저 평범한 열다섯 살 소년이었다. 마르테크의 주요 특징을 잘 설명할 수 없지만, 지금도 나는 그의 모습을 선명하게 떠올릴 수 있다. 말수가 엄청 많지도 적지도 않은 그는 티셔츠와 청바지에 운동화를 신고 다녔고, 탄산 사과주스에 수돗물을 섞어 마셨다. 또 책은 안 읽지만 만화책을 좋아했는데, 그렇다고 지나치게 많이 읽지는 않았다. 그러나 수집에는 관심이 없었다. 그가 좋아하는 밴드는 '도살장의 분노(Fury in the slaughterhouse)'라는 이름의 그룹으로, 아주 점잖은 음악을 하는 것 같았다. 또 헤어 젤은 서너 달마다 새로 나온 제품으로 바꿔 사용했고, 농구 클럽에서 농구도 했는데 함께하자고 나를 설득하기도 했다. 매 경기에서 마르테크는 10점 이상도 이하도 아닌 딱 10득점을 하는 아이였다.

마르테크 부모님은 슐레지엔** 사람이었다. 마르테크를 알기 전

* 주로 여름방학 기간에 체력 단련과 정신 함양을 위해 숲속에 설치한 학교.
** 폴란드 남서부에 있는 지역으로 체코, 슬로바키아, 독일에 걸쳐 있다.

에 나는 슐레지엔이 있는지도 몰랐다. 독일에서 태어난 마르테크는 18세가 되면 부모님이 태어난 고향 집이 있는 카토비체로 여행을 갈 계획이었다. 그러나 그는 카토비체가 아닌 코르푸섬으로 날아갔다.

특별반에서 온 데도는 트랙터에 연결한 트레일러를 타고 중앙보스니아에 있는 고향에서 도망쳐 나왔다. 들판을 내달리던 트레일러가 심하게 흔들렸다. 그렇게 데도 가족이 논밭도 버리고 떠나온 고향 땅에는 이후 지뢰 경고를 알리는―두 개의 막대기 사이에 팽팽하게 달려 있는―현수막이 내걸렸다. 그날 이후, 데도는 어지러워 기절 직전에 이를 때까지 머리가 끊임없이 이리저리 빠르게 흔들려야만 잠들 수 있다.

패치가 달린 청재킷을 입고 다닌 데도는 보스니아에서의 음악적 취향을 독일에 올 때 그대로 갖고 왔다. 그는 특히 아이언 메이든, 세풀투라, 메가데스의 음악을 좋아했지만, 독일에선 패치가 달린 재킷은 물론이고 다른 새 재킷도 갖지 못했다. 같은 반이었으면서도 난 한 번도 그가 음악 이야기 하는 걸 들어보지 못했다.

특별반에서 내가 받은 평가표에는 다음과 같이 쓰여 있다. 스타니시치는 언어 습득에 문제가 없다. 이해력이 빠르고, 배운 것을 새롭게 적용하는 능력이 뛰어나다. 또 이상한 일과 상상을 글로 표현하는 데 관심이 매우 많다.

데도의 평가표에는 조용한 학생이라고 쓰여 있다.

곱슬머리의 라힘은 굴절어식 이름을 갖고 있어 "아랍인이야, 뭐야?"라는 질문을 가끔 받았다. 게다가 그의 아버지는 순수 셈어* 학자로, 네 명의 자녀 중 멜라니를 제외한 세 명에게 아랍어식 이름을 지어주었다.

헬다우 선생님이 교실로 들어와 책을 펼치고 소매를 끌어 올린다. 그러고는 도끼라도 들고 있는 것처럼 손을 높이 치켜든다. 그런 자세로 책을 읽어준다. 머리가 많이 벗어진 작은 남자에게 문학은 육체적인 노동이나 다름없지만, 그는 그 일을 매우 좋아한다. 어느 날 아침에 흉측한 해충으로 변신한 남자 주인공이 잠에서 깨어나는 첫 단락을 읽어줄 때는 제스처를 취하기도 한다.

나는 해충이 뭔지 모른다.

나는 올리에게 해충이 뭐냐고 묻는다. 올리가 "딱정벌레야"라고 대답한다. 그러니까, 한 남자가 잠에서 깨어나보니 다리가 많이 달린 벌레로 변해 있다는 이야기군. 나는 웃지 않을 수 없다. 크게 소리 내어 웃지 않을 수가 없다. 마치 해충으로 변해 잠에서 깨어난 사람은 없다는 듯이, 반 아이들 모두가 진지하게 듣고 있고 헬다우 선생님이 아무렇지 않게 계속 읽어주는 것도 왠지 웃긴다. 끽끽거리며 웃는 모습에 선생님이 읽기를 중단하고 수업 분위기를 깨는 방해꾼인 나를 빤히 쳐다보았다. 그의 (절반쯤 벗어진) 이마와 주름진 목덜미. 다행히 나만 웃고 있는 건 아니다. 라힘도 웃고 있다. 또 한 명 더 있다. 웃지 않으려고 남달리 애쓰는 아르카디우시가 있다. 아니면 나와 라힘이 웃어서 그도 웃고 있는 건 아닐까.

* 아프리카아시아어족에 속하며 아랍어, 히브리어 같은 언어를 포함한다.

헬다우 선생님이 뭐가 그리 웃기냐고 물으며 함께 웃자고 한다.

나는 솔직하게 "헬다우 선생님, 한 남자가 벌레가 돼서 잠에서 깨어나는 게 웃겨요"라고 대답할 생각이다.

그러나 독일어로 말하는 속도가 나보다 더 빠른 라힘이 먼저 잽싸게 치고 나온다. "헬다우 선생님. 해충요. 아주 작잖아요. 그러니까 남자가 그렇게 작은 벌레로 변한다는 거요."

이튿날, 라힘은 자발적으로 내 옆자리에 앉더니 어제 그 이야기를 다 읽었는지 물었다. 나는 다 읽었다고 했다. 《변신》은 아주 소름 끼치는 이야기였다. 그러나 당시 내 사전에 '소름 끼치다'는 없는 단어로, 내가 아는 단어가 아니었다. 그래서 나는 다른 단어를 사용했다.

다음 질문이 이어졌다. 수업 시간에 항상 뭘 그리 쓰냐고 라힘이 물었다. "받아쓰는 거 아니지, 그치?"

나는 사실 받아쓰고 있었다. 헛소리라고 치부해버리며 무시하고 넘어간 것을 적어두었다 다시 보면 나중에 이해하는 데 도움이 되었다. 하지만 난 사실을 말하면 쓸데없는 짓이라고 할까 봐 두려웠다. 그래서 "그냥 시를 써"라고 말했다.

라힘은 자기도 "그냥 소설"을 쓴다고 했다. 그러고는 31번가에서 날 본 적 있다며 에메르츠그룬트에 사느냐고 물었다. 우리는 각자 어디에 사는지 바로 털어놓았다. 그는 단독주택에 살고, 나는 유고 사람들이 살 거라고 생각하는 고층 건물이 아닌 31번가 근방에 있는 방갈로에 산다는 사실을 말이다.

라힘이 언제 한번 만나자고 제안했다. "함께 뭔가 써볼 수 있을 거야."

"벌레 인간 이야기?" 내가 제안했다.

"에메르츠그룬트 근방에 벌레 인간이 살고 있어. 가끔 집 밖으로 나오기도 해."

"에데카에서 피망을 사는 벌레 인간 말이지."

시와 소설은 우리를 잇는 중요한 연결 고리가 되었다. 12학년이 되자, 우리 둘은 심화 과목으로 독일어를 선택하여 헬다우 선생님이 가르치는 문학사를 들었다. 라힘은 먼 곳을 동경하는 신랄한 사람이고, 나는 고향을 그리워하는 감상적인 사람이라는 점에서 차이가 있지만, 공통점은 우리 둘 다 향수병에 걸려 있다는 것이다. 우리는 함께 공부하고 음식도 나눠 먹으며 언젠가 큰 여행을 하기로 계획도 세웠다. 그런데 이보다 먼저 2인용 카누를 타고 노를 저으며 자그스트강*을 내려가는 체험을 했다. 우리가 계획한 큰 여행은 이후 보스니아로 이어져, 라힘은 내 할머니 집에 손님으로 와서 머물고 간 적도 있었다. 지금은 세 딸의 아버지로 뮌헨에 살고 있다.

에밀은 할아버지와 함께 히르슈호른**에 살았다. 그의 부모님이 어디에 있는지 나는 묻지 않았고, 에밀도 내 부모님에게 무슨 일이 있었는지 알려고 하지 않았다. 책 읽는 걸 좋아하는 에밀은 내게 책을 빌려주었다. 나는 히르슈호른에 있는 그를 아주 가끔씩 찾아갔는데, 그 마을은 세상에서 멀리 떨어진 곳에 있고, 외국인인 나

---

* 바덴뷔르템베르크주에 있는 강.
** 하이델베르크 근교에 있는 마을로, '네카어 계곡의 진주'로 알려져 있다.

는 익숙한 하이델베르크를 벗어나 멀리 이동하는 걸 그다지 좋아하지 않았기 때문이다—높은 건물보다 16세기의 목조 가옥이 더 많은 그곳에 별로 가고 싶지 않기도 했다.

에밀의 할아버지는 처음 방문한 내게 사냥총을 보여주었다. 연금생활자로 살아가는 사냥꾼인 그는 늘 사냥만 하고 살았으면 엄청 좋겠다고 말했다. 그가 우리의 첫 대화에서 동물 사냥 이야기로 화제를 돌리는 게 왠지 좋았다. 이어 그는 그단스크*에서 태어났으며, 소비에트연방에서 온 사샤라는 여인을 안다고 털어놓았다. 아름다운 외모를 지닌 그 여인이 지금 어디서 뭘 하고 있을까, 라며 궁금해했다.

나는 당시 그 사샤라는 여인이 뭘 했는지 물었고, 에밀의 할아버지는 포로수용소 감시인이었다고 대답했다. 이것이 우리가 첫 만남에서 2분 30초간 나눈 대화 내용이었다. 나는 에밀에게 할아버지를 따라 사냥하러 가냐고 물었고, 에밀은 사냥을 싫어한다고 했다.

에밀은 책을 사랑했다. 열여섯 살에 독서 모임을 두 군데나 나갔다. 그가 함께하자고 설득했지만, 나는 책 한 권을 읽는 데 그보다 열 배는 더 시간이 필요하고 다른 사람들이 날 위해 기다리는 걸 원하지 않는다며 사양했다.

에밀이 내게 빌려준 첫 번째 책은 한스 팔라다**의 《소시민 친구,

---

* 폴란드 발트해 연안에 있는 항구도시로, 2차 세계대전 때 나치 독일에 의해 점령되었다가 1945년 종전과 함께 폴란드령으로 귀속되었다.
** 20세기 전반의 독일 작가.

그래서 어쩔 건가?》였다. 나는 그 책을 읽는 데 석 달이나 걸렸는데, 최고로 멋진 책이라고 생각했다.

한번은 에밀의 할아버지가 히르슈호른에 있는 버스 정류장에 나를 마중 나온 적이 있었다. 그는 마을 이곳저곳을 안내하며 오래된 집들에 대해 설명해주면서 "발칸반도에서 건너온 건물 골조", "연한 붉은 사암" 이야기를 했다. 특히 대형 건물 하나가 그의 눈길을 사로잡았는데, 사냥꾼의 대저택이었다. 에밀의 할아버지는 건물이 지어진 연도와 건물 평수까지 외우고 있었다. "건물 안에 가만히 서 있으면 유령 소리가 들려. 유령의 집은 전혀 다른 곳에 있는데도, 유령들은 영원히 이 집에 남아 있을 거야." 그는 그렇게 말했다. 아니, 요즘 들어서 난 그가 그런 말을 한 것 같다는 생각이 든다.

도서관에 가서 그단스크가 어디에 있는지 찾아보았다. 역사를 가르치는 게브하르트 선생님에게는 그단스크에 대해 뭘 알아야 하는지도 물어보았다.

선생님은 눈썹을 치켜세우며 예전에 일어난 일부터 자세히 얘기해야 한다고 했다. 폴란드, 독일인, 전쟁, 소수민족, 다수민족, 강제 이주민에 대해서 말이다. 나는 선생님의 말을 잘 이해하지 못했지만, 몇 가지 일은 아주 잘 알고 있다는 생각이 들었다.

다음번에 에밀의 할아버지를 찾아갔을 때, 나는 그단스크에 대해 단도직입적으로 물었다. 무미건조하게 대답하는 할아버지의 말하는 속도가 빨라졌다. 그는 그단스크에 있는 목조 집에서 부모님, 누이 세 명과 함께 살았는데, 그 중 한 명이 유독 버릇이 없었다고 했다. 또 할아버지의 아버지는 학교 선생님이고 어머니는 주부였

224

다는 말도 빼놓지 않았다.

가족 중에 사냥꾼이 있었는지 물었다.

아니, 사냥꾼은 없었다.

나는 에밀의 할아버지가 이야기를 계속해주길 기다렸지만, 그는 총을 닦아야 한다며 가버렸다.

에밀, 라힘, 올리, 마르테크. 가끔 그들은 내게 나중에 무슨 일을 할 생각인지 물었다. 나도 그들에게 똑같은 질문을 했다. 외국인이든 누구든 상관없이 그 나이 때 필요한 것 중 가장 중요한 것은, 누군가 당신과 함께 시간을 보내고 싶어 하는 것이다.

그러나 데도는 그런 질문을 하지 않았다. 더 이상의 어떤 질문도 하지 않았다. 독일어도 거의 배우지 않았다. 늘 깊은 생각에 잠겨서 수업에도 나오지 않았다. 그런데 다른 일에서는 완전 달랐다. 데도가 하는 일은 모두 잘됐다. 일이 잘되면 바로 그 일을 그만두고 또 새로운 일을 했다. 얼마 후, 부모님마저 헤어지게 되자, 그는 마약을 투약하기 시작했다. 당시 더 큰 문제는 마약을 시작한 것보다 투약 양이 점점 많아지는 데 있었다.

그는 등산에도 미쳐 있었다. 매일 훈련을 하고 그 지역 곳곳에 있는, 집보다 높은 산을 전부 다 올라갔다. 데도와 함께 일을 해야 하는 모든 사람은 그가 지금보다 더 크고 더 중요한, 과거의 어떤 일에 빠져 헤어 나오지 못하고 있는 걸 잘 알고 있었다. 우리는 트랙터와 지뢰밭에 대해 알고 있었다. 아마 그렇게 힘들게 살아남아서 그런 것 같았다.

데도가 강제 추방 위기에 처해 있다는 걸 알게 되었을 때, 우리는 병원에 가라고 애원했다. 정신과 의사라면 누구나 그의 트라우마를 인지할 수 있었을 테니까. 그러면 고향으로 돌아가지 않아도 되었다. 그런데도 치료받을 필요가 없다고 거부했다. 데도는 손에 늘 뭔가 쥐고 조몰락거리며 놀곤 했는데, 그것은 오래된 패치 청재킷이었다.

1999년에 데도는 보스니아로 추방되었다. 페이스북에도 없고, 지금 어디에 있는지 모른다.

1995년 여름, 데도는 학교에서 가까운, 테이블 축구대가 있는 어느 한 청소년 만남의 장소에서 하루하루를 보내며 매일같이 테이블 축구를 했다. 얼마 후 실력이 엄청나게 향상된 그와 같은 편이 되거나 혹은 다른 편으로 만나서 게임을 하는 건 전혀 재미가 없었다.

강어귀에 집결한 '출신'

역사를 가르치는 게브하르트 선생님은 보덴호(湖)*에서 온 키가 큰 온화한 성품의 남자로 혁명에 애착을 갖고 있었다. 프랑스혁명, 용감한 1848년 혁명, 1911년 중국 신해혁명—그는 혁명에 대해 세세한 부분까지 구체적으로 설명할 수 있었다. 게다가 그리움에 젖어 이야기를 들려줄 때, 나는 마치 선생님 자신이 이야기의 주인공이 되고 싶어 하는 것 같은 (혹은 주인공이 되고 싶어 하지 않는 것 같은) 생각이 들었다—주인공이 되어 조르주 당통, 로베스피에르와 함께 주사위 게임을 하는 것처럼 말이다. 선생님의 호의를 되돌려줄 생각으로 나는 역사 시험지에 이야기를 써냈다—선생님이 내게 좀 더 사실적으로 좀 더 짧게 쓰라고 점잖게 부탁할 때까지.

학교를 퇴직하고 연금생활자로 지내던 선생님이 2016년에 내게 연락을 해왔다. 재밌는 사실을 발견했다면서 날 만나고 싶다고 했다. 우리는 하이델베르크의 부르카르트 카페에서 만나 마울타셰**

---

* 독일, 스위스, 오스트리아에 걸쳐 있는 호수로, 슈바벤해라고도 부른다.
** 슈바벤식 만두.

와 슈바르츠발트 케이크*를 먹기로 약속했다.

게브하르트 선생님은 자기 아버지에 대해 이야기했다. 그의 아버지는 1916년에 오베르슈바벤**에서 태어났다. 가난한 환경에서 자란 그는 아홉 살 때 어머니를 여의었다. 새어머니는 차갑지만 훌륭한 사람이었다. 테트낭***에서 보조 상인으로 일할 수 있는 수습 자리를 얻어주었지만 그를 안아준 적은 별로 없었다.

1938년에 제국노동봉사당(RAD)****에 들어간 그는 거기서 바로 군에 입대했다. 입대 후 첫 사격 훈련을 할 때부터 국방군 소속 군인으로 복무하며 처음엔 폴란드로, 그다음엔 프랑스로 떠밀려 들어갔다. 러시아에서는 부상을 당하기도 했다(근데 최전선에 나가 있어서가 아니라, 최전선이 그가 복무하는 주둔지의 대대 본부 중대로 옮겨 오는 바람에 부상을 당했다). 그는 독일에 있는 군 병원으로 이송되었고, 제6군 소속 일부 전우들은 스탈린그라드까지 이동했다.

1943년에 그는 테트낭에서 루이제 슈멜처와 결혼식을 올렸다. 결혼식 종소리가 멈추자마자 바로 제45공병대 본부로 들어가 임무에 복귀했다. 이 대대는 이후 1943년 가을에 유고슬라비아로 파견되었다. 그는 대대를 따라 산속으로 점점 더 깊이 들어갔다. 그 와중에도 아내에게 다정한 편지를 써서 군 우편으로 보냈다. (여보, 소형 산악열차를 상상해봐요. 난 이제 하루 종일 이 협궤열차를 타고 산

---

* '검은 숲'이라 불리는 슈바르츠발트의 이름을 딴 초콜릿 케이크.
** 바덴뷔르템베르크주와 바이에른주에 걸쳐 있는 지역.
*** 바덴뷔르템베르크 주에 있는 도시.
**** 1933년~1945년에 설치된 나치 독일의 조직.

을 올라가고 있소. 그리 높이 올라가진 않지만, 총격에 절반이 파괴된 지역을 지나가고 있소. 출발하고 얼마 후, 우리가 탄 열차가 갑자기 멈춰 섰는데, 이유는 다리가 폭파되어서라오. 그리고 그곳, 베오그라드에서 사라예보로 가는 세르비아 산속 한가운데서 난 전우들을 발견했소.)

전우들을 발견한 곳은 하필 비셰그라드였다. 그는 이 도시는 폐허의 땅이오라고 사랑하는 루이제에게 썼다. 이곳을 차지하는 점령자가 너무 자주 바뀌었고, 지금은 혼란의 틈바구니 속에서 질서를 확립한 독일 군인이 차지하고 있소. 여러 달 동안 그는 그곳에 주둔해 있었다. 건물들을 보수하고, 드리나강과 르자브강 계곡을 행군하고, 아직 훼손되지 않은 집의 아주 깔끔한 방에서 소박한 판자로 급조해서 만든 침대에 누워 꿈을 꾸었다. 1944년 1월에 크리스티나 할머니는 열두 살의 소녀가 되었고, 페로 할아버지는 스무 살의 나이로 빨치산 소부대에 들어가 비셰그라드에서 멀지 않은 산속에서 이동 중이었다. 저녁이 되어 룸사 증조할머니가 훼손되지 않은 집의 아주 깔끔한 방 앞을 지나갔더라면 전등불이 꺼지기 전까지 방에서 흘러나오는 라디오 소리를 들을 수 있었을 것이다. 또 내 역사 선생님의 아버지가 룸사 증조할머니 집 일부 중 훼손되지 않고 남아 있는 방 앞을 지나갔더라면, 할머니가 부르는 노랫소리에 빠져 비셰그라드에서 열리는 '문화예술의 밤' 같은 행사 아이디어를 생각해냈을지 모른다.

게브하르트 선생님의 아버지가 쓴 편지 내용이 계속 이어진다. 이 작은 도시에 훼손되지 않고 남아 있는 집이 몇 채밖에 없었는데도, 우리는 계획한 목적에 합당해 보이는 장소를 빨리 찾아냈소. 과거 언젠가 악당들이 사용했던, 상태가 양호한 널빤지 바닥의 마구간이었는데, 수 센티미터나 수북이 쌓인 쓰레기 더미를 치우고 나서야 원래의 모습이 드러났소. 공병대원들이 뭔가 일을 시작하려고 하면 늘 쓸모 있는 유용한 것이 생겨나더군. 그리고 얼마쯤 지나자, 그곳을 찾아온 우리 눈앞에 깨끗하게 정돈된, 전나무 어린 가지와 원화 벽화들로 장식된 연회장이 나타났소!

역사 선생님과 나는 각각 추가 주문한 탄산 사과주스를 빨대로 마셨다. 우리 조상님들이 당시 만났을지 모른다는, 이를테면 신분이 높은 신사들이 대충 만든 긴 의자에 앉고 악대가 빠른 템포의 유행 음악 연주를 시작한 후, 새 연회장에서 열린 '문화예술의 밤'에서 만났을지 모른다는 희망을 품고서.

그날 밤, 그 도시 출신의 한 여가수도 짧은 노래 한 곡을 선보일 수 있지 않았을까? 가령, 본 프로그램이 시작되기 전에 어릿광대와 조련사 '에리히'가 등장해 관객들을 즐겁게 해준 것처럼 말이다.

그 밖에 도시 근방으로 야외 행군을 간 이야기도 편지에 쓰여 있었다. 훈련은 많은 편이었는데, 유독 땀을 많이 흘리는 훈련이 있다고 했다. 그 이야기는 예전에 할머니 마을에 주둔한, 땀을 잘 흘리고 우유를 즐겨 마시던 독일 장교에 대한 할머니의 이야기를 떠올리게 했다.

사랑하는 어여쁜 부인! 환한 일요일 아침이 창문을 뚫고 들어와 내게 미소 짓고 있소. 쏟아지는 아침 햇살 속에선 우뚝 솟은 산꼭대기가 반짝반짝 하얗게 빛나고, 드리나강 강물이 힘차게 계곡 아래로 흐르고 있소. 난 지금 이곳에서 편안하게 생활하고 있소.

드리나강은 우리 모두를 보았다. 틀림없다.

부부 두 사람 중 적어도 한쪽이 서로에게 보낸 편지를 전부 다 읽지 못할 거라는 걱정이 들 경우, 편지를 짧게 쓰는 것이 좋다.

사랑하는 어여쁜 부인에게 행운이 함께하기를 진심으로 기원하는 마음과 달콤한 키스를 이 편지에 담아 보내오.

지금 당신의 키스를 받을 수 있다면 얼마나 좋겠소.

사진 속 젊은 군인은, 과거 언젠가 나 또한 살았던 비셰그라드의 어느 특정한 곳에 머물고 있다. 그곳엔 드리나강이 단 한 번의 흔들림도 없이 늘 자리를 지키고 있다. 거기 임시로 설치한 작은 나무다리는 일부 파괴된 옛 다리의 하얀 아치와 연결되어 있다.

할머니와 리모컨

할머니가 텔레비전을 끄려다 음향 버튼을 누르는 바람에 갑자기 산드라 아프리카*의 목소리가 크게 흘러나왔다.

Nije tvoja briga moj život, moja igra,

dok za nekim ne poludim biću ničija.

내 인생은 나의 게임, 너와는 아무런 상관이 없어.

누군가 나를 미치게 만들 때까지 나는 완전 혼자였어.

아버지가 할머니의 손에서 리모컨을 빼앗아 볼륨을 낮춘다. 그 모습을 본 나는 할머니의 권리가 침해당했다는 생각이 든다. 하지만 내가 더 가까이 있었더라면 나도 비슷한 반응을 보였을 것이다. 할머니는 아버지를 보는 게 기쁜 듯 고맙다고 한다. 그러고는 "버튼이 아주 작구나"라고 말한다.

아버지가 할머니에게 리모컨을 돌려준다.

* 세르비아 출신의 가수.

"언제 왔냐?" 할머니의 시선이 아버지에게서 내게로 옮겨 온다. 그 사이 아버지는 욕실로 들어가버린다. 또다시 인사를 받고 싶지 않은 모양이다. 나는 내 쪽을 보며 살짝 미소 짓는 할머니 옆에 다가가 앉는다. 그러자 부드러운 하얀색 잠옷 촉감이 느껴진다. 잠시 후, 할머니가 하품을 한다. 우리가 앉아 있는 소파 앞엔 아주 오래된 커피 탁자가 있고, 그 위로 아주 오래전에 할머니가 직접 뜨개질한 아주 오래된 작은 식탁보, 유리판, 물 한 잔이 각각 차례로 놓여 있다.

내가 건네는 물잔을 사양하는 할머니는 붉은빛을 띠는 가는 머리에 작은 새 장식이 달린 빗을 꽂고 있다.

"언제 집에 갈 수 있냐?"

"집이에요, 할머니."

할머니는 손으로 커피 탁자 유리 모서리를 쓰다듬고는 일어난다. 벽에는 할머니의 자수 그림들과 우리 사진들이 걸려 있다. 미술관을 찾은 관람객처럼 할머니는 그 앞에 서서 파리에서 찍은 내 사진을 보고 있다. 허세 넘치는 오래된 사진을 고른 선택에 난 내 머리카락을 쥐어뜯는다. 할머니가 수염 나 있는 모습을 좋아하지 않는다는 걸 알기에 그 사진을 골랐던 것이다. 할머니 마음에 들고 싶어서. 그 사진 옆에 사색에 잠긴 학생 모습의 아버지와 삼촌 사진도 있었다. 이어 찬장 앞에 가 서 있다. 거기에 영수증, 장신구, 약, 그리고 지금보다 더 많은 약을 구입하는 데 필요한 처방전들이 들어 있었다. 할머니가 오븐의 온도조절기를 돌린다. 그러고는 창밖으로 몸을 내밀고 말한다. "아니, 난 집에 갈 거다."

"할머니 집이 어디예요?"

"비셰그라드에 있어. 내 작은 당나귀."

"할머니, 우린 비셰그라드에 있어요."

"여긴 비셰그라드가 아니다."

정말이지 할머니가 옳다고 말하고 싶다. 내게도 이 비셰그라드는 나의 비셰그라드가 아니다. 그런데 할머니는 비유적인 의미로 그렇게 말한 게 아니다. 할머니 말은 '날 데려다줄 수 있니? 내 사람과 내 물건을 옆에 두고 싶구나'라는 의미다.

"전부 다 할머니 거예요." 두 팔을 활짝 벌리며 나는 말한다.

그러고는 할머니 옆으로 다가가 또다시 물잔을 건넨다. 이번엔 잔을 받아 들지만 마시진 않는다. 그러고는 잔으로 창밖을 가리킨다. "저기 저 산과 비슷한 집이 우리 집 맞은편에도 있어."

"할머니, 저건 집이에요."

"집이 아니다."

"어떤 산요? 거기 집이 있는 산이 있어요?"

"메그단*, 당나귀 녀석."

"할머니 집에서 보이는 집이 어디 있어요?"

"메그단에." 갑자기 할머니가 흥겹게 랄랄라 동요 멜로디를 흥얼거린다.

"할머니, 여기가 메그단이에요. 여기 이곳은 할머니 집이고요." 나는 말한다. 문득 내 집에 현실이 아닌 허구가 존재한다는 생각이 든다.

* 할머니는 산(Berg)을 메그단(Megdan)이라고 부른다.

할머니가 고개를 가로젓는가 싶더니 바로 다음 순간 창문 밖으로 물을 쏟아버린다. 마당에서 철썩 소리가 들려온다. 할머니가 내게 빈 잔을 내민다.

"이봐요, 젊은이, 물 좀 가져다줘요."

전 사샤예요, 라고 말하려다 그만둔다. 그러고는 할머니에게 물한 잔을 가져다준다. '이 정도쯤이야. 머물 수 없는 곳에 있다는 걸아는 것보단 덜 심각한 거지, 뭐' 하는 생각이 들어서다.

아버지가 욕실에서 나온다. 나는 지금보다 더 큰 버튼이 달린 리모컨을 새로 사자고 제안한다. 아버지는 좋다며 당장 사러 나가려고 한다. 지금 우리에게 등을 보이며 창가에 서 있는 할머니는 기억의 한쪽인 이곳에 있는 비셰그라드가 아니라 저 너머의 비셰그라드에 있다.

마침내 할머니가 물을 아주 조금 마신다.

하이마트 박사

누군가 내게 고향이 어떤 의미인지 묻는다면, 내게 처음으로 아말감 충전을 시술한 하이마트* 박사 이야기를 해줄 것이다.

내가 하이마트 박사를 처음 알게 된 건, 1992년 가을 어느 더운 날에 에메르츠그룬트에 있는 그의 정원에서였다. 나는 정원 높이와 같은 맞은편 거리에 서 있었다. 그때 누군가 나를 부르며 인사하는 소리를 들었다. 스피도 수영복을 입은 콧수염이 난 나이 든 남자였는데, 호스로 잔디에 물을 주며 나를 향해 손짓했다.

'스피도 수영복을 입은 저 나이 든 남자에게 인사하는 걸 망설여야 할까?'라고 속으로 생각하면서 나도 인사를 한다. 그는 울타리 너머로 대화를 시도해보지만, 당시 내 독일어 실력이 아주 형편없었던 탓에 거의 알아들을 수가 없었다. 그가 거리 너머로 친절하게 인사한 것만으로도 만족했다.

하이마트 박사는 클라크 게이블의 가느다란 콧수염처럼 콧수염다운 콧수염이 나 있었다. 아쉽게도 오늘날 이런 콧수염을 기르는

* 독일어 'Heimat'에는 '고향, 고국'이라는 뜻이 있다.

사람은 거의 사라져 찾아볼 수 없었다. 열다섯 살 때 나는 콧수염이 무서우면서도 무한한 신뢰감을 주고, 또 내가 가진 독일에 대한 이미지와도 잘 어울린다고 생각했다.

그 동네에서 가장 많은 경보 장치가 설치된, 에메르츠그룬트에서 가장 아름다운 거리에 있는 하이마트 박사의 정원 잔디는 엄청 푹신해 보이고, 집도 넓고, 오래된 사브 자동차 상태도 좋아 보인다. 그런데 굉장히 예의 바른, 콧수염과 치아를 다 가진 하이마트 박사가 가족이 없다는 점이 정말로 안타까웠다.

이듬해 봄에 하이마트 박사가 내 치아 문제로 말을 걸어왔다. 그때까지만 해도 우리는 말 몇 마디 주고받은 게 전부인 사이였다. 그는 어떻게든 뺨 안쪽 내 입속에 깃든 재앙을 제거해야만 속이 시원했나 보다. 자기 병원에 들르라고 조언하며 언제든 가능하지만 가급적 빠른 시일 내에 오라고 권했다.

나는 의료보험에 가입되어 있지 않았지만, 하이마트 박사는 개의치 않았다. 그는 보스니아 사람, 소말리아 사람, 독일 사람을 가리지 않고 우리 모두의 충치를 치료해주었다. 어떤 정신적 지주인 '하이마트'에겐 충치가 중요하지, 입에서 어떤 언어가 얼마나 잘 흘러나오느냐가 중요하진 않은 것 같다.

나는 하이마트 박사를 여러 번 찾아가야 했다. 네 번째 혹은 다섯 번째 방문 때는 치료실 환자용 의자에 앉아 나와 내 가족 이야기를 조금 했다. 하이마트 박사가 궁금해해서 얘기한 건 아니었다. 그는 그저 엄청 친절하게 나를 대했을 뿐이다. 나는 세탁실에서 억척스럽게 일하는 어머니에 대해 더듬거리며 말했다. 사실, 마르크스주의자인 어머니는 착취에 관한 한 전문가나 다름없지만 지금은 어머니 본인이 착취당하고 있다고 했다.

하이마트 박사는 미소를 보이며 불쾌해 보이는 기구를 내 입속에 집어넣고 격언 한 구절을 인용했다. "칼 마르크스가 치아는 좋지 않았어도 좋은 아이디어는 있었나 보군." 내 치아를 긁기 시작한 그가 멍하게 말했다. "노동자에게 조국은 없어."

언젠가 나는 그에게 무하메드 할아버지 이야기도 했다. 우리 가족 중 할아버지가 독일에서 지내는 걸 제일 행복해하지 않으면서도, 그 사실을 인정하기엔 너무 지나치게 친절하고 감사해하는 것도 말했다. 하이마트 박사는 할아버지가 좋아하는 일이 있는지 물었다.

누군가 내게 고향이 어떤 의미인지 묻는다면, 나는 길 건너편에서 친절하게 인사하는 이웃 사람 하이마트 박사 이야기를 할 것이다. 그가 할아버지와 나를 네카어강에 낚시하러 가자며 초대해서 우리에게 낚시 자격증을 마련해준 일도, 빵에 버터를 발라준 일도, 뭘 가져가야 할지 몰라서 주스와 맥주를 가져온 일도 이야기할 것이다. 또 슐레지엔에서 온 치과의사, 유고슬로비아에서 온 늙은 제동수, 충치 없는 15세의 소년, 이 세 사람이 서너 시간 동안 네카어강 가에 나란히 앉아 그 시간만큼은 세상의 그 어떤 것도 두려워하지 않은 일도 덧붙일 것이다.

미친 짓을 저지르다

우리는 미친 짓을 할 계획을 세운다. 그 계획대로 조차장으로 간 피에로, 마르테크, 둘레와 나는—멋진 구리 덩어리 같은—화물열차 안으로 들어가서 열차간 벽을 넘어 폐휴지 집하장으로 기어오른다. 이런 미친 짓은 대개 철조망을 넘어가는 일로 시작된다. 우리는 잡지와 신문이 꽉 찬 거대한 폐휴지 컨테이너 안으로 들어간다. 팔리지 않고 남은 잡지와 신문 더미들, 읽히지 않고 버려지면 너무 아까울 것들이다. 그때 피에로가 이탈리아어로 외쳤다. 어쩌면 그가 큰 소리로 부르는 것은 이 잡지와 신문 더미가 아닐까. 우리는 피에로가 하는 말을 이해하지 못한다. 하지만 그가 옳다. 여기 모든 게 다 있다. 제일 중요한 건 음악 잡지다. 열여섯 살 아이에게 중요한 모든 걸 알려주는 것은 음악이니까. 그 외에도 스포츠 잡지들, 끈으로 단단히 묶은 〈쥐트도이체 차이퉁〉*과 〈슈피겔〉 꾸러미도 보인다. 생애 첫 번째 사진기를 사려고 저축하고 있던 나는 사진 전문 잡지에 정신이 팔려 있다. 지금은 디지털카메라가 유행

* 바이에른주에서 발행되는 일간지.

239

이지만 일시적인 현상일 뿐이라는 글도 읽는다.

하이델베르크는 인쇄용 검정 잉크와 마르테크의 사과 향 헤어
젤 냄새가 난다. 잡지를 만질 때마다 우리 손가락 끝은 점점 거멓
게 변한다. 또다시 피에로가 외친다. "아, 맙소사!" 우리는 글자, 그
림, 금기(禁忌) 속에 파묻혀 맑은 하늘을 처다보거나 혹은 피에로처
럼 화보 표지에 실린 여성 선원의 허연 가슴을 응시하고 있다. 마
치 휴가를 보내고 있는 것 같다. 그것도 부모님 없이 사내아이들
속에서 보내는 휴가, 좋은 휴가 말이다. 그때 폐휴지 컨테이너 안
에서 해서는 안 될 멍청한 행동이라는 걸 잘 알면서도 둘레가 담배
에 불을 붙인다. 그 순간 확 피어오르는 연기는 상상 속 연기가 아
니다. 영화에서처럼 우리는 그곳을 빠져나와 느릿느릿 슬로모션으
로 철조망을 넘어 도망친다. 이런 미친 짓은 철조망을 넘어 도망치
는 것으로 대개 끝이 난다. 다행히 피어오른 불꽃이 심각하지 않아
서 이번 일은 웃음으로 마무리된다. 화재에 대한 공포가 엄습해오
는 그 와중에도 잡지를 가져올 생각을 한 단 한 사람이 있었다. 피
에로였다. 그게 참 기뻤다.

서로 경청하기

라힘 부모님은 프랑켄* 지역 출신의 무신론자이고 인문학자이다. 네 명의 자녀를 둔 그들의 집에는 나선형 계단이 있다.

라힘 어머니의 전공이 정확히 뭔지 나는 잘 몰랐다. 어쩌면 인문학자가 아니었을지 모른다. 라힘과 나는 단 한 번도 그 이야기를 한 적이 없었다. 라힘 어머니는 어떻게 말을 끝내야 하는지 미리 알고 있기라도 한 듯이 말을 끝마쳤다.

라힘 어머니와는 달리 아버지는 자신의 직업에 대해 여러 번 이야기했다. 셈어학과 교수인 그는 고찰할 가치가 있는 방언이 소멸될 위기에 처한 지역을 많이 돌아다녔다. 그렇게 수집한 방언들을 가지고 와서 대학 초급 세미나 자료로 사용했다.

나는 라힘 집에서 많은 시간을 보내며 그의 부모님도 자주 만나고, 가끔 식사 때까지 머물러 있기도 했다. 식탁에 올라온 그 음식들! 그 하나로도 훌륭했다. 실 무늬 장식이 있는 접시 위 소스하며, 스타 셰프가 마술을 부리기라도 한 듯 모든 음식이 맛있었다. 어느

---

*   바이에른 북부와 그 인접 지역.

241

순간 스타 셰프가 우리를 사프란 구름 속에 녹아들게 만들려고 실제로 주방에서 나와 아랍어로 "맛있게 드세요"라고 말하며 겸손하게 허리 숙여 인사를 했다 하더라도 놀라지 않았을 것이다.

나는 경솔한 행동도 하고 가끔 모험도 하며 아랍 주유소 패거리와도 친하게 지냈다. 또 책들을 주제별로 정리 정돈해놓은 서재의 평온한 질서도 즐기고 라힘네 집의 넓은 거실에서 상대를 설득하는 데 열을 올리기도 했다.

한번은 나 이외에 안드레아라는 이름을 가진 활달한 레즈비언 두 명이 저녁 식사를 함께했다. 두 사람은 팔츠* 지역에 사는 수의사들로, 한 사람은 개인 병원을 운영하고 다른 한 사람은 연구원으로 일하고 있었다. 내 억양을 듣고 출신이 어디냐고 묻는 말에 나는 중얼거리며 대답했는데, 여하튼 연구자로 일하는 안드레아는 알아들은 것 같았다. 하지만 '보스니아'를 '보스턴'으로 잘못 알아들은 그녀는 내게서 선물이라도 받은 것처럼 엄청 유쾌하게 웃었다. 그러고는 미국 MIT에서 강의한 일과 보스턴에서 얼마나 좋은 시간을 가졌는지 이야기하기 시작했다. 영국 불도그라는 별명을 가진 영국 레슬링 선수가 하는 영어를 들어봐서 친숙하게 느껴지는 강한 영국식 억양으로 말했다. 내가 독일어로 말하는 걸 듣고도 그녀는 영어로 말했다. 아마 모국어로 이야기를 나누면 내가 더 편하게 느낄 거라고 생각한 모양이다.

나는 그녀의 이야기를 들으며 이해가 가는 대목에서 고개를 끄덕이고, 질문을 받으면 아주 솔직하게 대답했다―'독일에서 무엇

* 라인란트팔츠주에 있는 지역.

을 하느냐'는 질문에 학교(School)라고, '어디서 살았느냐'는 질문에 강 근처(Close to the river)라고, '언제 다시 돌아가느냐'는 질문에 바라건대 곧(Soon, I hope)이라고 말했다. 그것도 브루스 윌리스의 억양으로. 그녀는 내 대답을 호의적으로 받아들였다. 놀라웠다.

셈어학자는 웃어 보이고 라힘은 접시에 크뇌델*을 담았다. 호감가는 소 전문가가 하는 모든 말에 왠지 나의 존재감이 한층 더 높아진 듯 느껴졌다. 그녀의 오해 덕분에 나는 출신에 대한 부담감을 덜었다. 보스턴에서 온 교환학생의 존재가 체류 허가 기한이 제한된 보스니아 사람이라는 것보다 훨씬 평범했으니까. "셀틱스** 경기 보러 간 적 있어요(Have you ever been to a Celtics game)?"

그 질문에 "아뇨, 당신은요(No, you)?"라고 나는 서슴없이 되물었다.

"그럼요, 당연히 봤죠(Yes, indeed)!" 그녀가 외쳤다. "환상적이었어요(It was fantastic)!" 그때 라힘 어머니가 샐러드를 가지고 오는 바람에 아쉽게도 대화가 중단되었다. 라힘 어머니는 안드레아 팔에 손을 얹고 조용히 말했다. "보스턴이 아니고 보스니아예요."

"아!" 연구원인 안드레아가 탄식했다.

"아!" 가축의 대량 사육을 전문으로 하는 동물병원 의사도 탄식했다.

'오해의 소굴'에서 훌륭한 음식이 나뉘어져 접시에 담겼다. 또다른 '나'와 함께한 역할놀이는 끝이 났다. 당연히 우리 모두 웃음

* 독일식 완자.
** 미국 프로농구팀으로, 보스턴이 연고지이다.

을 터뜨렸다. 안드레아는 물론 나도 사과했다. 우리는 (라힘과 나는 아이스티로) 건배를 하고, 라힘 아버지가 수의사들을 향해, 질문을 하는 게 아니라 재밌는 이야기를 하듯이 외쳤다. "카이저라우테른*에서의 삶이 어떤가!"

그로부터 약 10년이 지난 2010년에 나 또한 MIT에 가 있었다. 거기서 독일 문학과 문예창작을 가르치며 찰스강(江) 근처에 살았다. 누군가 내 출신을 물으면 나는 때론 '비셰그라드', 때론 '유럽', 때론 '쿠르팔츠'**라고 대답했다. 쿠르팔츠가 가장 호응이 좋았다. 외국에서 '쿠르팔츠'라고 말하면 상대방은 그것이 도시인지 혹은 말을 잘못했는지 거의 몰랐다.

나는 부모님을 인문학자라고 하고, 사냥꾼인 할아버지를 그단스크에서 이주한 이주민이라고 했다. 또 어머니가 레즈비언이라고 했다. 그뿐인가. 묻지도 않는데, 출신은 우연에 의해 정해질 뿐이라고 되풀이해서 말했다.

NBA 플레이오프 준결승전에서 셀틱스와 올랜도매직이 맞붙었다. 나는 세 번째 경기를 농구장에서 관람했다. 내가 응원하는 셀틱스가 큰 점수 차이로 이겼다.

---

* 라인란트팔츠주에 있는 도시.
** '팔츠 선제후국'이라는 의미. 신성로마제국의 영토로서, 라인강 북쪽과 독일 라인란트팔츠주, 바덴뷔르템베르크주, 헤센주, 프랑스 로렌 지방의 일부가 포함되었다.

손님들

독일에 온 첫해에 집에 손님을 거의 초대하지 않았다. 늘 핑곗거리를 찾았다. 비슬로흐에서 지낼 때 우리는 여섯 명이 한방에서 잤다. 우리가 있던 집은 낯선 사람들로 가득했다. 그 사람들은 나타났다 사라졌다를 반복했다. 그래서 서로를 소개하는 일은 아무 의미가 없었다. 하물며 어떻게 공장지대에 있는 그 지옥 같은 곳에 학교 친구를 초대할 수 있었겠는가.

에메르츠그룬트에 이사를 오고는 공간이 좀 더 많아졌다. 그러나 집의 평온은 운에 달려 있었다. 오후면 모두가 집에 돌아와 있었으니까. 거기다가 쾌활한 어린 남자 사촌들과 옛 유고 사람들이 유고슬라비아에서 하던 버릇대로 연락도 없이 찾아오기도 했다. 좋은 이웃 관계를 보여주는 일이지만, 이튿날 수학 시험을 봐야 하는 상황이면 아주 짜증 나기도 했다. 나는 때론 거실 탁자에서, 때론 바닥에서 공부를 했다. 어느 날, 아버지가 내가 잠을 자는 방에 놓을 탁자를 사 왔다. 어쨌든 난 아버지가 그 탁자를 진짜로 사 온 것이라고 믿고 싶었다.

지금도 나는 손님을 초대할 수 없었던 훌륭한 이유밖에 없었다고 굳게 믿고 있다. 공간도 많지 않고 조용하지도 않은 게 그 이유였다. 친구들도 그런 사정을 이해해주었다. 하지만 친구들은 내가 창피해하는 것도 알고 있었을까? 나는 가구가 오래되어 낡은 것도, 장난감과 컴퓨터가 없는 것도, (너무 많이 틀어 낡은 카세트테이프 서너 개, 메탈리카, 너바나, 스매싱 펌킨스 이외에) 틀어줄 음악이 없는 것도 창피했다. 게다가 우리 집에선 가족이 거의 따로 각기 다른 무늬 접시에 음식을 담아서 먹는 것도 창피했다. 그것도 손잡이가 굽은 나이프로 말이다.

나는 이렇게 느끼는 게 싫었지만 어쩔 수 없었다. 집 밖에서는 내게 주어진 역할이나 내가 스스로 선택한 역할을 수행하는 일이 이제 별로 힘들지 않았다. 하지만 집으로 사람들을 초대하면 모두 도망치고 아무도 집에 남아 있지 않을 것이다. 우리가 실제로 어떻게 지내는지 그들이 직접 눈으로 볼 수 있었으니까.

어머니와 아버지는 불쌍할 정도로 뼈 빠지게 일했다. 1994년에 아버지는 등이 망가져 한 달 내내 재활병원에 입원해 있었다. 병원에서 퇴원한 첫날 공사장으로 돌아가 망가진 등으론 더는 계속할 수 없는 일을 다시 시작했다. 아버지는 지금도 그때 그 후유증에 시달리고 있다.

부모님은 자신들을 돌보지 않으면서도 나를 잘 보살펴주었다. 가장 큰 문제와 걱정거리에서 나를 멀찍이 떼어놓고 힘든 일도 말한 적이 거의 없었다. 얼마 전에야 나는 부모님이 겪은 궁핍과 패배감을 알게 되었다. 삼십대 중반에 안정된 생활을 버리고 이곳에 와서 정원에 토마토를 심어도 되느냐를 두고 집주인과 논쟁을 벌이는 것이 실제로 어떤 의미가 있는지도 최근에야 알게 된다.

부모님은 전문 지식을 갖고 즐겁게 하던 일을 그만두어야 했다. 그들은 독일에서 몰락하지 않으려고 주어진 기의 모든 일자리를 수용했다. 우리 유고슬라비아 친구들의 처지는 어디서나 마찬가지였다. 고용주들은 이런 어려운 상황이 이득이 된다는 걸 알고 있었다. 임금은 낮고, 초과근무는 대개 강제적이고 수당도 지급되지 않았다. 차별 대우였을까? 그러나 부모님은 그것에 대해 말할 수 없었다. 비참했을까? 당연히 그랬겠지.

부모님의 소득은 틈틈이 직업교육이나 계속교육을 받을 만큼 넉넉지 못했다. 직업 활동의 기반이 되는 독일어 수업을 들으러 갈 시간과 힘도 별로 남아 있지 않았다. 그런데도 물집이 생긴 발을 하고 퇴근 후 두 시간 동안 독일어 동사의 어형변화를 열심히 듣는 사람이 적지 않았다. 그러나 그런 예속에서 벗어날 탈출구는 자주 열리지 않았거나 혹은 그러기엔 이미 너무 늦어버렸다—강제 추방이 너무 일찍 이루어졌던 것이다.

당시는 물론이고 지금도 난민들이 얼마나 광범위한 분야에서 구조적인 차별 대우를 받았는지 나는 운이 좋은 내 경우에서 알 수 있었다. 난민 신분의 획득과 함께 나의 실질적인 어려움이 사라졌다. 나는 교육도 받고 학업 기간 동안 일할 수 있는 기회도 얻었다. 내가 이 기회를 사용하면 할수록 이방인으로 머물러 있거나 피해자라고 자청하는 일이 한층 더 힘들어졌다. 대신 나는 부모님이 느낀 생존에 대한 압박감은 없었다.

당시 부모님을 불안하게 하고 괴롭힌 일을 몰랐던 게 좋았는지 나빴는지, 뭐라 말하기 어렵다. 달리 말하자면, 실제 그런 어려운 상황에서 부모님의 형편이 그보다는 더 좋았을 거라고 여기는 게 좋았는지 나빴는지 말이다. 그 형편이란 것은, 이곳 독일에서 살며 부모님이 느낀 불안과 우리의 재정 상태, 기본적인 행운 같은 것이다. 나는 부모님의 고충을 몇 가지 알고 있었지만 그런 고충이 있다는 걸 인정하고 싶지 않았다. 집 밖에 나갈 수 있는 기회가 생기면 늘 나가 있었던 나는 부모님에게 도움이 된 적이 별로 없었다.

나는 나만의 자유를 갖고 싶었고, 부모님은 내게 그 자유를 주었다. 이민자가 겪는 온갖 힘들고 어려운 일이 있는데도 불구하고, 나는 부모님이 선사하는 따뜻한 격려의 말, 사랑, 얼마간의 용돈으로 어느 정도 평범한 십대 청소년으로 지낼 수 있는 기회가 많았다.

몇 가지 변화가 리케에게 일어났다. 나의 첫 여자 친구이자 우리 집 첫 독일 손님인 리케는 우리 가족과 왕래를 했다. 가정교육을 잘 받은 솔직한 성격의 리케는 내가 나 자신에 대한 편견을 내보이는 식으로, 독일 사람들을 불편하게 할 거라고 생각되는 그 어떤 말이나 행동을 해도 전혀 불쾌해하지 않았다. 우리 가족이 예술을 지루하다고 여겨서 집에 그림을 걸어두지 않느냐는 질문에 나는 미친 사람을 보듯 그녀를 빤히 쳐다보았다. 그러자 그녀는 웃음을 터뜨리며 농담이라고 했다. 난 늘 모든 일을 평가절하하는 버릇이 있었나 보다.

리케와 어머니는 사이좋게 잘 지냈다. 네나 할머니는 정원 일을 하는 리케를 돕고, 할아버지는 미소를 머금으며 리케의 손이 아주

귀중한 선물이기라도 한 듯이 그 손을 엄청 자주 잡고 있었다. 리케는 우리 집 각양각색의 접시에 담긴 음식을 먹고 나를 위해 카세트테이프로 녹음도 해주었다.

어느 날, 아버지가 메디아 마켓에서 CD 플레이어가 장착된 작은 오디오를 사주었다(혹 이것도 대형 쓰레기 더미에서 주워 온 것일까?). 나와 달리 리케가 레게음악을 좋아했으므로 나는 난생처음 밥 말리의 싱글 앨범 CD를 샀다. 또 나와 달리 리케는 고기를 좋아하지 않았다. 그래서 언제부턴가 나도 채식주의자가 되었다. 어머니가 이 사실을 안다면 파 줄기로 내 목을 졸라 죽이려 했을지 모른다.

리케는 어머니와 함께 거실 바닥에 앉아 텔레비전에서 방송하는 〈X 파일〉을 시청하고, 나는 발코니에서 공부를 하고 있다. 그때 네나 할머니가 손안에 머리카락을 한 움큼 들고 거실로 나와 머리카락을 버려도 되냐고 묻는다. 사샤의 빗은 늘 머리카락이 가득 엉켜 있다며 사샤가 머리카락을 모으고 있는 건 아닌지 모르겠다고 한다.

어머니가 헛기침을 한다. 리케가 무슨 일인지 알고 싶어 하고 어머니는 할머니 말을 통역해준다. 두 사람은 독일어로 서로 이야기를 하고 네나 할머니는 한마디도 알아듣지 못한다. 잠시 후 어머니가 말한다. "사샤가 알아서 처리하게 두세요. 부두교 의식에 필요한가 봐요."

그러자 네나 할머니가 잠자러 가며 문을 걸어 잠그더니 나를 빤히 쳐다보며 난해한 표정을 지었다. 그러고는 내 점괘를 보려고 콩알을 던졌다. 나는 무슨 일이 있었는지 전혀 눈치채지 못했다.

몇 주 후 아침 식사 때, 할머니가 질문을 쏟아냈다. "사샤, 뭘 위해 마술을 부리고 싶은 거냐? 부족한 게 뭐냐?"

어머니가 웃음을 터뜨리며 모든 일을 설명했다. 할머니가 작은 소리로 욕을 하자, 리케가 할머니를 꼭 안아주었다.

부족한 건 많지 않았다. 언어가, 용기가 좀 부족했을 뿐이다. 그래서 나는 부모님을 위해 우리 집에 손님을 초대하는 데 용기를 내기로 결심했다. 라힘 부모님이 초대 1순위 후보에 올랐다. 어머니와 아버지에게 초대에 대해 이야기하기 전에 나는 라힘 부모님의 대답을 기다릴 생각이었다. 내 초대를 기쁜 마음으로 승낙할 거라고 확신하면서.

라힘네 집에서 그의 부모님과 함께 있을 때 나는 한 번도 불편함을 느껴본 적이 없었다. 수많은 책을 보며 호기심을 일깨우고 식사 시간을 길게 가지며 시간 관리를 잘해나가는 그들의 삶 속에서 전혀 불편하지 않았다. 라힘네 가족은 각자 자기 방이 있었다. 또 지하 서재에 라힘 아버지가 시리아산 조리 기구나 무기를 수집해놓았는지 누가 알겠는가.

하루가 끝나고 저녁이 되면, 라힘 부모님은 그날 일과를 자세히 이야기하고 서로의 말을 귀 기울여 들어주었다. 저녁때 서로의 말을 경청하는 모습이 늘 기분 좋게 느껴졌다. 마치 두 사람만의 대화인 것처럼, 자리에 없는 듯 앉아 있는 완전한 이방인인 내게도 그렇게 느껴졌다.

라힘 부모님은 무뚝뚝하면서도 특별한 위로가 되는 태도로 나를 대했다. 어쩌다 간혹 라힘과 공유하는 (학교와 스포츠) 세계를 넘어서는 질문을 하기도 했다. 그들이 나를 대하는 태도는 솔직하고 온당했다. 나는 아들이 알고 지내는, 그 집에 초대받은 손님이었으니까.

어느 날 우리는 어린아이들과의 교제에 관해 이야기를 나눴다. 라힘 부모님이 자녀 네 명을 키워낸 일과, 내가 어린 사촌 동생 두 명을 귀찮게 여긴 일이 화제에 올랐다. 그날 내가 한 말이 지금은 기억이 나지 않는다. 그러나 라힘 부모님이 와인 잔을 손에 들고 내 맞은편에 다리를 포개고 앉아 있는 모습, 어떤 대답을 해야 할지 신중하게 생각하는 것처럼 보이는 모습은 기억이 난다. 보통 어떤 사람이 대답을 어떻게 해야 할지 신중하게 생각하는 모습을 보는 것만으로도 당신은 그 사람과 충분히 좋은 대화를 나눌 수 있다.

내가 보스니아 전쟁이 터지기 전에 도망친 일을 알고 난 후부터 라힘 부모님은 그 섬 이름이 뭐라고 했지?라는 말에 담긴, 80년대 크로아티아에서의 휴가 이야기를 하지도 않고, "세르비아 사람들" 사고방식의 흐름에 대한 논쟁을 하지도 않았다.

라힘 아버지가 말했다. "사샤, 그런 일을 겪어야 해서 마음이 아프구나. 난 그런 문제에 정통하니, 다음에 우리 집에 오면 갈등을 주제로 이야기를 나눠보자꾸나. 물론 네가 원한다면, 응?" 혹은 이와 비슷한 말을 한 것 같았다. 하지만 난 그러고 싶지 않았다. 그로부터 오랜 시간이 흘러 내 독일어 실력이 많이 늘었을 때, 우리는 와인과 아이스티 잔을 들고 다리를 꼬고 앉아 이야기를 나누었다.

'훌륭한 주인은 훌륭한 손님이 되기도 한다'라는 보스니아 속담이 있다. 라힘 부모님은 훌륭한 주인이었다. 그래도 나는 우리 집에 그들을 초대해도 아무 문제가 없을지 백만 번을 생각했다. 부모님, 할아버지와 할머니가 어떻게 느낄지, 또 나는 어떻게 느낄지 고민했다. 새로 알게 된 사람들과 저녁 식사를 함께하는 아주 간단한 일이라도 우리 가족이 잘해내기를 나는 바랐다.

나는 유고슬라비아에서 손님보다는 안주인 역할을 하는 걸 더 좋아했던 어머니를 위해서라도 그 일이 이루어지길 바랐다. 어머니는 손님으로 초대받아 가서도 도착 후 바로 주방으로 들어가 식사 준비를 돕고 다른 손님들에게 마실 것을 가져다주었다. 감동적이었다. 어머니는 손님들을 진심으로 환대했고, 손님들은 그런 어머니를 당장 유서에 포함시킬 정도로 깊은 인상을 받았다.

라힘 부모님은 어머니의 친절에 어떤 반응을 보일까? 언제라도 추방당할 수 있는 처지여서 장만할 필요성을 느끼지 않은 사프란도 커튼도 없이 살아가는 우리의 모습에 어떤 반응을 보일까?

팔츠에서 온 레즈비언들이 저녁 식사에 초대받아 온 것처럼, 라힘 부모님도 편견 없이 우리 집에 오기를 바랐다. 내 부모님은 흥분하고 기뻐할 것이다. 음식이 차려질 때까지 우리는 다리를 꼬고 앉아 신중하고 친절하게 서로 질문을 주고받을 것이다. "저기 정원에 뭘 심으셨어요?" 이런 질문은 독일에 사는 난민에게 물어볼 수 있는 환상적인 질문이 될 것이다.

이어 우리는 식사를 하며 음식 재료 이야기를 하겠지만, 우리 손님들은 발칸반도 음식에 대한 생각을 그 자리에서 곧바로 털어놓진 않을 것이다. 그들은 (혹은 그들의 스타 셰프는) 세계 곳곳에서 요리를 해본 사람들로, 발칸반도는 그들에게 특별하지도 수상쩍지도 않을 것이다. 틀림없다. 부모님은 내가 못 먹는 유일한 음식이 있는데, 그건 콩이라고 이야기할 것이다. 하지만 콩은 우리 주방에 늘 있는 우리 가족의 기본 식량이었다. 어느넛 작별 시간이 되어 인사를 나눌 때, 라힘 부모님은 훌륭한 밤을 선사해준 데 대해 감사 표시를 할 것이다. 누군가 우리에게 어떤 아름다운 일에 감사해한다면 그건 최고의 일이 될 것이다.

다음에 다시 라힘의 집에서 식사를 할 때—그날 내가 모르는 재료 세 가지로 만든 음식이 있었는데, 아랍 요리가 아닌 프랑켄 지방 요리였다—"언제 우리 집에도 오시겠어요?"라고 나는 불쑥 말해버렸다.

라힘 어머니와 아버지는 나이프와 포크를 접시에 내려놓고 냅킨으로 입술을 가볍게 닦았다. 그런 후 라힘 어머니가 좋을 거라고 했고, 라힘 아버지도 고맙다며 정말 좋을 거라고, 기쁠 거라고 했다. 그들은 친절하다면서도 좀 놀랐다고 했다. 일주일이 지나고 나는 또다시 그곳에 앉아 있었다. 식사하는 방 벽에 뻐꾸기시계가 걸려 있었다. 정각 7시가 되자 시계에서 뻐꾸기가 튀어나와 그 자리에 있는 모든 사람에게 진심 어린 인사를 했다.

7시 1분, 완두콩 아인토프*가 식탁 위에 놓여 있었다. 팔츠산 소고기는 엄청 부드러웠다. 최근에 나는 자유롭게 달리다라는 단어를 배웠다. 이 집엔 뻐꾸기시계도, 오케스트라도 있었다. 오케스트라 연주가 테이프에서 흘러나오는 듯했지만, 어쩌면 벽 속에서 오케

* 독일식 수프.

스트라가 하이든이나 모차르트를 연주하고 있을지 모를 일이었다. 당시 나는 차이를 이해하고 음악 이야기를 하기 위해 엄청나게 노력했다.

나는 부모님에게 이 초대 이야기를 하지 않았다. 라힘 부모님에게 또다시 초대하고 싶다는 이야기를 꺼낼 용기도 없었다. 물론 그들도 나에게 그 일을 상기시키지 않았다.

"자유롭게 달리는군." 셈어학 교수인 라힘 아버지가 저녁에 완두콩 아인토프를 먹으면서 말했다. "울타리가 있는 곳까지." 그 말에 모두가 낄낄 웃었다.

가장 친한 내 친구의 가족은 우리 집에 온 적도 없고, 내 가족이 그 집에 손님으로 간 적도 없었다. 라힘과 내 부모님은 만난 적이 없었다. 뻐꾸기시계는 슈바르츠발트에 있는 어느 한 마을에서 온 물건이다. 나는 그 마을 이름을 잊어버렸다.

말치레(1987년, 손님)

우리 집에 손님들이 들락날락거렸다. 오늘 밤 무슨 행사라도 있는 걸까? 음료와 주사위, 수첩과 펜이 준비되어 있다. 코스타 아저씨와 베레츠 아저씨도 와 있다. 코스타 아저씨는 아버지가 알고 지내는 사람이고 베레츠 아저씨는 좋은 친구다. 두 사람 다 줄담배를 피운다. 끝부분이 노란 콧수염을 기른 베레츠 아저씨는 한쪽 눈이 의안이다. 담배 연기 때문에 괴로우면 한쪽 눈을 감는다. 어머니와 아버지도 담배를 피운다. 1987년 11월의 어느 토요일 밤에 담배 연기가 피어오른다.

나는 어머니 뒤 소파 위에 앉아 있다. 담배 연기 속에서 풍기는 어머니의 목덜미 냄새가 좋다. 주사위가 또르르 굴러가는 청명한 소리가 난다. 아버지가 말한다. "세르비아 민족을 대량학살 하겠다고?" 베레츠 아저씨가 대답한다. "말뿐이야." 코스타 아저씨가 끼어든다. "누군가 그 말을 입 밖에 낼 절호의 기회지." 아버지가 "돌았군" 하고 내뱉는다. 그러자 어머니가 "주사위는 던져졌어요"라고 하더니 말판 위 한 작은 거리에 도달한다. 그날 밤, 어머니 목덜미는 무슨 냄새가 났을까?

1년 후, 코스타 아저씨가 "흰 독수리들"을 데리고 우리가 숨어 있는 건물 안으로 돌진한다. 순간 그 자리에서 문학작품 속 허구의 인물로 변한다. 아이들이 그를 빙 둘러싸고 흐느껴 우는 와중에, 뺨에 위장용 무늬를 색칠한 채 그는 배고프다고 아주 나지막이 말한다. "배가 고픈데 먹을 거 있냐?"

베레츠 아저씨는 코스타 아저씨와 마찬가지로 세르비아인이다. 그는 의안 때문에 집에 틀어박혀 외롭게 지내지 않는다. 그렇다고 자신처럼 의안을 가진 사람들에게 먼저 연락하지도 않는다. 베레츠 아저씨는 바르다사(社)에서 일자리를 얻지만 얼마 후 회사가 거의 문을 닫을 지경에 이르자 실업자가 되고 만다. 그 후에 낚시터 관리인 자리를 얻는다.

강가에 감시해야 할 긴 통제구역이 있다. 오후가 되면 플라타너스 그늘에서, 바람이 들지 않는 절벽에서, 풀밭에서, 땅에서, 콘크리트에서 베레츠 아저씨는 일을 하며 휴식을 취한다. 한쪽 눈으로 주변을 둘러보며 담배도 피운다. 혹여 그가 가령 둑 아래서 연어낚시를 하는 당신을 보고 "여긴 낚시 금지 구역이오, 착한 두샨*"이라고 하면, 두샨이라고 불린 당신은 "베레츠, 여기 앉아 나와 담배 한 대 피우는 거 어떻소?"라고 청할 테지. 그러면 운이 좋아 벌금을 절반만 내거나 물고기 한 마리를 건네는 것으로 화해 분위기가 조성될 테고. 그럼 또 베레츠 아저씨는 못 본 체 눈감아주고 가던 길을 계속 갈 거고.

---

* 세르비아, 체코, 슬로바키아, 마케도니아에서 사용하는 슬라브식 이름.

우리가 비셰그라드를 떠나기 며칠 전, 코스타 아저씨가 다리 위에서 자전거를 타고 내 쪽으로 다가왔다. 다리 위에서 그를 피해가는 건 쉽지 않은 일이다. 더군다나 그가 멈춰 서는 바람에 그냥 지나칠 수가 없었다. 다정한 미소를 지으며 그가 내 머리를 헝클어뜨리려 하자, 나는 머리를 살짝 숙였다. 그의 얼굴에 색칠한 위장용 무늬가 벗겨져 검푸른 무늬 조각이 뺨에 달려 있었다. 그는 나를 포함하여 부모님도 잘 지내느냐고, 괜찮으냐고 물었다. 나는 뭐라고 말해야 할지 몰라서 "괜찮아요, 잘 지내요"라고 대답했고, 그는 "좋아, 그럼 됐어"라고 말했다.

전쟁이 끝나고 1998년에 자전거를 타고 가는 코스타 아저씨를 딱 한 번 다시 보았다. 역사를 해석할 수 있는 고유 권한을 갖고 있을뿐더러 드리나강이 마치 자기 소유인 것처럼 그는 드리나강을 따라 천천히 달리고 있었다. 자전거를 타고 가는 코스타 아저씨 맞은편에서 오던 베레츠 아저씨가 갑자기 방향을 바꿔 물가로 내려갔다. 코스타 아저씨가 앞서가는 베레츠 아저씨에게 다가가 이야기를 나누었다. 마치 두 사람은 상대방이 하는 모든 말을 수긍하거나 거절하는 듯한 몸짓을 해 보였다. 두 사람 사이에 '혹시나' 하는 것처럼 보이는 건 아무것도 없었다. 잠시 후, 그들은 각자 담배를 피우며 제 갈 길을 갔다.

지금 코스타 아저씨가 뭘 하는지 나는 모른다. 내가 코스타 아저씨 안부를 묻는 그 누구도 그를 잘 알지 못하는 것 같다.

베레츠 아저씨는 지금도 비셰그라드에서 담배를 피우며 살고 있다. 그의 콧수염은 여전히 노랗다. 나지막한 목소리로 말하고 질문도 하지 않는다. 매일 저녁 산책을 나가 여기저기 멈춰 서서 사람들과 담소를 나눈다. 그는 이 도시 사람들을 많이 알고 있고, 많은 사람들이 베레츠 아저씨를 알고 있다.

2018년 4월에 아버지와 나는 그와 우연히 마주쳤다. 나는 대화의 방향을 과거 어느 저녁때 함께 모여 게임하던 때로 돌렸다. 나는 아버지와 베레츠 아저씨에게 그때가 그립냐고 물었다.

아버지가 "물론이지. 계획 한번 세워보자고"라고 바로 외쳤다. "우리가 여기 있는 동안에."

베레츠 아저씨는 담배 한 모금을 빨고는 담뱃재를 길바닥에 털었다. 그는 "나 없이 해"라고 나지막한 목소리로 진지하게 말했다. "이제 더는 못 이겨."

아버지와 나는 헛기침을 했다.

베레츠 아저씨가 빙긋 웃으며 우리를 힐끔 쳐다보고 말했다. "말만 그렇다는 거지."

할머니, 그리고 '여기서 나가자'

그녀는 잠에서 깨어난다. 그녀는 어디 있는 걸까? 침대보 촉감이 축축하게 느껴진다. 벽지. 침실인 듯하다. 발이 뜨겁다. 슬리퍼를 신은 발. 슬리퍼를 벗는다. 카펫. 흉하다. 흉한 카펫이다. 그녀는 집에 똑같은 카펫이, 근데 이보다 훨씬 더 예쁜 카펫이 있다. 책장. 갈색, 흰색, 황금색 테두리 장식. 많은 책들. 티토의 전기집. 메샤 셀리모비치*, 압둘라 시드란**, 사샤 스타니시치의 책들, 그리고 《차를 통한 치유》라는 책. 아, 많은 책들이 보인다.

혼란한 꿈을 꿨다, 혼란스럽고 혼란스러운 꿈. 한 군인이 거기 있다. 한 소녀도. 그녀를 사랑한 한 남자. 고인의 무덤들. 뒤죽박죽 엉킨 꿈. 생생한 꿈—기억처럼 덧없는 꿈 같다. 이런 꿈은 대체 어디서 오는 걸까?

코바늘로 뜬 덮개는 어디에나 있다. 라디오 수신기 위에도, 협탁 위에도, 소파 탁자 위에도. 예쁘고, 예쁘다. 그녀가 코바늘로 뜨개

---

* 보스니아헤르체고비나의 작가. 대표작으로 《죽음과 은수자(隱修者)》가 있다.
** 보스니아헤르체고비나의 시인이자 시나리오 작가.

질을 한 것도 오래전 일이다. 언제부턴가 그녀의 눈이 더는 뜨개질
을 할 수 없을 지경이 되었다.

그가 돌아오면 이 집은 그의 것인가? 그녀는 블라우스 제일 위
단추를 잠근다. 도대체 뭘 입고 있는 거지? 잠옷처럼 보인다.

길은 끝이 보이지 않는다.

조심스럽게 문을 여는 그녀의 귓가에 이제 노랫소리 같은 것이
들린다. 문이 세 개 달린 부엌. 세 번째 문 뒤에서 들려오는 노랫소
리. 그녀는 문을 열어젖힌다. 거실이 보인다. 마치 여기 살았던 것
같은 느낌이다. 텔레비전에서 노랫소리가 흘러나온다. 장밋빛 덮
개가 덮여 있는 소파, 마치 추위에 떨고 있는 듯하다.

텔레비전 속 여자의 노래 실력이 형편없다. 그 여자는 노래를 부
르고 굽이 높은 구두를 신어야 하는 것처럼 보이는데, 그런 구두는
엉덩이에 나쁜 영향을 미친다. 근데 이 물건은 어떻게 끄는 거지?
아, 전선. 그걸 뽑자 텔레비전이 꺼진다.

가장 좋은 건 그냥 집에 가는 것이다. 그 전에 옷만 갈아입고. 옷
장에 있는 옷이 몸에 맞다. 갈아입을 옷 몇 벌을 챙긴다. 그녀는 트
렁크가 있다는 걸 안다. 아, 여기 정말로 트렁크가 있네.

그렇다. 가장 좋은 건 집에 가는 것이다. 돈이 문제가 될 수 있다.
그녀는 서랍 몇 개를 열어보지만 그 속에 돈은 없다. 그러나 예쁜
장식이 달린 작은 상자 하나가 보인다. 그녀는 상자를 트렁크에 챙
겨 넣는다.

여기서 나가자. 아, 잠깐. 하마터면 빗을 잊을 뻔했다.

이제 진짜 집으로 간다. 열쇠가 문 안쪽 구멍에 꽂혀 있다. 바깥

초인종 문패에는 크리스티나 스타니시치라는 이름이 쓰여 있다.

'내 이름이군'이라고 생각하며 계단을 내려간다. 트렁크가 좀 무겁다. 혹시라도 길을 잃으면 모든 게 힘들다. 계단실 전등을 켜려고 하는데 전등이 없다. 오늘이 며칠이지? 상관없다. 중요한 건, 또다시 어제만 아니면 된다.

마당에서 잠시 휴식을 취한다. 신선한 공기가 기분 좋다. 어디로 가지? 모든 게 옳고 모든 게 틀리고 모든 게 가능하다. 그녀는 눈을 감고 빙글빙글 돈다. 한 바퀴, 두 바퀴. 그러고는 웃음을 터뜨린다. 이 녀석! 눈을 떠. 거기 건물이 하나 있다. 담갈색 건물 정면이 눈에 익숙하다. 그녀는 그 건물에 사는구나! 계단실 전등을 켜려고 하는데 전등이 없다.

그녀의 이름이 쓰여 있는 3층 문이 열려 있다. 그녀는 집 안으로 들어가 트렁크를 내려놓는다. 곧바로 짐을 풀려다 먼저 커피를 한 잔 마신다.

어린양들

1990년 5월 1일, 우리는 비셰그라드 휴양 온천지의 숲속 공터에서 새끼 양 한 마리를 숯불 석쇠에 구웠다. 울음소리가 잦아들 때까지 울부짖은 양의 주둥이는 열려 있고, 턱에는 날카로운 이빨이 박혀 있었다. 석쇠 위에서 반짝거리는 고기엔 기포가 생겼다. 나는 몸서리가 쳐지고 웃음이 났다. 아버지가 기름진 고기를 빵에 넣어 먹어보라고 권했고, 나는 아버지 말을 따랐다. 그렇게 고기가 들어간 빵을 입에 넣고 우물우물 씹어 삼키다 목에 걸렸다. "이거 마시고 삼켜라." 아버지가 내게 맥주병을 내밀었다. 진짜로 마시라는 걸까?

나는 불 속으로 공을 차 넣었다. 약간 의도적이었다. 아버지는 공을 꺼내 들고 "엄청 큰 감자네"라고 말했다. 아무도 공이나 내게 화를 내지 않았다.

어린양, 빵, 샐러드.

삼촌들 사이에 앉아 있는 크리스티나 할머니는 숲처럼 푸른색 바탕에 반짝이는 빨간 염색을 하고 완전 꼬불꼬불한 파마머리를 새로 한 모습이었다. 누군가 "이 가족은 왜 이리 재주가 없는지! 아무도 악기를 다룰 줄 모른다니!"라고 외쳤다. 우리는 국제노동자협회의 노래를 흥얼거렸다. 그날 나는 기타를 배우기로 마음먹었다.

우리와 함께 어른들도 숨바꼭질을 했다. 나는 아무 소리도 들리지 않을 때까지 숲속 깊숙이 뛰어 들어갔다. 숲과 나밖에 없었다. 나는 그루터기에 앉았다. 이 세상 그 누구도 내가 정확히 어디 있는지 몰랐다. 나는 이끼를 손으로 뜯었다. 여기 있는 나를 아무도 찾지 못했다. 어느새 주변은 적막감이 감돌았다.

돌아오는 길에 나는 바위 뒤에 있는 어머니와 숙모를 발견했다. 그들은 와인병을 쳐다보며 킥킥거렸다. 나는 눈에 띄지 않고 그들의 말을 엿들었다. 그들이 무슨 말을 했는지 지금은 잘 기억나지 않지만, 당시 그 대화가 사소하나 즐거운 이야기이길 바란다. 그로부터 2년 후, 비셰그라드 휴양 온천지에서 이슬람교도 여자들 여남은 명이 납치되어 성폭행당하고 살해된 사건이 발생했다.

이제 내게 비셰그라드는 더는 근심 걱정 없는 장소가 아니다. 개인적인 추억이 거의 없다. 가해자와 피해자, 그리고 그곳에서 벌어진 잔인한 만행에 대해 각주를 달지 않고 떠올릴 수 있는 순간이 거의 없다. 내가 비셰그라드에 대해 느낀 것과 알고 있는 것이 뒤섞여 있다. 나는 전쟁 중에 그 지역에서 일어난 사건의 판결을 알고 있다. 거기 휴양 온천 호텔에 붙잡혀 있던 여성들의 손톱에 긁힌 벽 자국에 고스란히 남겨진 고통에 대한 글을 읽은 적이 있었다.

나의 유년 시절은 모순으로밖에 설명되지 않는다. 불 속에 들어 있는 공은 단순히 불 속에 들어 있는 공이 아니다. 숲속에선 숨바꼭질을 해선 안 되었다. 하지만 난 숨바꼭질을 할 수 있는 동기를 찾았다.

지금도 어머니는 내 유년 시절의 모순을 좀 더 깊게 느끼고 이해하고 있다. 비셰그라드에서의 어머니는 다른 사람이다. 겁 많고 변덕스럽지만 결코 어리석지 않다. 불면증에 시달려 잠을 잘 못 자는 어머니는 이제 더 이상 비셰그라드에서 킥킥거리며 웃지 않는다.

지금은 왜 내가 태어나 자란 고향에 살고 있지 않은지 누구에게도 설명할 필요가 없다. 그런데 줄곧 그런 설명을 해오고 있는 듯한 생각이 든다. 이 또한 다른 사람에게뿐 아니라 나 자신에게도 하는 변명에 가깝다. 비셰그라드, 이 도시의 역사 때문에 역사와 더불어 갚아야 하는 죄책감 속에서 찾아든 유년 시절의 행운 때문에 내가 존재하고 있는 듯한 생각이 든다. 이 도시 이야기를 쓰려고 하지 않을 때조차 내 이야기가 이 도시를 염두에 둔 듯한 생각이 든다.

1994년 5월 1일, 아버지가 회사에서 몰고 온 폭스바겐 버스를 에메르츠그룬트의 우리 방갈로 앞에 주차했다. 버스 안에 꼬챙이에 꽂힌 어린양 한 마리가 있었다. 주둥이, 비틀린 이빨들. 그릴 캠프로 갈 계획이었다. 하지만 "같이 못 가요. 나가봐야 해요"라고 나는 말했다.

아랄 주유소에서 나는 마르테크를 만났다. 마르테크는 인도에 앉아 게임보이*를 하고 있었다.

* 게임기.

나는 말했다. "가족과 함께 어린양 고기 그릴 파티를 할 거야."

마르테크는 게임기에서 눈을 떼고 나를 쳐다보며 머리를 쓸어올렸다. 머리카락에 헤어 젤을 발라 사각형 모양으로 빳빳하게 위로 세운 스타일을 한 그의 머리는 로마시대 요새처럼 보였다. 마르테크는 줄곧 말뚝처럼 보이는 머리를 위로 잡아당겨 수정했다. "정말 끝내주는군." 그가 소리를 질렀다.

나는 덧붙였다. "그릴 캠프에서."

"끝내주네." 마르테크가 반복했다. 그러고는 "배고파" 하며 게임보이를 집어넣고 일어섰다.

이상한 일이었다. 나는 창피해하는 일을 그에게 말해버렸던 것이다. 그렇다고 좋아하는 음식, 편협함, 힘든 사정, 재활용 대형 쓰레기 더미에서 주워 온 소파, 이런 것들에 대해서는 얘기하지 않았다. 나는 꼬챙이에 꽂힌 어린양을 석쇠에 굽고 싶지 않다! 무엇보다 내 가족이 그런 일을 한다는 사실을 다른 사람들이 아는 걸원하지 않았다. 특히 독일 사람들은 우리가 어린양들을 석쇠에 굽고 농구할 때 거슬리게 어슬렁거리고 격투용 반지를 끼고 베개 밑에 브라스 너클을 숨겨놓고 잠잘 거라고 기대하고 있었으니까.

"난 거기 절대로 안 갈 거야." 나는 말했다.

"너 없이 나도 거기 절대로 안 갈 거야." 마르테크가 내 말을 따라 했다.

우리가 그릴 캠프에 도착했을 때 양고기는 벌써 다 익은 상태였다. 마르테크의 시선이 꼬챙이에서 수북이 담긴 샐러드, 밥, 감자로 옮겨 갔다. 그러고는 아주 작은 의자에 앉아 다리 사이에 카세트를 끼고 꼬챙이를 돌리고 있는 내 삼촌에게 가닿았다. 카세트에서 헤르베르트 그뢰네마이어*가 뭐라고 외치는 소리가 흘러나왔다. 그 모습을 지켜보던 마르테크가 머리를 쓸어 올렸다.

네나 메즈레마 할머니는 손뜨개질한 물건에서 눈을 떼고는 눈을 찡긋거렸다. 이제 마르테크는 무하메드 할아버지를 쳐다보고 있었다. 할아버지는 이제 곧 "안녕" 하며 인사를 할 거다. 그리고 시간이 좀 지나면 "고맙구나"라고 말할 테지. 재차 머리를 쓸어 올리며 마르테크는 자신을 향해 손을 내미는 내 아버지의 팔뚝에 오래된 잉크로 새겨진 검과 월계관 모양의 타투를 바라보았다. 트레이닝복과 C&A 모티브티셔츠도 빼놓지 않고 보았다. 네나 할머니는 서핑보드 문양과 '캘리포니아 꿈의 물결 다이아몬드(California Dreaming Waves Diamond)' 문구가 찍힌 티셔츠에 알록달록한 긴 치마를 입고 있었다.

아버지가 자신을 소개하고, 어머니는 쟁반에 있는 음료를 권했다. 할아버지는 환타를, 삼촌은 캄파리 오렌지를, 아버지는 맥주를 집어 들었다. 마르테크와 나는 서로를 쳐다보았다. 나는 환타를 집었지만, 마르테크는 내 눈빛을 잘못 해석해 맥주를 집어 들었다.

아버지가 말했다. "넌 안 마셔?" 나에게 한 말이었다. 내 생각에 부모님은 내가 술을 마셔본 적 있다는 걸 모르고 있는 것 같았다. 그 밖에도 많은 일에 대해 우리는 마음을 털어놓고 얘기한 적이 없었다. 대부분 내 탓이었다.

그날 나는 처음으로 아버지, 절친 마르테크, 어린양, 헤르베르트

---

* 독일의 가수이자 배우.

그뢰네마이어와 함께 맥주를 마셨다.

　마르테크가 함께 있어서 모두가 독일어로 이야기했다. "안녕", "고마워"가 여기저기서 들렸다. 할아버지가 싱긋 웃었다. 아버지와 마르테크는 자동차에 대해 얘기했다. 간단한 이야깃거리인 자동차에 두 사람 다 관심이 있었다. 아버지는 주말에 중고차 광고 전단지를 살펴보았지만 구입하진 않았고, 마르테크는 운전면허증을 딴 지 얼마 안 되었다. "오펠 아스트라"라는 모델명을 언급하는 아버지에게 마르테크는 "형편없는" 차라며 비판적인 반응을 보였다. 그 말에 아버지는 결론을 내리듯 "근데 오펠 아스트라 값은 저렴해"라고 자신의 생각을 말했다. 그러고는 갑자기 "메르세데스!" 하고 눈을 반짝이며 말했고, 마르테크도 그저 "메르세데스!"라고 외치는 것 외에 다른 선택의 여지가 없었다. 서로 의견 일치를 보기라도 한 듯, 마침내 그들은 건배를 했다.

　나는 아버지가 자랑스러웠다. 왜인지는 몰랐다.

　마르테크는 머리를 쓸어 올리고 루크미라(양파 요구르트)를 두 그릇째 먹었다. 잠시 후, 나는 "빵으로 고기 기름을 살짝 닦아내. 그래, 그렇게. 빵이 건조해지면 안 되니까"라고 권했고, 마르테크는 내 말을 따랐다. 그래, 그렇게 다시 한번 더.

아랄 문학

나는 발칸반도의 상투어(가벼운 폭력성, 가벼운 반사회적 행위, 가벼운 도발이 담긴)를 쓰는 유고슬라비아 사람들을 알고 있었다. 그들은 투쟁심을 자부심과, 언론의 자유를 모욕과 혼동했다. 또 옛 시절의 작은 상징들을 꿰매 붙이고 다녔다. 크로아티아 사람들인 그들은 다른 사람들도 그 사실을 알고 있기를 바랐다. 우리가 처음 만났을 때 그들은 내가 세르비아 사람이 아니라는 사실도 분명하게 말했다. 더 자세한 사항에는 관심이 없었고, 나를 귀찮게 하지 않고 내버려두었다. 그래서 나는 그들에게서 벗어날 수 있었다. 이런 사람들은 단지 기름을 넣으려고 아랄 주유소에 왔다. 아랄 주유소 무리의 유고슬라비아 사람들 중에 그 누구도 출신의 가치를 과대평가하지 않았다. 여기저기서 익살스러운 이야기가 들려왔다. 혹 조키가 우리끼리 리스트를 작성하자고 했으면, 아딜이 그에게 강제로 펜과 리스트를 먹어 없애게 했을 거라는 이야기 등이.

제2의 입처럼 보이는, 뺨을 가로질러 난 상처 자국이 있는 아딜. 땜장이인 둘레와 그의 민첩한 여동생 이네스. 이따금 데도도 한참 말을 거의 않고 있다 다시 돌아가려고 여기저기 어슬렁거리며 다니기도 했다. 아랄 주유소에 모여든 유고 사람들은 영민하고 손끝이 여물고, 좀 게을렀다. 거기선 자동차가 꽤 자주 대화의 중심이 되었다. 어떤 전설 속에 등장하는 둘레는 눈 깜빡할 사이에 자동차를 모조리 다 수리할 수 있다고 했다. 또 다른 전설 속 등장인물인 아딜은 눈 깜빡할 사이에 자동차를 전부 다 출발시킬 수 있다고 했다. 세 번째 전설 속에서 이네스는 어떤 자동차를 타고 가든 당신이 몰고 가는 자동차보다 더 빨리 비어헬더호프*를 지나간다고 했다.

모든 게 사실이 아니다. 어느 한 전설의 영웅이 되는 것은 좋지는 않지만 그렇다고 아주 나쁘지도 않다. 그래서인지 아무도 그들의 말을 바로잡지 않았다. 하지만 나는 예외로 간주되었다. 어째서 자동차라는 물건이 달릴 수 있는지, 내가 제대로 이해하지 못하고 있는 걸 모든 사람은 아주 잘 알고 있었다.

우리는 전생, 현생, 후생에 어떤 삶을 살았어도 친하게 지냈을 것이다. 부모님들끼리도 서로 잘 아는 우리는 함께 생일 파티도 열었다. 또 지금은 현재 사용하는 이메일 주소도 서로 알고 있다(그런데 아딜의 메일 주소가 이상하다. 조금 전에도 시도해봤지만 메일 발송을 실패했다).

나는 내가 불편함을 느낀 곳에서 온 유고 사람들과 접촉하고 싶지 않았다. 에메르츠그룬트에서뿐 아니라 학교 안팎에서도 마찬가지였다. 나는 그들과의 만남을 피하고, 청하지 않으면 어떤 도움도

---

* 하이델베르크에 있는 음식점.

주지 않고, 사람들과 어울려 다니고 싶으면 차라리 아랄 주유소 사람들을 만나고, 공부를 하고 싶으면 차라리 독일 사람들을 만났다. 독일로 피난 온 것으로 지울 수 없는 사회적 차이를 인식한 나는 나 자신을 좀 더 나은 사람이라고 여겼다. 이와 동시에 난민인 우리가 독일에서 일률적으로 받는 불평등한 대우를 비판하기 위해, 아주 기회주의적인 모습으로 모든 사람들에게 골고루 신뢰감을 심어주려는 내 행동에 초라함도 느꼈다.

발칸반도 출신인지, 슐레지엔 출신인지, 라이멘에서 온 터키 사람인지, 네덜란드에서 온 미헬인지—아랄 주유소 주차장에서 프랑스 너머로 지는 해를 바라본 전설적인 인물 중 한 명이 우리는 이야기하는 걸 좋아한다고 했다. 스마트폰이 없는 청소년들은 다음 이야기를 기대하며 네온사인 불빛 아래로 모여든다. 완전 엄청난 이야기가 기다리고 있었으니까. 이야기를 풀어놓는 사람은 그 무리의 일원이 되었다. 그 안에서 놀랄 만큼 많은 이야기들이 쏟아져 나왔다.

이른바 '아랄 문학'은 아주 조금 과장된 이야기로, 보통 현실적인 이야기여야 한다. 영웅이 되는 계기는 자신을 증명하거나 어떤 사람에게 뭔가 증명하는 것이다. 간혹 플러스알파를 얻으려고 이야기를 좀 왜곡하기도 한다. 그러다 간신히 위기 상황을 모면하기도 하고, 또 과분한 대접을 받기도 한다. 흔히 등장하는 주제는 학교, 교육, 파티, 내기, 범죄, 교통사고 같은 거였다. 거기에 비극적 영웅은 없었다. 이런 이야기를 들려주려는 아이들은 언제나 있었다. 패배, 그와 관련하여 특히 비극적인 패배 이야기도 풍성했다.

화자의 내면세계를 거의 들여다보지 못하는 일인칭시점. 생략, 단순함, 신랄함. 독일어에 담긴 모국어의 흔적, 그 흔적은 정말이지 아름답다. 나도 이런 점들을 담은 이야기를 해줄 수 있을 것이다. 하지만 당시 학창 시절에, 이네스나 연방군에 입대하고 싶어 하는 보이테크처럼 잘해낸 적이 단 한 번도 없었다.

혹은 파티의 알루미늄 휠을 훔친, "제발 발로는 차지 말아"달라던 크시슈토프처럼 말이다. 사람들 모두 곧바로 크시슈토프가 훔쳤다는 걸 알았다. 파티도 이웃인 크시슈토프가 자신의 휠을 훔친 걸 알았다. 그러나 파티를 비롯한 모두가 침묵했다. 크시슈토프는 그들의 침묵을 도저히 참아낼 수 없었다. 자신이 무슨 짓을 했는지 모두가 알고 있다는 것, 모두가 그 사실을 알고 있으면서 침묵하고 있다는 걸 본인도 알고, 그 사실 또한 모든 사람들이 알고 있다는 것도.

어느 날, 주변 모든 사람들이 알면서 입 다물고 있는 걸 크시슈토프 본인이 질책하고 나서는 바람에 파티에게 휠을 돌려줄 수밖에 없게 되었다. 그것도 남몰래 돌려준 게 아니었다. 훔친 물건을 들고 파티 집을 찾아가 초인종을 눌렀으니까. 킥 복서인 파티는 엄청 친절하게 고마워했고, 크시슈토프는 그런 그에게 잠깐 시간 있냐고 물었다. 잠시 후, 파티는 크시슈토프와 함께 서너 미터 걷고 나서 가족 안부 등 몇 가지를 물었다. 그러다 어느 순간 멈춰 서서 말했다. "이제 고통 좀 안겨줘야겠군, 이웃 간에 그런 객쩍은 짓은 하는 게 아니지."

크시슈토프는 두말 않고 때리라며 두 다리를 쩍 벌리고 섰다. 그러고는 나지막이 말했다. "아, 파티, 제발 발로는 차지 말아줘."

이네스는 버스 검표원을 피해 도망치다 역 안으로 달려 들어간다. 서서히 닫히는 인터시티* 문 사이로 열차에 뛰어오른다. 한데 문 앞에 서 있던 차장 품에 뛰어든 꼴이 되어버린다. 그러자 "미안요, 선생님. 표 살 시간이 없었어요"라고 변명한다.

"어디 가십니까?"

"아, 이 열차 어디로 가나요?"

그녀는 멋쩍게 웃고, 그도 따라 웃는다. 벤스하임**으로 달리는 열차 안에서 벌어지는 이 상황이 굉장히 낭만적으로 보인다. 그래도 차푯값은 내야 한다.

벤스하임에서 내린 이네스는 돌아갈 열차를 한 시간가량 기다리느라 약속을 지키지 못한다.

"이네스, 어디 갈 생각이었는데?"

"VRN***에 가려고. 검표원을 구한다고 해서."

---

* 유럽 각국 도시 간에 운행되는 우등열차.

** 독일 헤센주에 있는 도시.

*** 라인네카어 운송 협회(Verkehrsverbund Rhein-Neckar)를 뜻한다.

보이테크가 에메르츠그룬트 마을 바닥을
어떻게 포복했는지 들어봤어?

로어바흐 쥐트*에서 31번가 종착역까지 말이야? 자정이 되자, 두 손에 소총 길이만 한 막대기를 들고 마을 아래쪽에서 시작해 포도밭을 넘어갔다—연방군에서 제대한 후에도 1년은 군대 있을 때와 같은 속도로 포복 가능하다는 걸 우리에게 증명하기 위해 그는 최선을 다했다. 한데 그의 말은 놀랍게도 사실이었다. 굉장히 인상적이었다!

우리도 느린 속도로 그와 동행했다. 다시 사이좋게 지내는 크시슈토프와 파티, 둘레와 이네스, 피에로, 그리고 코끼리 맥주 두 봉지와 초승달도 함께했다. 출발 전에 파티가 "응, 근데 팬티만 입고도 할 수 있어?"라고 한 말이 아직도 귓가에 맴돈다.

위쪽으로 올라가는 데 두 시간이 걸렸다. 아주 멋진 포도밭 산책이었다! 그것도 온화한 한밤중에! 조용한 하늘 아래서! 우리 나이때는 산책할 수 있는 시간적 여유를 가져야 했다!

피에로가 가장 수다스러웠다. 그는 주중엔 패기 넘치는 독일어

---

* 하이델베르크에 있는 구역.

273

선생님의 지도로 헤세 직업학교에서 읽기 공부를 해야 했다. 그러면서 코요테를 좋아하는 걸 깨달았다. "처음부터 끝까지 사흘 안에!" 피에로가 외쳤다.

나는 피에로에게 왜 하필 지금 그걸 떠올렸느냐고 물었다.

보이테크의 포복처럼 책은 "힘들지만 환상적!"이라서 떠올렸다고 했다.

열일곱 살 때 피에로는 처음으로 성인용 책을 봤다. 흥분되고 황홀했다. 살아 있는 것이 기뻤다.

피에로가 물었다. "그런 책, 아는 거 있어?"

"야, 피에로, 그런 거 뭐? 뭔 소리야?"

"음, 그러니까…… 이성적인 거? 그런 책엔 아직 나 자신도 몰랐던 나에 관한 것이 들어 있었어. 가령 집에 있을 때, 난 너희와 함께 있을 때와는 완전히 딴사람이야. 네가 항상 지루한 인간이기만 한 건 아니잖아. 때론…… 늑대가 되기도 하잖아."

나는 뭐라고 대답했을까? 읽어보고 싶은 몇 권의 책을 언급한 듯했다. 독일어로 읽어본 책이 아직 많지 않았다. 카프카, 브레히트, 팔라다. 처음엔 우리 모임의 누군가가 나를 어떤 분야의 전문가로 여기는 걸 그저 좋게만 생각했다. 설령 그것이 책 분야에 한정되었을지언정.

피에로가 누군가를 향해 큰 소리로 외쳤다. "사람은 누구나 저마다의 운명을 갖고 있는데, 쉬운 건 하나도 없어, 그치?"

어쨌든 보이테크는 잘해냈다. 녹초가 되어 정상에 도착한 보이테크는 처음엔 그런 모습을 보이지 않고—왜 그랬는지 모르겠지만—별이 떠 있는 밤하늘을 향해 환호성을 질러댔다. 그것 또한 좋았고, 연습도 전혀 안 하고 끝까지 해냈다는 걸 생각하면 인정할 수밖에 없다는 칭찬의 소리도 들렸다.

"좀 더 보자." 보이테크는 풀밭에 털썩 주저앉았다. "삼들 서 같아." 그가 한숨을 쉬었다. "날 두고 가지 마."

"바로 그거야!" 피에로가 외쳤다. "바로 그 남자야!"

"피에로, 누구 말이야?"

"맙소사, 헤세 말이야! 그는 집에 누워 빈둥거리며 왠지 모르겠지만 내가 자기를 잊어버리는 걸 원치 않아. 나도 절대로 그를 잊어버릴 수 없어. 여기 안에 들어 있어, 여기 안에 들어 있다고!" 피에로는 자신의 이마를 때렸다. 찰싹거리는 소리가 나더니 갑자기 세상이 조용해졌다. 어떤 한 작가가 우리 심장 소리를 들을 수도 있을 만큼 조용했다.

25년이 지난 어느 날 밤, 나는 지금 피에로와 보이테크를 비롯해 다른 모든 사람들과 함께 마지막 맥주를 따고 있다. 무릎에 생채기가 난 몸집이 큰 슐레지엔 친구와 헤세를 이겨낸 땅딸막한 이탈리아 친구를 위해 다 함께 건배하자고 내가 제안한다.

"친구들이여!" 이 말에 친구들이 내 이름 사샤를 연호한다. "보이테크를 위해! 행복을 위해! 경험을 위해! 희열감과 황홀감을 위해!" 우리 모두 맥주를 들이켠다.

그날 밤에 잊힌 사람은 아무도 없다.

1994년, 사교성

에메르츠그룬트에 있는 그릴 캠프, 우연히 열린 더블 축하 파티. 바멘탈*에서 온 여덟 명의 젊은 남자 손님들, 그물 없는 축구 골대가 놓여 있는 들판에서 벌어지는 총각 파티. 석쇠 위에서 익고 있는 돼지목살, 젖꼭지 그림이 박힌 그릴 앞치마. 친구들이 쏟아내는 명령조의 말, 시간이 흐르면서 한층 더 소란스러워진 분위기, 친구들이 입고 있는 티셔츠에 박힌 당신의 이름, 스벤.

스벤의 친구여
자유여, 잘 가!

그들 맞은편에 우리가 자리 잡고 있었다. 이네스는 골프 자동차를 타고 풀밭을 달려와서 차 트렁크 위로 올라갔다. 이어 아르헨티나 탱고 음악인지 닥터 알반의 음악인지, 여하튼 음악 소리가 엄청크게 흘러나왔다. 거대한 모닥불. 세상에는 축구를 하는 여자들이

---

* 바덴뷔르템베르크주의 라인네카어 자치구에 있는 지역.

있는데, 그중엔 남자보다 축구 실력이 더 뛰어난 여자들도 있었다. 우리는 그럴 캠프에는 관심이 없었다. 술이 없었으면 분명 아무 일도 일어나지 않았을 것이다. 아무도 우리에게 "멍청이들아, 여긴 독일 숲이야"라며 꺼지라고 외치지도 않았을 것이다. 그리고 지금 나는 아이헨도르프*를 현재로 소환하려는 시도를 높이 평가하고 있을 것이다. 어쩌면 우리는 만사가 평화로울 때보다 축구를 할 때 좀 더 다양한 사람들을 출전시켰어야 했다.

함성이 터져 나오자마자 보이테크가 "거봐, 내 말이 맞지"라며 바지를 끌어 올렸다. 그러고는 젊은 남자들을 향해 터벅터벅 걸어갔다. 연방군을 제대한 슐레지엔 출신의 친구들, 신경과민 증세를 보이고 또 그것을 사랑하는 파티, 토론에 빠져 있고 또 그것을 사랑하는 라힘도 그 뒤를 따랐다.

우리의 탁월한 사교성이 건너편 사람들에게 단번에 통했다. 우리는 그들의 말을 끊지 않고 끝까지 귀 기울여 들어주었다. 어깨에 손을 얹고 눈을 들여다보기도 하면서. 그런 행동에 웃음을 터뜨리는 사람은 없었다. 좋은 신호였다. 불확실한 상황에서 웃는 건 힘든 일이다. 이에 대해 정신과 의사는 의견이 다를지 모른다. 만약 그렇다면 그들이 틀렸다. 얼굴을 한 대 갈기느냐 그러지 않느냐를 결정해야 하는 상황에서 웃는 건 힘든 일이다.

약 10분 후, 우리 패거리는 다시 제자리로 돌아왔다. 갑자기 보이테크가 음악 소리를 줄이고는 말했다. "이봐, 친구들, 들어봐." 우리는 그의 말에 귀를 기울였다. 그러나 아무 일도 일어나지 않았

* 독일 낭만주의 서정 시인이자 소설가.

277

고, 또 그럴 필요도 없었다. 먹다 남은 술을 다 비운 우리는 모닥불을 끄고 짐을 챙겨 아랄 주유소로 달려갔다.

스벤, 지금도 결혼 생활 잘하고 있기를. 너희 두 사람, 행복하길 바란다.

풀리아주의 루체라에서 온 피에로

열여덟 살이 되고 얼마 지나지 않았을 때, 피에로가 오토바이를 타다 넘어지는 사건이 발생한다. 화물 트럭 운전자가 그를 보지 못하고 차선을 변경해버린 것이다─혹은 피에로가 자만하다 미끄러졌는지 모른다. 어찌 됐든 상관없다. 중요한 것은 피에로가 아랄 주유소로 오려 했다는 것이다. 우리는 그 사실을 알고 있었지만, 정작 그가 오지 않았을 때 걱정도 안 했을뿐더러 기다리지도 않았다.

이튿날, 자동응답기엔 온통 피에로가 오토바이에서 떨어져 다쳤다는 소식을 전하는 메시지만 담겨 있었다. 우리 모두 아랄 주유소에 집합했다. 각자 물건을 하나씩 갖고 왔는데, 담배와 라이터, 디스크맨과 CD, 포르노 잡지였다. 병원에 입원한 사람이 필요할 만한 물건들이었다. 나는 고트프리트 벤의 시집 한 권을 갖고 갔다.

아랄 주유소 무리는 단체로 피에로가 누워 있는 병원의 다인실로 갔다. 깁스를 한 채 그가 거기 누워 있었다. "빌어먹을, 미라가 됐군." 깁스를 하지 않은 부위는 시퍼렇게 멍들어 있었다. 피에로가

279

눈을 깜박이는 것으로 대답을 대신했다. 한 번 깜박이면 '응'이라는 뜻, 두 번 깜박이면 '아니'라는 뜻, 세 번 깜박이면 '빌어먹을, 꺼져!'라는 뜻이었다.

피에로는 땜장이로는 훌륭했지만 학생으로는 형편없었다. 또 정밀기계 공학을 배운 금속공이기도 했다. 아랄 주유소 무리의 남자아이들 중 피에로와 나를 제외하고 아무도 장발을 하고 있지 않았다. 피에로가 나보다 먼저 장발을 하고 있어서 왠지 나도 장발을 하는 게 좀 더 쉬웠다.

한동안 우리는 방과 후 거의 매일 피에로의 PC로 U.F.O. 미지의 적 게임을 했다. 지구에 착륙한 외계인들은 대화하고 싶은 마음이 없어 보였다. 게임을 하면서 피에로와 나는 빵도 없이 치즈만 먹어댔다. 피에로의 부모님은 늘 일에 파묻혀 혹사당하는 사람들이었다. 그들은 말을 해도 으레 이탈리어로 했다. 나와 이야기할 때도 말이다. 난 그게 너무 좋았다. 어느덧 이탈리아 단어를 몇 개 익혔지만 세월이 흘러 전부 다 까먹었다.

우리는 한 시간 동안 병원에 머물렀다. 나는 처음 병문안 올 때 갖고 온 책을 도로 가져갔다. 중상을 입고 병원에 누워 있는 피에로가 어찌 책이 눈에 들어오겠는가? 몇 주 동안 피에로는 호스를 통해 오줌을 빼내야 했지만, 상태가 호전되어 다시 정상적으로 오줌을 눌 수 있게 되었다.

여름이 되고 나는 피에로를 거의 보지 못했다. 여름이면 피에로는 가족과 함께 이탈리아로 갔다. 그의 아버지는 "집에 간다"고 말했다. 피에로는 "폴리아로 간다"고 했다. 사고가 나고 9개월이 지난 후 피에로는 풀리아까지 오토바이를 타고 달렸다. 쥐트티롤*의 한 휴게소에서 그는 초콜릿바를 사려고 주유소에 들른다. 그리고 거기 일하는 여직원의 딸을 알게 되어 그 이듬해 그녀와 결혼했다. 아랄 주유소 출신의 당신이라면 왠지 쉽게 상상할 수 있는 일이기도 하다.

결혼식은 슈베칭겐**에서 열렸다. 쥐트티롤 출신의 주유소 여직원의 딸 이름은 아나였다. 어느 날, 피에로가 아나와 함께 아랄 주유소에 나타났다. 친절하고 예쁜 여자였다. 당연히 우리는 주유소 관련 유머를 두서너 개 늘어놓았다.

성대한 두 번째 결혼식은 루체라에서 열렸다. 그 도시는 300년에 걸쳐 대대로 피에로의 집안사람들 모두가 태어난 고향이었다. 마지막 세 번째 결혼식은 아나의 고향인 메라노*** 근교에서 열렸다.

피에로의 할머니는 마치니 거리에 살고 있었다. 집에서 루체라 성까지 걸어서 16분이면 갈 수 있었다. 그런데도 피에로의 할머니는 그 성에 한 번도 가본 적이 없었다. 하긴 폐허가 된 성터에서 뭘 할 수 있을까?

1220년에 프리드리히 2세****가 신성로마제국의 황제로 등극했다. 재임 기간 동안 그는 시칠리아섬에서 폭동을 일으킨 시칠리아 이슬람교도들뿐 아니라 그 언젠가 본인이 풀리아의 루체라 영토로

---

*   오스트리아와 국경을 맞대고 있는 지역으로, 영토는 이탈리아에 속하지만 주민의 대다수가 독일어를 사용한다.
**   바덴뷔르템베르크주에 있는 도시.
*** 쥐트티롤에 있는 도시.
****중세 독일 호엔슈타우펜 왕조의 마지막 신성로마제국 황제.

이주시킨 사라센 사람들*도 돌보았다. 그는 구도시 이외에 신도시 루체라와, 폐허가 된 성터에도 요새를 지었다. 폐허가 된 그 땅엔 과거 그곳으로 이주해 온 노르만 사람들이 세운 성이 있던 곳이었다. 또 병영과 연병장도, 이슬람 사원과 수많은 수공업장도 세워졌다. 프리드리히 2세는 루체라에 거주하는 사라센 사람들에겐 지속적인 자치권과 종교 활동의 자유를 보장하기도 했다.

그 결과, 산업이 번창하고 도시 주변 목초지에서 아라비아 사람들과 낙타들이 풀을 뜯고, 사냥용 매와 표범들이 훈련을 받을 수 있었다. 사라센 사람들은 노동력과 군사기술을 제공한 황제의 통큰 아량에 감사를 표했고, 사라센의 전사들은 최고의 훈련을 받았으며, 기마 궁수병들은 악명을 널리 떨쳤다. 언제부턴가 프리드리히 2세의 호위병은 우선적으로 유능하고 충성스러운 사라센 사람들로 구성되었다. 또 외부로부터 공격을 당하면 민첩한 기병대가 적들에게 독화살을 마구 쏟아부었다. 한때 루체라에는 기독교도들과 이슬람교도들이 함께 살았다. 그러나 이 모든 것이 교황의 열망에 부합하지 않는다는 게 명백해졌다. 교황은 호엔슈타우펜 가문 사람들을 신을 부정하는 이교도들이자 세계를 멸망시키는 야만인으로 여기고 신뢰하지 않았다.

1246년에 프리드리히 2세가 사위 바타치스에게 다음과 같이 썼다. 오, 행복한 아시아여! 오, 동방의 행복한 통치자들이여, 부하의 무기를 두려워하지 않는 그대들이여. 그대들은 성직자와 주교들이 쏟아내는 거짓말을 두려워할 필요가 전혀 없구나 —이 글을 쓸 당시 그는 사

* 십자군 시대에 유럽인이 이슬람교도를 부르던 말.

282

탄의 아들이자 제자이며 악마의 전령으로 여겨져 이미 황제 자리에서 물러난 상태였다.

1300년, 루체라는 교황의 강요로 국왕 카를로 2세 당조에 의해 파괴되었다. 그곳에 살던 사라센 사람들도 대부분 살아남지 못했다.

좋지 않은 경기력

1994년, 아버지가 처음으로 내가 뛰는 농구 경기를 관람했다. 나는 자유투 일곱 개 중에서 세 개밖에 넣지 못했다. 리바운드도 세 개 잡아냈지만, 공격 리바운드는 하나도 없었다. 결국 나는 8득점으로 초라한 성적을 냈고, 우리는 가까스로 이겼다.

경기가 끝난 후, 아버지는 농구장 앞에서 기다리겠다고 했다. 내가 짐을 챙겨 밖으로 나와보니, 농구장 바로 앞에서 남자 셋이 얘기를 나누고 있고, 그들로부터 좀 떨어진 데서 아버지가 담배를 피우고 있었다. 난 아버지를 바로 알아보았다. 당연히 바로 알아보았다.

집으로 돌아가는 길에 아버지와 나는 좋지 않은 경기력에 대해 자세히 분석했다. 아버지는 전반전이 끝나기 직전에 발생한 패스 실수 하나에 집중했다. 드리블로 치고 나가는 상황에선 너무 위험한 플레이라고 했다. 조급하게 던진 3점 슛이 묘하게 들어간 것에 대해선 웃음을 터뜨렸다. 그러나 그런 폼으로 슛을 던지는 습관을 가져서는 안 된다고 했다.

왜 나는 좀 더 일찍 아버지를 초대하지 않았을까? 초대했으면 기꺼이 왔을 텐데. 나는 아버지가 오는 게 싫었다고 인정하지 않을 수 없었다. 아버지가 관람석에 앉아 있으면 더 긴장했을 거라고 말했다. 사실 난 아버지가 오늘처럼 쉬운 레이업슛을 못 넣고 난 후 큰 소리로 세르보크로아트어로 응원하는 게 싫었다. 또 아버지가 쉬운 레이업슛을 못 넣는 나를 지켜보는 것도 싫었다. 하지만 시합 중엔 난 이 두 가지가 전혀 신경 쓰이지 않았다. 실수를 한 나 자신에게 화가 났을 뿐이다. 이제 난 더 이상 내 모국어를 부끄러워하지 않았다.

아버지가 다음 시합은 어느 팀과 하느냐고 물었다.

나는 토요일에 라덴부르크 팀과 원정 경기가 있다고 했다.

그날 아버지는 오지 않았고, 우리 팀은 대패했다.

10학년 때, 독일어 선생님이 정신이 딴 데 팔려 있는 나를 발견한 적이 있었다. 선생님이 시 이야기를 하고 있었는데 나는 직접 시를 쓰고 있었던 것이다. 시를 쓰는 건 좋지만 수업 시간엔 쓰지 마라. 그리고 독일어로 써라, 라고 경고했다. 그러면서 시 쓰는 걸 돕겠다고 했다.

선생님과 나는 점심시간에 만나기로 약속했다. 생물실에 놓인 해골 옆에 앉아 우리는 은유에 대해 이야기했다. 선생님은 내 첫 번째 편집자이자 내가 하는 일을 좋게 봐준, 독일에서 만난 최초의 인물이었다. 나를 위해 기꺼이 시간을 내준 사람이었다.

먼저 나는 세르보크로아트어로 쓴 시를 독일어로 번역했다. 그 다음엔 선생님의 격려를 받으며 직접 독일어로 첫 번째 운문을 썼다. 선생님은 내가 쓴 시 하나를 같은 반 친구들에게 소개하고 다 함께 그 시에 대해 이야기해보자고 제안했다. 내 시에 넣을 필명 하나를 골라야 했을 때 난 며칠간 깊은 고민에 빠져 있었다. 우리 는 힐데 도민*과 로제 아우슬렌더**의 서정시를 다루었다. '피난과 고향 상실', 이 주제에 내가 쓴 시가 잘 어울렸다. 나는 구두시험 점 수를 올리려고 반 친구들의 모든 질문에 열심히 대답했다. 그날 내 가 쓴 필명은 슈탄 보스니였다.

여기서 선생님과의 일화가 끝난다. 내가 이 일화를 너무 자주 늘 어놓는 바람에 이 이야기를 듣는 사람들은 그럴 줄 알았다는 듯이 늘 싱긋 웃어 보였다. 사실 그날 난 아무 말도 하지 않았다. 다른 주 제를 다룰 때보다 더 잘 집중해서 같은 반 친구들이 시에 대해 얘 기하는 걸 듣고 있었다. 친구들이 이야기하는 그 시는 내가 쓴 시 였으니까.

그날 학교 수업을 마치고 집으로 돌아가는 중에 오르테나우어 거리에서 새로운 이야기에 대한 아이디어가 떠올랐다. 아이디어를 곧바로 적어둬야 해서 인도에 앉아 무릎 사이에 책가방을 끼고 그 위에 종이를 올려놓고 메모했다. 몇 주 후, 나는 그 이야기를 독일 어 선생님에게 보여주었고, 우리는 대화문과 알레고리에 대해 이 야기를 나누었다. 선생님과 얘기하는 중에, 문득 우리 맞은편에 서 있는 진열장에 애매한 순서로—어쩌면 순서도 없이—신장, 심장, 허파, 뇌가 정리되어 있는 게 내 눈에 들어왔다.

* 유대계 독일 서정시인이자 작가.
** 유대계 시인.

그 이야기 속에서 아버지가 처음으로 우리 팀의 농구 경기를 관람하고 있다.

어머니와 아버지가 내 졸업 파티에 참석했다. 나는 졸업 파티 무대에 오를, 졸업반 학생들로 구성된 소규모 밴드에서 기타 연주를 맡았다. 파티에서 우리 밴드는 컨트리음악을 연주했다. 어머니가 약간 눈물을 보였다. 그날 어머니는 몸이 많이 아팠는데도—당연히—참석해야 한다며 왔다.

어머니는 사람이 많이 모인 장소에서 처음으로 나를 지켜볼 수 있어서 눈물이 났는지 모른다. 집에 있는 나를, 유고 사람들 사이에 있는 나를 지켜보는 것이 아니라서, 어쩌면 뭐든 할 수 있다는 내 자신감에, 또 그것을 해내고 그 대가로 박수갈채를 받고 있어서, 태어나 처음으로 양복을 입어서 눈물을 흘렸는지 모른다. 아니면 당연한 일이라곤 별로 없는 우리의 삶에서 이 모든 것이 어떤 의미와 영향력을 지니고 있다는 게 슬퍼서 그냥 눈물이 났는지 모른다.

아버지와 어머니, 리케와 나, 우리 네 사람은 둥근 탁자에 앉았다. 이어 세 코스 요리가 나왔다. 디저트를 먹고 나자 올리가 우리 탁자로 와서 합석했다. 나는 부모님에게 그를 소개했다.

나는 리케와 춤을 추면서 부모님 쪽을 바라보았다. 탁자에 그대로 앉아 있는 모습을 보자, 부모님이 춤출 수 있는 음악도 연주되었으면 싶었다.

사람들이 데도와 대화를 나누는 방식이 따로 있다. 나는 그 방식대로 데도와 얘기를 했다. 내가 이야기를 하고, 그는 헛기침을 하며 침묵하는 식으로 말이다. 그날 그게 우리가 마지막으로 나눈 대화였지만, 그때만 해도 그게 마지막이 될 줄은 몰랐다.

나는 에밀과도 이야기를 나누었다. 에밀은 양로원에서 공익요원으로 병역 대체복무를 할 계획이었다.

나는 놀라며 물었다. "농담해?"

그는 대답했다. "진짜야."

나는 물었다. "할아버지는 어떻게 지내셔?"

그는 대답했다. "잘 지내셔."

나는 라힘과도 얘기했다. 그는 러시아어를 배워 러시아로 여행 가고, 폴란드어를 배워 폴란드로 여행 갈 생각으로 대학에서 슬라브학을 공부할 계획이었다. 우리는 공동 집필을 할 책을 잠시 상상해보았다. 우리가 하고 싶은 모든 여행을 담은 책 말이다.

내가 눈치채지 못하는 사이에 언제 파티장을 떠났는지 부모님은 가고 없었다. 이튿날, 부모님은 날 방해하고 싶지 않아서 말없이 갔다고 했다. 그로부터 6개월 후, 독일에서 지낸 부모님의 시간은 끝이 났다.

잡동사니 이야기들

1998년, 부모님은 독일을 떠나야 했다. 혹 정상적인 삶을 살 수 있었다면 부모님에게 하이델베르크는 어떤 의미였을까. 그 점에서 생각해보면 하이델베르크는 부모님이 지금도 좋아하는 도시 중 하나다. 세상은 부모님이나 나와 같은, 유고슬라비아에서 도망쳐 나온 한 사람 한 사람으로 꽉 차 있다. 고향을 떠나온 난민의 자녀들은 이제 어른이 되어 자녀를 두고 있고, 그 아이들은 스웨덴, 뉴질랜드 혹은 터키 국적을 가지고 있다. 이기적인 한 사람일 뿐인 나는 가족과 가족의 단결보다 나 자신을 더 돌보았다.

문학이 시시한 잡동사니라는 것을, 행복을 다짐하고 분열을 중재하고 충격 전후의 삶을 그린 이 이야기에서도 나는 깨닫는다. 그러나 현실에서는 생일도 잊어버리고 결혼식 초대도 거절한다. 내 사촌의 아이들 이름을 떠올리려면 한참을 곰곰이 생각해야 한다. 그리고 외조부모님의 무덤가에 아직 초를 켜놓은 적도 없었다.

나는 가족과 관계가 소원해진 것을 전쟁과 장거리 탓으로 돌리지 않을뿐더러, 가족과 접촉을 피하며 우리의 관계를 차단한다.

이 이야기를 쓸 수 있고 쓰고 싶은 건 우리 사이에 존재하는 경계가 아니라 그 경계를 통과할 수 있기 때문이다. 또 단절감이 아니라 소속감을 느끼는 사람들 때문이다.

1998년에 나는 추방당하지 않았다. 외국인청 담당자가 규정에 따라 할 수 있는 일 이상의 일을 했기 때문이다. 담당자는 하이델베르크에서 대학을 다니고 싶다는 내 말을 경청하며 메모를 하고, 내게 허용된 선택권을 살펴보았다. 그러고는 "대학 입학증을 가져오세요"라고 말했다. "그걸로 그다음에 뭘 할 수 있을지 봅시다."

나는 독일에 머물며 진행 상황을 지켜볼 수 있었다. 처음엔 대학에서 공부하는 기간에 한해서만 체류가 허용되었다. 그 후엔 학업과 관련된 일자리가 필요했다. 작가가 되고 싶었던 나는 작가가 문학과 관련이 있고, 그다음엔 그 분야의 직업이라는 걸 증명해야 했다. 그리고 마지막으로 한 성인이 작가라는 직업으로 먹고살 수 있다는 것을 증명해야 했다.

라이프치히 소재 외국인청의 담당자가 내게, 특히 작가나 어릿광대 같은 프리랜서 예술가들은 지속적이고 꾸준히 생활비를 마련하는 게 거의 불가능하다는 점을 직접 설명해주었다. 그 설명에 대한 감사 표시로 나는 다음번 방문 때 단편소설을 가져가 보여주었다. 한 문학잡지에 실린 그 단편소설을 인쇄하는 데 45유로가 들었다.

그녀는 어떤 선물도 받으면 안 된다며 거절했다.

나는 물었다. "그럼 구매하시겠습니까?"

그녀는 대답했다. "책을 많이 읽지 않아요."

나는 말했다. "상관없어요. 나도 마찬가지예요."

그녀는 나를 불쌍하게 쳐다보았는데, 내가 그 단편을 이면지에 출력했기 때문일지 모른다. 여하튼 그녀는 내가 내민 출력물을 받아 들었다. 하지만 값을 지불하진 않았다. "계약서"라고 그녀가 말했다. "계약서를 가져오세요. 법에 따라, 당신이 하는 일로 얻는 소득을 증명할 증빙 자료가 필요해요. 소득이 많을수록 좋아요."

몇 달 후, 나는 첫 번째 소설을 계약했다. 그 소식을 알려주려고 외국인청 그 담당자에게 전화를 걸어 계약서에 명시된 금액을 읽어주었다. 그러자 그녀가 웃음을 터뜨렸다.

나는 말했다. "근데 오늘 좀 불친절하시네요."

그녀가 물었다. "한 달 치 금액인가요?"

"만약 모든 사람이 책을 사면 난 부자가 돼요!" 나는 대꾸했다.

"이민법에 만약이라는 말은 없어요." 그녀가 말했다. 잠시 정적이 흐른 후, 그녀가 덧붙였다. "아, 계약서를 갖고 직접 한번 오세요."

탄식 같은 그 "아"가 새어 나왔다! 몇 주 후에 나는 비자를 받으러 갈 수 있었다.

체류허가증

작가로서 자립적인 직업 활동, 그리고
이와 관련된 활동의 종료와 함께 소멸됨.

나는 그 외 다른 일은 할 수 없었다. 합당했다. 나 또한 그 외 다른 일은 하고 싶지 않았으니까.

올랴. 크라이나에서 온 올랴, 슈바르츠하이데에서 온 익살꾼 올랴는 단 하루 만에 크닌* 근교 숲속에서 두 명의 형제를 잃었다.

나는 하이델베르크에 사는 유고 사람들과 우리의 경력 단절에 대해 얘기해본 적이 별로 없었다. 하지만 데도는 얼마나 자주 만났던가! 그는 지뢰밭을 달려 나온 트랙터에 대해 딱 한 번 언급한 적이 있는데, 그렇게 살아남은 것에 쓴웃음을 지었다. 하지만 대부분의 사람들은 일절 언급하지 않았다. 양쪽 다 괜찮았다.

이야기의 주제로 독일, 현재, 성취감, 모욕감, 굴욕감이 다루어졌다. 여기서 그리는 것은, 언짢고 불만스러운 일과 그 어느 때보다 훨씬 더 황당하게 느꼈던 일뿐 아니라, 왠지 좀 더 참고 견뎌낼 만한 일이 뭐였느냐이다. 왜 난 이런 일들을 겪은 적이 별로 없는지 모르겠다. 순례자들이 여권에 도장을 받듯이, 우리는 차별 대우를 받은 경험을 수집했다. 우리가 가는 길 끝에는 몹시 화가 나 있고 스트레스 때문에 짜증 내는, 토르의 망치를 가진 인종차별주의자가 서 있는 게 아니라, 마리아상과 좋아하는 독일 암벽이 보이는 전망 좋은 자리들만 있었다. 오랜 심사숙고 끝에 잡은 자리들 말이다.

발칸반도와 쿠르팔츠에서는 대부분의 사람들이 나보다 더 적극적으로 참여했다. 내가 겪은 전쟁의 폭력 장면들은 견딜 만했고, 독일에서는 그런 장면들을 마주하지 않았다. 오르테나우어 거리는 항상 똑같아 보였으니까. 나는 31번가 종착역으로 리케를 마중 나가곤 했는데, 한번은 숲속에 있는 나무 위 오두막으로 데려간 적도

* 크로아티아에 있는 도시.

있었다. 그 오두막은 내가 평소 책을 들고 가서 시간을 보내는 곳으로, 거기서 책도 읽고 공부도 했다. 또 바흐 곡을 기타로 연주하고 헤드뱅잉을 연습했다. 때론 허구의 이야기를 지어내기 위해 그저 눈을 감고 한참 가만히 있기도 했다.

비엘리나*에서 온 이네스와 비엘라바**에서 온 보이테크는 언제부턴가 연인이 되어 결혼을 했다. 그들은 아이를 원했고, 아이가 태어나면 국제적인 이름을 지어주려고 했다. 그런데 결혼 초반엔 임신이 되지 않았다. 의사가 "보이테크, 술 담배를 너무 많이 하는군. 정자 수도 너무 적고 활동성도 너무 떨어져서 임신이 힘들 거야"라고 말했다.

그래서 보이테크는 오덴발트에서 요양 치료를 받았다. 그곳에서 요양하는 대략 60명의 사람들 중 그가 유일한 환자였다. 나는 1킬로 귤이 담긴 백팩을 메고 열차와 버스를 타고 병문안 갔다. 내가 요양원을 찾아간 그날은 보이테크가 술을 한 방울도 마시지 않은 지 3주째가 되고, 마약을 하지 않은 지 2주 하고도 6일째 되는 날이었다.

그는 깜짝 놀라며 쳐다보았다. 그 먼 길을 병문안 갈 정도로 우리는 그리 친하지 않았지만, 그건 중요하지 않았다. 그는 나를 반겼다. 백팩에 든 귤을 보고는 기뻐 소리도 질렀다. "귤이네, 이 자식아. 짱이다!"

---

* 　보스니아헤르체고비나에 있는 도시.

** 　폴란드 남서부에 있는 도시.

293

우리는 둘이서 산책도 나가고, 귤 1킬로도 다 먹어치웠다. 또 열대 과일, 작업 가운을 입은 요양사들, 아랄 주유소를 주제로 이야기도 나누었다. "녀석들이 날 그리워해?"

"아니." 나는 대꾸했다. "네가 없어서 모두 기뻐해."

보이테크가 웃으며 말했다. "빌어먹을, 넌 훌륭한 슐레지엔 사람이 될 거야. 심성이 좀 여린 편이지만 우린 해낼 수 있어."

"보이테크, 난 슐레지엔 사람이 되고 싶지 않아."

"빌어먹을, 원하는지 원하지 않는지 안 물었어."

보이테크, 피에로, 라힘, 리케, 올리, 에밀. 에메르츠그룬트와 하이델베르크에서 그들과 함께해서, 또 그들 때문에 나는 방황하지 않았다. 때론 멍청한 짓이긴 해도, 우리가 존재하는 시간과 공간 속에서 뭔가 하긴 했다.

나는 알파벳 M으로 시작하는 버섯이 있는지 잠시 생각해본 후 다음과 같이 묘사하는 게 더 나겠다는 결론을 내린다. 내 독일 친구들은 쓰레기 분리수거를 하고, 몬쿠헨*을 굽고, 오덴발트에서 밤나무버섯을 모으고, 양육권 싸움을 하고, 빚을 지고, 일요일마다 〈사건 현장〉**을 시청한다. 옛 유고슬라비아 사람들도 별반 다르지 않지만, 양귀비씨를 좀 덜 먹고, 자두를 더 많이 먹는 편이다. 물론 〈사건 현장〉을 보고 좋아한 유고슬라비아 사람도 있다. 그런데 그게 중요한 건 아니다.

글을 쓴다면 결론 부분에 내가 겪은 상반된 경험들을 정리해두

---

*   양귀비씨 케이크.

**   독일 제1공영방송 ARD에서 방영하는 수사 범죄물 드라마.

고 싶다. 아랄 주유소 무리의 아이들과 함께 나는 한밤중에 카누를 가지고 야외 수영장으로 간 적이 있었다. 이튿날 아침에 올리와 그의 아버지가 나를 중세 시장에 데리고 갔다. 예전에 우리 가족이 살았던 시장 한쪽에 지금은 말굽에 편자를 박는 집이 있었다.

내가 쓰는 이야기의 결말 부분에 다음과 같은 문장이 쓰여 있다. '나의 반항은 일종의 적응이었다.' 독일에서 이민자로 살아가야 하는 방식에 걸었던 기대에 적응하는 것이 아니었다. 그렇다고 의식적으로 그 방식을 거부한 것도 아니었다. 나의 반항은 출신의 숭배뿐 아니라 민족적 정체성에 대한 환상을 거부하는 것이었다. 그러나 소속감은 지지했다. 나를 원하고 내가 있고 싶은 곳에서는 소속감을 갖고 싶었다. 그런 소속감과 함께 우리의 가장 작은 공통분모는 '충분하다'였다.

오스코루샤 출신의 내 증조부모님은 이민자가 아니었다. 슐레지엔 출신의 보이테크 부모님, 풀리아 출신의 피에로 부모님, 구동독 출신의 리케와 리케 부모님, 터키 출신의 카드리예와 파티, 그단스크 출신의 에밀 할아버지, 악몽의 지뢰밭 함정에서 빠져나온 데도와 달리 말이다.

내가 쓰는 이야기의 결말 부분에 이르러, 나는 왠지 다시 오스코루샤로 달려가 제때 거기 도착해야 할 것 같은 느낌이 든다.

9년 전의 그곳에서 나는 이별의 순간을 떠올린다. 옷을 차려입은 할머니와 나는 가브릴로 노인네 거실에 서 있었다. 그때 나이든 가브릴로 노인이 마지막으로 해야 할 일을 떠올리고는 밖으로 뛰어나가 새끼 돼지 한 마리를 데리고 돌아왔다. 이어 새끼 돼지를 자랑스럽게 머리 위로 높이 치켜들었는데, 새끼 돼지는 위풍당당한 모습이었다. 가브릴로 노인이 그 새끼 돼지를 선물로 주려고 하지만, 나는 거절하며 차라리 닭 한 마리를 줄 수 있느냐고 물었다. 곧바로 그의 대답이 이어졌다. "슈바벤*에 가져가렴!" 나는 농담이라고 생각하면서도 진지하고 슬프게 대답했다. "새끼 돼지나 닭을 데리고 세관을 통과하지 못해요."

하지만 가브릴로 노인이 "돼, 된다고. 어떻게 가져갈지 방법만 잘 생각해보면 돼"라고 큰 소리로 외치는 모습을 보니, 농담으로 한 말이 아니었던 모양이다.

---

* 바덴뷔르템베르크주 남부와 바이에른주 서남부 일대.

아버지와 뱀

나는 우리 가족이 사용하는 왓츠앱 단톡방에 메시지를 남긴다.

> 다시 오스코루샤로 가고 싶어요.

> 함께 가실래요?

아버지가 대답한다.

> 응, 그래.

> 어머니도요?

> 응, 그래.

> 넌 언제 거기 가봤냐.

> 2009년에요.

공동묘지에 있는 내내 우리 머리 위 나무에

포스코크 한 마리가 웅크리고 있었어요.

이제 없을 거다.

뱀은 싫구나.

닭장에서 한 마리를 때려 죽이셨잖아요.

절대 그런 일 없다.

닭장에서요? 포스코크를 죽이셨잖아요?

그런 일이 있었냐. 도망쳤을 거다.

알아요.

전화해도 되냐?

지금은 시간 없어요.

그래도 아버지는 전화를 걸어온다. 인사도 없이 대뜸 "오스코루샤 근방에 아주 높은 산이 하나 있다"라고 말하고는 묻는다. "알고 있냐?"

"비야라츠산. 할머니가 늘 반복해서 그 산 얘기를 하세요."

"산꼭대기 아래에 불바위가 있어. 열세 살인가 열네 살 때 난생처음 혼자 거길 올라가본 적 있지. 가파른 절벽 위에 붉은 돌이 수없이 많이 놓여 있더구나. 절벽 아래로 굴려 떨어뜨리려고 돌을 집어 던졌지. 근데 돌들이 굴러떨어지면서 여기저기 바위에 부딪혔어. 난 산사태를 일으킨 신적인 존재였어, 사샤!"

"무슨 얘기세요?"

"들어봐! 검붉은 큼직한 돌덩이 하나가 내 머리 위로 떨어졌어. 난 흔들거리다 고꾸라져 아래로 떨어졌지. 이제 끝이구나! 하고 생각하는 순간에 굵은 나뭇가지 하나를 발견하고 그 나뭇가지가 뻗어 나온 구멍으로 들어가 몸을 밀어 넣었지. 그러자 바윗돌이 흔들거리며 돌 조각이 떨어져 나가면서 균형을 잃고 말았어. 근데 바위 구멍에 뱀들이 도사리고 있더구나! 뿔뱀 둥지였어! 그 많은 뱀 대가리들! 그 많은 눈들! 무섭고 화가 났어. 그 많은 뱀들은 몸통이 서로 뒤엉켜 휘감겨 있었어. 난 그만 뱀 무리 쪽으로 넘어지고 말았지. 날 향해 수많은 혀가 날름거렸지만 난 쓰러진 자리에서 몸을 일으켰어—그리고 날아올랐다. 마치 뭔가 내 목덜미를 움켜쥐고 구멍 위로 끌어 올리는 것 같더구나! 그리고 어딘가 내려앉았다가 떨어졌지. 뭔지 모를 물건처럼 절벽 아래 땅바닥으로 굴러떨어졌어. 땅바닥에서 몸을 일으킨 나는 무작정 내달렸어. 숲을 지나 아랫

길을 따라 집까지 내달렸지. 집에서 양파를 썰고 있던 할머니가 오물을 뒤집어쓴 듯 아주 더러운 내 모습을 보고는 깜짝 놀라셨지.

'포스코크였어요!' 나는 외쳤어. '뿔뱀 둥지요!'

'물렸냐?'

'어찌 된 셈인지 물리진 않았어요.'

그러자 할머니는 '네 목을 덥석 물고 눈에 독을 뿜을 거다'라고 하고는 양파를 한 입 베어 무셨어."

할아버지처럼 아버지도 혈압이 높다. 나도 혈압이 올라갈 테지. 수화기를 통해 아버지의 가쁜 숨소리가 들려온다.

"뱀과 함께 있던 사람이 아버지가 아니었으면 제가 어떻게 그 이야길 알겠어요?"

아버지는 그 뱀 이야기를 모른다. 혹 아버지가 '네가 그저 꾸며 낸 이야기일지도 모르지'라고 할까 봐 겁이 났다. 하지만 난 아버지와 어머니가 춤을 추는 장면에 이어 어떤 남자가 뱀과 춤추는 장면을 본다.

"그때의 공포는 지금도 남아 있어." 아버지가 말한다. "언제 올라갈 거냐?"

할머니는 복숭아를 먹으면서
무덤 파는 인부에겐 아무것도 권하지 않는다

할머니는 할아버지가 돌아오길 기다리는 게 괴롭다. 괴로운 마음으로 원피스에 바지를 받쳐 입는다. '춤추러 가는 것도 아닌데, 뭐.' 할머니는 비상식량을 비롯해 본인이 먹을 복숭아 한 개를, 그리고 혹시 모를 만약을 위해 모두가 좋아하는 옥수수죽을 챙긴다.

동틀 무렵에 할머니는 비야라츠산에 오르기 시작한다. 그로부터 몇 시간 후, 교회 앞에 앉아 가져온 복숭아를 먹고 있는 할머니가 보인다.

무덤 파는 인부가 할머니를 찾아낸다. 다른 인부들처럼 이 사람도 장애를 갖고 있다. 오른쪽 귀가 없어서 오른쪽 귀로는 아무것도 들을 수가 없는 것이다. 어린아이였을 때 귀가 떨어져 나갔는데, 왜 떨어져 나갔는지 아는 사람이 이제 아무도 없다.

그 일꾼이 할머니 옆에 앉는다. 그는 할머니를 알고 있다. 오스코루샤에서 크리스티나 스타니시치를 모르는 사람이 누가 있을까? 할머니도 그를 알고 있다. 나이가 들면 누가 죽은 사람을 땅에 묻는지 알게 된다. 할머니는 무덤 파는 사람이 대체 비야라츠산에서 뭘 찾는지 묻는다.

무덤 파는 인부는 먼저 할머니가 무슨 말을 했는지 되물어봐야 했다. 사람이 하는 말의 절반은 소리를 알아듣지 못하고, 나머지 절반은 그 의미를 알아듣지 못했다.

할머니는 그에게 옥수수죽을 내민다. 옥수수죽을 거절하는 사람은 아무도 없다.

"산 하나가," — 할머니가 입을 연다 — "거기 오스코루샤 근방에 있지."

무덤 파는 인부는 그 산이 어디 있는지 모르지만, 여기 이곳이 자신의 산이고 자신의 메그단이고 자신의 공동묘지이고 자신의 교회라는 건 확실히 알고 있다.

"근데 내 것이라는 게 무슨 뜻인지." 그가 덧붙이며 헛기침을 한다. 그의 눈에는 할머니가 열정적이고 자존심 강한 사람처럼 보인다. 무덤 파는 인부의 커다란 눈에 비친 이 두 가지 특징이 할머니에게서 잘 드러난다. 할머니는 지금도 머물고 싶은 곳에 머물 수 없다. 자신이 자랑스러워하는 것을 열정적으로 이야기하는 사람, 자존심을 꺾지 않고 열정을 억누르는 사람은 거짓말을 하지 않는다.

마침내 할머니는 길을 잘못 들어섰다는 것을 깨달았다. 사실 사정은 다음과 같다. 동틀 무렵, 메그단에서 드리나강이 보인다. 그런데 당신은 그게 강이 아니라 아주 훌륭한 아이디어라고 생각한다. 세상의 그 어떤 강도 그런 모습을 하고 있지 않으니까.

무덤 파는 인부가 집에 데려다줘야 할지 묻는다.

"네, 그래주면 좋겠군요."

"어디로?"

할머니는 어디로 가야 할지 생각하는 듯했지만 서두르지 않았다. 앉은 채로 먹던 복숭아를 먹고 있었다.

네 머리 위로 생생한
날갯짓 소리가 들려올 것 같다

어떤 책일까? 작가가 누구일까? 책에 다음과 같이 쓰여 있다. 비셰그라드에 사는 39세의 남자, 취리히, 스플리트. 함부르크에 있는 어느 테라스에 서 있는 40세의 남자. 봄, 여름, 가을, 겨울. 오늘은 봄, 여름, 가을, 겨울이다.

모든 단어를 위한 하나의 단어는 없다. 모든 단어를 위한 하나의 단어가 있다면, 3초 정도만 존재할 수 있을 것이다. 평균적으로 3초마다 새로운 단어가 하나씩 생겨나고, 이 새 단어는 단어 전체에 영향을 미치고 모든 단어를 위한 하나의 단어를 소멸시킨다. 모든 단어를 위한 하나의 단어는 3초가 지나면 진부해지고, 그 단어의 의미는 '신조어 형성'을 위해 지속적으로 가해지는 압박에 의해 사라진다. '신조어 형성!' 하지만 모든 단어에 사용되는 이 복합어도 이미 사라지고 없다. 이미 사라진 단어다.

오스코루샤 공동묘지에 있는 뱀 한 마리? 과일나무에 웅크리고 있는 뿔뱀? 빈 자연사박물관에 따르면, 뿔뱀은 나무를 잘 타지 못하는 동물이라고 한다. 그래서 변신을 해야 한다. 마치 가면을 벗어 던지듯이 허물을 벗는다. 그 모습으론 이제 더 이상 포스코크로 존재할 수 없어서 요시프 카를로 베네딕트 폰 아이엔도르프(Josip Karlo Benedikt von Ajhendorf)라는 이름이 필요하다. 이 사람을 낭만주의 시인 아이헨도르프(Eichendorf)와 혼동하면 안 된다.

이젠 아이엔도르프다. 그는, 그러니까 그 이름을 가진 뱀은 이제 더 이상 과일나무를 휘감고 올라가는 이야기 속에 등장하는 '모피 목도리' 같은 존재가 아니다. 또 이제 더 이상 이 글에서만 등장한, 독사와 맞닥뜨린 아버지를 소재로 한 이야기의 모티브가 되는 '연결 고리' 같은 존재도 아니다. (뱀과 맞닥뜨린 아버지는 강하고 결연하고 진지한 모습으로 돌을 들고 덤벼들었다. 하지만 얼마 후에 전쟁이 터졌고, 그 전쟁은 점점 격렬해졌다.) 거짓된 기억에 진절머리가 난 나는 거짓된 허구에도 점점 싫증을 느끼기 시작한다.

허벅지 상처, 그건 왜 생겼을까?

독일에서 살던 시절이 끝나갈 무렵, 아버지는 엄청 야위어 있었다.

상처에 신경 쓰지 말고 집중하자. 그럼 뱀에 대해 소개를 하자. 뱀을 시인으로 소개하지는 않는다. 남자용 치마, 빳빳하게 세운 깃, 폭이 넓은 옷깃 뒷부분. 콧수염. 이런 옷차림과 모습을 한 시인으로 뱀을 소개하진 말자. 거기 이미 그가 와 있다. 나무 꼭대기에 앉아 편안히 휴식을 취하며 심술궂은 표정을 지은 채 자기 자신을 유혹하고 있다.

유쾌한 친구들이여,

종달새들, 샘들, 숲,

그들이 다시 아우성치며

친구야, 빨리 안 올 거야?라며 초대한다.

나는 나무에 앉아 있는 서정시인이 나무에 웅크리고 있는 뱀보다 더 마음에 든다. 아이헨도르프와 플로라*는 사이좋게 지냈다. 과일과 함께 시적인 대화를 나누는 시인. 왜 안 되겠는가? 오베르슐레지엔에서 온 진지한 모습의 중년 남성이 시를 향해 내려오라고 외친다.

별안간 여기저기서 흔들흔들거린다 —

어떤 의미일까?

네 머리 위로

생생한 날갯짓 소리가 들려올 것 같다.

어떤 장면이 등장할까? 새 한 마리가 나오는 장면일까? 아이엔도르프가 사냥을 하는 걸까? 나무에 웅크리고 있는 뿔뱀들이 사냥을 하는 걸까? 빈 자연사박물관이 그건 아니라고 한다. 어쩌면 새 한 마리가 나무 구멍 속에 둥지를 트는지도 모른다. 원래 햇볕만 쬐려고 했던 뿔뱀이 우연히 그 사실을 알게 된다. 그래, 뿔뱀이 그 자리에 기왕 있을 거라면⋯⋯.

* 고대 로마의 여신으로, 꽃과 봄과 번영을 상징하고, 꽃으로 몸을 장식한 소녀의 모습으로 묘사된다.

새도 이름이 필요하다. 새를 가장 잘 표현하는 이름이. 그럼, 개미잡이새라는 이름은 어떨까? 멋진 새다. 2007년산 새로, 딱따구리과에 속한다. 철새, 이 이름에는 잠재적인 비극이 내포되어 있다. 그래서 요시프 폰 아이엔도르프는 딱따구리의 부화를 연구한다. 잠깐. 딱따구리가 남동유럽에 둥지를 틀기는 할까? 늦봄인 이때에 딱따구리가 둥지를 틀기는 할까? 부카레스트*에서 온 조류학자는 그럴 수 있다고 한다.

딱따구리는 오지 않을 것이다. 그러나 아이엔도르프라는 이름의 뱀은 헛되이 기다릴 것이다. 시인인 아이헨도르프는 오지 않을 딱따구리를 기다리는 뱀을 보고 슬퍼할 것이다. 낭만주의 시인들이 이를 슬퍼하고 더 좋은 시를 쓸 수 있다면 이것도 나쁘지 않다.

나는 아이헨도르프에 대해 더 많은 걸 알고 싶다. 그래서 일주일간 아이헨도르프와 '포커스 온라인'**이외에는 아무것도 읽지 않기로 맘먹는다. 그리 작심한 첫날 아침, 나는 침대에 누워 방랑을 노래하는 시 세 편을 읽는다. 그 후 아침식사를 준비한다. 뮈슬리를 만들어 먹으려고 곡물을 분쇄기에 넣고 빻으면서 노래를 부른다.

차가운 바닥에

물레바퀴가 돌아간다.

거기 살았던

내 사랑은 사라지고 없다.

* 루마니아의 수도.
** 독일 대표 주간 시사 잡지 〈포커스〉의 뉴스 포털.

아침 식사 후, 나는 물건을 망가뜨리는 아들 녀석을 호되게 나무랐다. 그러고는 식탁을 치우고 세탁기에 빨래를 넣어 돌리고 난 다음 커피 한 잔을 내려 발코니로 가져갔다. 그곳에서 두 시간 동안 아이헨도르프 시를 읽는데, 웃통을 드러내놓고 낮은 목소리로 중얼거리거나 혹은—마음에 드는 시가 있으면—큰 소리로 낭독한다. 그 바람에 은퇴를 하고 조용히 살아가는 이웃집 사람들도 내 목소리를 들을 수 있을뿐더러, 자신들이 앉아 있는 발코니에서 건너편 발코니에 웃통을 드러내놓고 앉아 아이헨도르프의 시를 소리 내어 읽는 남자를 볼 수도 있다.

나무 꼭대기에서 들려오는 짹짹거리는 희미한 소리,

저 멀리 날아가는 작은 새,

고요한 산꼭대기에 있는 샘,

내 고향이 어디 있는지 알려줄래?

이 글을 큰 소리로 낭독하고는 빨랫줄에 빨래를 넌다.

나는 커피를 한 잔 더 내려놓고, 시 전문을 세로보크로아트어로 번역한다. 시 제목은 '회상'이다. 나는 할머니에게 전화를 걸어 그 시를 읽어준다. 그러자 "당나귀 녀석"이라고 말하고 전화를 끊어버린다.

나는 정해진 시간에 포커스 온라인에 들어가 즉석에서 아이헨도르프와 함께 시를 읽겠다는 생각을 접는다. 바닐라 아이스크림을 만들려고 차갑게 식은 닭고기 수프에 재를 뿌리지도 않을뿐더러

코로 들이마시지도 않는 법이니까.

화요일에 《방랑아 이야기》라는 책을 읽는다. 가끔 뭔가를 쓰기도 했다. 아이 유치원에 기생충 두 마리가 나타났다. 그래서 아이의 배변 검사를 했지만 기생충은 발견되지 않았다. 나는 부모님과 전화 통화를 했다. 곧 있으면 부모님은 석 달간 크로아티아를 떠나 있어야 한다. 또다시 외국인청을 방문할 때고, 또다시 불안감을 느낄 때다. 의료보험도 없다. "우린 이제 더 이상 젊지 않구나"라는 말도 나온다.

수요일에 엘베강 가에 앉아 온종일 30~40편의 시를 읽고 음료도 주문한다. 두 상자는 탄산이 함유된 생수고, 한 상자는 일반 생수다. 동행한 아이헨도르프는 모래밭에 누워 일광욕을 하고 있다.

오늘은 아들 녀석과 함께 시간을 보낸다. 기생충 때문에 유치원에 데려다주지 않을 것이다. 나는 아이헨도르프의 전기를 읽고, 아이는 모래밭에 길을 만든다. 아이가 만든 여러 개의 길은 병원으로, 경찰서로, 유치원으로, 몇몇 공장과 공사장으로 나 있다.

아이가 말한다. "뚜따때따*, 유치원에 새로 온 파프리칸틴**이 있어요."

나는 장난감 삽으로 모래밭에 구멍을 파서 그 속에 아이헨도르프의 시들을 파묻는다. 그날은 하루 종일 아무것도 먹지 않고 커피만 2리터를 마신다.

---

*   나팔 소리를 모방한 소리.
**   프락티칸틴(Praktikantin, 실습생)이라는 단어를 정확히 몰라서 파프리카(Paprika, 피망)와 섞어 썼다.

잠을 이룰 수가 없다. 모든 일이 한꺼번에 일어난다. 뱀의 혀, 시인의 언어. 이제 할머니 기억 속에서 수많은 날짜뿐 아니라, 단어도 의지도 사라져버렸다. 할머니는 텅 비어 있다. 불완전한 문장들과 사라져버린 기억들. 그사이 나는 여기 이곳에 가상의 빈 공간을 만든다.

나는 옷을 입고 동네를 배회한다. 달이 부드럽게 살며시 떠다니는 고요한 밤 내내 배회하고 돌아다닌다. 시간은 그렇게 흘러간다. 새벽 3시에 종달새가 보고 싶어 사거리로 나가 한가운데에 선다. 주변에 아무도 없다.

오, 멋진 밤의 노래여.
노래의 물결이 흐르는 땅 저 멀리서,
어두운 나무 안에서 잔잔히 흐르는 전율 ―
내 생각을 어지럽히는 너,
여기 요란한 내 노랫소리가
오로지 꿈에서만 외치는 소리처럼 들리네.

여기 요란한 내 노랫소리. 자러 가라, 당나귀 녀석.

최고의 걸작으로 그려진 자화상 속 아이헨도르프는 주변을 둘러본다. 밝은색 옷깃, 어두운색 코트, 숱이 엄청 많은 머리, 콧수염과 금목걸이. 그는 마약밀매업자 혹은 힙스터처럼 보인다. 여기 나의 요란한 노랫소리.

나는 집으로 돌아가 한밤중인데도 아이헨도르프를 좋아하는 이유에 대해 리스트를 만든다. 이 프로젝트를 '할머니가 사라지기 전 대규모 기분 전환 작전'이라고 명명한다. 아이헨도르프의 넋을 잃게 만드는 것들이 난 참 좋다. 밤, 숲, 독수리, 사냥, 루이제라는 이름의 여자, 베누스라는 이름의 또 다른 여자. 거기에 종달새 한 마리, 잘레강*, 또 다른 종달새 한 마리, 세상 그 어떤 새도 아닌 종달새, 가을과 봄, 아, 봄 여름 가을 겨울 사계절, 새벽 여명이든 저녁 황혼이든 어스름이 깔리는 때. 그리고 그가 소탈하게 "좋은 아침입니다"라고 인사도 하지 않고 곧장 나가버리는 것도.

나의 기쁨인 아침이여!
그 고요한 시간에 난
저 멀리 가장 높은 산 위에 올라,
독일이여, 그대에게 진심으로 인사를 건넨다!

나는 아이헨도르프가 세상에 아첨하는 방식이 마음에 든다. 그가 얼마나 친절하게 세상을 마주하는지! 세상과 또 그 세상에 존재하는 신비스러운 것에도 친절하다. 그리고 모든 감각을 동원해 자연을 느끼는 방식, 그것을 명확하고 기발하게 묘사하는 방식도 마음에 든다.

그의 변덕도 마음에 들고, 그의 전기도 감동을 준다. 또 그가 공무원인 것도, 사무실에서 책상 위를 앵앵거리며 날아다니는 벌레들을 잡는 것도. 반면 먼 곳을 향한 동경은 마음속에 담아두는 것

* 작센안할트주와 튀링겐주를 흐르는 엘베강의 지류.

311

도 나를 감동시킨다.

서류 더미 사이에, 어두운 벽과 벽 사이에
존재하는 나를 쫓아내고 있네.
자유를 향한 열망이,
지금의 삶에 지워진 엄중한 의무가,
그리고 모욕당한 뮤즈들이
책장과 서류 더미 밖으로 얼굴을 내밀고
내 공적인 얼굴을 마주 보고 웃고 있네.

나는 많은 일을 감수하지 않아도 되었다.
금요일엔 더 많은 시를 읽는다.
"뭐 해요?" 아들이 묻는다.
"일하고 있단다."
"일은 그렇게 하는 거 아니에요."
"그럼 어떻게 하는데?"
"가령 크레인을 타고 해요."

딱따구리는 나무의 빈 구멍에 둥지를 짓는 새다. 딱따구리가 노래 부르는 방식으로 노래를 부르는 새는 딱따구리밖에 없다. 딱따구리는 번식을 할 때 가장 힘차게 목청을 뽑낸다. 딱따구리가 부르는 노래는 거친 소리가 나는, 8~15개의 비트 혹은 뵈트라는 음으로 이루어져 있다. 경고를 할 때에는 '테크' 혹은 '퇴프' 음절을 내

뱉는다.

할머니는 나를 당나귀 녀석, 태양이라고 부른다.

할머니는 슬리퍼를 신고 잠을 잔다.

출신, 창작, 그러나 영웅 이야기는 없다.

벤트란트*로 가족 나들이를 가기에 앞서, 토요일 아침에 나는 이곳 함부르크에 앉아 두운을 맞추는 작업을 하고 아이헨도르프의 구절 "오, 조용히 찾아드는 즐거운 행운이여!"를 인용한다.

(언어에도 존재하는) 타율에 대한 자각. 가족, 딱따구리들, 아이헨도르프, 내 아들, 트위터, 비셰그라드 사람들, 그림 형제, 컴퓨터 게임들, 그림 형제의 독일어 사전. 들려줄 수 있는 이야기는 거의 무궁무진하다. 여기 최고의 이야기가 있고, 그 이야기는 "뭐 더 잊어버린 거 없어? 넌 늘 뭔가 잊어버리잖니"라고 시작된다.

---

* 독일의 브란덴부르크주, 메클렌부르크포어포메른주, 니더작센주, 작센안할트주 경계에 걸쳐 있는 휴양지.

할머니의 생신

어제는 할머니 생신이었다. 그 사실을 난 잊고 있었다. 뒤늦게나마 축하라도 하려고 전화를 한다. 할머니는 아버지 이름으로 날 부르며 인사한다. 난 할머니가 잃어버린 안경 찾는 걸 도와야 한다.

"할머니 머리 위에 있을 거예요." 내가 말한다. 농담이다. 하지만 할머니는 당황하며 웃는다. 실제로 안경이 머리 위에 얹혀 있기 때문이다. 고맙다고 하고는 전화를 끊지 말고 잠깐 기다리라고 한다. 그러고는 "자고르카!" 하고 언니 이름을 부른다. 할머니가 집 안을 분주하게 돌아다니는 소리가 나더니 문이 열리고 닫히는 소리가 들린다. 좀 지나도 할머니가 돌아오지 않자 나는 수화기를 내려놓는다.

잠시 후, 내가 왜 전화했는지 생각난다. 그래서 다시 전화번호를 누른다. 하지만 할머니는 하루 종일 전화를 받지 않는다.

할머니는 집 안마당에 있는 언니를 발견했다. 좋은 꿈을 쫓아가듯이 자고르카 할머니가 함박웃음을 지은 채 이리저리 뛰어다닌다. 할머니가 창밖을 내다보며 들어오라고 큰 소리로 외친다. "자고르카!" 할머니가 외친다. "언니!"

하지만 자고르카 할머니는 부르는 소리가 들리지 않거나 들어갈 마음이 없는 것 같다. 원을 그리며 계속 빙글빙글 돌기만 한다. 참 나못해 할머니는 마당으로 내려간다. 잠시 후, 할머니가 슈퍼마켓 출구를 찾지 못하고 헤매고 있자 어떤 사람이 말을 건다.

할머니는 출구를 찾고 있다.

할머니는 자기 빗을 찾고 있다.

할머니는 전기세 영수증을 찾고 있다.

할머니는 언니와 남편을 찾고 있다.

할머니는 이웃집 부인에게서 집 열쇠를 건네받는다—부인이 휴가 가 있는 동안 그 집 꽃에 물을 주려고 말이다. 용기 있는 선택이다. 그런데 그 집 꽃들이 모두 죽지 않고 살아 있다. 물론 할머니는 이웃집 주방에서 찾아낸 음식도 모조리 다 먹어치웠다. 이웃집 부인은 괜찮다고 한다. 오늘 생신을 맞은 할머니 나이는 일흔여덟 하고도 하루가 된다.

청소년 릴레이 경주 대회

행사 운영 면에서 실존하는 사회주의의 힘이 확연히 드러났다. 그 모든 경축일, 열병식, 환영식, 그리고 인민, 당, 대통령에 대한 사랑을 연출한 그 모든 장면들—이 정도는 괜찮았다. 진짜 투덜거릴 일은 아닌 것 같다. 엄청나게 큰 알록달록한 군모들과 훈장들. 모든 일에 늘 너무 많은 시간이 걸렸다. 그런데 당신은 이 같은 고충을 누구에게 털어놓고 싶은가?

유고슬로비아의 주요 경축일로 5월 25일 청소년의 날이 있다. 이날은 환상적인 릴레이 경주로 장식되었다. 이 행사를 위해 모집된 청소년들은 나무 막대를 들고 전국 방방곡곡을 돌다 결승선을 불과 몇 미터 남겨놓고 티토에게 나무 막대를 넘겼다. 나무 막대에는 보통 일종의 상징적 문양, 불꽃이나 별이나 어떤 농산물 그림이 찍혀 있었다. 1945년 해방 이후 매년 이 릴레이 경주가 열렸다. 처음엔 티토를 칭송하는 것이 목적이었다. 티토가 "됐소, 차라리 청소년들을 칭송하시오"라고 관대하게 말하기 전까지 말이다. 티토가 죽은 후, 결승선에서 새로 등장한 대통령에게 나무 막대가 넘어갔다. 하지만 지금 그의 이름을 기억하는 사람은 없다.

릴레이 경주에 참가한 사람은 모두 뭘 해야 할지 알고 있었다. 도착 시간과 출발 시간, 코스, 릴레이 경주 참가자들의 숙소—이 모든 것은 엄격히 통제되었다. 가장 중요한 규칙은 '절대로 나무 막대를 떨어뜨리지 않는다!'라는 것이었다. 혹 나무 막대를 떨어뜨리면 무슨 일이 일어날지 아무도 알 수 없었다. 지금껏 그런 일은 단 한 번도 일어나지 않았으니까. 앞으로 99년간 계속 가뭄이 올까? 공룡이 유고슬라비아로 되돌아올까? 혹시 자본주의가 도래할까? 이런 수준의 일이 일어날 가능성은 충분히 있었다.

릴레이 경주 코스에 포함된 마을에 경주 참가자들이 들어오기도 전에 음악이 연주되고 연설이 시작되었다. 그 마을에서 경주 참가자들이 다음 행선지로 떠날 준비를 하고 있는 동안에도, 다음 행선지로 떠나고 난 후에도 음악과 연설은 계속 이어졌다.

저녁때, 다음 행선지인 한 도시에 도착한 경주 참가자들은 밤이 깊어지자 안전한 곳에서 잠을 잤다. 어느 날 밤엔 비셰그라드에 들어와 하룻밤을 묵기도 했다. 아버지는 릴레이 경주 참가자들의 숙소 관련 일을 처리하는 준비위원회에서 활동하고 있었다. 그들은 문화의 집에서 하룻밤을 묵었다. 그날 밤, 문화의 집 앞엔 젊은 동지들이 보초를 섰고, 돌발 사태는 발생하지 않았다.

언젠가 나도 행렬에 참가한 적이 있었다. 1986년인가, 1987년이었다. 당시 나는 학교 성적도 좋았고, 영웅적으로 전사하는 유격대원에 대해 시를 쓰고 있었다. 아버지가 나를 릴레이 경주 모집에 참가자로 등록한 사실을 지금에 와서 들어 알고 있다.

릴레이 경주의 의미를 알고 있던 터라 실수라도 하면 어쩌나 하는 내 불안만큼이나 의미가 큰 행사였다. 경주 참가자들이 도착하기 전날 밤, 나는 미끄러운 나무 막대가 손가락 사이로 빠져나가 발 앞에서 콧수염이 달린 물고기로 변하는 꿈을 꿨다.

아침 식사 때 아버지가 내 역할을 상기시켜주었다. 릴레이 경주에서 선두를 달리는 동지들을 맞이하고 트로피처럼 나무 막대를 머리 위로 들어 올리며 기쁨을 표현하고 릴레이 경주를 이어가는 일을 말이다. 잘 알아들었느냐고 묻는 아버지의 말에 나는 대답 대신 경례를 해 보였다.

하지만 아버지는 가장 중요한 것을 언급하지 않았다. 즉, 절대로 나무 막대를 떨어뜨리지 않는다!라는 거였는데, 이 말은 굳이 할 필요가 없었기 때문이다.

오후 1시에 릴레이 경주 참가자들이 스포츠센터 앞에 도착할 예정이었다. 나는 세 시간 전부터 그곳에 나가 있었다. 오전 11시, 소년 소녀 개척단원들의 공식적인 입장 행진과 함께 부대 행사가 시작되었다. 나는 한 대대를 이끌고, 박수치는 군중들 사이를 통과했다. 이어 우리는 안내를 받아 축구 골대 앞으로 나아가 거기서 두 시간 동안 서서 릴레이 경주 참가자들을 기다려야 했다.

그때가 정확히 몇 년도였을까? 나는 인터넷에 들어가 검색을 좀 해보고 1987년에 마지막 릴레이 경주가 열렸다는 사실을 알아낸다. 이 사실은 릴레이 경주 참가자들 틈에 끼어 마지막 릴레이 경주에 참가했다는, 내가 세운 상징적인 계획에 잘 들어맞을 것이다. 물론 나는 1987년에 열린 릴레이 경주에서, 나무 막대를 사용했다는 내 기억과는 달리 유리 막대와 플라스틱 막대를 사용한 사실도 알게 된다. 릴레이 경주 바통 케이스는 여덟 개의 흰색 막대가 꽂혀 있는 모양이었다. 그 흰색 막대 윗부분에 찍힌 여덟 개의 붉은 반점은 유고슬라비아를 구성하는 여덟 민족의 피를 상징적으로 표현한 것이었다. 오늘날 박학다식한 인터넷 검색을 통해 그 케이스 안에서, 머잖아 일어날 민족 간 유혈 사태의 조짐을 보는 건 그리 어렵지 않다.

내 기억 속 릴레이 바통은 오각형 별이 찍힌 통나무 모양이다. 그러면 내가 참가한 릴레이 경주는 1987년에 열린 게 아니었던가? 1986년의 릴레이 바통도 나무 막대가 아니었다. 1986년이든 1987년이든 간에, 나는 개척단원 모자를 쓰고 통일과 박애의 상징을 기다리고 있었다. 그러다 어느 순간 난 소변이 너무 마려웠다─아이들은 대체 왜 이럴까? 기억은 또 왜 이렇고? 기억 속에선 늘 한 아이가 소변을 마려워하는 법이지. 방금 샤워한 것 같은 개척단원들과─휴일이나 다름없는 이날을 반겼던─향수 냄새를 풍기는 개척단 간부들과 선생님들 사이에 서 있던 나는 참기 힘들 정도로 소변이 급했다. 난 티토의 개척단원이었다고! 자기희생과 헌신을 실천하는 개척단원. 난 저항 투사였다고! 그래서 난 내게 주어진 자리를 떠나지 않았다.

환호가 터져 나오고 행진 음악이 흘러나왔다. 대대적인 참여와 엄청난 혼잡 속에서─마침내 릴레이 경주 참가자들이 나타났다. 그때 난 '제발 지금 연설만은 하지 말기를' 하는 생각뿐이었다. 동지들, 제발 연설은 나중에 하라고. 더는 참을 수가 없다고! 실제로 연설한 사람은 없었다. 그때 나는 릴레이 경주 참가자들과 스포츠용 러닝셔츠를 입은 건장한 젊은 남자를 보았다. 그 남자는 양쪽으로 길게 늘어선, 꽃을 들고 환영 나온 아이들 사이를 통과해 내게 달려와서 환하게 웃었다. 땀에 흠뻑 젖은 그의 모습은 건강하고 쾌활하고 환상적으로 보였다. 그가 류블랴나에서 오로지 나를 향해 곧장 달려왔다고 해도 나는 놀라지 않았을 것이다.

그는 내 눈을 들여다보았다. 그때 반 세대만큼 우리는 떨어져 있었다―하지만 그의 손에 들린 물건이 우리를 다시 연결했다. 중대한 사명을 띤 나무 막대라는 물건이 말이다. 릴레이 경주와 함께 성장한 우리는 그 역사를 알고 있었다. 그리고 이제 우리는 그 릴레이 경주의 주인공이 되었다. 우리는 영광스럽고 자랑스러우며 불안했다. 이 세 가지 감정을 토대로 유고슬라비아의 역사가 시작되었다. 또 이 때문에 우리는 상도 받고 영감도 얻고 위축감을 느끼기도 했다. 이 모든 것이 늘 동시에 일어났다.

다음 주자에게 나무 막대를 넘겨줄 땐 자긍심이 솟아올랐다. 나와 마주 보고 있는 그 남자의 눈에서도 그 자긍심을 보았다. 뭘 소리, 지금은 말만 그렇지 실은 아무것도 읽어내지 못하지 않았나. 무사히 나무 막대를 넘겨받는 데 내 온 신경이 가 있었으니까.

나무 막대는 매끄럽고 따뜻했다. 나는 승자가 트로피를 머리 위로 들어 올리는 것처럼 개척단원이 넘겨준 나무 막대를 들어 올렸다. 나는 나무 막대를 떨어뜨리지도 않았고 그걸 들고 도망치지도 않았다. 내 뒤에 있는 소녀에게 재빨리 그것을 넘겨주고 무리에서 빠져나와 고요하고 평온한 드리나강에 오줌 누러 갔다.

집이라는 곳에 있어본 적이 없는 우리 가족

나는 우리 가족이 사용하는 왓츠앱 단톡방에 메시지를 남긴다.

> 어머니,
>
> 제가 나무 막대를 들고 찍은 사진 있어요?

어머니가 답장한다.

> 있지.
>
> 아직 갖고 있는지 모르겠구나.
>
> 아마 찢어버렸을 거야.
>
> 우린 한 번도 집이라는 곳에 있어본 적이 없잖니.

> 나무 바통이었어요?

> 글쎄, 잘 모르겠구나.

1987년에 사용된 바통은 유리로 된 거 같아요.

근데 나무 바통이었던 걸로 기억해요.

3학년 때쯤이었어.

아버지한테 물어볼게.

조직위원이었어서 알고 계실 거야.

네.

아버지 말이 1986년에 사용된 건

나무 바통이었다는구나.

바르다사에 일해서 아주 잘 알고 계셔.

아버지 회사에서 바통을 만들었어요?

응, 그래서 알고 계셔.

지역 회사에서 만든 바통들도 있긴 했지.

지역 회사와 협회 같은 곳에서 만든 것들이

유통 과정에서 주류가 된 거지.

잠시만요.

바르다사 바통은 하나야.

322

알호스사 것도.

베오그라드에 온 청소년단이 들었던 바통이 진짜인데.

제가 그걸 든 적이 없다는 건가요?

한 번도 없었어.

어머니는 가짜 바통을 들고 찍은 내 사진을 보내주었다. 나는 붉은 별이 찍힌 막대를 높이 쳐들고 있는 굼뜬 아이의 모습이었다. 붉은 다각형이 찍힌 모자를 쓴 나는 괴로운 표정을 짓고 있었다.

그 사진을 아들에게 보여주며 묻는다. "누구게?"

아들은 사진을 보는 것보다 공방 놀이를 더 하고 싶어 한다.

나는 과거 속에 있는 듯 행동해보지만, 그 과거는 전혀 사실이 아니다. 나는 청소년 릴레이 경주에서 앞 주자로부터 넘겨받은 바통을 떨어뜨리지 않았다. 나무로 공들여 만든 그 시대의 '이데올로기', 부풀린 유리로 만든 그 시대의 '이데올로기'를 내팽개치지 않았다.

무하메드 할아버지와 메즈레마 할머니

네나 메즈레마 할머니는 독일에 있을 때 딱 한 번 콩알로 미래를 보았다. 그날은 1998년 겨울에 눈이 엄청 내린 날로, 부모님이 독일을 떠나기 몇 주 전이었다. 집안 분위기는 초긴장 상태였다. 부모님은 미국에서 새 출발을 앞두고 있었고, 조부모님은 어느 순간 날아들지 모르는 추방 통지서를 초조하게 기다리고 있었다. 사촌 형은 학교에서 문제를 일으켰다. 얼마 전에 독립해 나간 나는 그사이 집에 온 적이 별로 없었다.

우리는 거실에 모였다. 네나 할머니는 양탄자 위에 수건 한 장을 펼쳐놓고 담배를 피우며 그 앞에 앉아 있었다. 양반다리를 하고 앉은 앙상하게 마른 할머니는 상체를 이리저리 흔들고 있었다. 나는 할머니에게 재떨이를 가져다주었다.

사촌이 첫 번째 순서였다. 네나 할머니는 콩알은 쳐다보지도 않고 곧바로 "공부하지 않으면 아무것도 될 수 없어"라고 말했다.

다음은 할아버지 차례로, 할머니는 콩알을 던지고는 말없이 할아버지를 꼭 껴안았다. 그러나 점괘는 알려주지 않았다.

할머니는 어머니에게도 아무 말이 없었다. 잠시 무거운 침묵이 흐르고 할머니가 콩알이 깨졌다고 소리를 지르며 콩알들을 창밖으로 내던져버렸다. 그러고는 눈 속에 떨어진 콩알들을 주워 오라고 나를 밖으로 내보냈다. 내가 기실로 되돌아왔을 때 어머니의 얼굴은 창백했고, 아버지는 나지막한 목소리로 그런 어머니를 설득하고 있었다.

내 점괘를 보려고 네나 할머니는 콩알을 던졌다. 그러고는 "너한테 푹 빠진 나이 든 여자 얘기를 기억하고 있니?"라고 물었다.

기억하고 있었다.

네나 할머니가 "잊어버려라"라고 말했다.

나는 "리케가 저보다 연상이에요"라고 대꾸했다.

네나 할머니가 "내 말이 그 말이야"라고 말했다.

헤어질 때 네나 할머니가 버스를 타지 말라고 충고했다. 하지만 나는 그 말을 듣지 않았고, 결국 내가 탄 버스는 눈 속에 갇히고 말았다.

얼마 후, 네나 메즈레마 할머니와 무하메드 메즈레마 할아버지도 추방되었다. 그 이유가 그들의 조국엔 국가 재건을 위한 인력이 필요하다는 거였다. 그러나 비셰그라드로 돌아갈 순 없었다. 할머니와 할아버지는 결혼한 딸 룰라—내겐 이모가 된다—와 한 가족을 이루어, 딸네 집 근처 자비도비치*에 있는 자그만 집으로 옮겨 갔다. 그곳엔 아는 사람이 아무도 없었지만 머지않아 이러한 사정은 변했다. 적어도 할아버지 입장에서는 말이다. 할아버지는 벽에

* 보스니아헤르체고비나 중부에 있는 도시.

페인트칠을 하고 장을 보고 아이들을 돌봤다. 면도도 최고로 잘했다. 거기서도 여전히 변함없이 좋은 사람이었다. 그 도시에 흐르는 보스나강에는 송어가 살고 있었다. 그래서 그곳에 송어 낚시를 다니고 일찍 잠자리에 드는 생활을 하며 지냈다.

창가에 앉아 있는 네나 할머니의 표정이 점점 진지해졌다. 뭔가 할머니의 목을 조르고 있는 것 같았다. 할머니는 할아버지가 집으로 돌아올 때까지 기다렸다가 한번은 너무 자주 외출하지 말라고 부탁했고, 할아버지는 그러겠다고 약속하고 그 약속을 지켰다.

나는 할아버지 할머니를 찾아가 그 도시에서 일주일을 보낸 적이 있었다. 몸이 아픈 할머니를 할아버지와 이모가 돌보고 있을 때였다. 나는 할아버지와 낚시하러 가고 싶었지만 그런 상황에서 물어볼 수 없었다. 그래서 혼자 낚시를 갔지만 아무것도 잡지 못했다. 저녁이 되어, 할머니와 함께 영화를 보다 우리는 텔레비전 앞에서 잠이 들었다.

할머니가 숨을 헐떡거렸다. 기도에 혹은 폐에 뭔가 문제가 있는 것 같았다. 의사가 여러 가지 조치를 취했지만, 할머니는 한층 더 심하게 숨을 헐떡거리다 결국에는 세상을 떠났다. 호흡에 뭔가 문제가 있었던 듯했다.

할머니가 돌아가신 후에 할아버지는 기력이 많이 쇠약해졌다. 식사도 거의 하지 않고 침대에서만 지내다시피 했다. 할아버지는 그냥 내버려둬달라고 부탁했다. 외삼촌과 이모도 할아버지가 왜 그러는지 알려고 하지 않았다. 룰라 이모는 바람을 쐬게 하려고 매일같이 할아버지를 집 밖으로 끌고 나가 온 도시를 돌아다니게 했다. 어머니는 미국에서 돌아와 할아버지와 이야기도 하고 면도도 해주었다. 가족들은 할아버지를 혼자 두지도 않을뿐더러, 홀로 슬퍼하도록 놔두지도 않았다.

한번은 외삼촌이 강에 가보자는 아이디어를 냈고, 우리는 할아버지를 모시고 잘츠부르크에 있는 잘차흐강에 갔다. 잘차흐강에 도착하자 외삼촌은 낚시를 했다. 처음엔 그 모습을 그저 지켜보던 할아버지도 나중엔 직접 해보고 싶어 했다. 그런데 쇠약해진 할아버지는 잡은 물고기를 혼자서 물 밖으로 끄집어내지 못했다. 이튿날, 몇 주 만에 처음으로 할아버지는 직접 면도를 하고 다시 강으로 갈 채비를 했다. 그로부터 몇 주가 지나 다시 집에 돌아온 할아버지는 건강이 회복되어 있었다.

무하메드 할아버지는 그로부터 5년을 더 살았다. 돌아가시기 전까지 낚시를 다니고 사람들에게 악수도 청했다. 죽음이 임박했어도 그런 일을 그만둘 이유가 없었다. 다리가 불편해 다닐 수 없는 날엔 괜찮아질 내일을 기다렸다.

2011년 12월, 추워서 몸이 덜덜 떨리는 날이었다. 그날도 할아버지는 면도를 하고 철도원이 입는 코트를 걸치고 마당으로 나갔다. 그러고는 조용한 목소리로 이웃집 부인에게 장작을 패주겠다고 하고 애써보지만 이내 녹초가 되고 말았다. 이후 감사 인사를 하기 위해 이웃집 부인이 꽃을 들고 와보니 할아버지는 열이 나 침대에 누워 있고, 그 곁을 룰라 이모가 지키고 있었다. 2011년 12월 햇빛이 쨍쨍한 차가운 어느 날, 할아버지는 깔끔하게 면도를 하고 편안하게 죽음을 맞이했다.

할머니와 칫솔

이제 할머니는 예전처럼 그리 자주 이를 닦지 않는다. 아주 가끔 환하게 웃어 보일 때면 음식 찌꺼기가 낀 누런 이가 드러난다. 어쩌면 이 닦는 걸 잊어버린 건지 모른다. 이 닦을 때를, 이를 닦으면 얼마나 좋은지를 까먹은 듯하다. 누군가 그 일을 상기시키면 할머니도 이를 닦을 것이다.

할머니의 예전 칫솔은 파란색이었고 지금 칫솔은 밝은 파란색이다. 헌 칫솔 솔이 바깥쪽으로 휘어져 있어, 우리가 새 칫솔을 가져다 놓고 헌 칫솔을 쓰레기통에 버렸다. 그러자 할머니는 그걸 다시 쓰레기통에서 주워 왔다. 그러고는 새것을 쓰레기통에 던져버렸다. 할머니는 다른 사람들이 자신의 삶을 그리 쉽게 마음대로 좌지우지할 수 없다고 했다.

우리는 할머니가 옳다고 했다. 그렇지만 할머니를 위해 산 물건을 그리 쉽게 쓰레기통에 버려서도 안 된다고 했다.

할머니도 우리가 옳다고 했다. 그러면서 새 칫솔을 창밖으로 내던져버렸다.

우리는 근거를 대며 재차 설득에 나섰다. 우리 설명을 열심히 듣고 있던 할머니가 "내 칫솔 아니면 어떤 칫솔도 싫어"라고 강경하게 말했다.

우리는 포기하지 않았다. 가족 중 누군가 헌 칫솔과 비슷해 보이는 새 칫솔로 바꿔놓자는 아이디어를 냈다. 지금의 밝은 파란색 대신 다른 밝은 파란색으로 교체하자는 말이었다. 색깔 차이는 거의 없었고, 손잡이 길이가 아주 조금 차이가 났다. 칫솔에 치약을 조금 짜놓으니 새 칫솔 같아 보이지도 않았다. 다만 빳빳한 솔 부분이 헌 칫솔에 비해 엄청 눈에 띄었는데, 우린 할머니가 눈이 안 좋다는 점에 기대를 걸었다. 할머니가 애지중지하는 헌 칫솔은 버리지 않고 일단 숨겨놓고, 칫솔을 바꿔놓은 걸 할머니가 눈치채지 못한 걸 보고 나서 그 헌 칫솔을 버릴 생각이었다.

그러나 할머니는 칫솔이 바뀐 걸 곧바로 알아차렸다. 화가 난 할머니가 새 칫솔을 꺾자 플라스틱 칫솔은 휘어지긴 했지만 여전히 멀쩡했다. 할머니는 헌 칫솔을 돌려달라고 했다. 좋아요. 그럼 그 헌 칫솔을 갖고만 있지 말고 사용도 해야 한다고 우린 말했다. 그러고는 욕실과 전기레인지 위에 '이 닦기!'라고 적은 포스트잇을 붙여두었다.

이 모든 게 무슨 소용이 있을까? 우리는 통제하고 싶은 마음에 할머니 장롱과 서랍을 정리하고 잡동사니 물건들을 치워버렸다. 그러자 이번에도 불같이 화를 냈는데, 할머니에게 그 물건들은 그저 그런 잡동사니가 아니었던 것이다. 할머니와 거의 함께하지 못한 곳에서 함께 있을 때나마 우린 쓸모 있는 존재가 되고 싶었던

329

모양이다. 늘 그렇듯이 며칠 후면 우리는 다시 집으로 돌아가고 할머니는 다시 혼자가 되었다. 그런 할머니에게 우릴 믿어도 된다는 걸 우리는 우리 자신에게 보여주고 싶었던 건 아닐까.

3층에 사는 이웃이자 오랜 친구인 라다 부인은 할머니에게 해줄 수 있는 일이라면 다 도와주었다. 음식을 만들고 빨래를 하고 인슐린 주사를 놓아주고 말동무가 되어주었다. 그러나 청소는 여전히 할머니가 직접 했다. 아무도 할머니 몰래 욕실 청소를 할 수 없었다.

라다 부인은 별일이 없어도 할머니를 살피러 들렀다. 무슨 일이 생길지 알 수가 없었으니까. 혹시 할머니가 다시 과거로 여행을 떠나면 그 소리를 들으려고 자기 집 문을 열어두기도 했다.

2018년 봄, 할머니가 폐렴에서 회복되는 사이에 칫솔이 사라져 다시는 찾을 수 없었다. 부모님이 새 칫솔을 사 왔다. 하지만 할머니는 아무래도 좋았다. 환하게 웃기라도 하면 할머니의 노란 이가 드러났다. 할머니는 이제 집 청소를 하지 않았다. 너무 노쇠했거나 아니면 청소하는 걸 까맣게 잊어버렸거나 관심이 없었는지 모른다. 이젠 혼자서 씻지도 못했다. 오랜 시간 말을 않고 있으면 턱이 거의 가슴에 닿을 정도로 고개가 떨구어져 있기도 했다.

할머니는 전문적인 간호가 필요했다. 가장 좋은 건 하루 종일 간호를 받는 것이었다. 비셰그라드에서 이렇게 해줄 사람을 찾는 건 힘들었다. 더욱이 할머니는 낯선 사람에겐 까다롭게 굴었는데, 혈압을 재려는 의사의 코를 하마터면 물어뜯을 뻔한 적도 있었다.

할머니가 폐렴에 걸려 병원에 입원해 있던 때엔 모두가 머릿속으로 생각한 일을 아무도 입 밖에 내지 못할 만큼 상태가 심각했다. 크로아티아에서 아버지와 어머니가 와서 꼬박 두 달을 간호했다. 거의 대부분 어머니가 간호를 하느라 과로하기 일쑤였다.

이제 할머니는 시세를 찾지 못한다.

이제 할머니는 현관문을 찾지 못한다.

할머니는 할아버지를 찾지 못한다.

나의 할머니는 기저귀가 필요했다.

어머니는 할머니에게 인슐린 주사를 놓아주고 장을 보고 청소를 하고 음식을 만들며 밥 먹는 것도 잊어버렸다. 이따금 할머니는 자기 몸을 씻겨주고 손을 잡아주는 여자가 누군지 알아보고 뺨을 쓰다듬어주었다. 또 어떤 날은 낯선 여자가 자신을 괴롭힌다고 생각했다. 그래서 할머니는 직접 머리를 빗으려 했지만 빗을 찾을 수가 없었다.

할머니가 꿈꾸는 걸 싫어하는 밤에는 아버지가 자지 않고 곁을 지켰다. 낮엔 어머니가 할머니와 함께 산책을 나갔다. 어머니는 경계심을 갖고 비셰그라드 도심을 산책했다. 이젠 아는 사람들이 많지 않으니 조심해야 했다. 아니, 몇몇이 아는 사람들이라 조심해야 했다.

건강을 회복한 할머니가 양탄자를 빨고 싶다고 계속 반복해서 말하는 바람에 어머니와 아버지는 어쩔 수 없이 양탄자를 빨았다. 이튿날엔 할아버지가 있는 산으로 가려고 했고, 그다음 날엔 자신이 다니는 교회에 모르는 낯선 남자와 여자가 서 있다고 화를 냈다. 또 어느 날엔 어머니와 아버지가 장을 보러 간 사이에 초콜릿

한 판을 다 먹어치우기도 했다. 부모님이 장을 보고 돌아오자 할머
니는 또다시 양탄자를 빨겠다고 했다.

기차가 올지도 몰라

오늘은 2018년 3월 29일이다. 아침 공기는 오줌 냄새와 벚꽃 향이 난다. 어머니는 할머니의 기저귀를 갈고 아침 식사를 차려주고는 식사하는 할머니를 지켜보며 묻는다. "뭐 더 드릴까요?"

할머니가 소리친다. "먹고 싶은 건 내가 직접 집어 먹을 거다!"

어머니는 식탁을 치우고 설거지를 한 다음 옷을 갈아입는다. 외출하려고 나서다 여행 가방 앞에 무릎을 꿇고 있는 할머니를 발견하고 살핀다.

"어디 가시게요?"

"언니한테."

"드라간은 어딨어요?"

"드라간이 누구야?"

"어머니 아들요."

"난 아들이 없어." 할머니는 곰곰이 생각한다. "내 언니 어딨어? 자고르카 어딨냐고?"

어머니는 머뭇거린다. "도와드릴게요."

어머니와 할머니가 가방에 옷, 블라우스, 속옷을 차례로 챙겨 넣는다. 어머니는 겨울용 코트도 넣으며 말한다. "이번 생에서 얼마나 더 세상 밖을 돌아다닐지 누가 알겠어요." 그 말에 두 사람은 며칠 만에 처음으로 웃는다. 신발, 장화, 샌들은 물론이고 블라우스도 몇 벌 더 챙겨 넣는다. 샤워 젤과 칫솔도 잊지 않고 넣었다. 할머니는 빗자루와 1리터 우유도 가져가려고 챙겨 넣었다. 결국 갈색 여행 가방 세 개에 짐을 쌌다.

가방 세 개는 엄청 무거웠다. 두 개는 바로 마당에 내려놓았다. 할머니는 여행을 가고 여행에서 돌아오는 일이 너무 기쁜 나머지 가방을 두 개나 마당에 두고 가는 건 신경 쓰지 않는다. 할머니는 어머니와 팔짱을 낀다.

어머니가 태어난 집은 다리 근처에 있다. 누런 집 정면이 거무스름한 얼룩과 회칠이 벗겨진 벽돌로 뒤덮여 있다.

"왜 여기서 멈춰 서냐?" 할머니가 묻는다.

"모르겠어요." 어머니가 대답한다.

할머니는 다리를 건너가고 싶어 하지만 어머니는 아니다.

어머니는 김나지움에 가보고 싶어 한다. 어머니는 창문을 통해 교실 안을 살핀다. 칠판 앞에 서 있는 어머니가 학생들을 상대로 절망적인 여러 이론에 대해 논평을 하고 있다. 한 시대를 지배하는 생각은 항상 지배계급의 생각일 뿐이다. 체육관은 새로 지은 것처럼 보인다. 이상한 건, 뭔지 모르겠지만 새것 같다는 것이다. 전부 새것 같다.

이미 도로를 건너간 할머니는 드리나강으로 가려는 모양이다.

어머니는 할머니를 따라잡아 시장으로 이끈다. 시장에 도착하자 할머니가 말한다. "너무 늦게 와서 좋은 카이마크*를 못 사겠어." 시장은 중국산 고물과 훈제 고기가 널려 있는 초라한 키메라 같은 모습이다. 구둣집 주인인 구두장이는 매번 같은 사람으로, 등받이 없는 의자에 300년이나 등을 구부리고 앉아 있다.

"기차를 탈 거냐?" 할머니가 묻는다. 어머니는 좋은 생각이라고 한다. 르자브강 다리는 붕괴 위험 때문에 몇 달 전부터 폐쇄되었다. 그래서 역으로 가려면 먼 길로 돌아가야 한다. 여행 가방이 아스팔트 바닥에 닿는 소리가 나고 바퀴 중 하나가 바닥에 끼인다. 지나가는 사람들이 쳐다본다. 근데 여기 사람들은 늘 저렇게 쳐다보곤 하지.

기차역은 폐허 같다. 1978년 이래 열차는 멈춰 섰고, 몇 년 전부터 버스 운행도 정지된 상태다. 한 소녀가 대기실 구석으로 들어간다. 롬니라는 이름의 푸른 눈을 가진 작은 거지 아이다. 그 아이는 똥을 누면서 어머니와 할머니에게 반갑게 손을 흔들며 인사한다.

어머니가 손수건으로 대합실 긴 의자를 닦고, 그 자리에 할머니가 앉는다. 잠시 후, 비둘기들이 날아와 주위를 돌며 춤을 추다가 날아가버린다.

"맙소사, 여기 왜 이 모양이냐?" 쐐기풀이 창밖으로 무성하게 자라나 있고, 고양이 한 마리가 들러붙은 눈을 비벼대고 있다.

"이런, 이런 모습이군요." 어머니가 말한다. 하지만 의자엔 앉으려 하지 않는다. 그 대신 벽에 기어 다니는 개미를 센다. 어머니는

---

* 발칸반도의 유제품. 클로틸드 크림과 비슷하다.

107마리째 개미를 세다가 그만한다.

15년 후, 플랫폼으로 들어오는 열차가 토해내는 소음을 들으며 할아버지를 기다리는 게 어머니의 일이 돼버린다. 무거운 코트 차림의 검게 그을린 얼굴을 한 할아버지도 거기 와 있다.

대각선 방향에 서 있는 어머니는 꼬마 아이였다. 모래색 건물은 병영 건물처럼 소박하고 각이 져 있다. 그 앞에 개 한 무리가 아침 햇살을 받으며 졸고 있다. 개 떼가 없으면 쇠퇴도 없다. 널린 빨래가 없는 빨랫줄이라고나 할까. 이윽고 건물 계단실을 발견하고 그곳으로 들어가자 어머니는 소리 내지 않으려고 애쓴다. 왜? 지금은 전등불이 고장 나 불이 들어오지 않으니까. 부모님 집으로 통하는 문도 예전과 같은 문인데, 초라하기 그지없다.

노크할까?

이젠 우리 집도 아닌데.

완전히 망가진 집,

쓰러져가는 이 형편없고 쓸모없는 집.

여기서 나가죠. 할머니는 여전히 의자에 앉아 있다. 어머니는 할머니를 다시 데리고 가려 하지만, 할머니는 약간 저항하며 열차를 계속 기다리겠다고 한다. 이런 태도에 어머니는 한층 더 단호하게 이제 기차는 오지 않는다고 한다.

옛 송진 공장의 거의 모든 창문들이 깨져 있다. 저기 공장 상층에 있는 4층 왼쪽 부분이 보인다. 어머니가 돌멩이 하나를 집어 들자 할머니도 따라 한다. 여러 새 둥지와 쥐 한 마리. 여하튼 이 동물들에게 그곳은 집인 것이다.

"이제 커피를 한잔하자." 할머니가 만족스러운 표정으로 말한다.

옛 티토 거리의 서점엔 불빛이 거의 없다. 늘 그랬었지. 늘 말이야. 이제 어머니는 그곳에서 벗어나고 싶다. 어둠을 향해 따지듯이, 가게가 얼마나 별로인지 말하려고 한다. 책들은 불빛이 필요하다고! 어머니는 손자에게 줄 공룡 그림책을 구입한다.

어머니는 생명의 위협을 느낀 날, 비셰그라드를 떠났다. 그렇게 떠나온 이 도시에서 묵을 곳을 찾으면서도 안식을 찾진 않는다. 어머니는 할머니에게 자신이 필요하기 때문에 그저 여기 오는 것일 뿐이다. 여기서 어머니는 한산하고 훼손된, 반쯤 죽은 도시의 족벌주의와 쇠퇴한 모습, 그리고 끝없이 암울하고 한없이 보수적인 모습을 목격한다. 증오스럽다. 그리고 어느 날 아침에 현금이 가득 든 비닐봉지를 들고 사무실을 나간 알호스사의 마지막 주인도 증오한다. 그 남자는 나중에 두 번이나 더 사무실로 돌아왔다. 멈춘 재봉틀에 말없이 앉아 있는 직원들 옆을 지나 또 다른 돈 봉지를 옮기려고 말이다. 이후 직원들은 바꿀 수 있는 건 아무것도 없다고 했다. 당시 이곳은 과거에 존재했던 그 도시로는 절대 되돌아갈 수 없다고.

할머니는 또다시 어머니와 팔짱을 낀다. 그렇게 팔짱을 끼고 그들은 지금은 존재하지 않는 스포츠센터 앞을 지나간다. 영화감독 에미르 쿠스투리차가 거기 있던 스포츠센터를 허물고, 강 사이에 자리한 곳에 안드리치그라드*라는 이름을 붙인, 상상력이 결여된

---

*   1961년 노벨문학상 수상자인 유고의 시인이자 작가 이보 안드리치에 헌정하기 위해 새로 만든 구역으로, 비셰그라드에 위치해 있다.

대중적인 판타지 예술 도시를 짓게 했다. 그 어처구니없는 쓸데없는 짓에 1700만 유로가 낭비되었다.

할머니가 감탄조로 말한다. "예쁘구나."

어머니가 대꾸한다. "아주 멍청하죠."

인테르메초 카페에서 어머니는 자신이 마실 차와 할머니를 위해 에스프레소를 주문한다. 작은 압축기에 들어 있는 레몬 슬라이스 한 개가 차와 함께 나온다. 카페 종업원이 어머니에게 말을 건다. 아주 오래전에 들었던 수업에서 정치학을 가르친 강사 선생님이셨죠? 그는 어머니를 보게 되어 매우 기뻐한다. 그들은 이야기를 나눈다. 흔히 나누는 이런저런 이야기를. 어머니는 살짝 미소 짓는다. 그가 다시 탁자로 오자 어머니는 레몬 압축기를 칭찬했다. 이 얼마나 실용적이냐고. 그 종업원은 세 번째로 탁자로 와서 키친타월에 싼 레몬 압축기를 가져와 어머니에게 내밀었다. 몰래 선물하고 싶다면서. 어머니가 받을 수 없다고 하자 "제발요, 받아주세요, 교수님" 하며 애절하게 말한다. 어머니는 압축기의 값을 지불하고 옛 제자를 안아준다. 그러고는 작은 레몬 압축기를 챙겨 넣는다.

할머니는 이미 원기를 되찾은 상태다. 집으로 돌아가려고 거리로 나선 어머니는 할머니를 앞서가게 한다. 집에 도착해 마당으로 들어가니 그곳에 여행 가방이 그대로 놓여 있다. 할머니가 현관문을 직접 연다. 오래 걸리지만 여는 데 성공한다. 중요한 건 문을 열었다는 것이다.

어머니가 욕조에 물을 받는다. 할머니는 뜨거운 물을 좋아한다. 자신의 육체를 느끼고 완벽하게 기분 전환을 할 수 있어서 좋아하는 거 같다. 살아 있는 육체, 사라져버린 기억을 쫓아서.

어머니는 스펀지로 할머니 등을 박박 문지르며 노래를 부른다. '작은 개미'라는 노래다. 개미 한 마리가 젊은 여자의 가슴골로 사라지고, 한 남자가 그 모습을 바라본다. 오, 그는 그 개미가 되고 싶을 것이다. 끔찍한 노래다. 할머니와 어머니는 눈을 감는다.

어떻게든 삶은 계속된다

최근 할머니와 나눈 몇 차례의 전화 통화는 점점 짧아지고 무서워졌다. 언제부턴가 할머니는 더 이상 전화를 받지 않더니 얼마 후엔 전화가 아예 불통이었다. 우리는 할머니 이웃인 라다 부인에게 전화를 걸었다. 라다 부인은 할머니가 집에 틀어박혀 엄청나게 비명을 질러댄다고 말했다. 어떤 날엔 페로 할아버지에게 가려고 고집을 부리는 할머니를 가둬둘 수밖에 없다며, 그렇게 하지 않으면 할머니를 도무지 막을 수 없다고 한다. 라다 부인은 이제 더는 일을 못 하겠다고 가느다란 목소리로 털어놓는다. 할머니를 간호하는 일도, 할머니가 계속 그러는 것도 힘들다는 것이다.

할머니 집에서 가장 가까운 요양원은 50킬로미터 떨어져 있는 로가티카*에 있다. 삼촌과 아버지가 그곳을 방문했다. 장미 울타리와 밝은 병실을 비롯하여 요양사들이 임금을 정기적으로 받는 점이 마음에 들었다. 삼촌과 아버지가 요양원 이야기를 꺼내자 할머니는 멍청한 얘기 그만하라고 화를 냈다.

* 보스니아헤르체고비나 동부에 있는 산간 지역.

340

이튿날 삼촌과 아버지가 말했다. "어머니와 호텔에 가려고 해요. 거기서 휴가를 보내려고요."

"날 바보로 아냐?"

우리 모두는 자기 자신을 속이고 있었다. 아버지와 삼촌은 할머니의 상태가 악화되지 않을 거라고 생각했다. 나도 할머니가 아직 내 질문에 대답할 수 있는 상태라고 생각했다. 할머니 또한 인슐린 주사를 맞지 않아도 지낼 수 있을 거라고 생각했다. 하지만 할머니는 당뇨병으로 쓰러져 혼수상태에 빠졌다. 이웃집 라다 부인이 거의 의식을 잃고 쓰러져 있는 할머니를 발견하고 구급차를 불렀다.

오늘은 2018년 4월 24일이다. 나는 함부르크에서 공항 가는 도시고속철도를 탄다. 그런데 공항 가는 철도가 아니다. 잘못 탄 걸 뒤늦게 알고 부랴부랴 내려서 택시를 잡아탄다. 택시 기사가 말한다. "걱정 마세요. 지름길을 알고 있어요." 아나톨이라는 이름의 택시 기사는 러시아식의 R 발음을 써서 지름길(shortcut)이라고 말하고는 자기 스타일대로 고집스럽게 운전을 한다. 그를 부추겨 좀 더 속력을 내게 하려고 나는 당뇨병과 치매를 앓고 있는 할머니를 병문안 가는 길이라고 설명한다. 어쩌면 이번 여행이 할머니에게 가는 마지막 길이 될지도 모른다고 (또 그걸 나 스스로도 깨달으며) 말한다.

아나톨은 내 말을 다 듣고는 운전석 오른쪽에 있는 글러브 박스 안에서 초콜릿 한 판을 꺼내 내게 내밀며 중얼거린다. "급할 때를 위해 넣어둔 거요." 나는 막대 모양의 초콜릿을 한 조각 뚝 자른 다음 나머지를 돌려준다. 결국 난 비행기를 놓치고 만다. 항공사 직원이 빈 좌석이 있는지 확인하는 걸 기다리면서 나는 '지금 이 순간 산책 나간 할머니가 집으로 돌아오는 길을 영원히 머릿속에서 지워버리면 어쩌나?' 하는 생각이 든다.

"할머니를 30년이나 못 봤소." 아나톨이 털어놓았다. "할머니는 가진 게 아무것도 없었소. 아무것도 가진 게 없으면 독일 사람들은 들여보내지 않지. 우크라이나 사람들은 날 들여보내지 않았소. 할머니는 엄격한 분으로 신앙심이 깊지. 사랑과 분노가 많으신 분이오"라고 하고는 덧붙였다. "그런데도 난 할머니가 무섭소."

나는 오후 비행기로 예약을 변경하고 예정보다 다섯 시간 늦게 사라예보에 도착한다. 사실 수개월, 수년이나 늦게 도착한 건지 모른다. 할머니와 얘기하려고 한 일들을 할머니는 이미 오래전에 잊어버렸으니까.

부모님이 공항에 마중 나와 있다. 비셰그라드로 가는 길에 무너져 내릴 것 같은 터널이며 고공비행 중인 애플사의 주가 이야기를 한다. 아버지는 시종일관 제한속도를 넘지 않는다. 제한속도 표지판이 보이지 않을 때조차 너무 천천히 달린다. 그곳 현지 교통경찰들은 자신들의 일에 진지하게 임한다. 그래서 혹 세르비아 영토에서 교통경찰들이 잠복근무를 하고 있으면, 아버지 자동차 번호판에 찍힌 크로아티아 문장 탓에 우리는 차를 멈춰 세워야 하고, 또 그들은 차에 뭔가 문제가 있다고 지적할 것이다.

로마니야*에 다다르니 그곳에 드리운 어둠이 우리를 맞이한다.

* 보스니아헤르체고비나의 동부에 있는 산간 지역.

거기서 차를 세우게 된다. 근데 아버지는 왜 세우는지 알기나 할까.

아버지가 손잡이를 돌려 차창을 내리자, 서늘한 공기가 차 안으로 들어온다. "번호판 때문인가요?" 아버지가 묻는다.

"제한속도 60킬로 구간에서 시속 20킬로로 달렸어요. 면허증과 차량등록증을 주세요."

시속 20킬로라는 것도, 요청하는 듯한 말투도 다 거짓이었다.

아버지는 교통경찰에게 면허증과 차량등록증을 내민다. "그렇다면 이 차 속도계가 고장 났다는 건데, 정말 확실합니까?"

교통경찰이 되묻는다. "요즘 같은 때 확실한 게 뭐가 있죠?"

아버지가 말한다. "측정한 기록이 있습니까?"

교통경찰이 엉뚱한 대답을 한다. "춥군요."

아버지가 묻는다. "퇴근이 언제십니까?"

교통경찰이 시계를 들여다본다. "곧 저녁 식사 시간이죠."

뒷좌석에 앉아 있던 어머니가 큰 소리로 말한다. "치즈샌드위치 있어요."

교통경찰은 진짜 샌드위치인지 확인하려는 듯이 차창 안으로 머리를 깊숙이 들이민다. 깔끔하게 면도한, 약간 살찐 얼굴인 그의 입에서 풍기는 술 냄새가 불쾌하다. 어머니가 샌드위치를 내밀자 그는 잠시 머뭇거린다. 치즈를 먹고 싶은지 생각하는 듯하다. 아니면 뭔가 다른 생각을 하고 있는지도 모른다. 가령 (결혼반지가 손가락에 끼여 있는 것으로 보아) 가족이 지금 뭘 하고 있는지 생각하고 있을지 모른다. 아니면 나처럼 그도 칠흑같이 깜깜한 석회암산에서 '샌드위치'라는 단어에 놀랐는지 모른다. 그는 그 샌드위치라는 단어를 분류하는 데 여념이 없어 보인다. 그 단어가 부적절하기라도 한 걸까? 아니면—음식물을 나누어 먹자는 제안이—그저 좋은 걸까?

"어디서 오는 길이죠? 말하는 걸 들어보니 크로아티아 사람들은 아닌 거 같은데요." 교통경찰이 샌드위치에 대고 말한다.

이제 어떤 대답을 해도 틀린 대답이 될 수 있다.

"비셰그라드 출신입니다." 아버지가 과감하게 말한다.

"비셰그라드? 날 바보로 아는 건가요? 왜 처음부터 그 말을 하지 않았어요?" 경찰관이 익살맞게 눈썹을 치켜세운다. "나도 거기서 왔어요! 미트로비치*!" 경찰관이 외친다. 이로써 마치 모든 게 분명해졌다는 듯이. "맙소사, 딱지를 끊을 뻔했잖아요." 그렇게 말하고 샌드위치를 낚아채듯 덥석 쥐고는 이제 긴장이 풀렸는지 차 문에 기대고 서서 잡담이라도 할 태세다. "당신들 포도는 어느 포도밭에서 난 거예요?" 밤중에 전설적인 로마니야산에서 그가 큰 소리로 외친다.

10년 전에 착공해 아직도 완공되지 못한 근방의 공장에서 쿵쿵거리는 소리가 난다. 위장 건축을 명목으로 EU 자산을 착복한 사람들 때문에 공장은 심기가 언짢은가 보다.

1984년 동계올림픽이 열리는 기간에 삼촌은 이곳에서 멀지 않은 곳의 도랑에 자기 자동차를 처박았다.

1944년, 이곳 산 위 어딘가에서 페로 할아버지는 부상을 입었다.

1942년 2월, 동쪽에 자리한 언덕에서 벌어진 전투에서 승리한

---

* 　세르비아의 축구선수.

유격대원들이 우스타샤*로부터 쿨라라는 마을을 해방시켰다.

예전에 이 숲속에는 곰들이 살았다.

로마니야산 곳곳에서 중세 시대의 돌무덤인 스테차크들이 발견되고, 그중 멀리 서쪽에 서 있는 돌무덤에 다음과 같은 문구가 새겨져 있다.

Bratije, ja sam bio kakav vi a vi ćete biti kako i ja

형제여, 나는 너희와 같았다. 너희도 나와 같을 것이다.

스테차크를 모독하면 당신은 번개를 맞을 것이다.

경찰관은 샌드위치를 싸고 있는 알루미늄포일을 벗겨내더니 샌드위치에 코를 갖다 대고 냄새를 맡는다. "무슨 치즈예요?"

"트라피스트 치즈예요." 어머니가 대답한다.

"크로아티아산 치즈 말이에요?" 경찰관이 묻는다.

"아뇨. 암소 젖으로 만든 치즈예요." 어머니는 친절하게 설명한다.

그 말에 모두가 웃음을 터뜨린다. 경찰관은 샌드위치를 한 입 베어 물고 우물우물 씹다가 꿀컥 삼킨다. 이어 한 입 더 베어 물면서 "미트로비치!"라고 말한다. "우리가 만든 치즈도 분명 알 거예요."

---

* 크로아티아의 반유고슬라비아 분리주의 운동 조직이자 파시스트 조직으로, 2차 세계대전 때 수많은 세르비아인과 정교도들을 학살했다.

항상 아무도 없다는 거요

늦은 시간인데도 현관문이 잠겨 있지 않다. 할머니는 담홍색 덮개가 씌워진 거실 소파에 누워 있다. 창백한 모습이다. 숨은 쉬고 있는 걸까?

부모님은 할머니 곁에서 밤을 지새우고, 나는 드리나강 가에 있는 작은 아파트를 빌렸다. 바로 옆 호텔에서는 결혼식 피로연이 열리고 있다. 터보 민요*, 고함 소리, 모든 게 늘 그렇듯 똑같다. 잠잘 생각이 없나 보다. 한 시간 후, 나는 다시 거리로 나와 배회한다. 거리를 서성이던 불량 청소년들이 날 쳐다보고, 옹골차고 정확하게 침을 뱉는다. 이처럼 깔끔하게 침 뱉는 걸 배운 적이 없다.

적막하고 어두컴컴한 드리나강, 거기 어딘가에 내 증조부모님의 집이 서 있었다. 저 너머 수양버들 아래서 할아버지는 낚시하는 걸 좋아했다. 어떤 한 남자가 드리나강에 오줌을 누고는 누군가를 향해 "쌍년"이라고 욕하더니 자신의 셔츠를 강물에 던져버린다.

호텔로 돌아오는 길에 나는 옛 다리 근처에 이르러 강가로 내려

---

* 세르비아 민요와 현대 팝 음악적 요소가 혼합된 음악 장르.

간다. 첫 번째 둥근 다리 아래에 사람들이 모닥불 주위에 모여 앉아 있다. 내가 다가가자 두 사람이 일어난다. 나는 알겠다는 듯 두 손을 들어 올리며 외친다. "친구요, 그냥 친구일 뿐이오." 내 이름도 말한다. 그런데도 두 사람은 다시 앉아서도 나를 계속 주시한다.

어디서 왔소?

아프가니스탄.

나? 이곳 출신이오.

우릴 도와줄 수 있소?

그들은 북쪽으로 가고 싶어 한다. 폐허가 된 건물 앞에서 찍은 가족사진을 보여준다. 나는 스테보 아저씨가 그들을 차로 데려다 줄 수 있을지 생각해본 다음 멍청하게 돈을 좀 내민다. 하지만 그들은 받지 않는다. 그들 머리 위로 보이는 다리는 지은 지 440년 된 다리이다.

여기로 오는 길에 일어난 가장 안 좋은 일이 무엇이냐는 질문에 한 사람이 싱긋 웃는다. 다른 사람이 "항상 아무도 없다는 거요(Always be nobody)"라고 대답한다.

아침이 되자 할머니는 우리 모두를 알아보며 우리가 온 걸 기뻐한다. 정오가 되자 어머니만 알아본다. 오후가 되자 당황한 표정으로 어머니와 아버지에게 묻는다. "당신들과 함께 있는 저 젊은이는 누구요?"

저녁 식사 전에 나는 다시 다리가 있는 곳으로 간다. 이제 아프간 사람들은 거기 없다.

어머니가 속에 피를 가득 채운 파프리카 음식을 만들었나 보다. 소스 냄새가 계단실에 서 있는 내 코를 찌른다. 거기엔 옛 냄새도 잔뜩 배어 있다. 또 어린 시절에 우리가 복도 한쪽에서 맞은편으로 차대던 작은 플라스틱 공도 거기 그대로 놓여 있다. 문틈에 낀 양말이며 늘 덜커덕거리는 유리문도 그대로였다.

가끔 이곳에선 군인 냄새도 난다. 휘발유, 쇠붙이, 고함 소리가 뒤섞여 나는 냄새 말이다. 가을에는 잘 익은 옥수수 냄새가 난다. 현혹되기 쉬운 건, 계단실에 옥수수 냄새가 나면─공이나 군인 냄새가 날 때와 달리─내 기억 속에서 나는 냄새인지 혹은 누가 정말로 옥수수를 삶는지, 만약 그렇다면 누가 옥수수를 삶는지 알 수가 없다는 것이다. 어쨌든 그 냄새에 옥수수가 먹고 싶어진다!

부엌에서 어머니가 만드는 파프리카 요리가 이제 곧 완성된다. 할머니는 거실에서 화면도 소리도 안 나오는 텔레비전을 보고 있다. 전선을 잘라버려 텔레비전은 고장 나 있었는데, 할머니는 당신이 그런 게 아니라 다른 누군가가 그랬다고 한다. 내가 다가가 할머니 옆에 앉자, 할머니는 내 손을 잡고 쳐다본다.

"우리 오스코루샤에 가는데, 같이 가실래요?"

"오스코루샤?"

"네."

"페로가 비야라츠산에 올라가려는데 날씨가 안 좋아. 그 사람은……." 할머니는 말을 멈춘다. 접시가 요란하게 달그락달그락거린다. 아버지가 밥상을 차린다. 차리는 내내 주방 식기가 어디 있는지, 소금이 어디 있는지, 냅킨이 어디 있는지 묻는다.

"너희가 여기 와 있는 걸 페로가 알았더라면! 혼자 거기 올라가지 않고 너희를 기다렸을 텐데." 갑자기 할머니의 목소리가 화난 것처럼 들린다. "우리와 미리 의논하지 않아서, 이 꼴이 된 거야. 페로는 며칠 전에 출발했어."

"어디로 가시려고요?"

"산에! 비야라츠에!"

"뭘 하시려고요?"

"적어도 날씨가 좋아질 때까지 기다리라고 했는데."

한마디 한마디 말할 때마다 할머니의 목소리가 점점 가늘게 들렸다.

"할머니, 제가 누구예요?"

"내 생각에, 넌 귀여운 당나귀 녀석이지, 그게 너야."

"우리 함께 할아버지를 기다릴까요?"

"넌 귀여운 당나귀고 장난꾸러기지." 할머니가 몸을 뒤로 기댄다. 갑자기 비야라츠산에서 사라진 실종자를 걱정한 탓에 온몸에서 힘이 빠져나간 것처럼 보인다.

"할머니, 오늘 물 충분히 드셨어요?" 나는 물을 따라주지만 할머니는 물컵에 손도 대지 않는다. 어머니가 식탁에 냄비를 올려놓고 우리 접시 모두에 음식을 담는다. 나는 할머니가 식탁에 앉는 걸 돕는다. 접시에 담긴 음식을 맛있게 먹고 있던 할머니는 어느새 소스를 홀짝홀짝 마시고 있다. 그 모습을 보고 어머니가 맛있느냐고 묻는다. 그러나 할머니는 "아니, 맛없어"라고 대꾸한다.

할머니는 모든 음식을 다 먹으면 안 된다. 그런데도 몰래 다 먹는다. "할머니, 목마르세요?" 나는 정신이 딴 데 팔려 있는 어린아이 같은 할머니를 내 쪽으로 돌려놓고 물이 든 유리잔을 내민다. "할머니, 물 충분히 드셨어요?"

할머니는 숟가락을 내려놓고 냅킨으로 얼굴과 입술 위 엷은 솜털을 차례로 닦는다. 이어 입에 접시를 갖다 대고 비스듬히 기울여 소스를 홀짝홀짝 다 마셔버린다.

잠시 후 할머니가 말한다. "오스코루샤에서 있었던 여러 가지 일이 떠오르는구나."

오늘은 2018년 4월 25일이다. 세르비아에서 온 오토바이 클럽 회원들이 도시로 들어온다. 나는 할머니와 어느 한 카페에 앉아 있다. 가죽조끼를 입은 오토바이족들이 거리를 활보하고 다닌다. 체트니크* 배지를 달고.

신에 대한 믿음 속.

해골.

자유냐 죽음이냐.

세르비아의 십자가.

다리 앞에서 셀카를 찍는다. (일부는 다리 위에서 살해되었고, 일부는 강에 내던져져 다리 위에서 쏜 총에 총살당했다.)

할머니가 말한다. "여기 이 사람이 양심의 가책을 가장 많이 느꼈고, 여기 이 사람이 양심의 가책을 가장 적게 느꼈어."

나는 할머니가 갖고 있던 분명한 생각을 기억한다. 부당하다고

* 세르비아 건설을 목적으로 1941년 5월에 창설된 군사 조직.

생각한 것에 보인 단호함도, 내게 보인 관대함도 기억한다. 우리가—처음엔 할아버지가, 그다음엔 부모님과 내가, 또 그다음엔 이웃집 부인이, 한 사람씩 차례로—각자 자기 방식으로 할머니 곁을 떠난 이후, 할머니는 홀로 많은 시간을 보냈다는 생각이 든다.

나는 할머니의 손을 잡는다. 차갑고 건조한 느낌이다.

"너무 늦게 왔어." 그렇게 말하고 할머니는 고개를 떨군다.

"뭐가 늦었다는 거예요? 할머니? 할머니?"

1996년, 전쟁이 끝나고 내가 처음으로 비셰그라드를 방문했을 때, 사람들로 꽉 찬 그 도시는 실업자가 넘쳐나는 절망적이고 공격적인 세상이었다. 나는 옛 고향으로 돌아온 게 아니라, 새로운 곳에 처음 온 듯한 느낌이었다.

나는 라힘과 함께 여행길에 올랐다. 우리는 삼촌의 자동차를 보스니아로 들여와야 했는데, 아주 불법적인 일이라는 생각이 들었다. 별문제 없이 우리가 목적지까지 통과할 수 있었던 것은 그냥 운이 엄청 좋았고, 삼촌이 대가로 준 돈 덕분이었다—그 돈을 뇌물 주는 데 사용했으니까.

나는 비셰그라드에 있는 내내 양심의 가책을 느꼈다.

내가 밤중에 하이델베르크 야외 수영장에서 카누를 타고 있는 동안 이곳에서 전쟁을 버텨낸 옛 학교 친구들을 만났을 때, 독일 마르크를 교환했을 때, 라힘이 이 도시에 대해 뭔가 알고 싶어 했지만 내가 아무 대답도 하지 못했을 때, 옛 학교 친구들 중 거의 모두가 잘 지내지 못했다고 말했을 때, 나는 양심의 가책을 느꼈다. 그들과 달리 난 잘 지낸다는 생각이 들었기 때문이다.

내가 진짜 믿고 의지한 위대한 사람은 할머니뿐이었다. 할머니는 올바르고 굳건했다. 우리말을 알아들어야 한다고 라힘에게 말할 때 할머니의 태도가 얼마나 단호했던가. 할머니가 자신이 만든 피타를 다 먹지 않으면 목 졸라 죽일 생각이었다는 말을 라힘이 과연 어떻게 이해했을까.

할머니는 혼자 양탄자를 계단 아래로 옮겨놓고 솔로 문질러 닦아낸 다음 라힘과 나를 불러 다시 집 안으로 옮겨놓게 했다. 또 채소밭을 가꾸는 이웃 사람들도 돕고, 집에 다시 전기가 들어오는 일도 처리했다. 출생증명서를 발급받으러 시청에 갈 때는, 나를 따라와 줄 서 있는 사람들을 헤집고 창고에 있는 담당 공무원에게 다가가 나지막한 목소리로 부탁하기도 했다. 그러자 우리는 안으로 들어오라는 신호를 받고 10분 후에 일을 처리하고 시청을 나갈 수 있었다.

오늘은 내가 단골 미용실에 가는 할머니를 동행한다.

미용사가 묻는다. "스타니시치 부인, 늘 하시던 대로요?" 그 말에 할머니는 엄청 크게 웃는다.

"좋아 보였다면 그렇게 해줘요. 늘 하던 대로." 할머니가 대답한다.

2018년, 오스코루샤

2018년 4월 27일, 이날은 아침 하늘이 맑다. 우리는 여행용 식량을 싣고, 라다 부인은 할머니를 살피러 간다. 8시에 길을 떠난다. 우리가 달리는 길은 세르비아 민족주의자들의 주요 근거지로 간주되는 보스니아 동쪽으로 이어져 있다. 또다시 크로아티아 번호판이 화제가 된다. "사실 이곳은 무장하지 않고는 통과할 수 없어." 아버지가 빈정거린다.

어머니는 농담할 기분이 아니다.

절반쯤 왔을 때 어느 한 숲을 지나다 난민 몇 사람이 숲 밖으로 나오는 걸 보게 된다. 예순쯤 돼 보이는 그들은 배낭을 메고 쇼핑백을 든 채 도로에서 70미터쯤 떨어진 곳에 있었다. 아이를 데리고 있는 여자들 속에 섞여 있는 한 여자. 나는 아버지에게 차를 멈추라고 애원한다. 우리가 차 문을 열자 그들은 도망치라는 명령을 받기라도 한 것처럼 나무 뒤로 달려가 몸을 숨긴다. 맨 뒤에서 도망치는 진지해 보이는 한 젊은 여자가 근심 어린 창백한 얼굴로 뒤돌아본다.

어머니는 담배에 불을 붙이고는 차에서 멀어진다.

한 여자와 사내아이가 늦저녁에 국도를 따라 걸어갔다. 어깨에 배낭을 짊어지고 바퀴 달린 갈색 트렁크를 끌면서. 키가 거의 여자만 한 아이는 어깨에 후덥지근해 보이는 빨갛고 흰 머플러를 두르고 있었다.

주변은 먼지 자욱한 농촌 풍경이다.

자동차가 다가오는 소리가 들리면, 여자는 뒤돌아보고 소리를 지르며 엄지를 치켜세웠다―그러나 모든 차들이 그냥 스쳐 지나갔다. 대부분은 경적을 울려댔는데, 그 소리가 저주처럼 들렸다.

시간이 많이 흘렀다. 물과 빵을 먹는다.

어느 한 도시, 인도, 교통 신호등, 저녁 식사 시간에 식탁으로 모여드는 가족들. 창문 너머로 보이는 한 노인. 소년은 멈춰 서서 그 광경을 바라보았다. 노인은 숟가락으로 입에 음식물을 떠넣고 연신 씹어댔다. 식탁에 놓인 양초에 불이 붙자 아늑한 불빛이 피어올랐다. 뭔가 하고 싶은 말이 있었을까. 머뭇머뭇하더니 소년은 마침내 그 여자를 다시 불렀다.

그들은 버스 정류장으로 향한다. 주차 구역이 다섯 군데 있다. 하지만 경찰은 없다. 썩은 냄새가 나는 대합실 타일 바닥에 떨어져 있는 담뱃재. 다시 밖으로 나온다. 매점에 들어가 "독일 마르크 받나요?"라고 묻는다. 과자, 감자칩, 생수, 휴대용 포켓 티슈를 구입한다. 챙겨 온 짐은 늘 가까이에 놓아둔다. 긴 의자를 침대 삼아 누워본다. 그리 춥지는 않다.

버스 한 대가 들어왔다. 버스에서 내리는 사람은 운전기사뿐이었다. 뚱뚱한 남자, 가로등 불빛에 반사된 그의 실루엣에서 피어오르는 담배 연기. 여자가 가느다란 목소리로 외쳤다. "국경을 넘고 싶어요."

운전기사의 얼굴에 그림자가 드리워져 있다. '제발 친절하게 대해줘요, 그러지 않으려면 아무 짓도 하지 마시고요.'

"보스니아에서 왔어요." 여자가 말했다. "돈을 좀 줄 수 있어요. 혹 눈에 띄지 않고 몰래 넘어갈 수 있는 곳을 알고 계세요?"

버스 기사가 담뱃불을 밟아 끄고는 가까이 다가왔다. "걸어가지 그래요?"

"돌려보내더라고요."

"일 마칠 시간이오."

여자는 침묵했다.

"저걸 보시오." 그가 버스를 가리켰다. "저걸 타고 어떻게 눈에 안 띄고 몰래 국경을 넘어간단 말이오?"

"아이가 지쳤어요."

"나 지치지 않았어요." 소년이 반박했다.

여자는 소년을 엄격한 표정으로 쳐다봤지만 이내 그녀의 표정이 풀렸다. "뭘 어떻게 해야 할지 몰라서요……." 여자는 그만 그 말을 입 밖에 내고 말았다.

운전기사가 눈을 비볐다. "어디서 왔소?"

"비셰그라드에서요."

"이보 안드리치?"

"이보, 이보 안드리치." 여자가 시선을 떨구었다.

소년이 외쳤다. "사람들이 거대한 망치로 그 사람 동상 머리 부분을 부숴버렸어요."

잠시 정적이 흘렀다. 운전기사가 숨을 몰아쉬기 시작했다. 아니, 재채기를 한 걸까. 혹 둘 다 한 걸까. 갑자기 어머니가 소년의 손목을 잡았지만, 소년은 곧 어머니의 손에서 벗어났다. 소년은 이제 더 이상 어린아이가 아니었다.

"데려다줄 순 있소. 근데 그게 다요. 더 이상은 약속할 수 없소. 대부분이 돌려보내져 여기로 다시 돌아오지. 어쨌든 데려다줄 순 있소. 그건 할 수 있소."

이제 운전기사는 긴 의자 앞에 서서 여자에게 담뱃갑을 내밀고 있었다. 그녀는 일어나서 담배 한 개비를 입에 물고 불을 붙였다. 여자와 운전기사는 함께 담배를 피웠다. 그날 밤 하늘에는 별이 총총했다.

1992년 8월 17일. 어머니가 먼저 버스에 오르고 나도 뒤따라 탔다.

2018년 4월 27일. 어머니가 담뱃불을 끄고 다시 차에 오른다. 우리는 길을 따라 하염없이 달린다.

시골에서는 구글 맵을 절대로 믿어서는 안 된다. 우리는 손톱에 매니큐어를 칠한 손으로 많은 쇼핑백을 든 어떤 젊은 여자가 서 있는 버스 정류장에 차를 세웠다. 구글이 제시한 길 말고 다른 길을 물어볼 생각으로 말이다. "그 길로 가면 산이 당신들을 삼켜버릴 거예요." 여자가 말했다. 그러면서 우바츠로 가서 거기서 오스코루샤로 올라가야 한다는 거였다. 자신도 그 쪽으로 가는 길인데, 오늘 거기 가는 버스가 운행할지 안 할지 모르겠다며 "태워줄래요?"

라고 묻는다.

물론 그런 상황에서 싫다고 말하기가 쉽지 않다. 그녀는 손톱에 칠하다 만 매니큐어를 빨리 다 발라도 되느냐고 묻는다. 그 말에 시간이 없으니 서두르라고 말할 수도 있을 것이다. 그러나 우리는 아무 말도 하지 않는다. 차가 가까스로 출발한 후, 그녀는 자동차 번호판에 어떤 의미가 있는지 알고 싶어 한다. "ST가 스플리트를 의미하나요?"

이번엔 내가 아버지보다 빨랐다. "우린 이곳 출신이에요"라고 말한다. 잠시 정적이 흐른다. "ST는 스타니시치라는 의미죠." 스타니시치, 그 말이 내겐 추호도 의심할 여지가 없다는 것처럼 들린다.

나는 숲속에 숨어 있던 난민들, 비셰그라드 다리 아래에 있던 난민들을 떠올린다. 발칸반도로 이어진 이 길을 따라가는 그들은 우리가 도망쳐 나왔던 곳을 지나가고 있다. 나는 차창을 연다. 과거 도망쳐 나간 이곳에 지금 난 자발적으로 와 있다.

"스타니시치라는 성을 가진 사람을 몇몇 알고 있어요." 여자는 이름을 하나하나 읊어댄다. 아버지 이름은 물론 마을 이름도 자주 입에 올린다. 멜로디 없는 어떤 노래의 후렴 부분 같다. 스타니시치라는 성을 가지지 않은 유일한 사람은 농부가 아닌, 우바츠에 사는 타이어 판매원이다.

어머니도 차창을 열었다. 우리 눈앞에 세르비아 오지가, 키릴문자로 된 그라피티 낙서가 스쳐 지나갔다.

왕과 조국을 위하여

신은 개 떼에게

우리의 피를, 우리의 나라를 내어주지 않는다.

그라피티 낙서에 어머니가 이해하는 언어로 "'우리 것'이라고 말하는 사람은 '너희 것이 아니다'라고 말하지 않는 법이다"라고 쓰여 있다. 어머니는 그 뜻이 아니라고 부인하다가 또 그런 뜻이라고 시인한다.

우바츠에 도착하자 그 여자가 차에서 내린다. 여긴 세르비아와 보스니아 사이에 국경선이 뻗어 있는 이상한 곳으로, 아주 작은 가게들이 옹기종기 모여 있다. 골함석으로 지은 상점들, 작은 슈퍼마켓, 파프리카 가게, 플라스틱 가게. 토마토 가게, 체육복과 슬리퍼 가게, 토스터와 헤어드라이어 가게 등등. 반듯한 헤어스타일을 한 이곳 소년들이 프랑크 리베리*와 메시 이름이 박힌 트리코트 티셔츠를 입고 맨발로 한바탕 싸움을 벌이고 있다. 플라스틱 총과 신선한 과일로 무장을 하고서 말이다.

이곳에는 황당할 만큼 엄청 많은 타이어 가게가 있다. 사방에 뜨거운 타이어 피라미드가 보이고, 그 위에서 고양이들이 햇볕을 쬐고 있다.

어머니의 만류에도 아버지는 직접 타이어 가격을 물어보려고 어느 타이어 가게 앞에 차를 세운다.

어머니가 (아주 진지하게) 말한다. "미쳤군요."

건장한 체격에 박박 깎은 머리를 하고 러닝셔츠와 청바지를 입

* 프랑스의 축구선수.

은 판매원이 밖에 서 있는 르노 차량에 끼울 타이어냐고 묻는다. 아버지가 그렇다고 대답한다.

그러자 깔끔하게 면도한 털투성이 손을 가진 판매원이 묻는다. "왜 크로아티아 번호판이 달려 있어요?"

아버지가 말을 돌리며 되묻는다. "오스코루샤로 갈 거요. 여기 어디에 올라가는 길이 있소?"

"누구한테 가시려고요?" 왼쪽 팔뚝에 검과 방패 문신을 한 판매원이 계산대 위로 몸을 숙이며 묻는다. 아버지도 그것과 비슷한 검과 월계관 문신이 있다.

"가브릴로 스타니시치 집에 가려고요." 내가 대답한다.

"스타니시치?" 되묻는 판매원의 오른쪽 팔뚝에 머리 세 개 달린 용 한 마리 문신이 새겨져 있다.

양지는 달고 음지는 쓰다

"가브릴로 노인은 가족이에요. 제 성도 스타니시치고요." 그렇게 자신을 소개하고 타이어 판매원은 타이어 네 개의 교체 비용을 알려주었다. "엄청 싼데"라며 싱긋 미소 짓는 아버지의 입술 사이로 금빛 송곳니가 보인다. 아버지는 '노'라고 거절하지 못해 타이어를 구입했고, 판매원은 당장 교체해야 한다고 고집을 부렸다. 그는 그 일을 직접 처리하겠다며 어딘가로 전화를 걸어 손님 타이어를 교체해야 한다고 했다.

작업복을 입고 헤드폰을 낀 한 젊은 여자가 타이어 교체 작업을 끝냈다. 10분 후 우리는 출발할 준비를 마쳤다. 그런데 판매원이 길을 알려주겠다며 오스코루샤로 가는 사거리까지 따라오라고 했다. 우리는 올바른 길에 들어섰다는 확신을 갖고 싶어 그의 말을 들었다. 검은색 BMW를 몰고 사거리로 나온 그 판매원은 뒤따라온 우리가 산 쪽으로 접어들 때까지 차 안에서 기다리며 지켜보았다.

우리는 숲으로 들어가 커브 길이 무수히 많은 산길을 달려 올라가 오스코루샤에 가까이 접근한다. 수많은 가설 연결도로가 도로 명이 아니라 성씨로 표시된 농가와 농장으로 나 있다. 햇볕이 드는 곳에서는 림강* 골짜기를 훤히 내려다볼 수 있다. 푸른 강, 갈색 들판, 회칠하지 않은 붉은 벽돌담도 함께 말이다. 그 전경이 다소 비옥하기도 하고 다소 공허해 보이기도 한다. 더 위로 올라가니 커브 길이 점점 좁아지고 가팔라지는 듯하더니 그 길 끝에서 아스팔트가 나타난다. 엄청 싼, 완전 새 타이어를 장착한 우리는 거기서 우회전을 한다.

자, 이제 어디로 가지? 나는 아무것도 알아보지 못한다. 아버지가 이곳을 마지막으로 다녀간 건 50년 전이다. 덤불숲, 양치류, 큰 소동. 아무것도 드러내지 않는 하늘과 숲. 구덩이에선 사체 썩는 단내가 난다.

우리는 산길을 계속 올라가기로 한다. 주변에서 바스락거리고 윙윙거리는 소리가 난다. 나뭇잎, 딱따구리, 곤충집게. 뭔가에 의해 울타리 전체가 땅에서 뽑혀버린 것처럼 완전히 뒤집힌 울타리. 여기 어딘가에서 가브릴로 노인이 할머니와 나를 기다리고 있었다.

나는 이 길을 따라가는 젊은 시절의 할아버지 모습을, 양복 상의를 입고 당나귀를 탄 젊은 모습을 눈앞에 그려보려고 애쓴다. 하지만 그 모습이 그려지지 않는다. 거기엔 아무것도 없고, 사진 속 모습들을 재현하려는 사람은 나밖에 없었으니까.

첫 번째 사거리가 나타난다. 거기에 좁은 숲길 하나가 산 아래쪽으로 나 있고, 수풀 사이로 환한 대지가 모습을 드러낸다. 아니다. 숲길은 산 위로 나 있다. "산을 올라가면 정상에 이르지." 지리학의

* 드리나강의 가장 긴 지류로, 몬테네그로, 세르비아, 보스니아헤르체고비나를 흐른다.

대가인 아버지가 알려준다. 우리는 아버지를 따라간다. 뭘 해야 할지 모를 땐 최초로 뭔가 해보려는 사람의 말을 듣는 법이다.

숲에서 가장 높은 지점에 작은 집 한 채가 자리 잡고 있다. 한 노인이 문밖으로 나와 우리를 보고 느릿느릿 걸어오다가 집과 우리 사이 중간쯤에서 멈춰 선다. 두건 달린 외투, 양모로 짠 니트 조끼, 많이 내려 입은 바지, 손에 들고 있는 엄청 큰 햄샌드위치.

노인이 외친다. "내 숲에서 길을 잃은 이가 누구요?"

어머니가 낮은 목소리로 말한다. "마리야라고 합니다. 마리야라고 부르세요." 회의적인 어머니는 자기 원래 이름보다 세르비아 이름이 더 낫다고 생각한 모양이다.

우리는 자기소개를 한다. "마리야"라며 어머니는 이가 드러나 보이도록 환하게 미소 짓는다.

숲의 주인이 다시 천천히 움직인다. 순간 나는 그의 눈이 나와 같은 짙은 갈색이라는 생각을 한다. 그런 생각을 하지 않으려고 하니 드는 생각인 모양이다.

"어떤 스타니시치 줄기요?" 그는 보고사브 증조부님을 떠올리며 고개를 끄덕이고, 크리스티나 할머니를 떠올리며 "좋아, 좋아"라고 한다. "그러니까 공동묘지에 가고 싶다는 거지."

"네." 내가 대답한다.

"또 뭘 하려고?"

"가브릴로 노인 집에도 가려고요."

"그를 어떻게 알지?"

"예전에 여기 살았어요."

"그래서 여길 잘 아는군. 가브릴로는 골짜기에 있소. 우리 작은 집은 저기 있고. 심하게 코 고는 소리만 따라가면 그를 발견할 거요. 난 이제 그의 양들을 지키러 가야겠소." 노인은 머리를 가로저으며 씩 웃는다. "난 스레토예라오." 그는 자기를 소개하고는 왼손으로 햄샌드위치를 옮겨 들고 악수를 하며 우리를 맞이한다. "가브릴로는 내 형이오. 내가 잘 모르는 것도 간혹 있소……." 그가 싱긋 웃어서 우리도 그를 따라 웃는다. 그렇게 웃으며 스레토예 스타니시치는 가계도가 없는 걸 아쉬워하며 친척 관계를 알려준다.

"크리스티나가 어머니지." 그가 아버지에게 외친다. 그러고는 이제 우리에 대해 정말로 잘 알고 싶고, "아버지가 여기 온 이유"도 궁금하다며 양들을 지키러 갈 생각을 접고 우리를 자기 집에 초대한다. "서로를 잘 알아가기 위해서지. 공동묘지는 나중에도 갈 수 있으니. 죽은 자들은 거기 좀 더 누워 있으라지."

그는 재차 궁금하다는 말을 하고는 이야기를 늘어놓기 시작한다. 그리고 빵을 먹고 있는 것에 대해 아직 아침 식사를 하지 못했다고 처음으로 변명한다. 학교로 사용되는 여기 이 집에 냉장고가 있으며, 그의 집에 있는 냉장고는 몇 주 전에 고장이 났다는 설명을 덧붙이면서.

"내가 학교 다닐 땐," — 스레토예 노인이 이야기를 꺼낸다. 하지만 손에 든 빵을 베어 물지는 않는다 — "아이들이 일흔 명이나 됐는데, 지금은 세 명이오. 여선생이 한 명 있었지만 모두 좋아하지 않았소. 다니카라는 선생인데 젊고 영리했지. 그러니까 내 말은 모든 부모가 좋아하지 않았단 의미요. 뭐가 문제였냐고? 여기 출신이

363

아니었소. 그렇지, 여기 출신이 아니었지. 이곳으로 올 때 그 선생은 자신이 온 곳에서 가졌던 자기 고유의 생각은 물론이고 모든 걸 그대로 갖고 왔소.

가장 목소리를 높여 불만을 제기한 사람은 라트코였지. 그에겐 거친 아들 셋이 있었는데, 다니카는 그 세 아들을 잘 다루었지. 그런데도 라트코는 못마땅해했소. 매주 그는 그 여선생 앞에 불쑥불쑥 나타나곤 했지. 그는 다니카가 아들 녀석들을 잘 통제하는 게 마음에 안 들었지. 또 가정 수업도 마음에 안 들었지. 가정 수업 말이오! 뭐 때문에 자기 아들이 가정 수업을 들어야 하지? 점수가 안 좋다고? 가정 수업 같은 건 집에서 가르칠 수 있다고! 아무렴. 그리고 얼마 후, 라트코가 말에서 떨어져 온몸이 부서지는 심한 골절상을 입었지. 그런데 최악은 말에서 떨어지면서 혀를 깨무는 바람에 빨대 없이 음식물을 먹을 수 없는 지경이 된 거였지.

그 소식을 들은 다니카 선생은 라트코 가족 다음으로 가장 먼저 병문안을 갔지. 바나나를 들고 말이오! 그것 자체가 하나의 사건이었지. 다니카 선생이 바나나를 들고 간 그 사건은 오래도록 사람들 입에 오르내렸소. 또 담당 의사를 찾아가 라트코에 대해 나눈 이야기도 그랬고. '그 사람을 건강하게 해주세요. 다만 다친 혀는 제발 그냥 그대로 놔두세요.'

그 말을 들은 라트코는 웃지 않을 수 없었지. 이후 그는 알파벳 일곱 개를 발음할 수 없었어. 근데 매우 중요한 알파벳은 아니었소. 암튼 라트코는 다니카 선생이 병문안 온 걸 높이 평가했지. 그 일이 있은 후, 그가 다니카에 대해 나쁘게 말하는 걸 두 번 다시 들지 않게 됐으니까. 그러나 얼마 후 아쉽게도 다니카는 자신이 왔던 도시로 돌아갔소. 그럼, 돌아갔지. 그다음은 어떻게 됐을 거 같소. 우린 막대기를 들고 규율을 갖춘 새 남자 선생을 다시 얻었지."

우리는 여전히 학교 아래쪽에 서 있다. 스레토예 노인이 말한다. "여기 왜 그리 우두커니 서 있소? 우리 집에 가서 사람답게 앉아 얘기합시다." 그렇게 말하고 우리를 곧장 숲속으로 데리고 간다. "당신 사람들도 늘 우릴 반겨주었소." 나는 어머니를 쳐다본다. "마리야, 당신들은 어디서 왔소?"

"비셰그라드요. 늘 비셰그라드죠." 그렇게 대답하고 어머니는 계속 말을 이어가며 화제를 돌린다. 그리하여 더 이상 족보에 관한 질문은 받지 않게 된다—숲 가장자리에 또 다른 집이 있다. 어머니가 거기 누가 사느냐고 묻는다.

"고양이 한 마리. 그리고 이 집을 지은 지원병이 살았소. 두 차례의 전쟁에서 살아 돌아왔는데, 두 번째 전쟁에선 치명적인 부상을 입었지. 근데 꼭 여기서 죽고 싶어 했지. 그의 자식들도 여기서 죽었소. 손주들은 다른 곳에서 죽었고."

스레토예 노인이 발걸음을 멈추고 집 앞에 서 있다. 나는 그가 이제 빵을 한 입 베어 물 거라고 생각한다. 하지만 빵을 베어 무는 대신 목소리를 한층 더 높인다. 마치 자신이 하는 말을 우리뿐 아니라 주변에 있는 모든 것이 함께 듣는 게 중요한 것처럼. "당신들 집터에 뭔가 지어보시오! 새 집을 지어보시오! 당신들의 집을! 모든 게 당신들 것이오." 그러고는 나를 향해 말한다. "그렇게 보지 마시오. 물론 그는 죽으려고 돌아온 건 아니오! 돌아온 후에도 5년

365

을 더 살면서 전쟁담을 들려주며 우리 모두를 얼마나 괴롭혔는지 모르오."

스레토예 노인 집 앞마당에는 꽃을 활짝 피운 마가목 나무 한 그루, 똥거름 속을 파헤치는 암돼지 한 마리, 비바람에 깎인 탁자 하나가 있다. 여름이 되면 그는 등 때문에, 하늘의 별 때문에 이 탁자 위에서 밤을 보내기도 한다고 설명한다.

그는 우리에게 훈제실과 검은 개와 말도 보여준다. "이 말은 타려고 데리고 있는데 지금은 말동무도 되고 있소." 그렇게 말하고 스레토예 노인은 아내가 그립다고 덧붙인다. "아내도 거의 골짜기에만 틀어박혀 있지." 그러고는 웃으며 말을 이어간다. "가끔 아내가 그립다오. 가끔."

그가 집 안으로 들어오라고 한다. 우리가 신발을 벗고 들어가자 "마리야, 미안하지만 커피 한 잔씩 만들어주겠소?"라고 부탁한다.

순간 어머니의 표정이 굳어진다.

스레토예 노인은 어머니에게 커피 통을 건네고 의자에 앉더니 아버지와 나에게 와서 앉으라고 청한다. 그러고는 탁자에 햄샌드위치를 내려놓는다. 어머니는 주변을 둘러보고 뭔가를 물어보려다 그만두고 아무 말 없이 찬장을 연다. 아버지와 나도 침묵한다.

바깥에는 풀이 무성하게 자란 언덕이 있고, 사방으로—골짜기 아래로, 풀밭으로, 논밭으로, 촌락으로, 그리고 멋진 비야라츠산 꼭대기 위로—구불구불 뻗어 있는 세상이 있다. 오스코루샤.

"내가 여기 이리 있다고⋯⋯ 집이 이리 어질러져 있다고 오해하지 마시오. 혼자 살다 보니 당신들이 찾아올 줄 몰랐소." 스레토예 노인이 말한다. 그사이 커피포트를 찾은 어머니가 헛기침을 한다.

"날 오해하지 마시오. 자랑할 생각은 없소만. 이 마을에서 우리가 제일 먼저 집에 냉동실을 들여놓았소." 그가 말을 이어간다. 그사이 어머니는 전기레인지를 켠다.

그의 말이 계속된다. "아이들 열셋에 어른 여섯이었소. 문 앞은 신발이 가득해 집 안으로 들어오려면 신발에 걸려 넘어지곤 했지. 신발 구두창이 튼튼하지 않으면 여기서 잘 살아갈 수 없소. 진짜요. 어머니가 신발 구두창을 고치고 또 고치곤 하셨지. 그런데도 새 신발이 필요해서 자치단체에 편지를 보내면 며칠 후 새 신발을 가져다줬소. 신발 말고도 밀가루나 약품도 가져다줬지. 티토 시절엔 그랬소. 자치단체가 조달해줬소. 근데 자치단체가 지급을 하지 않고 징수해 가기로 결정을 내리면 고통스러워질 거요. 그 후엔 동장군처럼 신발을 한 자루 가득 들고 문 앞에 서 있는 사람은 없고, 증명서를 들이대는 사람이 한꺼번에 서너 명씩 문 앞에 서 있게 될 거요. 그들은 함께 성찬을 하고 싶어 찾아온 게 아니라오." 그사이 어머니는 레인지 버튼을 누르고 바로 열이 올라와 열판이 뜨거워지는지 손바닥을 가까이 대고 확인하고 있다.

"내가 지금 앉아 있는 이 자리는 내 아버지가 아침, 저녁 먹을 때 앉던 자리였소. 낮에는 밭에 나가 일을 했소. 아버지는 이 자리에서만 식사를 했지. 항상 이 자리에서만." 그가 덧붙인다. 그사이 어머니는 물을 커피포트에 부은 다음 레인지 위에 올려놓는다. 그러고는 우리에게 등을 보이고 서서 잠시 두 손에 얼굴을 파묻는다.

"자. 이제 술이나 마십시다." 그가 제안한다. "마리야, 거기 찬장에 술병이 있는지 봐주시오. 당신 잔도 하나 가져오시오. 잔은 유리 찬장에 있소." 어머니가 술을 따르는 사이에 스레토예 노인은 마침내 빵을 한 입 베어 물고 우물우물 씹는다. 그의 등 뒤에 서서 어머니는 술 한 잔을 단숨에 마셔버린다.

"우리 아이들 모두 각각 신도 아버지도 한 명씩, 양탄자도 하나씩 가졌소." 그의 말이 끊임없이 이어진다. "여기 이 양탄자는 우리 어머니가 직접 짜고 염색을 했소. 자, 어머니의 영혼을 위하여!" 그가 잔을 들어 올린다.

어머니는 비어 있는 잔을 보고 머뭇거린다. 손으로 빈 잔을 가리고 다시 한번 더 입술에 갖다 댄다. 우리는 술을 입에 대보지만, 스레토예 노인은 마시지 않는다. 그 대신 술 한 방울을 손에 떨어뜨려 가볍게 문지른 다음 냄새를 맡는다.

"이걸 보면 이해가 될 거요." 그는 조끼 주머니에서 투명 플라스틱 포장에 싸인 캡슐 상자를 꺼낸다. "이건, 그러니까 이건 등 때문에 먹는 약이오. 6개월 전부터 난 무거운 걸 들면 안 되오. 들 수도 없소. 내가 말이오! 난 당신들과 술을 마실 수 없소. 정말 미안하오. 날 오해 마시오." 그가 양해를 구하듯 말한다. 그사이 어머니는 다시 레인지 앞에 선다. 물 주전자에선 아직 김도 나지 않는다.

말이 계속된다. "난 결혼식에 374번이나 참석했소." 그사이 어머니는 커피가 끓기를 기다린다.

"여긴 좋은 시절도 안 좋은 시절도 있었소. 근데 진짜 안 좋은 시절은 단 한 번도 없었소. 그게 가장 중요하지, 안 그렇소? 난 기껏해야 겨울에 몇 주 정도 골짜기에서 지냈소. 그 외엔 항상 여기 있었소. 예전엔 열흘간 논밭에 고랑을 팠소. 열흘간! 지금 내게 남은 건 감자밭 하나와 클로버 몇 개밖에 없소." 그가 말한다. 그사이 어머니는 물이 끓어오르길 기다린다.

"그 오랜 세월 동안 난 상상도 못 해봤소. 어느 순간 이곳에 이렇게 홀로 내버려질 거라곤." 그의 말이 쓸쓸하게 들린다. 그사이 어머니는 기다리고 기다린다.

"난 떠날 수 없었소. 모든 걸 버려둘 수 없었소. 근데 어쩌다 보니, 우린 대대로 이어지는 삶의 터전인 여기 이곳을 물려받게 되었소. 난 내 아버지에게서, 아버지는 할아버지에게서. 그건 마술이 아니오. '아버지에게서 물려받는 것, 그걸 손에 넣어 가지시오!'라고 주변에서 모두 그리 말하더군. 근데 난 그리 말하지 않을 거요. 난 내 아이들에게 말할 거요." 잠시 말을 멈춘다. 그사이 어머니는 물이 끓어오르길 기다린다. "잘 이용하든지, 아니면 그러지 말라고 할 거요. 당신들이 다른 곳에서 더 잘 지내고 이곳이 필요하지 않다면, 그 또한 좋소. 하지만 주변에 울타리를 치시오. 그럼 이웃집 가축이 당신 땅으로 넘어오지 못할 거요. 사람이 공정해야지!" 하고 열변을 토한다. 그사이에도 물은 아직 끓어오르지 않고 있다.

"서로 오해가 없길 바라는 마음에서 하는 말인데"라며 말을 이어간다. "뭔가 해야 해서 난 여기 있는 게 아니오. 내가 없으면 우리 소유의 모든 것이 사라져 없어지고 말 거요. 그럼 나도 함께 사라져 없어지고 싶을 거요. 진심이오." 그는 또다시 술로 손바닥을 적신 다음 냄새를 맡는다.

물은 끓어오르지 않는다. 어머니는 주먹을 불끈 쥔다. 이 집 레인지 앞에 서서 주전자 속 물이 끓어오르기를 기다려야 하는 게 화가 나는 모양이다. 10분 전부터 아주 낡은 구식 레인지 앞에 서 있는 어머니는 화를 내는 것처럼 보이지만 커피가 끓지 않을까 걱정하고 있는 게 틀림없다. 또 이런 분노와 걱정을 안겨준 우리에게 화가 나 있는 것 같다. 화가 날 만도 하다.

스레토예 노인이 빵을 베어 문다. 그의 등 뒤로 보이는 벽에 엄청 커다란 구식 전화기 한 대가 걸려 있다.

"저거 돼요?" 내가 묻는다.

스레토예 노인이 수화기를 들고 귀에 대보더니 다시 내려놓고 말한다. "아니."

어머니가 레인지 뚜껑을 열어보고 다시 닫더니 주전자 물을 좀 따라낸다. 레인지 위에 매달린 향로가 흔들거린다. 냉장고 덮개는 한쪽으로 밀려나가 비스듬히 매달려 있고, 그 위에 소금 한 봉지가 바닥에 떨어지기 직전의 상태로 놓여 있다. 냉장고 문에는 수염을 기르고 익살스러운 모자를 쓴 페치* 대주교인 이리네이 1세**의 얼굴이 새겨진 자석이 붙어 있다. 스레토예 노인이 우리 술잔을 다시 채운다. 술병 속에 나무 화관이 하나 들어 있는 게 이제야 눈에 들어온다.

"신부님은 해마다 내게 증류기를 선사했지." 스레토예 노인이 말을 이어간다. "그러다 어느 해에 신부님이 오지 않았소. 근데 주변 사람들이 술맛에 차이가 없다고 했소. 그래서 더는 증류기를 요청

---

* 코소보 서부에 위치한 도시.
** 2010년부터 페치 대주교이자 세르비아 정교회 총대주교.

하지 않았소."

어머니는 레인지 앞을 왔다 갔다 한다.

"난 차이니체*에서 그림을 배웠소." 잠시 말을 멈춘 후 계속 이어 간다. "70년대 차이니체는 요양지였소. 거기 오리엔트 호텔이 있었지. 근데 넥타이를 매지 않으면 들어가지 못했소. 지금의 차이니체는 우묵하니 파인 구덩이가 돼버렸지. 전쟁이 그 구덩이를 파괴했소. 예전엔 거기 주민 49퍼센트가 이슬람교를 믿었지. 만약 코르냐차가 군대를 이끌고 그곳에 들어오지 않았으면 지금은 100퍼센트가 됐을 거요. 정말이오. 난 사실만 말해요. 근데 가장 좋은 건 전쟁이 아예 일어나지 않는 것이었지. 난 군인이었소. 이 사실을 숨기고 싶지 않소. 개인적으로 난 한 번도 종교로 사람을 나누어본 적이 없었소. 절대로! 지금의 내가 바로 나요." 그사이 어머니는 레인지를 발로 찬다. 아버지와 나는 고개를 들어 어머니를 쳐다보고, 스레토예 노인은 빵을 베어 물고 이야기를 이어간다.

"멍청한 일이 일어나고, 그 위기에서 벗어날 길이 없었소." 잠시 말을 멈추었다가 다시 이어간다. "진짜 완전 범죄자들이지. 이 땅의 한 선량한 사람에게 접근하는 세 명의 범죄자들. 난 굶어본 적도 헐벗어본 적도 없었소. 하지만 지금은 굶주림과 헐벗음이 존재하지." 스레토예 노인은 또다시 술로 손바닥을 적시며 말한다. "장담하건대, 때가 곧 올 거요." 그사이 어머니는 집 밖으로 나가고 없다.

잠시 후, 어머니가 팔 길이만 한 막대기를 하나 손에 들고 돌아와 주전자 앞으로 간다. 그러고는 야구방망이처럼 막대기를 쥔 양

* 스릅스카 공화국 동쪽에 있는 소도시.

371

손을 높이 치켜든다.

집 위층으로 통하는 문에 황금빛 그림 액자 속에 든 성 게오르기우스의 초상화가 걸려 있다. 용에게 옆구리를 덥석 물린 말이 깜짝 놀라 날뛰는 모습을 보는 성 게오르기우스의 눈이 동그래져 있고, 창은 비스듬히 세워져 있다. 어머니는 소매로 입을 닦는다.

"난 자넬 가장 믿네." 스레토예 노인이 내게 말한다. "이제 그 중고차에 대한 비밀을 털어놓는다면 말이야. 그리고 자네가 사는 곳에서 그 차를 구입해서 이곳으로 가져오고, 관세를 비롯한 사항들이 어떻게 되는지도 말한다면 말이지. 그 차, 3년 정도 된 건가?"

나는 중고차보다 비버의 생활환경에 대해 더 잘 알고 있다. 문득 아버지를 쳐다보니 아버지는 어머니를 응시하곤 있지만 어머니 말에 귀를 기울이고 있지 않아 보인다. 그래서 나는 생각나는 숫자 몇 개를 중얼거리듯 내뱉는다. 모든 이야기에 고개를 끄덕이던 스레토예 노인이 이제 자기 트랙터 이야기를 늘어놓는다. 나는 그의 이야기를 따라갈 수가 없다. 바로 그때 픽 하는 소리가 난다.

막대기를 옆으로 치우고 주위를 둘러보는 어머니의 뺨이 시뻘겋다. 어머니는 커피 통을 왼쪽으로 돌려 열고 커피를 끓는 물에 넣는다.

"내 증조부님 밀로라드는 183세가 되었소." 그가 이야기를 이어간다. "100세 때까지 모두가 증조부의 말을 들어야 했지. 전 가족이, 그러니까 마을의 절반이 말이오. 그 후 나머지 83년간은 생각만 하고 지냈소. 막내아들이, 그러니까 내 할아버지가 불바위에서 경찰관을 하나 죽이고 도망치자 증조부님은 그를 찾아 나섰고 결국 찾아냈지. 두 사람은 대화를 했고, 그 대화 끝에 할아버지는 자수를 했지."

"왜 경찰관을 죽였어요?" 어머니가 묻는다.

"왜 죽였냐고?" 스레토예 노인이 반문한다. "내가 알기로, 몇 년이 지나 석방된 이후로 그는 더는 사람을 죽이지 않았소" 하며 일어선다.

"크리스티나 스타니시치는 좋은 사람이오. 우리 포도밭에 있는 묘지를 돌봐주었지. 최선을 다해줬소. 해야 할 일 그 이상을 해줬지. 크리스티나가 어떻게 지내는지 말해주겠소? 홀로 많은 시간을 보내오? 아무렴, 당신들이 곁에 있으니, 크리스티나는 홀로 많은 시간을 보내지 않을 거요. 당신들이 곁에 있잖소. 근데 난 가만히 앉아서 크리스티나에 대한 얘기를 들려줄 수 없소. 당신이라면 크리스티나 같은 부인 얘길 하면서 일어서지 않고 가만히 앉아 있을 수 있겠소?"

우리는 어머니가 부엌에서 가져와 따라주는 진한 블랙커피를 마신다.

아버지가 스레토예 노인에게 불바위에 대해 묻는다.

"거기서 뭘 하려는 거요?" 그가 기침을 한다.

아버지는 뱀 둥지 이야기를 꺼낸다. 그러나 아버지도 우리도 거기서 하려는 일을 전부 다 말하진 않는다. 내가 적당한 구실을 생각해내기도 전에 스레토예 노인이 거기 올라가는 건 현명한 짓이 아니라고 한다. 거기로 올라가는 길은 사람의 마음을 아프게 하고 다리를 부러뜨릴 거라고 한다. 신경 쓰는 사람이 아무도 없어서란다. 또 날씨도 문제라는 거다―오후가 되면 날씨가 변덕을 부리는데, 지금 반짝 햇볕이 날 뿐이라는 거다. "이제 난 자러 가야겠소. 물론 행운의 클로버를 발견하려고 자는 건 아니오." 스레토예 노인은 커피를 다 비우지 않고 거실을 나간다.

어머니가 앉아서 커피를 한 모금 마신다.

"저기 있는 오래된 구식 전화기 보셨어요?" 침묵을 깨려고 나는 어머니에게 묻는다. 그때 밖에서 개가 연신 짖어댄다. 오로지 개 짖는 소리만 들린다. 스레토예 노인은 돌아오지 않고 개는 짖는 걸 멈추지 않는다. 참다못해 어머니가 앞장서 나가고, 우리는 그 뒤를 따른다.

개가 이빨을 드러내고 울타리를 향해 짖어댄다.

하지만 거기 울타리엔 아무것도 없다. 로즈메리 향이 나는 공기 냄새. 이끼 낀 탁자. 이윽고 스레토예 노인이 나와 짖어대는 개를 타이른다. 어머니가 스레토예 노인 옆 풀밭에 무릎을 꿇는다. 흥분한 개 주둥이에서 침이 질질 흘러내린다. 어머니가 울타리 속으로 손을 집어넣는다. 그때 갑자기 숨을 헐떡이고 낑낑대며 몸을 떨던 개가 조용해지더니 어머니의 손바닥에 코를 대고 킁킁거린다. 어머니는 마치 개에게 뭔가 속삭이는 듯하다. 그러자 개가 하품을 한다.

"자, 이제 그만 가봐야 하지 않소?" 스레토예 노인이 말한다. 그는 어머니에게서 눈을 떼지 않고 덧붙인다. "정말로 불바위에 갈 생각이라면 지금도 아주 늦은 건 아니오!"

우리가 시야에서 사라져 눈에 보이지 않아도 어머니는 꼼짝 않고 그대로 서 있다. 우리 눈앞에 숲이 펼쳐져 있고, 거기 나 있는 약간 경사진 좁은 오솔길은 덤불속에 숨어 있다. 우리 머리 위에는 비야라츠산이 있고.

어머니가 말한다. "난 안 올라가련다."

"밀지 않아요." 내가 말한다.

"뭐? 멀지 않다니, 뭔 말이냐?"

나는 뭐라 할 말이 없다.

"거기서 뭐 하려고? 대체 거기서 뭘 찾는데?"

"특별히 없어요." 그렇게 대답하며 나는 단어로 변하는 뱀을, 뱀으로 변하는 단어를 찾는 건 아니라는 생각이 든다. 또 커피를 어떻게 만드는지 알고 있을뿐더러 뭔가, 누군가 빠져 있다는 생각도 든다.

"자, 이제 공동묘지에 가보자." 어머니가 말한다. "그다음엔 집에 가자. 저기 뒤쪽에 뭔가 자욱이 껴 있네. 빗속에 여기 계속 서 있고 싶지 않구나."

나는 즉각 어머니 말을 따른다. 불안한 마음이 사라진 어머니는 이제 짜증 난 것처럼 보인다. 여기 이곳은 가족이 소풍 올 만한 야외 장소가 될 수도 있었다. 우리 셋이서 즐겁게 지내본 것도 아주 오래전 일이었으니. 아버지는 숲을 향해 서너 걸음 가다가 되돌아온다.

자, 이제 공동묘지로 가서 연결 고리 하나만이라도 끊어보자. 벌초를 한 지 얼마 되지 않은 어느 스타니시치 묘에 신선한 꽃들이 놓여 있다. 우리는 풀을 뽑고 양초에 불을 붙인다. 마가목 나무에는 새하얀 첫 꽃들이 피어 있다. 자료 조사를 시작하고부터 마음속에 남아 있는 문구를 나는 큰 소리로 읊는다. "꽃차례는 어린 가지 밑 부분의 잎겨드랑이에 달려 있다." 아버지가 무슨 뜻이냐고 묻는다. 나는 이 문구를 대강 핵심만 추려서 옮길 수 있을 뿐이다.

허기가 느껴진다. 주변에서 풍기는 꽃향기가 좋다.

나는 증조부모님의 무너져 내린 집을 바라본다. 많은 일이 이해가 가지 않는다. 가령 무릎 관절이 움직이는 원리도, 마술, 도박 창구, 글로불리*에 그리고 (네나 메즈레마 할머니를 제외하고) 예지력에 돈과 희망을 거는 사람들만큼이나 신앙심이 깊은 사람들이 얼마 되지 않는다는 것도, 민족의 규범을 고집하는 것도, 달달한 팝콘을 좋아하는 사람들도 이해가 가지 않는다. 또 출신에 지위가 수반되는 점도, 많은 사람들이 자신들의 이름을 내걸고 싸움터에 나가 싸울 준비 태세를 갖추고 있다는 점도 이해가 가지 않는다. 그뿐인가. 같은 시간에 두 장소에 있을 수 있다고 믿는 사람들도 (하지만 혹시 이런 일을 할 수 있는 사람이 진짜 있다면 나는 그 능력을 배워보고 싶다) 이해가 가지 않는다. 내가 가장 하고 싶은 건 동시에 서로 다른 시간 속에 존재하는 일이다. 나는 아들에게 가장 좋아하는 게 뭐냐고 묻는다. 일전에 아들이 "연보라색을 좋아해요"라고 말한 적이 있다. "아빠도 좋아하시잖아요." 그건 이해가 간다.

지금 나는 깨달음의 나무 아래에 서 있고, 그 나무는 증조부모님의 무덤에 뿌리를 내리고 있다. 나뭇가지엔 이제 쉬쉬 소리 내는 뱀도, 그 어떤 상징물도 보이지 않는다. 나무에는 그저 꽃들만 피어 있을 뿐이다.

* 동종요법 알약.

비가 내리는 저녁에 우리는 비셰그라드로 돌아온다. 집으로 가는 길에 맥주와 따뜻한 흰 빵 한 덩어리를 산다. 집 안에 들어가니 할머니가 소파에 앉아 있다. 나는 뭔가 재밌는 이야기를 하고 싶지만 아무 이야기도 생각나지 않는다. 그래서 할머니를 껴안고 물을 충분히 마셨는지 묻는다.

"페로를 못 찾았구나." 할머니가 쉰 목소리로 말한다.

"네." 나는 대답한다.

"충분히 잘 찾아보지 않은 모양이구나."

아무 대꾸 없이 어머니는 욕실로 들어가 이를 닦고, 아버지와 나는 할머니를 침대로 모시고 가서 옆에 앉아 맥주를 마신다.

다시 오스코루샤로 돌아온 게 기쁘냐고 아버지가 내게 묻는다.

"아버지는요?"

그는 어깨를 으쓱해 보인다.

어머니가 불쑥 끼어든다. "난 기뻐. 경치가 멋지더구나."

"스레토예라는 분은 이상한 사람이었어요." 내가 말한다.

"전혀 이상하지 않았어." 어머니가 반박한다.

할머니는 눈을 감고 있었다. 나는 살포시 할머니 뺨에 손을 갖다 댄다. 할머니 말대로 우린 할아버지를 충분히 잘 찾아보지 않았다.

모든 나날들

할머니는 내가 어떻게 지내는지 절대로 묻지 않는다. 난 항상 그게 좋았다. 할머니는 "배고프지?" "피곤하지?"라고 물을 뿐이다.

오늘 난 이곳을 떠난다. 내 얼굴을 살피던 할머니가 말한다. "언짢아 보이는구나."

예상치 못한 말이었다. 난 언짢지 않았으니까. 할머니가 배고프냐고 물으며 쳐다볼 때면 난 배가 고팠고, 스웨터를 가져다줄 때면 갑자기 추위를 느꼈다. 난 오늘 언짢지 않다. 긴장하고 있는지 몰라도 언짢지는 않다. 슬프다. 나는 할머니 맞은편에 앉아 재차 작별 인사를 나눈다. 커피를 젓기 위해 할머니가 스푼을 집으려고 손을 내민다. 그런데 스푼이 없다. 할머니의 동작은 과격하고 지금 막 스푼 잡는 걸 배우는 어린아이처럼 느리다.

나는 언짢지 않다.

할머니는 분홍색 덮개가 씌워진 거실 소파에 앉아 커피를 마시고 있다. 낡은 소파 덮개는 예쁘지 않고, 무릎에 놓인 할머니 손은 나이 들어 보인다. 나는 언짢지 않다.

할머니가 물을 아주 조금 마시는 것이 마음에 들지 않는다. 그래서 할머니에게 계속 물을 권한다. 가끔 나는 할머니가 물 한 잔을 마셨다는 사실을 잊어버리고 두 번째 잔을 가져다준다. 또 연신 "할머니, 목마르시죠? 피곤하시죠?"라고 묻는다.

이웃집 부인이 외출할 때면 할머니를 집에 가둬두는 게 괴롭다. 하지만 다른 방법을 찾지 못하는 한 그 방법도 옳다는 생각도 든다. 가족인 우리가 아직 아무런 해결책을 찾지 못했다는 것이 짜증난다. 문득 할머니를 쳐다보니 졸고 있는지 턱이 가슴에 닿아 있다.

할머니가 고개를 든다. "언짢아하지 말아라. 여기저기서, 모든 일이 잘 풀릴 거야." '여기'라고 할 땐 손바닥을 가슴 위에 올리고, '저기'라고 할 땐 집게손가락으로 내 이마를 가볍게 톡톡 두드린다.

할머니가 그 얘기를 하지 않는 것도, 내가 할머니를 위해 그 얘기를 꾸며낸 것도 괴롭다. 그러나 현실에서는 커피 한 모금 넘기는 게 힘이 든 듯 할머니는 미동도 없이 앉아 있다.

나는 언짢지 않다. 내가 하는 일이 잘 풀리지 않아도 된다. 난 할머니를 더 젊고 더 건강한 인물로 그려선 안 된다. 가슴에 닿아 있는 할머니의 턱과 반대되는 이야기는 있을 수 없다.

물을 조금 마신 후 할머니가 제안한다. "산책 나갈까?"

"이제 출발해야 해요." 나는 대답한다.

"뭔 소리야. 오늘은 아무도 안 가도 돼."

"오늘이 며칠인데요?"

할머니가 대답한다. "매일매일 모든 나날들이지."

당신은 당신이 기억하길 바라는 사람을
조심해야 한다

삼촌이 가족 단톡방에 들어와 사진 한 장을 보내온다. 사진 속 할머니는 가슴에 턱을 대고 침대에 웅크리고 있다. 할머니 뒤로 보이는 벽은 터키옥색이고, 침대 시트는 노랑과 녹색이 감도는 죽 같은 색이다. 팔은 부러졌는지 잘 익은 자둣빛으로 변해 있다. 그 모습으로 할머니는 낯선 침대 위에 웅크리고 있다.

삼촌은 할머니 상태가 좋지 않다는 문자를 보내온다.

할머니 상태가 좋지 않다.

아, 이건 할머니 침대 시트가 아닌데.

본인이 어디에 있는지 아세요? 나는 문자를 보낸다.

삼촌은 대답이 없다.

오늘은 2018년 6월 23일이다. 삼촌은 할머니를 로가티카에 있는 요양원으로 데리고 갔다. 며칠 전, 할머니가 커튼을 빨려고 난로 위로 기어 올라가서 커튼을 떼어내려다 굴러떨어진 일이 있었다. 라다 부인이 신음하며 바닥에 누워 있는 할머니를 발견하고는 병원으로 옮겼다. 그 일로 팔이 부러져 깁스를 했다. 치료 후 다시 집으로 돌아온 할머니가 부엌칼로 깁스를 자꾸 긁어대서 깁스가 너덜너덜해졌다.

로가티카는 사방이 산으로 둘러싸인 작은 도시다. 산의 파노라마가 아름답다. 누가 아름다움의 기준을 정할까? 할머니는 창밖으로 병원을 볼 수 있다. 로카티카는 비셰그라드보다 훨씬 더 황량한 곳이다. 어떤 것을 황량하다고 누가 정했을까? 전쟁이 벌어지던 여러 해 동안에 도시 외곽의 한 농장은 비(非)세르비아 국민들을 가둘 강제수용소로 변했다. 1992년 8월 15일, 드라고예 파우노비치 슈피로의 연합이 인간 방패로 삼으려고 27명의 수용자들을 최전방에 투입했다. 그들은 전투에서 살아남았지만 곧바로 슈피로의 부하들 총에 맞아 죽었다. 수용자들 중 15세인 아르민 바즈다르가 팔에 총알 두 발을 맞았지만 살아남았다.

2018년 7월 13일, 나는 처음으로 할머니를 찾아간다. 할머니는 병실 침대에 슬리퍼를 신고 다리를 구부린 채 모로 누워 있다. 손은 침대 모서리 밖으로 뻗어 나와 있고, 안경은 손가락 사이에 대롱대롱 매달려 있다. 바닥에 떨어지지 않도록 나는 안경을 집는다. 할머니는 미동도 하지 않는다.

다른 침대에서는 온통 검은색 옷차림의 한 작은 노부인이 배를 먹고 있다. 무릎에 낡아 해진 여행 가방을 얹어놓은 채로. 후덥지근한 병실 내 공기에서 플라스틱과 배 냄새가 난다. 나는 창문을 열려고 하는데 손잡이가 없다. 손잡이가 왜 없냐고 요양사에게 물어본다. 왜인지 난 이미 알고 있다. 그래도 요양사가 그 이유를 말해줬으면 싶다. 손잡이가 없어야 요양 온 부인들이 창문을 열고 뛰어내리지 못한다고 말이다. 이 말을 하면서 요양사는 뛰어내리다라는 단어 대신에 떨어지다라는 단어를 사용한다. 잠시 후 나는 요양사가 가져다준 손잡이를 매달아 창문을 활짝 연 다음 그 앞에 서 있다.

할머니는 자세도 바꾸지 않고 그대로 누워 있다.

할머니와 병실을 함께 사용하는 노부인이 먹다 만 배 절반을 손에 든 채 가방을 질질 끄며 밖으로 나간다. 한 요양사가 그 부인을 다시 병실로 데리고 오는데, 손에 들려 있던 배는 사라지고 없다. 노부인은 요양사에게 느릿느릿 욕을 해댄다. 할머니는 여전히 미동도 없다. 요양사가 플라스틱 컵 두 개에 오렌지주스를 따른다. 노부인은 컵을 비우고 침대에 앉아 무릎 사이에 여행 가방을 끼운다. 나는 할머니에게 줄 오렌지주스 한 컵을 받아 든다. 요양사는 아나라고 자기소개를 하지만, 난 도저히 그녀의 이름에 관심 있는 척 행동할 수 없다. 아무런 대꾸가 없자 아나는 다시 사라져버린다.

파리 한 마리가 할머니에게 귓속말을 속삭이듯이 머리 주위를 빙글빙글 돌고 있다. 할머니의 귓불엔 소박하고 둥근 귀걸이가 꽂혀 있고, 귓속과 윗입술엔 솜털이 나 있다. 얼굴엔 여러 개의 점과 검버섯도 보이는데, 차마 보고 있을 수가 없다. 이윽고 꼼짝 않는 할머니의 어깨를 잡고 나는 "할머니?"라고 부른다. 그 말에 눈을 뜨는 할머니의 눈빛이 흐리멍덩하다.

독일에서는 많은 노인들이 이런 요양소 같은 데서 황혼을 보낸다―여기서 말한 대로 황혼이라고들 할까? 사람들은 일찍이 가족과 황혼에 대해 논의를 하고, 더 이상 혼자 생활하기 힘들어질 때

같은 요양소에서 함께 지내자고 친구들과 약속하기도 한다. 누가 음식을 가져다주는가, 요양원에 대한 시선은 어떤가, 카탄의 개척자[*]는 비치되어 있는가, 이런 질문들이 보통 오간다.

보스니아에는 노인 요양 시설이 몇 군데밖에 없다. 할머니는 자발적으로 요양소에 들어가는 것보다 차라리 매일 난로에서 굴러떨어지겠다고 했을 것이다. 온전한 가정이라면 가족들이 나이 많은 노인들을 집에서 돌볼 것이다.

"할머니?" 나는 할머니에게 안경을 내민다. 안경을 받아 쓴 할머니의 시선이 내 얼굴을 훑어본다. 진지하고 화가 난 듯이.

나는 치매 환자에게 너무 많은 질문을 하면 안 된다는 것을 어디선가 읽은 적이 있었다. 그래서 내가 누군지 아느냐고 물어보지 않는다. 할머니는 미소조차 짓지 않는다. 한데 그것으로도 충분하다.

나는 일어서려는 할머니 팔꿈치를 잡고 부축한다. 그러자 할머니 얼굴이 일그러진다. 깜빡 잊고 부러진 팔을 잡아버린 것이다. 나는 죄송하다고 사과한다. 할머니는 일어서서 잔걸음으로 옷장 쪽으로 걸어가 그 앞에 멈춰 서더니 거기에 몸을 기댄다. 작은 진전이다. 나는 이리 허약한 할머니의 모습을 한 번도 본 적이 없었다.

"너무 늦게 왔죠."

아무 질문도 하지 않는다.

"하루 종일 기다렸어."

"죄송해요."

"한참 전에 장례식이 시작됐어. 가보고 싶은데 벌써 땅속에 묻혔

* 보드게임.

383

을 거야."

"누가 돌아가셨는데요?" 이제 내가 묻고 있다.

"그래, 그…… 여자 말이다! 내 빗 어디 있냐? 내 꼴이 어떠냐?"
라며 가느다란 머리카락을 잡아당기자 허연 두피가 드러난다. 이
어 옷장 손잡이를 잡고 문을 열자, 거기 할머니가 찾던 빗이 들어
있다.

장례식이라니, 난 모르는 일이다. 할머니가 지금 몇 년도에 있는
지도 모른다. 할머니가 사방을 둘러싸고 있는 이 벽이 어디에 있
는 거라고 생각하는지, 터키옥색의 벽 색깔이 할머니에게 어떤 의
미가 있는지도 모른다. 사고가 일어난 후, 삼촌이 할머니에게 부러
진 팔 때문에 한동안 재활을 받아야 한다고 설명하고 먼저 호텔로
갔다. 하지만 할머니는 삼촌이 거짓말한다는 걸 이미 간파하고 있
었다.

할머니는 거칠게 머리를 빗는다. "몇 시니? 장례식 뒤에 나오는
식사엔 참여할 수 있을 거 같구나."

발코니에 노인들이 앉아 햇볕을 쬐고 있다. 휠체어에 앉아 있는
한 노인은 다리가 없다. 또 다른 노인은 흔들의자에 앉아 몸을 이
리저리 흔들어보지만, 도통 흔들리지 않자 투덜거린다. 머리털과
이가 다 빠진 한 노부인은 자신이 마시고 있는 차에서 오렌지주스
맛이 난다고 한다.

나는 할머니를 도와 안락의자에 앉힌다.

"왜 그래? 왜 안 가고?"

"할머니, 어디서 장례식이 있는지 잊어버렸어요."

"아, 저기다."

"어디요?"

"이 모양으로 갈 순 없구나. 시계도 필요하고 신발도 필요하구나." 할머니는 슬리퍼를 벗는다.

"할머니, 대체 누구 장례식이에요?"

"그 여자 장례식이야."

자기 자신을 두고 하는 말인지도 모른다.

나를 툭 밀쳐내고 일어나 계속 가려는 할머니에게 슬리퍼를 다시 신겨준다. 슬리퍼를 신은 할머니는 출구를 찾는다. 하지만 무성하게 우거진 장미 울타리 뒤쪽에 있는 출구를 보지 못한다. 나는 할머니를 이끌고 정원 깊숙한 곳으로 들어간다. 우아해 보이는 요양소 건물 정면도, 즐비한 의자와 꽃들도 모두 터키옥색이다. 이곳 책임자는 터키옥색을 좋아하는 모양이다.

작업복 밑에 티셔츠를 받쳐 입지 않은 한 남자가 정원에서 잔디를 깎고 있다. 공동 휴게실의 열려 있는 창문을 통해서는, 텔레비전에서 흘러나오는 끔찍한 민요 소리가 아주 크게 들린다. 잔디 깎는 기계 소리를 뚫고 나올 정도로 아주 크다. 그때 나이 든 한 남자가 우리를 앞질러 가면서 엄청 큰 소리로 방귀를 뀐다.

지옥이라는 생각이 든다. 여긴 지옥이다.

할머니가 비틀거려서 어디라도 앉아야 한다. 근데 갑자기 잔디 깎는 기계가 멈추고, 누군가 텔레비전을 껐다. 이제 고기 굽는 소리만 들린다. 그 소리를 뚫고 할머니의 한없이 슬픈 목소리가 들린다. "가족과 몹시 얘기하고 싶은데 얼굴 보기가 너무 힘이 드는구나."

햇볕이 쨍쨍 내리쬔다.

할머니가 갈 수 있는 장례식은 없다. 이 세상에 이젠 할머니가 갈 곳도, 꾸준히 행복을 느낄 만한 곳도, 여기 이 사람들의 나른한 시선이 닿지 않는 곳도 없다.

나는 두 손으로 할머니 머리를 받친다. "할머니, 무슨 일이 있었는지 믿지 못할 거예요!"라며 할머니 눈을 들여다본다. "오늘 아침에 그 부인의 관을 예배당 밖으로 들고 나가려는데 관을 메는 사람 중 한 사람이 '들려? 누가 노크를 해!' 하고 말해서 관 뚜껑을 열어보니 그 부인이 생생하게 살아 거기 누워 있는 게 아니겠어요! 근데 굉장히 화가 난 상태로요. '대체 날 어떻게 할 작정이냐?' 하고 소리치면서요."

할머니가 그 말을 반복해서 따라 한다. "대체 날 어떻게 할 작정이냐?"

"그 부인은 소생했어요, 그 부인이요! 소생했다고요! 죽은 게 아니었어요! 그 부인은 하마터면 생매장당할 뻔했어요!"

내가 지금 하는 행동이 옳지 않다는 걸 잘 알고 있다. 하지만 할머니 얼굴에 어느새 미소가 떠오른다.

"완전 미쳤어요!" 나는 외친다.

"죽은 게 아니었다고." 할머니가 속삭인다.

"아무도 알아채지 못했어요."

"혹 알아채고 싶지……." 말끝을 흐리며 할머니는 비난하듯 손가락질을 한다.

"의사도 아무 말 안 했어요."

"별로 놀랄 일도 아니다."

"네, 맞아요." 나는 동조한다.

"미쳤구나." 그러고는 갑자기 화제를 바꾼다. "커피도 없이 여기서 뭔 얘기를 하고 있는 거냐? 자, 한 잔씩 마시게 지금이라도 가서 가져오너라!"

바로 가까이에 작은 카페가 있다. 정원에 서서 울타리 너머로 커피를 주문한다. 커피를 가지고 돌아오니 할머니가 고맙다는 인사를 하며 내 이름을 부른다. 할머니는 내가 와서 기쁘다고 한다. 나도 할머니 곁에 있어 기쁘다. 내리쬐는 햇볕 아래서 우리는 잠시 커피를 즐긴다.

"미쳤구나." 할머니가 거듭 나직한 목소리로 말한다. 잠시 후, "난 그렇게 죽고 싶지 않구나"라고 덧붙인다.

"뭐라고요, 할머니?"

"여기 이렇게 조금만 더 있자꾸나."

에필로그

저녁이 되어 나는 비셰그라드로 돌아온다. 할머니가 없으면 이 집은 낯선 곳이나 다름없다. 나는 소파에 앉는다. 소파 위엔 오래 됐지만 깨끗한 분홍색 덮개가 씌워져 있다. 그러고는 유리컵에 담긴 물을 벌컥벌컥 들이켠다. 집 안 곳곳에 페로 할아버지, 아버지, 삼촌, 어머니 사진, 그리고 나와 내 아들 사진이 놓여 있다. 이제 이 집에서 뭘 해야 할지 모르겠다. 저녁 8시에 자려고 잠자리에 누워 잠이 들기를 기다린다.

이튿날 아침, 나는 다시 로가티카로 향한다. 할머니는 식사도 잘하고 차도 마신다. 가족 이야기도 하는데, 특히 자고르카 할머니 이야기를 많이 한다. 할머니는 동틀 무렵 염소를 데리고 나가서는 저녁 먹을 때까지 돌아오지 않는 언니가 좀 걱정되는 모양이다. 그런 걱정으로 고통스러워하며 할머니가 소리를 질러대자, 나는 자고르카 할머니 일을 해결할 묘안을 떠올린다.

오늘 이곳에 올 때 할머니의 전기나 마찬가지인 사진 앨범을 챙겨 왔다. 나는 할머니 옆에 앉아 앨범을 한 장 한 장 넘긴다. 가장 오래된 사진 속에서 한 젊은 여자가 친구들과 풀밭에 앉아 소풍을 즐기고 있고, 가장 최근에 찍은 사진 속에선 한 노부인이 자기 집 소파에 앉아 있다. 무엇이 할머니의 인생을 방해했을까, 할머니는 어떤 다른 인생을 살고 싶어 했을까, 나는 아는 게 아무것도 없다. 이젠 모든 게 매일매일 다르다.

할머니는 사진 한 장을 오래도록 바라본다. 사진 속 본인 모습, 할아버지 모습, 그리고 그 사이에 있는 내 모습을 말이다. 사진 속의 우리는 할머니 집에 있다. 우리 머리 위엔 모상(模像) 같은 자수 그림들이 붙어 있다. 할아버지는 멋진 양복 윗저고리를 입고 있고, 나는 할머니가 뜨개질한 듯한 조끼를 입고 있다. 할머니는 엄지손가락으로 할아버지의 얼굴을 다정하게 닦고 있다.

"여기 이게 누군지 기억나세요?" 사진 속 나를 가리키며 묻는다.

"어린 소년이네." 할머니가 대답한다.

처음으로 오스코루샤 공동묘지에 갔을 때, 나는 할머니와 가브릴로 노인이 어떤 특정한 장소를 보여주고 싶어 한다는 생각을 했다. 내가 그 장소에 얽힌 이야기며 조상과 출신에 감동받았으면 하는 마음으로 말이다. 급기야 증조부님이 판 우물에서 퍼 올린 물을 마셨을 때는 참회의 고백이라도 해야 할 것 같은 느낌마저 들었다.

혼란스러웠다. 내게서 기대할 건 아무것도 없었다. 그래서인지 할머니와 가브릴로 노인은 자진해서 친척과 소속감이라는 짐을 짊어지려는 자신들의 마음을, 특히나 조상들의 모든 업적과 유산을 자랑스러워하는 마음을 털어놓고 싶어 했다. 그 모든 것이 자신들 눈앞에서 사라져버리든 그러지 않든 상관 않고 말이다. 그중에 내 것은 아무것도 없고 내 것이 될 수 있는 것도 없었다. 나는 그들이 가진 '공동 자산'을 우연히 보게 된 '목격자'에 지나지 않았다. 어느 순간 어떤 곳에서 너무 늦지 않게 가족사에 엮여 들었을 뿐이다.

할머니와 가브릴로 노인은 쉴 새 없이 이야기를 나누었다. 그들은 혼자가 아니었다. 하지만 곧 혼자가 될 거라는 건 물론이고, 죽음 외에도 사회적으로 깜짝 놀랄 일이 생길 거라는 걸 알고 있었다.

밭고랑들. 울타리들. 술병 속 십자가. 증조부모님을 위한 옥수수 죽. 비야라츠산. 할머니와 가브릴로 노인이—거기에 이제 스레토예 노인도 가세해서—추모도 할 겸 온갖 이야기를 늘어놓는다. 그들은 죽은 이들을 위해 멋진 이야기도 중간중간 섞어 넣었다. 우물물 맛은 언어로 만들어져 언어로 표현되었다. 그 언어는 대대로 전해져 내려간다. 그리고 한 사람은 살아남아 자신이 살아온 이해하기 힘든 인생에 대한 이야기를 들려줄 것이다.

가브릴로 노인은 무릎이 고장 나고, 스레토예 노인은 등이 고장 나 있다. 수십 년간 산을 기어오르고 산에 구멍을 뚫고 산의 바위와 흙을 실어 나른 탓이다. 이런 일을 하려면 평생 등을 조심스럽게 다루어야 하지만, 어느 순간 진통제를 먹고 있게 된다.

로가티카에 온 지 사흘째 되는 날, 나는 할머니와 작별한다. 몇 시간 후면 다시 독일로 날아갈 것이다. 할머니와 나는 사진 앨범을 보다가 도미노를 쌓기도 하고, 또다시 사진 앨범을 들여다보기도 한다. 함께 잡곡밥도 먹는다. 식사 후, 나는 세 번째 사진 앨범을 펼쳐 드는 할머니를 꼭 껴안아주고 일어선다. 다른 노인들이 우리 주위를 총총거리며 돌아다니는 가운데, 할머니는 과거 속 사진을 한 장 한 장 넘기다 사진 한 장을 가리키며 "이게 나냐?"라고 묻는다.

나는 그 질문과 함께 할머니를 홀로 두고 나온다. "할머니, 우리 곧 다시 얘기해요"라는 말을 남기고서.

공항 대기실에서 한 소녀가 자기에게 책 읽어주는 나이 든 남자 곁으로 슬금슬금 다가간다. 처음에 나는 그 노인이 읽어주는 이야기를 따라가지 못하지만 이내 흐름을 쫓아간다. 그 이야기는 만사가 좋게 끝난다. 하지만 내가 원한 결말은 아니다. 여행, 수많은 불빛, 안내 방송. 사계절 구분이 없는 공항 대기실.

나는 비행기에 오르지 않는다. 이미 실린 트렁크 때문에 큰 소란도 피운다. 택시 대신 렌터카를 이용하려고 몇 시간을 기다려 겨우 한 대를 빌린다. 저녁이 되어서야 출발한 나는 로가티카로 돌아간다.

밤 11시쯤에 나는 로가티카에 도착한다. 회중전등 불빛 속에서 한 남자가 요양소 앞 장미 울타리를 손질하고 있다. 나는 입구 맞은편에 차를 세운다. 여기서 보니 정원사의 등에서 장미 가지들이 자라나 있는 듯하고, 정원사가 울타리의 일부인 듯하다. 정원용 가위가 커서인지 정원사의 가위질이 힘겨워 보인다.

나는 입구를 지나 정원으로 들어간다. 장미 울타리가 길을 뒤덮고 있다. 정원사가 한쪽 눈으로 나를 훑어본다—다른 쪽 눈은 안대로 가려져 있다. 큰 키에 곱사등이인 정원사가 전등 불빛으로 나를 비춘다. 울타리 사이를 헤치고 가는 내 재킷 천을 장미 가시가 뚫고 들어온다. 그때 어떤 동물이 원뿔 모양의 불빛을 피해 도망치고, 곱사등이 정원사가 저주를 퍼붓는다. 잠시 후, 나는 반대쪽에 와 있다.

"불빛에 감사해야겠군." 나는 혼잣말을 한다.

뭘 잊어버리고 갔는지 묻는 걸 보면 정원사는 날 알고 있는 것이다. 그의 대머리엔 장미 가지로 엮은 화관이 둘러져 있다. 나는 거친 목소리로 사진 한 장을 찾는다고 대답한다―때마침 정원사가 내 귀 바로 옆 가시덩굴을 싹둑 자른다. 나는 가윗날 아래에 잠시 웅크리고 있다가 건물 쪽으로 재빨리 달려간다.

"그래요." 나는 외친다. "할머니에게 안녕히 주무시라고 말하는 걸 잊어버렸어요."

용의 보물

경고!

다음 이야기는 순서대로 읽지 말라! 이야기가 어떻게 진행될지 당신이 결정하고, 당신 자신의 모험담을 그려보라.

당신은 경영학자인 아버지와 마르크스주의를 전공한 정치학자인 어머니의 아들이다. 또 마피아 대부인 할머니와 너무 일찍 세상을 떠난 할아버지의 손자이기도 하다—그래서 진정 뭘 말하고 싶은 것인가? 농부인 증조부모님, 가수인 외증조모님과 뗏목꾼인 외증조부님의 증손자이기도 한 존재가 바로 당신이다.

당신은 요양소로 돌아와 할머니에게 안녕히 주무시라고 인사한다. 아니, 어쩌면 당신은 할머니가 잠들지 못하기 때문에 돌아왔는지 모른다.

슬라브 사람들은 위험한 것을 사랑한다. 수많은 사람들이 몰래 숨어 있다! 당신의 결정은 당신을 성공의 길로 이끌어갈 것이다.

무엇이 성공인지 몰라도 말이다. 아니면 타락의 길로 이끌지도 모른다.

행운을 빈다.

요양소로 들어서는 당신을 네온사인 불빛이 비춘다. 복도 벽에 그림들이 걸려 있다. 이곳 환자들이 연필과 수채화용 물감으로 그린 그림이었다.

정원이 있는 집.

산을 배경으로 펼쳐진 토끼풀밭.

메르세데스벤츠 자동차 한 대.

주름진 얼굴.

당신은 병실 문을 조심스럽게 연다. 할머니가 침대에 앉아 있다. 복도 불빛에 할머니의 그림자가 비친다.

"페로, 당신이에요?" 뒤도 돌아보지 않고 할머니가 말한다.

당신은 거짓말을 한다. "그래, 나요." 당신이 대답한다. 464쪽으로 갈 것.

당신은 사실대로 말한다. "할머니, 저예요. 사샤." 400쪽으로 갈 것.

당신은 사이렌 요정들의 노래에 대해 알고 있는 모든 것을 무시하고, 나그네들을 함정에 빠뜨리는 숲속 요정들과 함께한 역할놀이 경험도 죄다 간과해버린다. 아니, 그렇지 않다. 당신은 현혹되지 않는다. 당신이 물이 있는 샘 쪽으로 몇 걸음 떼자마자, 나뭇잎 옷을 입은 십수 명의 아름다운 여인들이 무리 지어 당신 주위를 빙글빙글 돈다. 그중 한 여인이 우연인 것처럼 당신을 만지면, 당신은 혀끝에서 꿀이나 딸기 혹은 스테이크 맛을 느낄 수 있다. 이 세 가지 중 당신이 뭘 가장 먹고 싶으냐에 따라 느끼는 맛이 달라진다. 이후, 그 전보다 심한 갈증을 느끼게 된다. 그러면 당신은 샘으로 달려가고, 그런 당신을 숲속 여인들은 노래 부르며 놀려댄다.

이런 일이 일어날 걸 예감했더라면,

그리 배불리 마시는 짓을,

남자는 절대로 배불리 물을 마시는 짓을 하지 않았을 텐데.

당신은 목구멍에 이물질이 걸린 느낌이 든다. 물을 마셔야 한다.

그때 나쁜 요정 하나가 손으로 물을 떠서 손바닥 오목한 부분에 담긴 물을 당신에게 내민다.

당신은 요정이 주는 물을 받아 마신다. 465쪽으로 갈 것.

당신은 샘에서 직접 물을 떠서 마시고 풀밭에 엎드려 있다. 460쪽으로 갈 것.

당신이 와서 기쁘다고 할머니가 나른하게 말한다. 할머니가 가까이 다가와 옆에 앉는 당신의 손을 잡는다.

"너무 늦게 왔구나."

"지금 도착했어요."

"네가 온 걸 페로가 알았다면 널 데려갔을 거다. 혼자 거길 올라가지 않았을 거다."

"할아버지가 비야라츠산에 계시다는 거 알고 있어요."

"혼자서! 너무 오래 나가 있었어." 할머니가 내 쪽을 돌아본다. "말해보렴. 그가 어디 있니, 페로는 어디 있어?"

———————————————————————

당신은 할아버지가 오래전에 돌아가셨다고 말한다. 464쪽으로 갈 것.

당신은 잘 모르겠다고, 그러면서 자진해서 용들이 있는 곳으로 가서 그들과 함께 오랜 시간을 보내는 사람을 알지 못한다고 말한다. 432쪽으로 갈 것.

동이 트기 직전에 가브릴로 노인이 한 낯선 남자와 스레토예 노인을 데리고 찾아온다. 그들이 입은 옷에 그을음 같은 검은 얼룩이 져 있다. 당신이 자고 있는 할머니 곁에 살며시 앉자 할머니가 움찔하며 뒤로 물러난다.

가브릴로 노인이 할머니와 당신을 쳐다보며 고개를 끄덕이고, 스레토예 노인은 다정하게 당신의 뺨을 살짝 친다. 그러고는 껴안고 인사로 키스를 한다. 옆에 있는 낯선 남자는 몸을 왼팔로 꼭 감싸고 있는데, 손등에 말라붙은 핏자국이 보인다.

가브릴로 노인이 할머니 곁에 앉으며 무슨 일이냐고 묻는다. 반짝이는 그의 눈이 할머니의 얼굴에 가서 멈춘다. "우리가 도와줄게." 그가 말한다. 마치 당신의 질문에 대답이라도 하듯이.

"할아버지를 찾아다니신다고요." 당신이 말한다. 할머니에겐 할아버지가 살아 계실 거라고 말해달라고 부탁한다. 할머니는 할아버지가 근방에 나들이 나가 있던 때인 줄로 착각하고 있다고도 덧붙이면서.

"불바위로 갔을지도." 가브릴로 노인이 말한다.

"거기에 대해 아는 게 있어요?"

401

"추측해본 거야."

"다시 깨어나시면 할머니는 아무것도 기억하지 못할 거예요. 그럼 제가 할머니를 다시 데려다드릴게요. 아, 그런데 할아버지의 부재를 설명하고 여행을 좀 더 박진감 있게 만들려고, 할아버지가 사라진 게 용과 관련이 있을지 모른다고 이야기했어요."

'용'이라는 말에 세 남자가 모두 돌아서서 나를 쳐다본다. 그들은 당신이 말을 계속하길 원하는 걸까? 무슨 말을 더 할 수 있을까? 당신이 용의 존재를 믿지 않는다는 말이라도 해야 하나? 할아버지와 마찬가지로 용은 이 세상에 존재하지 않는다. 딱 그만큼이다.

남자들이 일어선다. 그들이 신은 장화가 뽀드득 소리를 내고, 그들의 피가 줄줄 흘러내린다. 그들이 동시에 큰 소리로 "용이 없다고 누가 그래?"라고 외치자 저음과 중음이 섞여 울려 퍼진다.

가브릴로 노인이 덧붙인다. "내게 묻는 거라면 아주 멍청한 계획이야."

그 말에 할머니가 눈을 감고 외친다. "근데 그 계획이란 거 언제 계속되냐?"

452쪽에서 계속된다.

5000년 전부터 지구에 용이 살고 있다. 지구에 사는 용들의 출신은 캅카스산맥*과 메소포타미아 지역의 전설에 휩싸인 벌판에서 찾아볼 수 있다. 지난 1000년 동안 이민자 이동이 없었으면 오스코루샤 부근에 용들이 나타나지 않았을 것이다. 그런데—당신이 렌터카를 주차하고 할머니와 함께 차에서 내리자—머리 위 구름 속에서 힘찬 날갯짓 소리가 들려온다.

"뭐였냐?" 할머니가 묻는다.

"그저 산속 숲에서 나는 바스락거리는 소리예요." 당신이 대답한다.

할머니가 하품을 한다. 당신은 마음속 깊은 곳에서 전율을 느낀다.

당신은 입고 있던 재킷을 벗어 할머니의 어깨에 걸쳐준다. 잠시 후, 자동차 안 전등이 꺼지자 세상도 함께 사라져버린다.

419쪽에 등장하는 숲속을 지나가는데 휴대폰 손전등 앱이 켜졌다 꺼졌다를 반복한다.

* 아시아와 유럽의 경계를 이루는 산맥.

할머니는 방을 나가 이야기를 늘어놓기 시작한다. "페로와 나는 최근에 이 호텔과 비슷한 곳에 묵은 적이 있어. 여기보다 훨씬 더 예쁜, 코토르* 바닷가에 있는 호텔이었어. 아심, 하니파와 함께 해수욕을 하고 산책도 가고 여행도 했지." 나는 계단 쪽으로 향하는 할머니를 부축한다. "하니파와 아심을 보게 되면 말하렴. 병문안 오면 내가 기뻐할 거라고."

할머니가 호텔에서 발생한 도난 사건 이야기를 한다. 그때 전등불이 꺼지고 칠흑같이 캄캄해지자, 순간 할머니는 갑자기 하던 말을 멈춘다. 그러나 이내 전등불이 다시 켜진다.

누가 뭘 훔쳤는지 당신이 묻는다. 그 말에 할머니는 당황한 표정으로 당신을 쳐다보고는 가던 길을 계속 걸어간다.

하니파와 아심은 전쟁 중에 비셰그라드에서 도망쳐 나가 다시는 돌아오지 않았다. 그 후 타향에서 지내다 몇 년 전에 세상을 떠났다. 그 일을 굳이 얘기할 필요는 없다.

여러 그림이 걸려 있는 복도에 이르자 할머니가 말한다. "매년 여름에 가는 여행을 꼭 멋진 장소로 갈 필요는 없지. 안 그래도 돼.

* 몬테네그로 남부의 항만도시.

이따금 정말 지루할 때가 있지만 우린 함께야. 그거면 충분해." 토끼풀밭 앞에서 멈춰 선 할머니는 자신이 어디 있는지 알고 있다며 말을 계속 이어나간다. "떠나고 싶구나. 내 말 듣고 있니? 페로와 함께 떠나고 싶구나. 솔직히 말해 지금 당장은 아니고, 건강해지면 바로."

바깥 장미 울타리 쪽에서 싹둑싹둑하는 엄청 새된 소리가 난다. 곱사등이 정원사가 할머니를 데리고 가게 당신을 내버려둘까?

당신은 각오를 하고 할머니를 데리고 요양원 건물 밖으로 나와 정문을 지나간다. 430쪽으로 갈 것.

정문 말고 다른 출구를 찾고 있는가? 408쪽으로 갈 것.

가브릴로 노인 집에 불이 켜져 있다. 당신과 함께 창문을 통해 집 안을 엿보던 할머니가 거실에서 식탁을 차리고 있는 여자의 이름을 속삭인다. "마리야." 할머니가 가브릴로 노인의 부인을 알아봐서 당신은 한결 가벼운 마음으로 문을 두드릴 결심을 한다.

집 안주인이 누군지 묻지도 않고 문을 열어준다. 부인은 미소를 지으며 할머니와 내게 차례로 인사 키스를 한다. "어서 들어오세요." 마치 별일 아니라는 듯이, 그리 늦은 시간도 아니고, 우리가 10여 년 만에 다시 만나는 것도 아니지 않느냐는 듯이 말이다.

마리야 부인이 목이 마르냐고, 배가 고프냐고 묻는다. 당신과 할머니, 두 사람 모두 그렇다고 하자 부인은 물, 맥주, 빵을 가져와서는 식탁에 앉으라고 한다. "불바위에 올라간 남자들이 돌아왔나 했어요." 그러고는 빵을 두툼하게 자른다.

당신과 할머니는 식탁에 앉아 식사를 한다.

집 안에 있던 전쟁 범죄자의 사진들이 보이지 않았다.

할머니가 빵을 물에 적신다.

당신은 남자들이 불바위에서 뭘 하는지 알고 싶어 한다.

"악당들과 언쟁을 벌이고 있지." 그렇게 말하며 마리야 부인이 훑어보자 당신은 어색한 미소를 짓는다. 그러고는 "산비탈을 태우고 있어"라고 덧붙이며 말을 이어간다. "거기 위가 더 안전하단다. 바위 절벽과 숲이 멀리 떨어져 있으니까. 그 악당들이 우리 폐에 악취를 가득 채우진 않을 거야." 마리야 부인이 돌아서서 용과 싸우는 성 게오르기우스를 혹은 성 게오르기우스와 싸우는 용을 바라본다. 그림 속 이 두 등장인물인 성 게오르기우스와 용은 미동도 없이 마리야 부인을 마주 바라보고 있다.

할머니가 스푼과 나이프를 내려놓고 하품을 한다.

마리야 부인이 할머니에게 괜찮으냐고 묻는다. 그러나 왜 오스코루샤에 왔는지는 묻지 않는다. 할머니는 피곤하다며 좀 쉬고 싶다고 한다.

그럼요, 쉬셔야죠.

소파에 누워 손으로 눈을 가리는 할머니에게 마리야 부인이 이불을 덮어준다.

당신은 할머니에게 안녕히 주무시라는 인사를 한다.

401쪽으로 갈 것.

당신은 현관 맞은편에 있는 공동 휴게실로 할머니를 데리고 간다. 그곳엔 탁자와 의자 몇 개, 주름진 가죽 안락의자 두 개가 군데 군데 놓여 있고, 각 구석에는 불쾌한 고무나무 한 그루가 서 있다. 거기 모인 사람들은 '이봐, 화내지 마' 보드게임*을 하고 있었다. 게임에서 빨간색 주사위를 가진 사람들이 이겼고, 다른 색 주사위를 가진 사람들은 탈락했다.

할머니가 손가락 사이에 주사위를 끼고 돌린다. "장난감은 우리 손으로 직접 만들어 갖고 놀았어. 아버지는 손으로 꼼꼼하게 깎아 만드는 일을 좋아했지. 하나 있는 언니는 나와 많이 놀아주었지."

당신은 뒷문을 찾는다. 근데 열어본 문은 모두 취침실과 연결돼 있고, 그중 하나는 매점으로 통하는 문이다. 구석에 서 있는 고무 나무들이 당신을 주시하고 있다. 텔레비전도, 메뉴판과 달력도 당신을 주시하고 있다.

텅 빈 커다란 새집이 기둥 하나에 달려 있다. 예술작품으로 매달아놓은 것인지 새가 날아들 수 있는 곳인지 당신은 알 수가 없다.

"할머니, 진짜 여기서 나가실 거예요?"

---

* 한국의 윷놀이 같은 게임.

할머니는 당신에게 주사위를 내민다. 아직 열어보지 않은 문 두 개가 남아 있다.

당신은 건네받은 주사위를 던진다.

주사위가 홀수로 나온다. 공동 휴게실 북쪽 문을 열어본다. 415쪽으로 갈 것.

주사위가 짝수로 나온다. 공동 휴게실 동쪽 문을 열어본다. 422쪽으로 갈 것.

당신은 기다린다.

정원사가 히죽 웃는다.

할머니가 말한다. "어렸을 때 밤이 되면 자주 울었어. 어린아이가 밤에 자주 울면, 마녀들이 그 아이의 영혼을 잡아삼킨다고들 생각하지. 자고르카 언니가 내 안에 깃든 어둠을 몰아내고 위로해줬지. 난 자고르카를 귀염둥이라고 불렀어. 나보다 나이가 많은데도 말이야. 자고르카는 내 침대에서 죽었어. 어렸을 땐 자고르카가 날 돌봐줬다면, 말년에는 내가 언니를 보살펴줬어. 그럴 수밖에 없지. 귀염둥이 언니는 내게 꽤 많은 걸 가르쳐줬어"라며 할머니가 하늘을 향해 팔을 치켜든다. 그 순간 섬광이 번쩍거리며 주위가 환해진다.

414쪽으로 갈 것.

일이 생각보다 훨씬 수월하게 흘러갔다. 당신은 할머니와 함께 요양소 정문으로 이어진 길을 걸어 나와 자동차에 올라타는 할머니를 돕는다.

할머니가 음악을 틀어줄 수 있느냐고 묻는다.

틀어줄 수 있다고 대답한다.

"아니, 됐다." 할머니는 눈을 감더니 잠시 후에 잠이 들었다.

그 모습에 당신은 안도의 숨을 내쉰다.

당신은 할머니를 속이고 있다. 할아버지가 살아 있다고 믿는 할머니를 안심시키며 속이고 있다. 치매 걸린 할머니에게 할아버지의 죽음에 관한 불변의 진실을 말하지 않으려고 당신은 끊임없이 상상의 나래를 펼치고 있다. 그러나 하루도 빠짐없이 할머니에게 설명하는 새로운 진실과 함께 할아버지는 매일매일 죽기를 반복한다.

다시 잠에서 깨어나면 할머니는 자신들이 어디로 가던 길인지 기억하지 못할 것이다. 그다음엔 무슨 일이 일어날까?

당신은 할머니가 깨어나길 기다려 깨어나면 요양원으로 다시 데려다줄 생각이다. 424쪽으로 갈 것.

신호등에 파란불이 들어온다. 오스코루샤로 가자고 결심한 당신은 차를 출발시킨다. 403쪽으로 갈 것.

말소리가 들리자 악마가 당신 얼굴에 전등을 비춘다. 악마의 손톱은 장미 가시 같고, 눈동자는 붉은 장미 꽃잎 같다. 안대 밑으로는 뭔가 꿈틀거리며 기어 다닌다. 악마는 히죽 웃으며 해마다 열리는 품평회의 출품자처럼 깊이 허리 숙여 인사한다. 바람이 불어 장미 울타리도 한쪽으로 기운다. 이런 식으로 견디며 악마와 울타리는 살아남는다. 당신은 할머니를 데리고 이 악마 옆을 지나 울타리를 통과하면서 몸을 구부린다. 애프터셰이브 로션이나 초콜릿을 뒤집어쓴 것처럼, 인간이란 피조물은 엄청 달달한 냄새가 난다.

여기서 나가 411쪽으로 갈 것.

눈부신 불빛이 당신의 눈 깊숙이 파고들어 바늘로 찌르는 듯한 고통이 된다.

흔들리는 빨간 눈동자. 서서히 세상의 윤곽이 다시 드러난다. 할머니는 군인처럼 꼿꼿하게 등을 곧게 펴고 렌터카 앞에 서 있다. 당신도 할머니 옆 길 위에 서 있다.

당신 뒤쪽에서 고함 소리가 들린다.

"출발!" 당신은 마치 자신에게 외치듯 말한다. 곁눈질로 어떤 움직임을 포착한 당신은 재빨리 차에 올라 할머니가 차를 탈 수 있게 문을 연다. 할머니가 차에 오르는 데 시간이 다소 걸린다. 그때 금속이 맞부딪치는 소리, 가위로 자동차를 긁는 소리가 난다. 상관없다. 자동차종합보험에 들었으니까. 그렇게 생각하며 그곳을 빠져나간다.

403쪽으로 갈 것.

문 뒤쪽에 또 다른 취침실이 있다. 어둠 속에 야간 전등 불빛이 비친다. 침대 세 군데에 머리 셋이 있고, 창문은 열려 있다. 창문 높이가 약 1.5미터쯤 된다. 거기서 요양소 밖에 있는 거리에 도달하려면 당신과 할머니는 정원사와 장미 울타리를 지나가야 한다.

당신은 할머니가 좀 더 잘 올라설 수 있게 의자 하나를 창문 바로 아래에 가져다 놓는다. 그러다 할머니가 창밖으로 뛰어내려야 한다는 생각을 하자 약간 불안해진다.

할머니가 잠들어 있는 한 노인 위로 몸을 숙이며 묻는다. "이 노인네가 나냐?"

"할머니?"

"너희는 전 세계로 흩어지는구나. 괜찮아, 이해한다. 왜 그러는지 안다. 너희는 전화해서 내가 어떻게 지내는지 물어보고, 찾아와서 나와 커피를 마시고 내게 밥도 챙겨주고, 내 칫솔이 낡았다고 하고 내게 살 집도 있다고 하지. 근데 여긴 내 집이 아니다. 여기 이 벽은 내 집 벽이 아니야. 낯선 벽 사이에서 내가 어떻게 지낼 것 같니? 말해보렴. 이곳은 호텔도 휴양지도 아니야. 여기 사람들은 나가지 못하게 해. 그저 달래기만 할 뿐이야. 사람들이 내게 하는 짓이라곤 먹이고 속이고 달래는 것, 그게 다야."

할머니가 잠들어 있는 노부인의 이마에 손을 얹더니 머리를 쓰다듬는다.

요양사들의 말로는, 할머니가 때론 어린아이처럼 여기저기 돌아다니며 다른 사람들을 간지럽힌다고 한다. 일부는 좋게 보고, 일부는 안 좋게 본다는 것이다.

당신은 뭐라고 대답해야 할지 모른다. 이제 할머니 곁에 있을 거라는 말을 가장 하고 싶을 것이다. 하지만 그 또한 사실이 아니다. 그러니까 계속해. 늘 하던 대로 계속하라고. 여긴 호텔이 아니라는 사실도 털어놓고 늘 하던 대로 계속하라고.

당신은 창밖으로 뛰어내려 도망치라고 할머니를 설득한다. "여기서 달아나자고요!" 411쪽으로 갈 것.

창밖으로 뛰어내려 도망치는 건 너무 위험하다. 그래서 공동 휴게실의 다른 문을 통해 달아나려고 한다. 422쪽으로 갈 것.

가까이 끌어당기자 할머니가 소스라치게 놀란다. 할머니 발에 양말을 신겨 무릎까지 끌어 올려준다. 할머니의 피부는 거칠고 축 늘어져 있다. 그다음엔 블라우스, 스웨터, 모직 바지를 차례로 입혀주고 마지막으로 장화를 억지로 신기려고 애써보지만 할머니 발에 너무 작다.

"내 신발이 아니다."

다른 신발을 찾으려고 신발장을 여니 납작한 신발과 터키옥색으로 반짝이는 운동화가 한 켤레씩 놓여 있다. 둘 중 당신은 운동화를 선택한다.

운동화를 신기려고 무릎을 꿇고 앉는 당신에게 할머니가 용과 맞서 싸우려면 뭐가 필요한지 묻는다.

"무기요. 가장 좋은 무기는 마법 무기예요."

운동화는 할머니 발에 꼭 맞다.

"딱히 싸울 필요는 없을 거예요. 페로 할아버지를 찾아 모시고 올게요."

신발장에는 할머니 소유의 자질구레한 물건들도 놓여 있다. 옷 서너 벌, 여러 개의 솔, 머리빗, 손톱깎이, 빈 플라스틱병 하나, 손목시계, 기저귀들. 그리고 가족사진 앨범 밑으로 비죽 드러나 있는, 절반은 이미 먹어치운 초콜릿 한 판. 이 앨범에는 할머니 인생이 담겨 있다. 앨범 속 사진에 이름과 날짜를 써넣어야 할 것 같다.

404쪽으로 갈 것.

숲속 길이 심하게 질퍽질퍽하고 울퉁불퉁해서 천천히 걸어갈 수밖에 없다. 그런데도 할머니가 좀 더 천천히 가자고 한다. 땅바닥에 떨어진 나무줄기 위에서 할머니와 당신은 잠시 쉬기로 한다. 스마트폰 배터리는 33퍼센트 정도 남아 있다. 어떨 땐 수신이 잘 되다가 또 어떨 땐 먹통이 된다.

한 시간 후, 숲길을 따라가는 할머니와 당신 앞에 첫 번째 집이 나타난다. 할머니가 멈춰 서서 그 집을 바라본다. 폐허 쪽으로 이어진 파란 문, 구멍 난 지붕 위로 쓰러진 전봇대, 인형처럼 전깃줄에 매달려 있는 집.

"전등불이 꺼지면 얼마나 캄캄한지 보렴." 할머니가 말한다. "집 안에 드리운 어둠이 돌벽 사이사이에 끈적끈적하게 스며 있어. 하지만 가까이에 가족이 있어. 그들의 숨소리를 듣고 있지. 아버지, 눈이 멀 정도로 아름다운 어머니, 귀염둥이 자고르카 언니의 숨소리를 말이다. 난 편히 누워 쉬고 있는 그들 곁으로 갈지 모르겠구나. 그들의 숨 냄새가 엄청 시큼하고 달구나."

할머니는 유년 시절에 살았던 스타니셰바츠에 있다고 생각하는 것 같다. "우리 귀염둥이 언니를 깨워볼까?" 할머니가 묻는다.

"할머니 집이에요?"

"응." 할머니가 잠시 생각에 잠긴다. "잠깐, 아니다. 우리 집은…… 우리 집은 2층으로 돼 있어. 지붕은 멀쩡하고. 우리는 아래층에서 식사를 하고 시간을 보내. 위층에선 잠을 자고. 어린아이 아홉 명과 어른 여섯 명으로 이루어진 두 형제 가족이야.

근데 이상하네. 내일 뭘 해야 할지 모르겠구나. 저녁이 되면 각자 내일 해야 할 일을 잘 알고 있는데. 넌 이쪽 또 넌 저쪽, 모두가 어디서 무얼 해야 할지 말이다. 한 명은 암소들을 지키고, 다른 한 명은 양들을 지키지. 우리 집엔 양이 107마리 있단다. 또 두 명은 빵을 굽고 식사 준비를 하지. 또 다른 한 명은 집에 머물며 닭들을 돌보고 오물을 치우지. 그리고 이것저것 자질구레한 일도 처리해. 여름인 지금은 밭에서 해야 할 일이 많지. 무슨 일을 하고 싶냐고 묻지 않아. 할 수 있는 일을 해야 해. 얼마 전에 난 하루 종일 구멍 난 양말을 기웠어." 할머니가 푸른 문 쪽으로 돌아선다. "여기 스타니셰바츠 아니지?"

당신은 할머니의 시선을 피하며 대답한다. "아니에요."

"어디 있는지 난 잘 알고 있어." 할머니가 당신의 뺨을 꼬집는다. "말이 있었으면 더 잘 갈 수 있을 텐데." 할머니가 일어나서 다시 걷기 시작한다.

"이제 어떡하죠?"

"당나귀 녀석아, 말이 너보다 길눈이 밝지. 그뿐이냐. 나도 이 길을 잘 알고 있어." 할머니는 내 뒤쪽에 있는 산을 가리킨다. 비야라츠산 꼭대기가 구름이 잔뜩 낀 하늘 높이 솟아 있고, 거기 산꼭

420

대기 어딘가에서 불길이 치솟아 오르고 있다. 아주 엄청난 불길이다. 높이 치솟아 오르던 불길이 가물거리며 사라지는가 싶더니 다시 환한 불길이 일어나 회오리치며 활활 타오른다. 잠시 후, 불길이 서서히 사그라지며 산꼭대기 여러 곳에서 동시에 불꽃이 번쩍거린다. 마치 누군가 밤의 화폭에 불꽃을 그리고 있는 듯한 광경이다. 누군가 혹은 그 어떤 것이.

"용이네요." 당신이 속삭인다.

할머니가 웃으며 당신의 팔짱을 낀다. "당나귀 녀석아, 나비는 아니지."

오늘은 2018년 10월 29일이다. 나는 "당나귀 녀석아, 나비는 아니지"라고 썼다. 그때 전화기가 울렸다. 할머니는 78세로 로가티카에서 세상을 떠났다.

스레토예 노인의 마당은 428쪽에 나오는 동쪽 언덕 위에 있다.

가브릴로 노인 집으로 가는 게 더 좋겠다. 아직 집에 불이 켜져 있다. 406쪽으로 갈 것.

요양사가 사무실 의자에서 놀라 벌떡 일어난다. 그녀는 무슨 일이냐고 묻고는 작업 가운을 팽팽하게 잡아당긴다. 자다 깬 얼굴은 뻘겋게 부어 있다. 당신이 대답하기도 전에 할머니가 외쳤다. "아나 씨, 우린 오스코루샤에 가서 용 사냥을 할 거라오."

당신은 고개를 가로저으며 마치 할머니가 제정신이 아니라는 듯한 제스처를 취하고 작은 소풍에 대해 중얼중얼거린다.

당신의 말을 충분히 들은 요양사는 요양원 환자들이 퇴원 수속도 밟지 않고 도망가면 안 된다고, 더욱이 한밤중에 그러면 안 된다고 경고한다. 그러고는 할머니 팔짱을 끼고 계단 쪽으로 가면서 농담을 하자 할머니가 키드득 웃는다.

병실에 도착해서는 할머니가 옷 갈아입는 것도 돕는다. 당신은 할머니가 저항하기를 바란다. 하지만 할머니는 순순히 옷을 갈아입고 하품을 해댄다. 요양사가 당신에게 마지막으로 질책 어린 시선을 던지고는 둘만 남겨두고 나간다. 병실을 나가면서 전등불도 꺼버린다.

"할머니? 괜찮으세요?"

당신은 어슴푸레한 어둠을 향해 말한다. 464쪽으로 갈 것.

잠에서 깨어나보니 이른 아침 로가티카다. 조수석에 앉아 잠이 든 할머니를 깨우고 싶지 않아 주차한 차 안에 말없이 있다 당신도 깜빡 잠이 들었다. 깨어나보니 할머니는 사라지고 없다. 요양소 앞 어디에도 할머니 모습은 보이지 않는다. 장미 울타리는 장미 울타리다운 모습을 하고 있다. 이런 걸 예쁘다고 한다면 장미 울타리는 예쁘다고 할 수 있다.

김이 모락모락 나는 플라스틱 컵을 들고 노인들이 테라스에 웅크리고 앉아 있다. 복도로 들어서자 요양사가 당신을 향해 다가온다. '그래, 할머니, 크리스티나 할머니는 여기 있어. 여기서 텔레비전을 보고 있어.'

할머니는 얼룩진 가죽 소파 위에 앉아 손으로 머리카락을 매만지고 있다. 할머니 너머로 보이는 텔레비전에서 〈모르겐매거진〉*이 크게 흘러나온다. 여성 진행자가 한 작은 개에게 질문을 하지만, 그 개는 묵묵부답이다. 그러자 진행자가 신경이 과민한 개들을 훈련시키는 학교를 운영하는 개 주인을 돌아본다.

맞은편에 앉는 당신을 향해 할머니가 미소를 짓는다.

* 독일 공영방송 ZDF의 시사 교양 프로그램.

할머니가 빗을 봤는지 묻는다.

당신은 봤다고 대답한다.

할머니가 머리를 빗겨주겠냐고 묻는다.

당신은 병실 옷장에서 빗을 가져와 할머니 머리를 빗겨준다.

할머니가 말한다. "사샤, 안녕."

"할머니, 안녕."

"오늘 뭐 하지?" 할머니가 텔레비전을 끄고 당신을 바라본다.

"뭐 하고 싶으세요, 할머니?"

"자고르카 언니에게 갈까? 지난번에 넌 걸어서 꼭대기까지 올라 갔잖니. 골짜기에서 집까지 가는데 단 1미터도 안 업어줬지."

"좋아요." 당신은 폐허가 된 자고르카 할머니 집을 떠올린다.

"곧 자두 수확을 할 때가 다가오는구나." 할머니가 말한다.

일어서서 나가려는 할머니를 부축하고 당신은 요양소 주변을 한 바퀴 산책한다. 그다음은 게임 시간이다. 참가자들이 도미노 골패를 나누어 받는다. 다른 노인들보다 할머니의 손가락이 엄청 빠르게 움직인다. 할머니는 매 게임을 이기고, 매 게임에 타고난 소질도 보인다. 이어진 점심시간에는 감자와 야채를 곁들인 칠면조 요리가 나온다.

끝

"누구요?"

당신은 스타니시치 부인의 손자라고 말한다.

"그렇소?" 가위에 몸을 기대고 당신을 바라보던 곱사등이 정원사의 시선이 할머니 쪽으로 옮겨 간다. "크리스티나, 손자가 있다는 얘길 한 번도 하지 않았잖소." 할머니는 장미에 코를 대고 향을 맡는다. "크리스티나, 당신 손자요?"

할머니가 고개를 가로젓는다.

당신은 할머니에게 다가가 사샤라고 이름을 말한다.

할머니는 아니라는 손짓을 하며 웃는다. "사샤는 학교에 다녀. 착하고 공부도 잘해 최고점만 받는 학생이지."

당신은 할아버지 이야기를 하고는 정원사에게 차에 가서 신분증을 가져올 수 있다고 한다. 또 성도 같다는 둥 여러 가지 근거를 댄다.

할머니가 장미 한 송이를 꺾어도 되느냐고 묻는다. 그러자 정원사가 한 송이를 꺾는다. 그러고는 마치 자기 머리카락을 잡아 뜯기라도 한 듯 잔뜩 일그러진 얼굴로 꺾은 장미 한 송이를 선물하듯이 할머니에게 내밀고는 우리를 요양원 건물 내 요양사 사무실로

426

안내한다.

___

당신은 할머니와 함께 정원사의 뒤를 따라간다. 422쪽으로 갈 것.

집 안이 어두컴컴하고 조용하다. 스레토예 노인이 키우는, 이름이 시고라는 개는 조용하지 않다. 시고가 미친 듯이 짖어대면, 그건 집 가까이 접근하는 당신들을 환영하지 않는다는 의미다. 털 색깔이 캄캄한 밤보다 더 새까만 개가 몸을 울타리에 대고 버티면서 산을 향해 짖어댄다. 당신은 그렇게 짖어대는 개를 타일러보지만 그 개 입장에서는 자신이 느끼는 불안감이 당신 존재보다 훨씬 더 중요하다.

스레토예 노인이 집에 있다면 벌써 잠에서 깨어나 있을 거다. 그런데도 당신은 주먹으로 문을 몇 차례 세게 두드려본다. 하지만 아무 반응이 없다. 이번엔 문손잡이를 잡고 밀어도 본다. 잠겨 있다.

오늘은 2018년 10월 30일이다. 함부르크에 있는 우리 집 창가에 놓인 기념 양초가 타고 있다. 나는 할머니의 사진들을 바라본다. 그중 한 장의 사진 속에서 나는 할머니의 무릎에 앉아 있다. 난 여섯 살이고 할머니는 마흔 살 때다. 내 기억 속 할머니는 건강한 모습이라고 할 수 없다. 여기서 할머니가 계속 살아가는 건 힘들다.

말들이 히힝 소리를 내며 운다. 그 소리에 마구간으로 가는 할머니 뒤를 당신이 따라간다. 마구간 안을 들여다보니 어느새 할머니는 안장을 땅바닥에 놓고 질질 끌고 있다.

자, 이제 441쪽으로 가서 할머니를 도와드릴 것. 근데 당신은 왜 여기서
서성거리고 있나?

정원사가 커다란 가위를 어깨에 메고 구부정한 자세로 다리를 벌린 채 장미 울타리 앞을 지키고 서서 당신과 할머니를 기다리고 있다. 정원용 가위가 당신이 요양원에 도착했을 때 본 것보다 훨씬 더 커 보이는데, 가윗날이 마치 칼 같다. 또 장미 울타리는 끝없이 이어져 있는 듯하고, 장미 덩굴은 바람에 흔들리는 선모(腺毛) 같다.

"어이, 작은 참새들, 어디 가시오?" 정원사의 목소리가 갈라진다. 그는 안대 밑으로 작은 손가락을 집어넣어 눈알을 잡으려는 것처럼 눈을 비빈다.

당신 또한 할머니 앞에 서서 말없이 410쪽에서 일어날 일을 기다린다.

"짧은 여행을 가는데 늦어도 내일 저녁에 다시 돌아올 거예요." 당신이 말한다. 413쪽으로 갈 것.

당신은 남부 슬라브 사람들의 미신에 대해 많이 읽었다. 이 미신이 식물

의 삶에 속박을 받으며 살아가는 악마와 관련이 있다는 걸 알려고 말이
다. 이 악마는 식물과 함께 살아가고 죽을 것이다. 그래서 당신은 "비켜,
이 악마야, 안 그랬다간 동맥을 끊어버릴 테다!"라고 외친다. 용기 내어
413쪽으로 갈 것.

"용이라고? 비야라츠산에?" 할머니가 당신의 손을 꽉 잡는다.

"나무 용들, 지옥 용들, 모습을 바꾸는 변신 괴물들, 머리가 여러 개 달린 괴물들, 시를 쓰는 뱀들이 있어요. 그리고 성 게오르기우스는 그리 완벽한 인간이 아니에요."

"뭔 헛소리를 하냐?"

"헛소리라고요? 좋아요. 그럼 여기서 페로 할아버지가 돌아오길 기다려보자고요."

할머니가 벌떡 일어난다. 반사적으로 몸을 일으켜 꼿꼿이 앉는데, 그 행동이 엄청 소란스러워 당신은 혹 옆 침대에서 자고 있는 부인이 깨어날까 봐 불안하다.

잠시 후, 할머니가 "용들이라"라고 되뇌며 축 가라앉은 이 방 공기 속에서, 좀벌레들에 대비해 라벤더로 무장한 이 세상 한가운데서 목청껏 웃어댄다.

할머니가 "나무 용들이라고?" 하고 묻더니 다시 진지해진다.

"나무 용들은 번쩍이는 물건들을 주워 모아요."

"그럼 용과 마주하는 게 무서우면 금으로 만든 옷을 입으면 안 되겠네"라며 할머니는 옷장 문을 연다. "자, 이제 옷 입는 거 좀 도와다오."

"어디 가시게요?"

"응, 용 잡으러, 당나귀 녀석아. 용 잡으러."

417쪽에서 용 사냥이 시작된다.

주위가 환하다. 할머니도 개도 사라져버렸다. 당신은 차에서 내려 예전처럼 할머니, 공 떨어뜨려요, 할머니, 배고파요라고 외친다. 할머니 머리가 창문에 비쳤다. 할머니는 내가 과거에 바랐던 일을 한 듯도 하고, 하지 않은 듯도 했다.

할머니 머리가 창문에 비친다. 고개를 절레절레 젓고 있다.

당신이 외친다. "걱정했다고요."

할머니가 되받아친다. "그래서 뭐?"

당신은 집으로 올라간다. 현관문에 부고가 붙어 있다. 집 안으로 들어가자 따뜻한 커피를 휘젓고 있던 어머니가 당신을 보고는 키스를 한다. 거실에는 아버지와 삼촌, 비스킷이 조문객들을 기다리고 있다. 옛 이웃집 부인도 아들을 데리고 이제 막 도착한 모양이다. 그 아들이 당신을 알아보며 어렸을 때 계단실에서 함께 축구를 했다고 한다. 당신은 기억이 안 나지만 기억난다고 말한다.

할머니가 소파에 앉아 고인을 칭찬하는 말을 귀 기울여 듣고 있다. 그런데 누군가 분홍색 소파 덮개를 치워버렸는지 보이지 않는다. 오늘은 2018년 11월 1일이다. 할머니가 돌아가신 지 사흘째 되

434

는 날이다. 유리판과 코바늘로 뜬 작은 덮개가 있던 작은 탁자 위에 오늘은 스마트폰 네 대가 놓여 있다. 어머니는 조문객들에게 커피를 대접한다.

3층에 사는 이웃집 할머니 조리카가 당신을 껴안는다. 그러고는 비스킷을 집어 들며 공동묘지에서 열리는 장례 미사를 집전하는 신부님을 시장에서 만난 이야기를 한다.

당신은 놀라 어리둥절해한다.

"할머니가 원하셨어." 삼촌이 설명한다.

"그런데 고인의 가장 어린 손자가 십자가를 들고 묘지로 간단다." 아버지가 덧붙인다. "그러니까 그게 바로 너란다. 네가 들고 가야 해."

농담하지 말라며 당신이 만약 십자가를 들면 십자가나 혹은 당신 손이, 어쩌면 둘 다 불에 타버릴 거라고 대꾸한다.

그러자 할머니가 끼어든다. "이기적으로 굴지 말아라."

"할아버지가 자기 무덤 주위를 정교회 신부님이 빙글빙글 춤추고 돌아다니는 걸 아신다면, 무덤을 파헤치고 나와 그를 때려눕힐 거예요." 당신이 말한다.

이웃집 조리카 할머니가 말한다. "자기 무덤에 신부님이 축복을 내렸을 때 이미 페로는 그렇게 했을지 모르지."

"신부님이 뭘 하셨다고요?"

"뒤늦게 했어. 몇 년 전에 크리스티나가 해달라고 부탁했어."

"말도 안 돼요."

"내가 신부님을 직접 모시고 갔어. 우리 어머니를 걸고 맹세해.

435

당시 크리스티나는 병원에 누워 있었지. 신부님은 묘석에 새겨진 별에 대해 자기 생각을 말하지 않고는 못 배겨 하셨어. 별을 없애야 한다며 나더러 크리스티나에게 그 말을 전하라고 하셨지. 근데 이 말을 들은 크리스티나가 엄청 화를 냈어."

그때 거실로 들어오는 노부인 두 명과 함께 아주 짙은 향수 냄새가 코를 찌른다. 할머니는 눈살을 찌푸리며 침실로 사라진다. 그 뒤를 당신이 따라간다.

"신부님 일은 웃겨요." 당신이 말한다. "언제부터 신앙심이 그리 깊으셨어요?"

"그저 예방책일 뿐이야. 혹 뭔 일이 있어날 경우를 대비해서. 아무 일도 일어나지 않으면 돈 좀 쓰고 성가 좀 들은 거지, 뭐. 너희에겐 웃기는 일이겠지만 내겐 아니야." 할머니가 히죽 웃는다.

옆방에서는 아버지가 나무를 베는 자고르카 할머니를 도와주려 한 이야기를 꺼낸다. 아버지가 열심히 나무를 베어보지만 제대로 베지 못하고 있을 때, 자고르카 할머니가 나타나 도끼를 빼앗아 숲 절반의 나무를 후다닥 베어버렸다는 것이다. 그때까지 말없이 듣고 있던 할머니가 아니라는 듯 손을 가로젓고 나서자 아버지가 하던 말을 멈춘다. 그리고 거기서 이야기가 끊어진다.

할머니는 서랍도 열어보고, 옷장 앞에 서서 블라우스에 코를 갖다 대보기도 한다. 유리 진열장 속에는 할머니가 코바늘로 뜬―탁자 덮개, 받침대, 벽걸이 장식, 쿠션커버 등―뜨갯것들이 들어 있다. 이걸 뜨느라고 얼마나 오래 앉아 계셨을까? 할머니가 손으로 뜨개 무늬를 쓰다듬다가 뜨갯것 몇 점을 꺼내 당신에게 내민다. 뜨

436

개질에 대해서 잘 모르지만 아주 잘 뜬 뜨갯것일 거라는 생각이 든다.

"할아버지를 못 찾아서 죄송해요."

"미안해할 필요 없다." 할머니는 당신 나이보다 더 오래된 녹색 접이식 소파에 앉아 소파 표면을 쓰다듬는다. 당신은 보스니아어로 이 소파 소재 이름을 알고 있다. 하지만 독일어로는 모른다. 그리고 이 소재의 촉감이 어떤지도 잘 안다. 머리카락처럼 부드럽지만 약간 거칠게 느껴지기도 한다.

"할머니를 위해 시간을 더 많이 내야 했어요." 당신이 말한다. "우리 모두요."

"괜찮다, 내 태양아. 우리 시간은 이미 정해져 있었어. 자, 얘기나 좀 더 하자꾸나."

"무슨 얘기 할까요, 할머니?"라며 할머니 옆에 앉는다.

할머니가 손으로 당신의 턱을 잡고 이마에 키스를 한다. "아, 우리 그냥 침묵하자. 잠시 후 난 갈 거야. 밖에서 그들이 다시 부르는구나. 아, 좀 더 기다리라지, 뭐."

밖에서 그들이 다시 부른다.

할아버지가 부르기를 당신은 바란다.

거리의 그 소녀와 군인이.

아심과 하니파가.

형제자매가. 그 누구보다 귀염둥이 자고르카 할머니가 가장 큰 소리로.

할머니가 눈을 감는다.

할머니가 귀를 기울인다.

할머니가 묻는다. "나냐?"

끝

아니, 끝이 아니다. 사랑하는 사람이 죽어가고 있다. 그리고 마침내 세상을 떠났다. "나냐?" 할머니가 로가티카 요양원에서 숨을 거두기 전에 남긴 마지막 이 말은 자기 자신과 나에게, 그리고 그 누구에게 한 말이 아니었다. 이 글을 쓰기 시작한 2년 전부터 나는 '나냐?'라는 이 말을 되씹어본다. 부모님의 아들, 조부모님의 손자, 증조부모님의 증손자, 유고슬라비아의 아들인 나는 전쟁이 일어나기 전에 우연히 독일로 피난을 왔다. 아버지, 작가, 이야기 속 등장인물, 이 모든 게 나일까?

나는 유년 시절의 장면들을 기억해내려고 애를 쓴다. 하지만 할머니가 "살레, 네겐 모든 게 장난이지"라고 말할 때 내 별명이 울려퍼지던 장면을 비롯해 몇몇 장면밖에 기억나지 않는다. 아주 엄격한 환경에서 자랐다기보다는 사랑받고 자란 내 유년 시절.

난 아직 그때의 나일까?

전쟁이 끝나고 할머니를 찾아갔지만, 그때마다 짧게 머물다 왔다. 만날 때마다 우리는 조금씩 멀어져갔고, 친밀함은 과거가 되어

438

버렸다. 나는 늘 분주했고, 할머니는 늘 그 자리에 있었다.

한번은 생후 9개월 된 아이와 여자 친구를 데리고 할머니를 찾아간 적이 있었다. 할머니는 유모차에 아이를 태우고 시내를 돌아다녔다. 유모차 미는 연습을 하지 않고도 시간이 지날수록 점점 더 빨리 밀며 그 뒤를 총총걸음으로 달려가면서 증손자에게 다정하게 말도 걸었다.

나는 손으로 할머니 뺨을 쓰다듬으며 잘 자라고 인사하고는 잠들 때까지 곁을 지킨다. 잠시 후, 잠든 할머니를 두고 공동 휴게실로 온 나는 의자에 앉아 컴퓨터에 저장된 파일명 출신.doc를 찾아 '열기' 버튼을 누른다. 기둥에 달린 커다란 새집엔 카나리아 한 마리가 앉아 있다.

끝

나는 쓴 것을 다시 지운다.

그러고는 다음과 같이 쓴다. 할머니는 거리에 서 있는 한 소녀를 보았다. 발코니에 서서 소녀를 향해 겁먹지 말고 거기 꼼짝 않고 있으면 데리러 가겠다고 외친다.

할머니는 양말발로 3층에서 내려간다. 하지만 내려가는 데 시간이 꽤 걸린다. 무릎이 아프고, 숨이 가빠지고, 엉덩이에 통증이 온다. 마침내 소녀가 서 있던 곳에 다다르니 그 소녀는 사라지고 없다.

끝

당신은 한 번도 말에 안장을 얹어본 적이 없었다. 할머니는 해본 적이 있지만 이젠 어떻게 하는지 잊어버렸다. "내 생각에 넌 꼭……"이라고 말하며 할머니가 안장 없는 걸 도와준다. 그런데 그런 식으론 되지 않거나, 혹 그런 식으로 된다 해도 그렇게 해선 성공하지 못한다. 말이라는 동물은 다른 동물에 비해 비교적 빨리 참을성을 잃고 흥분하니까.

당신은 스마트폰을 꺼내 인터넷 접속을 하려는데 신호가 잡히지 않는다. 사방을 둘러보니 마구간 쪽으로 이어진 문에 EDGE*라고 쓰여 있다. 그곳으로 자리를 옮겨 유튜브에 들어가 말안장 얹기를 검색하니 수많은 관련 동영상이 나온다. 오스코루샤의 어느 마가목 나무 아래에 서서 당신은 동영상에서 슐레스비히홀슈타인**의 미아라는 여자가 말안장 없는 방법을 설명하는 동영상이 재생되기를 기다린다.

그때 할머니가 스마트폰을 낚아채 가고, 당신은 그런 할머니를 내버려둔다. 잘하는 일이니까. 할머니는 빼앗아 간 스마트폰 화면

---

* 마이크로소프트가 개발한 Windows 10의 기본 브라우저.

** 독일 최북단에 있는 주.

이 검게 변할 때까지 화면을 두드려댄다.

"저녁에 아버지가 '크리스티나, 말들을 조련해보렴' 하고 말씀하시면 기쁘더구나"라며 할머니가 말 옆구리를 쓰다듬는다. "우리 집에 말이 두 마리 있는데, 한 마리는 승마용이고 다른 한 마리는 운송용이지. 승마용 말 이름은 제칸인데, 다른 말 이름은 모르겠구나. 난 빨리 달릴 수 있는데도 늘 천천히 달려. 시간을 벌 생각이 없으니까. 제칸은 독일 사람들이 가지고 있는 말이야." 갑자기 할머니가 말을 멈춘다. "그 군인들이 제칸의 주인이냐?" 할머니는 그런 질문을 하면서 대답을 기대하지 않는다. 그저 손으로 말을 찰싹 때리고는 마당으로 가버린다.

"걸어가실 거예요?" 당신이 묻는다.

"아니. 자고 내일 가자." 할머니가 대답한다.

"좋아요. 마리야 부인과 가브릴로 노인이 집에 있는지, 그 집에서 묵을 수 있는지 알아볼게요. 아니면 곧장 비셰그라드로 가고요."

"춥구나." 할머니가 뛰기 시작한다.

당신은 할머니를 뒤따라가 길을 알려준다.

가브릴로 노인 집으로 가는 길. 406쪽으로 갈 것.

주차된 차를 타고 비셰그라드로 돌아가는 길. 450쪽으로 갈 것.

바람에 흔들리는 너도밤나무 잎들이 붉고 주황빛을 띠며 반짝거린다. 사방을 뒤덮고 있는 소관목과 덤불에 말발굽 사슬이 뒤엉키자 말에서 내려 고삐를 잡고 말을 끌고 간다. 내리지 않고 말안장에 그대로 앉아 있는 사람은 할머니뿐이다. 가브릴로 노인이 자기 말과 할머니가 탄 말을 끌고 나무 사이로 지나간다.

"할머니, 괜찮으세요?"

할머니가 숨을 깊이 들이마시고 대답한다. "난 말 타는 걸 좋아했어. 한데 자주는 아니고 아주 가끔." 이어 덧붙인다. "이 숲은 모르는 숲이구나. 집으로 가는 길이 아니지?"

"어디가 할머니 집이에요?"

"나의 태양." 할머니가 계속 말한다. "나의 기쁨, 나의 당나귀 녀석아. 현실을 받아들여라. 어디에 무엇이 있는지는 중요하지 않아. 마지막엔 그런 건 하나도 중요하지 않아. 날 봐라. 난 어디서 왔는지 어디로 가는지도 몰라. 때론 그것도 그리 나쁘진 않다만."

난 어떻게 대답해야 할지 모른다. 몇 시간 전부터 비셰그라드에 있는 할머니 집에 와 있다. 하루 종일 조문객들이 다녀가고 조의를 표하고 커피나 술 혹은 다른 음료를 마시며 자리를 지킨다. 나는 장례 풍습에 대해 아는 것이 없었다. 고인과 작별하는 순간부터 관을 땅에 묻을 때까지 조문객을 받기 위해 가족이 자리를 지키고 있어야 한다.

"내가 죽었냐?"

"장례 풍습이 어떤 건지 몰랐어요. 하루 종일 현관문이 열려 있어요."

"내가 어떻게 죽었냐?"

"아들들과 며느리들, 손주들도 와 있어요."

"내가 어떻게 죽었냐?"

"주무시다가 돌아가셨어요."

"흔히들 말하듯이."

"이웃집 할머니가 피타를 가져왔어요."

"감자 피타더냐? 그럼 나다구나."

"그 할머니가 울고 있어요."

"뭐라고 하더냐?"

"고맙다고요. 할머니께 고맙다고요. 우리를 위해 피타를 가져온 거래요. 우리의 어머니이고 할머니이신 분은 점잖은 사람이었다고, 또 자신에게 도움도 주었다고 했어요."

"도움이 절실할 때였지."

"네. 그리고 경찰관도 와 있어요."

"안드레이?"

"네."

"슬퍼하더냐?"

"할머니, 모두가 슬퍼해요."

"안드레이는 슬퍼할 때 아주 예쁘지. 근데 넌 어디 있냐?"

"할머니 침실에요."

"소설을 쓰고 있냐?"

"네."

"그다음은 어떻게 되냐?"

그다음 이야기를 아는가? 455쪽으로 갈 것.

그다음 이야기를 모르는가? 455쪽으로 갈 것.

주룩주룩 내리는 비 때문에 미끌미끌한 절벽을 천천히 지나갈 수밖에 없다. 한 걸음 한 걸음 내디딜 때마다 작은 돌들이 발아래 낭떠러지로 떨어져 내리는 것이 위험천만해 보인다. 이어 골짜기로 떨어지는, 수증기가 피어오르는 폭포도 건너간다. 시원하게 떨어지는 폭포수가 따뜻하게 느껴진다.

갑자기 할머니가 말에서 내리더니 폭포수로 얼굴을 씻는다. 거기서부터 할머니가 걸어서 가고 싶어 하는 바람에, 때론 할머니 팔을 잡아 부축하는 가브릴로 노인이, 때론 할머니에게 손을 내미는 스레토예 노인이, 또 때론 당신이 번갈아가며 할머니 곁에서 걷는다. 할머니의 핏기 없는 창백한 얼굴엔 지친 기색이 없다.

계속 걸어갈수록 비탈길에 돌멩이가 점점 더 많아진다. 붉게 빛나는 돌멩이가 비듬처럼 산마루를 뒤덮고 있다. 불바위다. 몇 년 전에 여기서 당신 아버지는 잠자는 뱀들을 깨우고서 불안에 떨었지. 그 말은, 즉 당신도 그 불안감을 평생 품고 살았다는 것이다.

문득 고개를 들어 위를 올려다보니 산꼭대기가 당신들 머리 위에 높이 자리 잡고 있고, 깎아지른 듯한 암벽이 석회 가루처럼 하얗게 보인다. 앞서가던 가브릴로 노인이 산마루와 나란히 나 있는 오솔길로 접어들자 절벽에서 연기 기둥이 뿜어져 나오고, 그 때문에 목구멍에서 유황 맛이 난다. 그때 절벽 위 툭 튀어나온 곳에서 매 한 마리가 소리를 질러댄다. 스레토예 노인이 "벌써부터 기다리고 있군" 하고 말한다.

당신이 동굴 입구를 못 보고 지나쳤으면 가브릴로 노인도 그냥 지나쳤을 것이다. 다행히 당신도 노인도 동굴 입구에서 멈춰 섰다. 바위틈처럼 보이는 입구는 덩치가 그리 크지 않은 사람 한 명이 충분히 통과할 수 있을 정도로 넓다. 가브릴로 노인이 손전등을 들고 앞장서 간다. 마리야 부인은 할머니 곁에서 걷는 당신에게 횃불을 건네고는 지하 동굴로 들어가게 한 다음 그 뒤를 따른다. 그러나 스레토예 노인은 입구 앞에 멈춰 선다.

지하 동굴은 약간 급경사를 이루며 절벽 쪽으로 나 있다. 산속 깊은 곳에서 '탁탁' 하는 경쾌한 소리가 들리고, 당신들의 발소리가—무거운 강철 심장!—그 소리와 함께 난다. 첫 번째 갈림길에 이르러 거기서 잠시 쉬고 있을 때는 '탁탁' 하는 소리가 더는 나지 않는다. 한숨 돌리며 물을 마시고 있는 사이, 할머니가 일어나 걸어가자 '탁탁' 하는 소리가 다시 들린다.

이어 두 번째, 세 번째 갈림길도 차례로 지나간다. 동굴 벽에 분필로 표시를 하던 가브릴로 노인은 이후 갈림길이 계속 나오자 그때마다 생각에 잠기는데, 생각하는 시간도 점점 길어진다. 그러다 가브릴로 노인이 마리야 부인과 상의를 하더니 부인을 앞장서 가게 한다. 근데 이번에는 여러 갈래로 갈라진 길이 나타나서 또다시 멈춰 설 수밖에 없다. 가브릴로 노인과 마리야 부인이 당신과 할머니 쪽을 돌아본다.

"동굴이 살아 있어." 가브릴로 노인이 말한다.

"만져보세요." 마리야 부인이 말한다.

"절벽을 지나가는 이 길이 모든 사람에게 다 똑같지 않나 봐요."

"그리고 모두가 그 길 끝에 도착하는 것도 아니지. 달리 말하자면." 가브릴로 노인이 덧붙인다. 그러자 마리야 부인이 "우린 빙빙 돌고 있어요"라며 분필로 표시해둔 곳을 가리킨다. "가브릴로와 내가 어떤 길을 택해도 우린 항상 여기로 되돌아와요. 우리는 여기서 한 발짝도 더 나아가지 못하고 있어요."

"비야라츠산이 말하길, 너희가 지나갈 길이 아니라고 하네. 1000년간 우릴 이곳에서 헤매게 할 작정인가 본데."

"되돌아갈 수밖에요." 마리야 부인이 말한다. "여기서 나가요. 되돌아 나갈 순 있어요."

바위에 똑똑 가볍게 떨어지는 물방울이 따뜻하게 느껴진다.

"되돌아가는 건 불가능해." 할머니가 단호하게 말한다. 그러고는 "너희가 지나갈 길이 아니라니"라고 중얼거리더니 가브릴로 노인과 마리야 부인을 껴안는다. 이어 덧붙인다. "훌륭한 이야기라는 건, 예전 우리 드리나강 같은 걸 두고 하는 말이지. 거칠고 폭이 넓은 강, 끊임없이 흐르는 강물. 그리고 드리나강을 풍성하게 만드는 그 많은 지류와 강가로 밀려드는 부글부글 끓어오르는 강물. 드리나강도 많은 이야기도 하나가 될 수 없고, 드리나강에도 많은 이야기에도 후퇴란 것이 있을 수 없지." 그렇게 말하고 할머니가 당신을 바라본다. "내가 바라는 건 결국 우리 모두 목적지에 도착하는 거다.

그리고 마리야, 잘검" 하며 손을 뻗는다.

쥐죽은 듯 조용하다. 동굴 내부도. 로가티카의 요양원도. 2018년 11월 2일 아침 비셰그라드에 있는 할머니 묘도.

"이 길을 따라 계속 가면 무엇이 우릴 기다리고 있을까요?" 당신이 묻는다.

"너만이 알고 있어." 할머니가 대답한다. "난 로가티카에, 넌 비셰그라드에 있어. 난 네 이야기 속 등장인물이고."

이제 동굴을 떠날 때다. 할머니를 424쪽에 나오는 요양원으로 다시 데려다준다.

오늘은 2018년 10월 31일이다. 허구에서 벗어날 때다. 할머니는 이제 이 세상에 존재하지 않는다. 오늘 할머니 장례식에 참석하기 위해 조문객들이 찾아온다. 아니, 당신 할머니는 아직 살아 있다. 450쪽에서 당신은 할머니를 집으로 데려다준다.

쉴 새 없이 이야기를 나누며 당신과 할머니는 457쪽에 나오는 산속으로 깊이깊이 들어간다.

비셰그라드를 코앞에 두고 조수석에 앉은 할머니가 잠에 빠져든다. 그 옆에서 당신은 커브를 그리며 텅 빈 도로를 달린다. 가로등 불빛이 도로 전방을 갈색이 감도는 회색으로 물들인다. 마할라*에 서 있는 의미 없는 신호등. 신호등의 빨간불이 파란불로 바뀌자 개 떼들이 벌떡 일어나 차 뒤를 총총걸음으로 따라온다.

르자브강의 다리, 끊임없이 알을 낳는 황어. 계속되는 낚시 금지. 한때 약국이 있던 곳에 이 빠진 자리처럼 텅 비어 있는 공간. 중국 가게들. 서커스 공연 프로그램을 얘기하듯이, 한 이웃집 여자는 감탄하며 중국 갓난아기 이야기를 늘어놓는다. 그 여자의 말을 요약하면 '중국 아기지만 엄청 귀엽다'는 것이다. 이곳에 제2의 이슬람 사원은 재건되지 못했다. 예전엔 게임 자판기와 플립**에서 찌릉찌릉거리는 유혹적인 소리가 들려오던 카지노가 들어서 있던 건너편 건물에 지금은 매표소가 들어와 있다. 거기서 아침 10시부터 밤 10시까지 꼬박 열두 시간을 일하는 삼십대 중반의 여자 곁에, 검은 머리의 세 살, 여섯 살짜리 아이 둘이 매일같이 오후 3시가 되면 와

---

* 우크라이나 서쪽에 위치한 체르니우치주에 있는 마을.
** 슬롯머신의 일종.

서 6시까지 머물다 돌아간다.

주변 이야기는 이제 멈춰야 한다.

당신은 마당에 차를 주차한다. 마당 한쪽에 생각에 잠겨 있는 듯한 개들이 그 자리를 뜨기 전까지 당신은 차에서 내리지 않는다. 그런데 개들이 차 주변으로 몰려와 아스팔트 위에 드러눕는 게 아닌가. 조수석에서는 할머니가 세상 편하게 약간 코를 골며 자고 있다.

당신도 잠깐 눈을 붙인다. 434쪽에서 다시 눈을 뜬다.

할머니는 자신이 어디 있는지, 왜 거기 있는지 잘 알고 있다.

할머니가 "출발해야 해"라며 고집을 부린다.

할머니를 말릴 생각이 없어 보이는 가브릴로 노인이 "목적지에 도착하면" 하고 말을 이어간다. "튼튼해질 거요. 크리스티나, 튼튼하지?" 이렇게 묻고는 가브릴로 노인이 부축하여 일으켜 세우려고 하자, 할머니는 혼자 일어설 기력이 남아 있다는 걸 보여주고 싶은지 혼자 힘으로 일어선다.

남자들이 싱크대를 닦고 있는 동안, 부상당한 남자가 가브릴로 노인과 얘기를 주고받더니 집 밖으로 나가버린다. 분위기가 심상치 않은 게 곧 뭔 일이 일어날 것 같다. 집으로 돌아온 사람이 총 여섯이어서 식탁은 이미 여섯 사람을 위해 차려져 있었다.

마리야 부인이 머리를 땋고 이마에 금빛 머리띠를 하고서 거실로 들어온다. 그 모습을 보고 가브릴로 노인이 벌떡 일어나더니 가까이 다가가 부인을 껴안는다. 부인의 어깨 위로 무기처럼 보이는 물건의 손잡이가 튀어나와 있다. 그게 뭔지 물어보는 사람이 아무도 없다. 당신도 묻지 않는다. 정적이 흐르는 밤이다. 아, 장검. 마리야 부인이 짊어지고 있는 무기는 다름 아닌 장검이다.

모두가 식탁에 빙 둘러앉는다. 거실이 따뜻해서인지 이내 졸음이 밀려온다. 당신은 식탁 앞자리에 앉은 가브릴로 노인과 할머니가 귓속말로 나누는 대화를 도저히 따라갈 수 없다.

이윽고 부상당한 남자가 다시 돌아온다. 그런데 손에 묻어 있던 핏자국이 보이지 않는다. 그가 가브릴로 노인을 향해 고개를 끄덕인다. 그것이 '출발'을 의미한다는 걸 당신도 알아차린다.

"말 탈 수 있어?"

마당에 말들이 기다리고 있다. 말 타본 지 오래된 것도 문제라면, 가장 고집 센 말을 피하는 건 또 다른 문제다. 잠시 후, 아주 가파른 오르막길이 나오자 당신은 앞서가는 사람들을 뒤쫓아 간다.

어느덧 해가 지고 어스름이 깔리지만 구름 뒤로 여전히 태양이 보인다. 그때 저 멀리 비야라츠산 꼭대기 위에서 쿵쿵거리는 첫 천둥소리가 난다. 숲속 나뭇잎들이 계절을 거스르고 붉은 가을빛을 띠는 부헨발트 숲 가장자리에 이르자 거기서 잠시 쉬어 가기로 한다. 이 책 나머지 페이지를 한 장 한 장 넘기다 보면, 최후의 결투가 벌어질 것 같은 조짐이 보일 것이다.

당신은 할머니를 비롯해 다른 사람들과 함께 말을 타고 443쪽에 나오는 숲속으로 더 깊이 들어간다.

마침내 숲에서 벗어나자 세찬 비바람이 몰려온다. 민숭민숭하다시피 한 바위로 뒤덮여 있는, 예전과는 다른 모습인 이곳 비야라츠산 꼭대기에 안전한 곳은 없다. 또 이끼와 지의류가 무성하게 뒤덮여 있어 관목이 잘 자라지도 못한다.

몇 시간인지 보려고 당신은 스마트폰을 들여다본다. 배터리가—방전 직전이지만—다 닳지 않아서 놀랐다.

갑자기 할머니가 "페로로로로로로!"라고 외치자 메아리가 울린다. 잠시 후에 할머니의 이름으로 비도 주룩주룩 내린다. 할머니를 미소 짓게 만드는 남자의 목소리를 흉내 내어 비야라츠산이 크리스티나 할머니를 부르고 있는 것이다.

446쪽에 나오는 산꼭대기에 올라간다.

454

숲속 공터 가장자리에서, 안개구름으로 뒤덮인 풀밭 가장자리에서 요정들의 노랫소리가 흘러나온다. 가사에 등장하는 어휘가 아주 친숙하면서도 낯설고—고대 방언일까?—엄청 감미로워서, 가브릴로 노인이 조심하라며 경고도 하고 주위에 곡선 모양의 아치가 형성되는 것도 알려준다.

주변을 뒤덮은 뿌연 안개가 춤을 춘다.

숲속 공터 오른쪽으로는 가파른 산비탈이 보이고, 왼쪽에서는 점점 더 간절해지는 시 같은 노랫말이 들려온다.

그 노랫소리에 말들이 놀라 날뛴다.

행렬 제일 앞에서 가고 있는 가브릴로 노인과 할머니 뒤를 당신이, 마리야 부인과 스레토예 노인이, 그리고 낯선 남자가 줄지어 따라온다. 지금도 당신은 그 낯선 남자의 이름을 모르는데, 언젠가 곧 이 세상에서 사라질 사람일 것이다. 특별한 미션을 갖고 〈스타트랙〉의 탑승자가 된 익명의 요원들처럼 말이다.

이슬 내린 길을 걷다 발을 헛디뎌 미끄러지는 바람에 산비탈로 굴러떨어지자, 당신은 몸을 지탱하기 위해 풀을 움켜잡는다.

풀이 따뜻하게 느껴진다. 근데 풀줄기가 꼭 움켜쥔 당신 손아귀에서 벗어나려는 것처럼 몸부림친다. 게다가 숲속 요정 합창단이 당신 목덜미에 찰싹 달라붙어 점점 크게 노래를 부르자, 짙은 안개가 당신 쪽으로 몰려온다.

갑자기 심한 갈증이 난다.

숲속 공터 한가운데에서 맑은 물이 솟아오르면 좋으련만.

어서 오라는 듯 유혹적으로 들려오는 노랫말을 단번에 이해하면 좋으련만.

우리와 함께 물을 마시는 게 어떤 의미인지

남자는 알고 있었을까.

그럼 결코 다른 이들과 물을 마시지 않았을 텐데.

———————————————————————

함정이 틀림없다. 당신은 462쪽에 나오는 숲속으로 되돌아가 자기 자신을 구한다.

물과 요정들, 398쪽에 나오는 이 요정들은 당신과 함께 물을 마시고 싶어 하는구나!

"한 마을이 사라지면, 그 마을의 물도 고갈된다는 말이 있단다." 할머니는 바위 사이로 졸졸 흐르는 샘물로 장난을 치고 손으로 떠서 마시고 장검의 칼날 위로 흘려 보내기도 한다. "스타니셰바츠에서 나오는 물은 메스꺼워. 마을이 산비탈에 자리 잡고 있지만, 샘터는 마을 첫 번째 집 아래에 있는 산기슭에 있지. 아주 기발한 발상이라고는 할 수 없어. 평생 물통을 짊어지고 힘겹게 산길을 올라가야 해. 근데 우리 중 누군가가 자기 집이 아닌 산의 위치를 옮겨놓은 바람에 거기 그렇게 남아 있게 됐지."

할머니가 발걸음을 옮긴다. 그러나 이내 다시 멈춰 서서 가슴에 손을 갖다 대고 숨을 헐떡인다. 지금 의지력으로 겨우 버티고 있는 것이다. 좀 진정이 되자 심장박동에 맞추어 다시 규칙적으로 숨을 쉰다.

당신은 지나온 모든 갈림길에 표시를 해두었다. 그런데도 계속 같은 곳을 빙빙 돌고 있을 뿐이다. 이어서 나온 갈림길에서 당신은 두 개의 지하통로 중 좀 더 넓은 쪽으로 간다. 거기서 산을 진동하게 하는 굉음이 들려오는데, 마치 다음번 모퉁이 너머에서 나는 것처럼 엄청나게 크다. 그때 갑자기 뜨거운 공기가 당신들을 덮친다.

할머니가 무릎을 꿇으며 풀썩 주저앉고, 쿵쿵거리던 소리도 점점 잦아들다 뚝 끊긴다.

당신이 급히 달려가보니 할머니는 괜찮다는 손짓을 하고 눈을 비벼댄다. 이제 풀이 탈 때 나는 냄새가 난다. 당신도 눈이 간지럽고 따끔거린다. 옆에 있는 할머니는 계속 침을 뱉어낸다.

툭 튀어나온 돌출부에서 지하통로가 끝이 난다. 당신들 머리 위 절벽 문은 천장 같은, 구름이 잔뜩 낀 하늘 모양의 분화구 쪽으로 열려 있다. 또 발아래로는 그을린 바윗덩어리가 뒤덮인 작은 녹색 섬의 풍경이 펼쳐져 있다. 이 녹색 섬의 초원과 촌락은 하늘에 형성된 투명한 기둥에 막혀 불에 타서 새까맣게 되거나 혹은 불타고 남은 잔재로 이루어져 있다. 마치 불의 강이 불의 고리 가장자리 전체를 장식하고 있는 모습이다. 사방에 불길이 번지고 불꽃이 튀고 연기가 피어오르는 가운데, 용들이 도사리고 있다.

비늘처럼 반짝거리며 우글거리는 광경이 보고도 믿기 힘들다. 커다란 용, 작은 용, 특히 날개 달린 용은 휴식하며 배불리 먹고 불을 뿜어내며 무기인 발톱이 달린 앞발로 작은 마을을 기어 다닌다. 특히 전설에 나오는 용*, 동굴에 사는 용, 불타는 강 위로 높이 솟아오르는 긴 목과 뿔 달린 머리를 가진 바실리스크**가 말이다.

강 위에 밝은색 나무다리 길이 있다. 불이 난 곳 근처에 있는 이 길은 훼손되지 않은 것처럼 보인다. 나무다리가 이어진 맞은편 강가에는 쩍 하니 입을 벌린 절벽이 우뚝 솟아 있다. 어마어마한 절

---

* 독일 바이에른주, 스위스, 알프스 지방에 산다는 전설 속 용.
** 뱀처럼 생긴 전설 속에 나오는 용.

벽 틈새에서 삼킬 수 없는 어두움이 새어 나오고 있다. 그 어두움의 그늘은 거기서 빠져나와 세상 속으로 들어간다.

나무다리 길은 머리 세 개 달린 괴물이 감시하고 있다. 주름진 머리 셋 모두 각각 따로따로 격렬하게 움직이며 다른 두 개의 머리와 언쟁을 벌인다. 이 용이 강 건너편에 속하지 않는 그 어떤 것도 건너가지 못하게 다리를 감시하는지 혹은 그로 인해 우리 인간 세상에 존재해서는 안 되는 것이 생겨나지 않게 하는지는 확실하지 않다.

벌집 모양의 구멍이 엄청 많이 뚫려 있는 벽이 있는 거대한 홀에 당신은 할머니와 함께 서 있다. 그 홀에서 용들이 나가고 그 홀로 날아 들어온다. 그중에서도 긴 꼬리 끝에 지느러미가 달린, 붉은빛을 띤 용이 넓고 투명한 날개를 이용하여 쉽게 날아올라 당신들을 향해 다가온다.

할머니가 467쪽에 나오는 장검을 높이 치켜든다.

차가운 물이 목구멍으로 넘어가자 등골이 오싹해진다. 깊은 수 렁으로 당신을 잡아끌고, 당신과 함께 춤을 추는 뭔가가 있다. 그 것은 어떤 모습을 하고 있을까? 한번 찾아보기를. 우리 모두에게 는 각자의 악마가 있다. 어쨌든 이제 당신의 여행이 끝나가는 것 같다.

끝

"무슨 헛소리냐!" 할머니가 소리친다. 나는 할머니를 달래며 묻 는다. "이제 거의 다 됐어요. 근데 진짜 악마의 계략에 넘어가는 척 할 생각이세요?"

"난 그와 거래를 했다."

"무슨 거래요? 얘기해보세요."

"늦었어. 내일 얘기하자"라고 중얼거리면서도 잠자리에 들지는 않는 할머니의 슬리퍼를 벗겨준다. 갓난아기 때 내게 할머니는 착한 요정 같은 존재였다.

"살레?" 할머니가 속삭인다. 내 옛날 별명이 메아리쳐 들린다. "살레, 네겐 모든 게 장난이지."

나는 이불을 덮어주고 할머니 곁에 잠시 앉아 있다.

끝

기어오르려고 애를 써보지만 질척거리는 흙바닥에 미끄러져 이내 다시 산비탈로 굴러떨어진다. 그러자 스레토예 노인이 당신 손을 붙잡고 위로 끌어 올린다. 그 와중에도 유혹하는 듯한 노랫소리가 계속 흘러나오고, 숲이 투덜대며 투정을 부린다. 그러자 마리야 부인이 장검을 꺼내 들고, 그런 부인을 가브릴로 노인이 달래며 설득한다. 우리 모두 침착해야 한다.

행렬의 맨 뒤가 너무 조용하다. 돌아보니 낯선 남자의 모습이 보이지 않는다. 놀라 소리치며 한 블록을 되돌아가 찾아본다. 아무도 없다. 그때 또다시 요정들의 즐거운 노랫소리가 들려온다. 근데 가사를 틀리게 부르고 있다. 조짐이 좋다.

"요망한 것들"하며 할머니가 침을 세 번 뱉는다.

가브릴로 노인, 마리야 부인, 스레토예 노인이 모여 논의를 하면서 계속 하늘을 쳐다본다. 갑자기 빗방울이 떨어지기 시작한다.

"계속 갑시다." 가브릴로 노인이 외친다. "찾는 건 나중에 하고. 이번엔 그저 춤만 추려는 건지 모르잖소. 자, 계속 갑시다."

그는 발걸음을 재촉하여 454쪽으로 이동한다.

당신의 목소리가 높아진다. 그 소리에 병실을 함께 사용하는 노부인이 침대에서 벌떡 일어나 쩝쩝거리며 입맛을 다신다.

침대에 누우며 할머니가 말한다. "이불을 덮어주겠어? 너무 피곤해."

당신은 이불을 덮어주고 잘 자라고 인사를 한다. 유년 시절 내게 할머니는 수백 번이나 이불을 덮어주었지.

"우리가 여기 있어 좋네"라고 속삭이며 할머니가 당신의 손을 더듬어 찾는다.

당신은 할머니가 누구를 두고 우리라고 하는지 알 수가 없다. 하지만 여기가 어디라고 생각하는지는 알고 있다. 누구를 두고 한 말이든 어디라고 생각하든, 아무래도 좋다.

끝

첫 모금의 달콤함이 목구멍으로 넘어가자마자 갈증이 해소된다. 그런데도 당신은 요정이 건넨 물을 다 마셔버리지 않을 수 없다—

—물을 마시고 난 다음 눈에 들어온 건 위쪽에 자리한 숲속 공터다. 당신은 허공에 둥실둥실 떠 있고, 그런 당신과 요정들이 춤을 추고 있다. 새털처럼 몸이 가볍게 느껴지는 게 왠지 참 좋다. 그뿐인가. 지금 추고 있는 춤 스텝도 모두 알고 있는 것이다. 그러다 어느 순간 피로가 엄습해오지만 춤을 계속 추고 싶어 한다.

—이제 가을이다. 당신은 요정들이 청결에 그리 집착하는 광신도인 줄 생각지도 못했다. 매일 나무집들을 쓸고 닦고 산속 개울에서 주방 세제도 없이 설거지를 해야 한다.

—겨울이 왔다. 당신은 숲속 공터로 왔을 때 입고 있던 옷 말고 다른 옷이 없다. 요정들이 당신을 비웃다가도 때때로 당신을 따뜻하게 해주기도 한다.

—봄이 온다. 당신은 쉴 새 없이 장난을 치고 춤추고 청소를 한다. 요정들은 넷플릭스 멤버십이 없지만, 자신들의 목록에 신곡들을 넣을 순 있다. 당신은 그들과 함께 노래 부르고 생태환경에 맞게 먹고살고 나뭇잎으로 만든 셔츠도 입는다. 그렇다고 요정들의

일원이 된 건 아니지만 그들의 정신에 따라 차별과 속박을 받으며 살아간다.

언제부턴가 당신은 도망칠 계획을 치밀하게 세우기 시작한다.

끝

"뭐, 끝이라고?" 할머니가 외친다. 나는 침착하게 침대로 가서 할머니 곁에 앉는다. 옆 침대에서 자고 있던 노부인이 잠에서 깨어 두 사람의 이야기를 엿듣고 있다가 "아, 안 돼. 안 돼. 안된다고!"라고 외친다.

"왜 나한테 묻지 않았냐? 그들과 함께 물을 마시면 그들의 것이 되는 거라고!"

"이젠 너무 늦었어요."

"늦은 건 아무것도 없어. 넌 물을 받아 마시면 안 돼. 알겠냐? 거기서 도망쳐 나오는 거 말고 아무것도 하지 말아라. 계속 그리하다 보면 숲에서 나올 거다. 그건 그렇고 산꼭대기에 가고 싶구나."

좋다. 자, 이제 454쪽으로 갈 것.

"그만둬라."

"할머니?"

"사람과 사람은 아주 다양한 이유로 연결되어 있단다. 그런 사람을 하나하나 열거하진 않으마."

"할머니."

"사샤, 이야기를 꾸며낸다고 내가 더 오래 사는 건 아니다. 넌 불꽃을 불기둥으로 바꾸어버리는구나. 과장하고 있어! 출신이라는 게 용들이 우글거리는 모습과 같다고? 용 한 마리가 강 건너편 세계로 이어지는 다리 길을 감시한다고?"

"할머니, 할머니 길이에요."

"뭐?"

"할머니와 함께 거기 가야 해요."

"죽음을 떠올리게 하는구나."

"자신과의 대화예요."

"더 심하구나."

할머니가 침대에 몸을 누인다.

우리는 비셰그라드에 와 있다. 할머니 손자인 내 모습이 순간순간 네 살, 열네 살, 스물네 살 혹은 서른네 살로 다르게 보이기도 한다. 그런 내게 할머니는 축축하게 젖은 머리로 집 밖을 나가지 말라고 한다.

우리는 미국에 와 있다. 어느 온화한 날, 할머니는 하이델베르크는 지금 몇 시냐고 묻는다. 나는 보이테크가 에메르츠그룬트를 기어 올라간 일을 얘기한다. 숲에서 새끼 양을 꼬챙이에 끼워 구운 일과 닥스훈트 반려견을 데리고 산책하던 여자가 나중에 집에서 구워 먹을 개라고 한 일도 들려준다.

우리는 베오그라드의 한 버스 정류장에 서 있다. 때는 늦은 저녁으로, 비셰그라드로 가는 버스를 기다리고 있다. 갑자기 피곤이 몰려온다. 거기 정류장 벽에 글자가 보여 나는 뭐라고 쓰여 있는지 묻는다. 당시 내 나이는 네 살, 기껏해야 다섯 살이다. 할머니는 스스로 읽어야 한다고 초조한 표정으로 말한다. 내가 "출구"라고 읽자 할머니는 미소 지으며 내 턱을 잡고 머리에 키스를 한다.

우리는 로가티카에 와 있다. 탑이 있는 자리에 도미노 블록을 전부 다 올려놓는다. 함께 카운트다운을 센다. "셋, 둘, 하나." 할머니가 웃음을 터뜨린다.

우리는 발각되고 만다. 투명한 날개가 달린 용이 서너 번 날갯짓을 하더니 공중에 떠 있는 우리 코앞에 와 있다. 뇌우가 쏟아진다. 우화에서나 나올 법한 수백 년간 꺼지지 않고 타오르고 있는 노란 불꽃이 용의 눈동자에서 춤을 춘다.

"일제 공격, 드라코*." 할머니가 외친다. 그러자 용이 눈을 끔벅거

* 용을 뜻한다.

468

린다. 그 모습을 본 할머니가 장검을 내려놓는다. 그러자 용이 재차 눈을 끔뻑거리며 몸을 숙이는 듯하더니 어느새 우리가 서 있는 절벽 바로 앞으로 머리를 들이밀고 있다.

할머니가 한 걸음 두 걸음 나아가 용 목덜미에 올라타지 나도 할머니를 따른다. 당연히 따라가야지. 할머니를 용과 단둘이 가버리게 내버려둘 순 없으니까─우리가 올라탄 용은 몸을 돌려 우글거리는 용 무리 속으로 쏜살같이 달려 들어간다.

우리는 섬마을 위를 날아간다. 아주 투명한 푸른 호숫가에 돌집 한 채가 서 있다. 또 여러 그루의 과일나무와 화단, 그리고 집 앞에서 춤추는 여남은 사람들의 모습도 보인다.

"아가씨들이군." 할머니가 외친다. "즐거워 보이네."

우리는 다리 길을 지키는 머리 셋 달린 감시자 앞에 내려앉는다. 착륙이 그리 부드러운 편은 아니다. 한창 말다툼하던 머리 세 개가 우리를 보자 입을 다문다. 오른쪽에 달린 머리가 양해를 구한다. "난 러시아 용 전설에서 나왔는데, 여기 있으면 안 돼." 그러고는 눈을 감는다.

"저 건너편에 내 남편이 있는 거 같아요." 할머니가 다른 두 개의 머리를 향해 말한다.

"이름이 뭐요?" 중간에 달린 머리가 묻는다.

"페타르 스타니시치."

이름을 듣자마자, 중간 머리가 커다란 공책을 열심히 들여다보며 명단이 적힌 페이지를 한 장 한 장 넘긴다. 이어 왼쪽에 달린 머리가 우리에게 기다리는 동안 뭘 마시고 싶으냐고 묻는다. 혈액,

물, 설탕에 절인 마가목 나무, 그리고 세상의 모든 외국어가 있다고 한다. 나는 스페인어를, 할머니는 물을 주문한다. 내가 마시는 컵에 작은 금이 가 있다.

이윽고 중간 머리가 옆을 보고 점잖게 불을 조금 내뿜고는 "여기 있네"라고 말한다.

"밖으로 나올 수 있을까요?" 할머니가 묻는다.

"처음 해보는 일이라." 용이 대답한다.

"돼요?" 이번엔 내가 묻는다.

내 말이 떨어지자마자 할아버지가 어둠 속에서 나타나 다리 위를 걸어온다. 콧수염을 기른 할아버지는 셔츠와 양복 재킷을 입고 있다. 눈부시게 멋져 보인다. 나와 같은 생각인 할머니도 멋지다고 말한다. 할머니와 나의 찬사에 할아버지는 깜짝 놀란다.

"크리스티나, 여기서 뭐 하는 거요?" 할아버지가 눈을 동그랗게 뜨고 묻는다. 그러고는 몇 발자국 떨어져 있는 할머니에게 다가가 꼭 껴안는다. 할머니도 할아버지를 꼭 안는다. 어느 순간 할아버지와 할머니가 나를 돌아본다.

"누굴 데려왔나 봐요."

"혹시?"

나는 할아버지에게 손을 내민다. 악수할 때 손에 적당히 힘을 줘야지, 라고 생각하는 순간 악수는 이미 끝나버린다.

"함께 갈래요?" 할머니가 할아버지에게 묻는다.

"그래도 되오?"

중간 머리가 가라고, 가도 된다고 한다.

470

"수천 년간 아무도 되돌아갈 수 있다고 생각도 못 했다는 게 이상하지 않소? 그리스인들이 아니면 이런 일을 생각하지도 못하지."

머리 셋 달린 용이 달콤한 말을 속삭이지만, 나만 알고 비밀로 간직한다.

용들과 사이가 나빠져 싸우고 싶지 않으니까.

"여기 서명하시오." 용이 할아버지에게 말한다. "당신도 여기 서명하시오." 이번엔 할머니를 돌아보며 말한다. 그러고는 작별 인사 할 때 "늦어도 48시간 이내에 다시 돌려보내시오"라고 덧붙인다.

가브릴로 노인, 마리야 부인, 스레토예 노인은 우리를 동굴 출구까지 바래다주는 용을 보고도 못 본 체 행동한다. 그러나 용이 다시 동굴 속으로 사라지자 우리를 보고 기뻐하며 안도의 한숨을 쉰다. 저승에서 되돌아온 사람을 만난 것처럼 그들이 할아버지와 포옹한다고, 나는 하마터면 그렇게 쓸 뻔했다.

비야라츠산에서 내려온 일에 대해 구체적으로 얘기할 수 있는 건 한 가지뿐이다. 산에서 내려오는 도중에 우리는 뿔뱀을 만나는데, 그게 아이엔도르프라고 우기고 싶지 않다는 것, 그 한 가지뿐이다.

나는 솔직하고 진실한 이야기를
성실히 읽었다.
그리고 온전한 내 존재를 통해
말로 형언할 수 없을 정도로 명확해졌다.

우리는 곧장 비셰그라드로 가고 싶지만, 48시간은 그리 긴 시간이 아니다. 우리는 장검을 잃어버린 데 대해 사과를 하고 오스코루샤 주민들과 작별 인사를 한다.

나는 운전석에 앉고 할머니와 할아버지는 뒷좌석에 앉아 이런저런 이야기를 나눈다. 그때 당신은 뭘 했지? 그다음엔? 말해봐요! 할머니는 완벽하게 기억하고 있다. 우리가 세르비아 사람들이 그린 폭력적인 그라피티 낙서로 뒤덮인 벽을 막 지나가고 있을 때, 할머니는 전쟁 이야기를 들려준다. 나는 내심 할아버지가 전쟁에 대한 정치적 소견을 말하길 기대한다. 하지만 할아버지는 할머니 옆으로 바짝 다가앉을 뿐이다.

집에 도착한 우리는 커피를 마신다. "첫 커피는 우리 셋이 함께하자." 할아버지가 제안한다.

"이 아이는 벌써 훌쩍거리고 있네요." 할머니가 말한다. "당시 이 아이는 네 살도 채 안 됐어요."

이제 질문거리가 없으니 좋다고 생각하며 나는 눈을 감는다.

2018년 11월 2일, 눈을 감자 감은 눈 너머로 나의 가족들이 차례로 나타난다.

크리스티나 할머니와 페로 할아버지.

콩알 점괘로 내 미래를 봐준 네나 할머니. 언젠가 내가 여러 삶을 살 거라고 예언했지. 그 말을 듣고 당시 나는, 고양이처럼 말이에요? 하고 물었지.

고양이 이야기는 미신이라고 네나 메즈레마 할머니가 퉁명스럽게 말했다.

472

브레이크를 밟아 열차를 세우는 무하메드 할아버지. 언젠가 할아버지는 목재를 수송하던 중에 강한 눈보라 속에 갇힌 적이 있었다. 코트를 꼭 여민 할아버지는 눈길을 헤치고 살을 에는 추위를 뚫고 30킬로미터나 되는 길을 달려 비셰그라드로 돌아왔다. 이 이야기가 말하고자 하는 단 하나의 핵심은 생존이다. (어머니는 할아버지의 꽁꽁 얼어붙은 눈썹뿐 아니라 할아버지가 그날 당일은 물론 그다음 날에도 면도하지 않은 걸 기억하고 있다.)

부모님과 보낸 지난 휴가 때 사 온 새 모양의 도자기는 물을 담는 용도로 사용된다. 뒤쪽 엉덩이를 세게 불면 앞쪽에서 새가 튀어나와 지저귄다. 나는 휴가 가는 걸 좋아해서 그 새가 지저귀는 걸 좋아했다.

나는 1:43 사이즈의 부라고 자동차 모형을 40대 정도 갖고 있다. 부르릉부르릉. 이 자동차 모형들을 제자리에 갖다 놓아야 한다. 자동차 모형을 수집하는 내 아들은 아직 '수집'이라는 개념을 이해하지 못한다. 그래서 많은 자동차 모형을 갖고 있다고 하는 게 더 적절한 표현이다. 당시 이베이 사이트에 나온 모형 가격이 8~25유로 정도였는데, 거기서 포장도 뜯지 않은 신상품 흰색 포르셰 924를 주문한 적도 있었다.

나는 감았던 눈을 뜬다. 할아버지와 할머니가 자동차 뒷좌석에 앉아 서로 바라보고 있는 게 보인다.

앞으로 일이 어떻게 진행될지, 이제 난 모르겠다.

"또 만나요." 작별 인사를 한 나는 밖으로 뛰어나가 논다.

끝

혹시 당신은 사실적인 결말을 원하는가? 장례식을 원하는가? 2018년 11월 2일 아침에 가족이 공동묘지에 모였다. 조카 하나가 십자가를 들고 있고, 신부님이 장례예식서를 낭송한다. 아주 오래 읊조린다. 그사이 슬픔의 모서리도 점점 닳아 무뎌진다. 그리고 마침내 관이 땅속으로 들어가자 그때서야 모두 흐느끼며 눈물을 흘린다.

그런데 무덤 길이에 비해 관 길이가 너무 길었다. 무덤 파는 인부들이 관이 길다며 걱정을 하더니 끝부분을 잘라내어 관 길이를 줄였다. 그럼에도 관은 구덩이에 꽉 끼여 바닥에 약간 비스듬히 얹혀 있었다.

인부들이 밧줄을 잡아당기고, 그중 한 사람이 관 위에 올라가 관의 위치를 똑바르게 놓으려고 애썼지만 헛수고였다. 그래서 그냥 그대로 두기로 했다. 관은 충분히 깊게 들어가 있고 심하게 비뚤어져 있는 것도 아니었으므로.

끝

474

감사의 말

이런 행운을 누릴 수 있게 해준 부모님과 자신들의 이야기를 들려준 선량한 조부모님에게 감사의 말을 전한다.

에메르츠그룬트의 아랄 주유소를 비롯하여 라힘, 프레디, 베르너 게브하르트, 요제프 폰 아이헨도르프, 하이델베르크 국제종합학교(IGH)에 감사를 표한다. 또 하이델베르크, 라이프치히 외국인청에서 알파벳 S로 시작하는 성을 가진 외국인들의 체류 관련 업무를 담당한 두 명의 직원에게도 감사한다. 앞으로 뭘 할 계획인지 물어봐준 데 대해서.

그리고 사실 정보를 제공하고 확신을 갖게 해준 마리아 모터에게 감사한다.

마지막으로, 날카로운 비판과 세세한 지원을 아끼지 않은 카타리나 아들러, 크리스토프 불트만, 다비드 후겐디크, 마르틴 미텔마이어, 카차 제만에게 감사의 마음을 전한다.

인용 출처

161쪽. "인간은 이미 존재하는, 주어진, 물려받은 상황에서 자기 자신의 역사를 만든다."

카를 마르크스: 《루이 보나파르트의 브뤼메르 18일》. In: 카를 마르크스/프리드리히 엥겔스, 《전집판(MEGA)》, 제1과, 제11권. 베를린: 디츠 1985년. 96쪽 주석.

160쪽. "폭력은 새로운 잉태와 함께 작동하는, 낡은 모든 사회의 산파 같은 것이다."

카를 마르크스: 《자본론》. 〈제24장—이른바 시초축적〉. In: 카를 마르크스, 프리드리히 엥겔스: 《전집》. 제23권. 베를린: 디츠 출판사 1962년. 779쪽.

162쪽. "종교는 영혼 없는 정신과 마찬가지로 박해받는 피조물의 탄식 같은 것이다."

카를 마르크스: 《헤겔 법철학 비판 서설》. 독일-프랑스 연감. 분책 1/2권, 1844년. In: 카를 마르크스/프리드리히 엥겔스, 《전집판(MEGA)》, 제1과, 제2권. 베를린: 디츠 1982년, 171쪽.

*

요제프 폰 아이헨도르프의 모든 인용구 출처: 《시전집/서사시》, 발행인 하르트비히 슐츠, in: 요제프 폰 아이헨도르프, 《전집 6권》. 클라시커 출판사, 프랑크푸르트암마인 1987년.

옮긴이의 말

"어디 출신인가요?"

여러분은 여러 의미를 내포하고 있는 이런 질문을 한 번쯤 받아 봤을 것이다. 특히 외국에 거주하는 사람이라면 피부색과 생김새가 달라서, 다른 언어를 사용해서, 혹은 다른 여러 가지 이유로 말이다.

만약 당신이 어린 나이에 전쟁이라는 극한 위기 상황에서 고향을 떠나 낯선 나라, 낯선 도시로 도망칠 수밖에 없었다고 상상해보자. 그래서 떠나온 고향은 물론이고 그곳에서 보낸 유년 시절, 가족과 친척에 대한 기억이 많지 않고, 사춘기를 비롯하여 인생에서 중요한 시기를 낯선 땅에서 보내고 이제 그곳이 삶의 터전이 되어버렸다고. 그런 당신에게 출신이란 무엇일까? 또 어떤 의미와 가치를 지니고 있을까?

《출신》에서 사샤 스타니시치는 이 질문에 대한 답을 찾아 나선다. 열네 살 때 전쟁을 피해 어머니와 함께 독일 하이델베르크로

도망쳐 나온 그는 로타어 마테우스라는 유명한 축구 선수 이름 이외에 독일에 대해 아는 게 아무것도 없고 독일어도 전혀 할 줄 몰랐다. 낯선 나라, 낯선 도시, 낯선 사람들 속에서 이방인으로 새로운 삶을 시작한 그와 그의 가족은 음식을 각양각색의 접시에 담아 먹고 재활용 대형 쓰레기 더미에서 주워 온 물건을 사용하는 등 궁핍한 생활을 이어갔다. 무엇보다 좋은 일자리를 찾기 힘든 상황에서, 고향에선 엘리트그룹에 속했던 아버지는 공사장을 전전하고 어머니는 세탁 공장에 들어가 힘든 육체노동을 할 수밖에 없었다. 또 강제 추방으로 부모님과 조부모님을 떠나보내고 홀로 남은 그는 독일 국적을 취득하기 위해 자필로 쓴 편지를 외국인청에 보내고, 독일에서 작가라는 직업으로 생계를 이어나갈 수 있다는 걸 증명해야 했다.

오랫동안 이방인으로 낯선 땅에 살면서 겪은 여러 가지 경험과 사회적 차별 대우 때문이었을까. 사샤 스타니시치는 출신이란 "한 번 입으면 영원히 입고 있어야 하는 옷 같은" 것, "약간의 운이 들어 있는 능력, 재능에서 기인한 것이 아니라 장점과 특권을 만들어 내는 능력" 같은 것으로 생각했다. 이처럼 출신에 냉소적이던 그가 친할머니 크리스티나에 이끌려 오스코루샤를 방문하게 되고, 그곳에서 만난 친척 가브릴로 노인이 들려주는 조상들의 이야기에 마음이 흔들린다. 그 일을 계기로 그는 치매에 걸려 점점 기억을 잃어가는 할머니와 함께 과거 기억의 퍼즐을 한 조각 한 조각 수집한다. 그 과정에서 자신의 뿌리와 정체성을 발견하고 사람들과 더불어 살아가는 삶의 의미와 가치를 깨닫는다.

《출신》은 2019년 독일도서상을 수상한 작품으로, 사샤 스타니시치의 자전적인 이야기와 허구가 뒤섞여 있다. 과거와 현재, 허구 세계에 등장하는 사샤 스타니시치와 관련된 여러 주변 인물과 다양한 에피소드가 때론 씁쓸하고 슬프게, 때론 유쾌하고 재미있게 그려진다. 출신과 정체성, 상실감, 편견, 인간애와 사랑이라는 묵직한 주제에 작가 특유의 위트와 유머, 재미있는 의성어가 가미돼 이 책을 읽는 독자들에게 재미와 즐거움을 준다.

끝으로, 이 책의 한국어판 번역을 지원해준 괴테-인스티튜트의 '소셜 번역 프로젝트'와 마릴렌 다움 동아시아지역 도서관장에게 감사의 마음을 전한다. 그리고 번역 작업 중, 수많은 질문에 성실하고 자세한 설명을 제공해준 사샤 스타니시치, 사비네 뮐러에게 고마움을 전하고 싶다.

2020년 2월 서울에서
권상희

사샤 스타니시치 Saša Stanišić

1978년 보스니아헤르체고비나에서 태어났다. 1992년 보스니아 전쟁이 일어나자 독일 하이델베르크로 이주했다. 2006년 첫 장편소설《군인은 축음기를 어떻게 수리하는가》를 발표했다. 2015년《축제 전야》로 라이프치히 도서전 상을, 2017년 단편집《덫을 놓은 자》로 라인가우 문학상과 슈바르트 문학상을 수상했다. 2019년《출신》으로 독일도서상을 수상하며 독일 문단의 대표 작가로 자리매김했다.

옮긴이 권상희

독일 빌레펠트 대학에서 언어학, 독문학, 역사학을 전공하고 석·박사학위를 받은 뒤 노르트라인-베스트팔렌 주정부의 리제-마이트너 포닥 과정에 선정되어 연구와 강의를 했다. 현재 홍익대학교 초빙교수로 재직하고 있다. 옮긴 책에《타인의 삶》《과거의 죄》《기린은 왜 목이 길까?》《머나먼 섬들의 지도》등이 있다.

출신

1판 1쇄 발행 2020년 2월 28일

지은이 · 사샤 스타니시치
옮긴이 · 권상희
펴낸이 · 주연선

총괄이사 · 이진희
책임편집 · 심하은
표지 및 본문 디자인 · 손주영
책임마케팅 · 강원모
마케팅 · 장병수 김진겸 이한솔 이선행
관리 · 김두만 유효정 박초희

(주)은행나무
04035 서울특별시 마포구 양화로11길 54
전화·02)3143-0651~3 | 팩스·02)3143-0654
신고번호·제 1997—000168호(1997. 12. 12)
www.ehbook.co.kr
ehbook@ehbook.co.kr

잘못된 책은 바꿔드립니다.

ISBN 979-11-90492-36-2 (03850)